www.tredition.de

AF195972

Julia Gehrig

Bienenglück und Honigcafé

www.tredition.de

© 2021 Julia Gehrig

Verlag und Druck: tredition GmbH, Halenreie 40-44, 22359 Hamburg
Umschlaggestaltung: Erik Kinting www.buchlektorat.net
Lektorat: Nicole Wislsperger

ISBN
Paperback: 978-3-347-38879-6
Hardcover: 978-3-347-38880-2
e-Book: 978-3-347-38881-9

Tina

Ich hasse es so zu tun, als würde mir ein Geschenk gefallen, obwohl es das nicht tut. Also zupfe ich an der Schleife der Geschenkverpackung herum und hoffe insgeheim, dass mir der Inhalt der kleinen Papierschachtel gefallen wird.

Ich lächle meine allerbeste Freundin an und sage: „Ich bin gespannt, was da drin ist."

„Tiiiinaaa, jetzt mach die Schachtel doch endlich auf!"

Susanne kniet auf dem Fußboden vor dem Wohnzimmertisch und stiert wie ein kleines Kind auf die von ihr liebevoll mit gepressten Blütenblättern beklebte Papierschachtel. Sie ist in solchen Situationen echt ungeduldig, obwohl sie ja selbst am besten weiß, was in der Schachtel ist. Schließlich ist es ja ihr Geburtstagsgeschenk an mich. Susanne hat mir schon so manche Dinge geschenkt, die sie sich lieber für sich selbst kaufen hätte sollen – eine Filzkette, ein Buch über den Wald als ökologischen Lebensraum, einen bunten Schal, den ich locker zum Vorhang umnähen hätte können … Ich habe dann immer versucht, mir meine Enttäuschung nicht anmerken zu lassen, auch wenn ich insgeheim schon überlegt habe, in welcher Speicherkiste ich das Ding verstauen soll. In der Schachtel liegt ein Umschlag – ein Gutschein?!

„Sue, du schenkst mir einen Gutschein?"

„Ja, ich weiß, normalerweise mag ich das ja nicht. Aber diesmal machen wir beide was Schönes zusammen", sagt sie und zuppelt verlegen an ihrer Strickjacke herum.

Was soll das denn sein? Susanne ist kein Typ für gemeinsame Restaurantbesuche oder Wellnesstage im Spa. Diese Schicki-Micki-Sachen sind gar nichts für sie. Letztes Wochenende hat sie mal wieder einen Kurs besucht – Yoga mit Ziegen. Angeblich irgendein Trend aus Amerika, bei dem man Yogaübungen im Heu macht, während die kleinen Zicklein auf den Leuten herumkraxeln. Wobei es Susanne wohl wie immer mehr um die attraktiven Kursteilnehmer ging als um die Ziegen. Naja, sie hat für sowas ja auch die Zeit. Obwohl sie erst so richtig auf dem Ökotrip ist, seit sie im Waldkindergarten arbeitet. Früher war Susanne eher normal – so wie ich. Sie hatte zwar schon immer eine Vorliebe für ausgefallene Kleidungsstücke, aber in letzter Zeit finde ich ihren Stil etwas übertrieben. Ihre roten lockigen Haare und ihre Blümchenkleider, die sie gerne trägt, erinnern mich auch immer ein bisschen an eine Hexe. Aber an eine liebe natürlich.

Ich öffne den Umschlag und lehne mich zum Lesen an die Couchlehne zurück. Mir springt gleich die Überschrift ins Auge, die Susanne mit einem Leuchtstift markiert hat.

„Hmmm … Imkerkurs? Du schenkst mir einen Imkerkurs? Dein Ernst?"

„Ja, ich dachte, dass das ganz spannend wird. Erstens wollen wir uns eh bald Bienen in den Wald holen, Naturpädagogik, Jahreszeiten ganzheitlich erleben, du weißt schon. Also bezahlt den Kurs die Arbeit. Äh, also für mich meine ich – als Fortbildung! Und zweitens kommen zum Imkerkurs bestimmt mega-interessante Männer", sagt Susanne schnell.

„Aha, hab dich durchschaut! Du willst wegen den Männern hin?"

„Ja, nein, nicht nur. Natürlich interessiert es mich und wir beide werden bestimmt einen Riesenspaß dort haben! Für dich ist das doch auch was! Du magst doch die Natur."

„Sue, danke", sage ich und merke, wie ich mich zwinge zu lächeln, während ich um den Tisch herum gehe, um meine Freundin zu umarmen. Einen kleinen Kloß spüre ich trotzdem im Hals.

Es ist ja okay, dass mir Susanne Dinge schenkt, die sie selbst gut findet. Aber dieses Geschenk kommt mir schon sehr eigennützig vor. Seit ihr Freund sie vor ein paar Jahren verlassen hat, ist sie ständig auf Männersuche.

Ich setze mich wieder hin und studiere den Flyer etwas genauer. Auf der Vorderseite ist das Logo des Imkervereins zu sehen – vier Bienen über einer angedeuteten Blüte. Ich klappe den Flyer erneut auf und wundere mich über die vielen Kursangebote, die es in diesem Imkerverein sonst noch gibt: „Völkerführung im Frühjahr", „Königinnenzucht" und „Varroa-Behandlung" – imkern scheint gar nicht so einfach zu sein.

Auf der hinteren Seite des Flyers entdecke ich ein Foto der Vereinsmitglieder. Eine Gruppe von Männern im mittleren Alter, die auf einer Wiese stehen. Einer fällt mir gleich auf. Er passt irgendwie nicht in die Gruppe der karierten Holzfällerhemden und ausgebeulten Jeanshosen. Auch der Haarschnitt ist auffallend anders. Er trägt eine moderne Chino-Hose und ein einfarbiges dunkelgrünes Hemd, das eher etwas zerknittert aussieht und nicht in die Hose gesteckt ist wie bei den anderen. Seine Haare sind am oberen Kopf zu einem kleinen Dutt zusammengebunden und auch mit dem Dreitagebart fällt er aus der Reihe. Irgendwie wirkt das Bild so, als wäre es ein „Was-gehört-nicht-dazu-Rätsel". So eines, das meine Mädels früher in den Rätselblöcken hatten, die ich für lange Autofahrten gekauft hatte. Man muss den Gegenstand durchstreichen, der nicht dazu gehört: Tulpe-Sonnenblume-Gänseblümchen-Kochtopf-Rose-Blatt.

„Was schaust du denn da so lange?", reißt mich Susanne aus meinen Gedanken. Sie rutscht neben mich auf die Couch und beugt sich mit ihren roten Locken so über den Flyer, dass ich selbst nichts mehr sehen kann.

„Lass mich die Typen mal genauer unter die Lupe nehmen", sagt sie und nimmt mir im gleichen Moment den Flyer aus der Hand. Sie hält sich das Foto so nah vor die Nase, als wäre sie kurzsichtig.

„Die meisten sehen irgendwie langweilig aus – so ländlich. Aber der da, mit den längeren Haaren, der ist schon ein Schnuckelchen!", analysiert sie langsam und runzelt dabei die Stirn, als würde sie einen kleingedruckten Beipackzettel entziffern.

„Der ist mir auch schon aufgefallen", sage ich und merke, wie mir plötzlich ganz warm wird, als hätte ich auf einmal Hitzewallungen.

Susanne schaut mich an und grinst. Das Stirnrunzeln ist aus ihrem Gesicht entwichen.

„Der gefällt dir", stellt sie fest. Mist, sie kennt mich einfach zu gut.

„Er sieht schon ganz gut aus", versuche ich zu relativieren und schaue schnell nochmal zum Foto, denn ich habe das Gefühl, jetzt auch noch rot zu werden.

„Komm, wir schauen mal, wie der heißt", sagt Susanne und liest laut die Namen vor, die unter dem Foto ganz klein gedruckt stehen. Dabei hört sie sich an wie eine Kommissarin im Sonntagskrimi, die nach mühevoller Ermittlung Puzzleteil für Puzzleteil zusammensetzt und kurz vor der Lösung des Falles steht.

„Johann, erster von links – na der kann es schon mal nicht sein. Danach kommt Willi. Daneben steht anscheinend der Albert und dann kommt er – ja, das muss er sein. Tom! Er heißt Tom Heigl. Hier steht es. Der erste von rechts ist dann der Wolfgang, denn das ist der letzte Name. Der Schnuckel muss also Tom heißen."

„Lass sehen." Jetzt nehme ich Susanne den Flyer aus der Hand und überzeuge mich selbst davon, dass sie die Reihenfolge der Namen richtig zugeordnet hat.

„Der Johann ist 1. Vorsitzender. Bei den anderen steht nicht dabei, welche Aufgaben die im Verein haben", sage ich und versuche cool zu wirken und mir nicht anmerken zu lassen, dass ich mir nochmal diesen Tom ganz genau ansehe. Obwohl das Foto so klein ist, erkenne ich, dass seine Augen richtig aus dem Foto rausstrahlen. So als würden sie jeden, der das Bild ansieht, in ihren Bann ziehen.

Beim Gedanken daran, dass ich tatsächlich mit Susanne einen Imkerkurs besuchen werde und IHN vielleicht dort sehe, wird mir schon wieder ganz warm. Komisch, so etwas kenne ich gar nicht von mir. Ich bin doch keine 16 mehr!

Schnell lege ich den Flyer auf den Tisch und stehe auf, um meine Gedanken, die mich einfach so an meinem 42. Geburtstag überrumpeln, abzuschütteln.

Susanne lächelt mich an. „Ich hoffe, du kannst das mit deinen Mädels vereinbaren? Der Kurs ist übernächsten Samstag."

„Ja doch – das geht bestimmt", sage ich, während ich den Flyer wieder in den Umschlag zurückstecke und die schöne Schachtel zu meinen anderen kleinen Geschenken meiner Töchter stelle.

Vorsichtshalber schaue ich noch im Terminkalender nach. Tatsächlich ist an dem Wochenende „Papa-Wochenende". Ich kann also.

In dem Moment klingelt das Telefon. Heute waren wegen meines Geburtstags ausnahmsweise ein paar Nachrichten auf dem Anrufbeantworter – Gratulationen von meiner Anwältin und der Bank. Wer ruft sonst schon noch am Festnetz an?! Jetzt sehe ich die Nummer am Display – ja klar, meine Mutter!

„Geh ruhig ran, ich muss eh los", sagt Susanne. Bevor ich fragen kann, was sie denn jetzt noch vorhat, schnappt sie sich ihre Tasche und umarmt mich schnell. Sie winkt und schon ist sie zur Haustür raus. Eigentlich hatte ich gehofft, dass Susanne wenigstens noch eine Stunde bleibt. Ich hatte den Prosecco schon kalt gestellt. Aber jetzt bleibt mir wohl nichts anderes übrig, als ans Telefon zu gehen.

Ich nehme ab und melde mich mit meinem Namen, obwohl ich ja weiß, dass meine Mutter dran ist. „Hallo Tina! Wir wünschen dir von Herzen alles Gute zu deinem 42. Geburtstag und dass das neue Lebensjahr besser wird als das letzte", flötet meine Mutter ins Telefon.

„Danke Mama", sage ich brav und ärgere mich über den vorwurfsvollen Unterton in ihrer Stimme, den ich schon wieder herauszuhören glaube.

„Hat sich Christian bei dir gemeldet?", fragt meine Mutter in einem strengen Ton.

„Nein Mama, warum sollte er anrufen? Wir sind getrennt!" Ich merke, dass meine Stimme schon wieder zittrig wird.

„Na hör mal, deswegen kann er dir doch trotzdem zum Geburtstag gratulieren", empört sich meine Mutter.

„Mama glaub mir, es ist besser so. Er braucht halt Abstand und ich auch." Ich nestle an dem Blütenblatt herum, das von dem Tulpenstrauß abgefallen ist, den ich mir gestern im Supermarkt selbst gekauft habe.

„Du tust schon wieder so, als ob irgendwas Schlimmes vorgefallen wäre. Abstand! Was meinst du denn damit? Erst seid ihr so lange zusammen und dann braucht ihr von einen Tag auf den anderen Abstand. Ich verstehe eure Entscheidung sowieso nicht, aber du kennst ja meine Meinung zu dem Thema."

Nein, nicht das schon wieder! Ich habe Geburtstag und meiner Mutter fällt nichts Besseres ein, als wieder mit der Trennung von Christian anzufangen. Ich spüre einen Kloß im Hals.

„Wir haben uns auseinandergelebt und das habe ich dir schon tausendmal erklärt, Mama", sage ich und versuche, ruhig und überzeugt zu klingen. In Wahrheit zittert meine Stimme und meine Mutter merkt es.

„Jetzt reg dich doch nicht auf, ich habe ja nur gemeint, dass er dir gratulieren könnte. Das macht man nun mal an Geburtstagen."

Das macht man und das macht man … Normen und Verhaltensregeln waren meiner Mutter schon immer wichtig. Woher hat sie eigentlich diese ganzen Vorschriften, die sie sich selbst und anderen auferlegt?

Ich schaue auf das Bettelarmband an meinem Handgelenk, das ich seit meinem Schulabschluss trage und das mir heilig ist. Meine Eltern hatten es mir damals geschenkt mit dem ersten Anhänger dran – ein winzig kleines Schulbuch. Seitdem kamen immer mehr Anhänger dazu, mal von Christian, mal von meinen Eltern. Das Herz habe ich mir selbst gekauft. Ein Kleeblatt, als ich kurz vor meiner Abschlussprüfung zur Verwaltungsfachangestellten stand, eine kleine Babyflasche zur Geburt von Sarah und ein kleiner Bär zu Lauras Geburt, ein Muffin zu meinem 30. Geburtstag, den mir Christian damals geschenkt hat. Ein winzig kleiner Ring zur Hochzeit. Christian und ich heirateten im kleinen Kreis – nicht viel Tamtam, die Familie, ein paar Schulfreunde von Christian, meine Trauzeugin Anja und Susanne.

„Wann dürfen wir denn zum Feiern vorbeikommen?", reißt mich meine Mutter aus meinen Gedanken.

„Mama, ich werde dieses Jahr nicht groß feiern. Ich muss auch die nächsten Tage arbeiten und bis ich heimkomme, ist es immer mindestens 17 Uhr." Ich atme auf, als es raus ist.

Das Schweigen am anderen Ende der Leitung verrät mir, dass meine Mutter beleidigt ist. Bisher gab es noch kein Jahr, an dem ich sie nicht zu Kaffee und Kuchen eingeladen hatte. Aber damals musste ich ja noch nicht bis 16:30 Uhr arbeiten. Damals war ich auch noch verheiratet und nur teilzeitbeschäftigt. Da hatte ich noch Zeit für Kaffeekränzchen am Nachmittag.

„Ich schaffe es einfach nicht unter der Woche, tut mir leid. Wollt ihr am Wochenende vorbeikommen?", schlage ich meiner Mutter in meiner freundlichsten Stimmlage vor.

„Wenn es dir nicht passt, dann halt nicht. Am Wochenende haben wir schon so viel vor, da geht es nicht. Ich stelle dir dein Geschenk dann bei Gelegenheit vor die Haustüre und dann sehen wir schon, wann es mal passt", sagt sie und damit ist unser Gespräch dann beendet. Ich glaube meiner Mutter kein Wort, aber bin auch irgendwie erleichtert, dass ich so den Feierlichkeiten auskomme.

Meine Tochter Sarah rumpelt in diesem Moment die Treppe herunter. Das alte Holz kracht bei jedem Schritt und ihr hochgebundener blonder Pferdeschwanz schaukelt auf ihrem Oberkopf hin und her.

„Sarah, musst du immer so herunterpoltern? Ich habe gerade mit Oma telefoniert. Gut, dass ich fertig geworden bin – sonst hätte ich ja mein eigenes Wort nicht mehr verstanden."

Sarah zeigt keine Reaktion auf meine Ermahnung und schnappt sich stattdessen ihre Jeansjacke vom Garderobenständer.

„Wo willst du denn jetzt noch hin? Es ist schon fast halb sechs", frage ich sie erstaunt.

„Ich muss kurz in die Stadt, brauche noch Ohrringe. Ich esse dann in der Stadt was", sagt sie, während sie in ihre

Sneakers schlüpft, schnell auf ihrem Handy hin und her streicht und es dann in die hintere Hosentasche steckt.

„Schon wieder Ohrringe? Du hast doch erst welche gekauft?! Und ich dachte, wir drei gehen heute Abend noch zum Italiener – zur Feier des Tages sozusagen?!"

„Ach so, jetzt habe ich es aber schon ausgemacht. Und wenn ich Melli schreibe, dass ich doch nicht kann, bekommt sie die Nachricht nicht mehr. Sie ist bestimmt schon unterwegs."

Meine große Tochter blickt mich mit Hundeaugen an und weiß ganz genau, dass ich jetzt kein Argument mehr habe. Was bringt es, wenn ich sie zwinge, mit mir meinen Geburtstag zu feiern, wenn sie in Wahrheit lieber mit ihren Freunden unterwegs ist. Auch wenn ich nicht von all ihren Freunden begeistert bin. Aber Melli ist okay, die kennt Sarah seit der Kindergartenzeit.

Seit Melli aber die Schule gewechselt hat, hält sie sich am Nachmittag meistens in der Stadt auf und hängt mit ihren angeblichen Freunden rauchend vor Fast-Food-Restaurants herum. Und Sarah zieht da voll mit, auch wenn sie weiß, dass ich von dieser Art der Freizeitbeschäftigung gar nichts halte. Aber heute ist mein Geburtstag und ich habe keine Lust, mich mit ihr zu streiten.

„Na gut. Wann bist du dann wieder zurück?", frage ich Sarah, die schon die Türklinke in der Hand hält.

„Weiß noch nicht genau, spätestens um 20 Uhr." Sie dreht sie sich um und flitzt schon zum Gartentor. Ich versuche die Zigarettenschachtel zu ignorieren, die sich deutlich in ihrer anderen hinteren Hosentasche abzeichnet.

Damit ist mein letztes Fünkchen Hoffnung, dass ich heute noch mit meinen beiden Töchtern Essen gehen kann, verschwunden. Ich bin auch selbst schuld – ich hätte es ihnen im Vorfeld wahrscheinlich nur anders verkaufen müssen. Nicht wie „Wer-opfert-sich-der-alten-Mutter-zu-liebe-ins-Restaurant-zu-gehen", sondern „Heute-machen-wir-uns-einen-besonderen-italienischen-Abend". Aber das fällt mir leider mal wieder zu spät ein.

Kurz überlege ich noch, mit Laura ins Restaurant zu gehen, aber nun verwerfe ich den Gedanken. Laura sitzt in ihrem Zimmer, seit sie nach dem Mittagessen hoch gegangen ist. Am Morgen vor der Schule hat sie mir schnell ihr Geschenk überreicht. Seitdem war mein Geburtstag kein Thema mehr und nach der Schule hat sie mich mit ihrer üblichen schlechten Laune beglückt.

Ich schlurfe zur Couch zurück und fühle mich plötzlich müde und ausgelaugt. Die paar kleinen Geschenke gegenüber auf dem Tisch feixen mich an und schreien zu mir rüber: „Und jetzt! Jetzt sitzt du da ganz allein und keiner will mit dir feiern!" Okay, meine Mutter hätte ja mit mir gefeiert. Bin wahrscheinlich selbst schuld, dass ich jetzt alleine da sitze. Von Susanne bin ich aber doch enttäuscht. Auch Anja hat sich heute noch gar nicht gemeldet. Ob sie meinen Geburtstag vergessen hat?

Ich gehe zum Kühlschrank, hole den Prosecco raus, schenke mir ein Glas ein und trinke es auf einen Zug aus.

Tom

„Tom, fang auf!" Ralf wirft mir von der anderen Seite über das Dach des VW-Busses den Schlafsack zu. Ich fange ihn auf und befördere ihn durch die offene Bustür nach hinten auf die Ladefläche, die sich in den letzten Stunden ordentlich gefüllt hat. Kommt doch einiges zusammen, auch wenn Ralf schon ein paar Mal unten war und jedes Mal eine Ladung voll mitgenommen hat. So eine Auswanderung mit Existenzgründung erfordert doch jede Menge Material. Ich wische mir den Schweiß von der Stirn und kremple mir die Hemdsärmel hoch. Heute ist es ungewöhnlich warm für April. Bei dem Gedanken an das noch viel heißere Sardinien werde ich ganz hibbelig. Sardinien! Auszeit! Ein neues Projekt! Kreativ sein! Freiheit!

Ich lehne mich an die blaue Schiebetüre meines geliebten Bullis und trinke einen Schluck aus der Wasserflasche. „Wann geht´s morgen los?"

„Ich werde früh starten. Muss noch schauen, wann die Fähre geht", höre ich Ralf von der gegenüberliegenden Seite des Busses. Bin ich froh, dass er das mit den Sommerreifen jetzt noch erledigt. Hätte heute echt keine Zeit mehr zum Reifenwechseln gehabt und so sind wenigstens die letzten Gepäckstücke für Sardinien im Bus. Ralf fährt diesmal die letzte Fuhre rüber. Im Juni komme ich dann mit. Ralf braucht meine Hilfe und das Angebot, mein Sabbatical für den Aufbau seines Yogacamps zu nutzen, konnte er nicht ausschlagen. Ich bleibe ein Jahr drüben. Und dann – mal sehen. Momentan reicht es mir von Deutschland!

Ich gehe um den Bus herum und sehe Ralf ein paar Minuten beim Reifenwechseln zu.

„Gut, dass ich den Bus haben kann", sagt er, während er eine der letzten Schrauben aufsetzt.

Heute Morgen hatte ich den Bus noch voller Bienenbeuten, jetzt ist die Ladefläche voll mit Yogamatten, Reisetaschen, Umzugskartons und ein paar Grünpflanzen. Die
Holzkästen mit meinen geliebten Bienen drin mussten umziehen – hab sie schweren Herzens zum Lehrbienenstand
gebracht, wo Johann so nett ist und sich um die Völker
kümmert, bis ich wieder da bin. Ich weiß ja noch nicht, wie
es nach dem Jahr mit mir weitergeht, auch wenn ich insgeheim mit dem Gedanken spiele, auf Sardinien zu bleiben.
Ich bin schließlich ungebunden und kann ganz für mich
allein entscheiden – auch wenn ich mich zurzeit zugegebenermaßen manchmal etwas einsam fühle. Aber vielleicht
läuft Ralfs Yogazentrum gut an und in seinem Hostel gibt
es noch länger was zu tun. Kann sein, dass ich dann mein
Zeichenbrett gegen den Computer an der Rezeption tausche. Vorerst haben wir den Deal nur für ein Jahr. Über alles Weitere haben wir noch gar nicht gesprochen.

Ich klopfe auf das Blech meines Bullis. „Ja logisch. Mit
dem Bus kannst du mehr rüberbringen und ich schwinge
mich die nächsten zwei Monate einfach auf mein Fahrrad."

Ralf sieht mich erschrocken an und legt den Schraub-
schlüssel hin. „Mist, die Fahrräder müssen wir auch noch
irgendwie rüberbringen!"

„Du hast recht. Die haben wir ganz vergessen. Natürlich brauchen wir unsere Fahrräder. Auch wenn man auf
Sardinien wahrscheinlich eher mit dem Roller fährt als mit
dem Rad", antworte ich.

Ralf nimmt das Werkzeug wieder in die Hand und
dreht die letzte Schraube fest.

„Ich habe mir überlegt, auch Mountainbike-Touren in
die Umgebung anzubieten. Dafür muss ich mich aber erst
genauer umschauen. Keine Ahnung, ob ich das auch noch

unterkriege. Mitnehmen möchte ich die Bikes aber auf alle Fälle."

Ralf steht ächzend auf und stützt dabei seine Hände auf seinen Oberschenkeln ab.

„Puh, geschafft. Mir tut alles weh! Wird Zeit, dass ich wieder mehr Sport mache", stöhnt er.

„Bist halt auch nicht mehr der Jüngste! Aber bald kannst du dich dann ja wieder voll verausgaben", scherze ich und klopfe meinem besten Kumpel auf den Rand seines Käppis. Ralf rückt das Käppi wieder auf seinen ergrauten kurzgeschorenen Haaren zurecht und wischt sich sein schweißnasses Gesicht mit seinem T-Shirt ab.

„Das wird echt Arbeit! Viel Zeit für den Sport habe ich dann bestimmt nicht", ächzt Ralf.

Damit hat er sicher recht. Seinen Mut bewundere ich: Ralf setzt alles auf eine Karte bei seinem Plan auf Sardinien ein Yogazentrum mit einem Hostel für Gäste zu gründen. Seine Kinder sind erwachsen, für die muss er nicht mehr zahlen. Die mageren Jahre nach seiner Scheidung sind vorbei und Ralf kann wieder an sich denken und seine Träume verwirklichen. Dafür beneide ich ihn. Seine Träume! Er weiß wenigstens, welche er hat. Ich bin mir da bei mir nicht so sicher. Ich weiß, was mir wichtig ist und was ich auf keinen Fall will. Eingesperrt sein! Fremdbestimmt sein! Das ist mein Alptraum! Aber Träume ... keine Ahnung, was ich antworten würde, wenn mich jemand nach meinen Träumen fragt.

Ralf klopft mir auf die Schulter. „Ich bin echt dankbar, dass du mich unterstützt. Ich weiß nicht, ob ich das sonst schaffen würde."

Ich sehe ihm in die Augen und kratze mich an meinem Dreitagebart, der momentan eher nach einem Zehntagebart aussieht. „Du hast dir echt ein Wahnsinns-Projekt vorgenommen. Respekt! Klar helfe ich dir. Du wirst sehen, wir schaffen das." So ganz überzeugt bin ich von meiner eigenen Aussage allerdings nicht.

Das ältere Flachdach-Gebäude in Strandnähe, das Ralf gekauft hat, ist nicht besonders groß und ziemlich renovierungsbedürftig. Zwar wurde das Haus früher schon als Hotel genutzt und bietet daher einige Voraussetzungen, aber um daraus ein hippes Yogazentrum zu zaubern, bedarf es momentan schon noch sehr viel Fantasie.

„So ein Glück, einen Landschaftsarchitekten als Freund zu haben", hat Ralf damals gesagt, als er mich fragte, ob ich mir das Gelände mal ansehen kann und mir schon auf dem Weg zum Strand tausend Ideen gekommen sind.

Vom Sabbatical war damals noch nicht die Rede. Die Idee, für ein Jahr aus dem Büro auszusteigen kam mir erst später – zu der Zeit, als wir den Wettbewerb zur Realisierung einer Grundschule verloren hatten. Nach wochenlanger Planungszeit und 1A-Ideen für die Freiflächen bekamen wir den Zuschlag nicht. Als Ralf mir dann von seinen Plänen erzählte und wir die Besichtigung des Grundstückes gleich mit einem Urlaub verbanden, habe ich Blut geleckt und mich am Ende für das Sabbatical entschieden.

Auch wenn das ganze Sardinien-Projekt natürlich einem Freundschaftsdienst mehr ähnelt als einem richtigen Auftrag, habe ich einige Pläne im Kopf und andere schon auf Papier. Was sich davon finanziell realisieren lässt, werden wir dann mit der Zeit sehen.

Ralf geht um den Bus herum und zieht die seitliche Türe mit einem Ruck zu.

„Müsste alles drin sein, was ich die nächsten Tage brauche", murmelt er.

Ich schlendere Ralf hinterher und drücke ihm die Wasserflasche in die Hand. „Die Fahrräder nehmen wir dann halt noch mit, wenn wir im Juni zusammen hin fahren."

Ralf trinkt die Flasche leer und mustert mich dabei von oben bis unten.

„Du hast aber auch ganz schön geschwitzt!", lacht er.

Ich spüre, dass meine Haare im Nacken richtig nass sind und bemerke erst jetzt die Schwitzflecken auf meinem Leinenhemd. Ich schiebe meine Sonnenbrille von meinen Haaren auf meine Nase herunter und streiche mit der Hand über meinen kleinen Dutt am Hinterkopf.

Ralf lacht und ich weiß schon, was er jetzt sagen wird.

„Ist die Prinzessin wieder hübsch?", flötet er mit verstellter Stimme und grinst mich an.

Unser Running-Gag, seit ich meine Haare etwas länger trage und nun aus praktischen Gründen dazu übergegangen bin, sie zu einem kleinen Dutt zusammen zu binden. Ich glaube ja, dass Ralf insgeheim neidisch ist, weil sich auf seinem Oberkopf schon eine lichte Fläche bildet, die er mit seinem Käppi zu verstecken versucht.

Ich werfe Ralf ein angedeutetes Luft-Küsschen zu. „Na klar, mein schöner Prinz", antworte ich ihm ebenfalls mit Pieps-Stimme und wir knuffen uns gegenseitig in die Seite.

Tina

Als mein Glas leer ist, beschließe ich, mich abzulenken – und zwar sinnvoll. Als Sarah vorhin das Haus verlassen hat, ist mir aufgefallen, dass die Margeriten auf der Eingangstreppe schon ziemlich die Köpfe hängen lassen. Ich hole eine Schere und die Gießkanne aus der Küche, fülle sie mit Wasser und schneide der Pflanze die verwelkten Blütenköpfe ab und gieße sie kräftig. Die weiße Laterne auf dem weißen alten Wamsler-Herd neben den Margeriten passt farblich optimal zu dem Arrangement. An dem alten Herd lehnen ein paar Birkenzweige, deren weiße Rinde die Optik gut ergänzen. Ich erinnere mich, wie ich mich freute, als ich die Birkenzweige auf einem Waldspaziergang mit Christian fand und denke daran, dass das alles noch gar nicht so lange her ist.

Der alte Wamsler war ein Kellerfund und stammt noch von meiner Oma. Als sie damals gestorben ist, haben wir tagelang den Keller und den Speicher des alten Häuschens ausgeräumt. Das Haus war Omas ganzer Stolz, nachdem sie es Anfang der 60er Jahren mit Opa gebaut hatte. In dem Haus ist auch meine Mutter groß geworden. Als meine Großeltern gestorben waren, hatten meine Eltern beschlossen, das Haus an mich weiter zu vererben. Für Christian und mich damals eine willkommene Gelegenheit, als wir gerade erfahren hatten, dass Sarah unterwegs war. Das Haus war zwar stark renovierungsbedürftig und musste von Grund auf saniert werden, aber Christian hatte gleich ein paar gute Handwerker an der Hand, die er als Kunden betreute. So hatte sich das Häuschen innerhalb kürzester Zeit in ein kleines Schmuckstück verwandelt. Das Einrichten von Sarahs Kinderzimmer hat mir damals die meiste Freude bereitet. Die kleinen Fenster mit den Fensterkreuzen in der Mitte und die teilweise gestrichenen alten Möbel von Oma finde ich auch heute noch wunderbar. Das kleine Telefonkästchen im Flur zum Beispiel würde ich niemals gegen ein neues Tischlein ersetzen. Und wenn es mal kein Telefon mehr gibt, dann findet sich dafür bestimmt eine andere Einsatzmöglichkeit, zum Beispiel als Blumentischchen.

„Du hättest echt irgendwas mit Deko machen sollen", höre ich eine mir sehr bekannte Stimme hinter mir. Ich drehe mich um und meine älteste Freundin Anja kommt von der Gartentüre schnellen Schrittes hergelaufen.

„Anja, mit dir hätte ich heute gar nicht mehr gerechnet."

„Ja klar, Deko-Fee. Du hast doch schließlich Geburtstag! Ich habe mir extra heute ein paar weniger Termine gelegt", sagt Anja und umarmt mich. „Herzlichen Glückwunsch liebste Freundin, ich habe dir was mitgebracht, steht aber noch im Auto", sagt sie und rennt zurück zur Straße. Als sie wiederkommt, sehe ich nur einen riesigen Orangenbaum mit echten kleinen Orangen dran, links und rechts dahinter schauen ein paar blonde Haarspitzen von Anja hervor und so wie sie geht, scheint das Bäumchen echt schwer zu sein.

„Warte, ich helfe dir", rufe ich, laufe zu ihr und packe auch am Blumenkübel mit an. Wir schleppen den Orangenbaum bis vor die Haustüre und stellen ihn dann schnaufend ab.

„Der passt doch ideal auf die Terrasse. Links von der Terassentür, aber so, dass du ihn vom Wohnzimmer von der Couch aus noch sehen kannst." Wie immer hat Anja alles bestens durchdacht.

„Das ist eine gute Idee von dir! So sehe ich den Sommer auch, wenn ich im Haus bin. Ich hoffe, du hast keine Erdflecken auf deiner Hose?", sage ich und lächle Anja an, die wieder wie aus dem Ei gepellt aussieht. Meistens trägt sie feine hellbraune Stoffhosen und eine weiße Bluse.

„Meine Klienten sollen ja Vertrauen gewinnen, da ist ein kompetentes Äußeres schon wichtig!", hat Anja einmal in einer Partyrunde ihren Kleidungsstil beschrieben, als sie die Runde wieder mit Anekdoten aus ihrer Paartherapie-Praxis unterhielt.

„Ich muss eh in einer Stunde Finn vom Fußballplatz abholen. Da kann es durchaus sein, dass die Hose nochmal Schmutz abkriegt", sagt sie und wischt den staubigen kaum sichtbaren Erdfleck von ihrem Oberschenkel.

„Dann hast du ja noch Zeit für einen Kaffee oder Prosecco?! Geben wir dem Baum noch ein neues Zuhause und dann machen wir es uns noch gemütlich!", sage ich und kurz darauf sitzen wir auf der Terrasse, eine Tasse Cappuccino in der Hand und neben uns der Orangenbaum. Die Abendsonne scheint uns angenehm ins Gesicht. Im Garten sprießen die ersten Frühlingsblumen, an den Bäumen zeigen sich weiße und rosa Blüten und auf dem an den Garten angrenzenden Radweg fahren ein paar Feierabend-Radler hin und her. Der Radweg verbindet den Vorort mit meiner geliebten Kleinstadt, die mit ihren alten bunten Giebelhäusern ein ganz besonderes Flair versprüht. In nur 20 Minuten erreicht man das historische Stadtzentrum, in dem sich auch mein Lieblingscafé befindet. Jedes Mal, wenn ich mich auf mein Fahrrad schwinge und der mittelalterlichen Stadt einen Besuch abstatte, bin ich froh, dass ich hier und nicht in dem eine Stunde entfernten München wohne. Ich spüre nun doch ein angenehmes Glücksgefühl und lehne mich weiter zurück.

„Ich bin froh, dass ich heute frei genommen habe. Meiner Mutter habe ich es aber nicht verraten", gestehe ich Anja und blinzle gegen die Sonne zu ihr rüber.

„Das kannst du doch nicht machen. Deine Mutter anlügen", sagt Anja und rollt mit den Augen.

„Du kennst doch meine Mutter! Wenn ich es ihr sage, ist sie erst recht beleidigt, dass ich sie heute nicht eingeladen habe. Meinem Vater ist das relativ egal. Aber meine Mutter erwartet dann wieder die perfekt gedeckte Kaffeetafel und brave Enkeltöchter am Tisch. Den Stress wollte ich mir heute echt nicht antun."

„Tina, du solltest echt mal lernen, achtsamer mit dir selbst umzugehen und deine eigenen Wünsche zu vertreten. Deine Mutter würde dich dann auch viel besser verstehen." Anja schlürft den heißen Cappuccino aus der Tasse. „Wenn du ihr mit einer „Ich-Botschaft" erklärst, was du fühlst, wird sie dich verstehen", erklärt mir Anja und setzt ihr Therapeuten-Gesicht auf.

Dabei wirft sie mir einen eindringlichen Blick zu und streicht langsam ihr Pony zur Seite. Das ist anscheinend auch eine ihrer Kompetenz-suggerierenden Gesten, die sie in den Beratungsgesprächen anwendet, um den verzweifelten Paaren endgültig das Signal zu geben, dass ihre Ehe zu einhundert Prozent am Boden ist und nur SIE dazu beitragen kann, diese zu retten.

Ich ziehe die Augenbrauen hoch und schaue Anja ungläubig und leicht grinsend an.

„Ich-Botschaft!? Meine Mutter gehört nicht zu den Leuten, die Ich-Botschaften verstehen. Wahrscheinlich würde sie mir dann erst recht vorwerfen, dass ich Ich-bezogen und egoistisch bin, wenn ich ihr sage, wie ICH mich fühle", gebe ich zurück.

Ich mag es gar nicht, wenn Anja berufliches mit in unsere Freundschaft einbringt. Sie ist dann nicht mehr „meine" Anja. Schließlich kenne ich sie seit der Grundschule – mit gerüschtem Kommunionkleid, mit Pferdesti-

ckern im Pausenhof, mit Pickeln auf der Nase im Tanz-
kurs. Wenn Anja ihre therapeutischen Weisheiten zum
Besten gibt, kann ich es inzwischen kaum noch ertragen.
Vor zwei Jahren haben wir uns während meiner größten
Krise mit Christian deswegen so richtig gezofft. Anja gab
mir damals ständig gute Ratschläge und konnte nicht glauben, dass all ihre „Rezepte", wie „Vereinbaren Sie einmal
in der Woche ein Date mit Ihrem eigenen Mann" oder
„Tun Sie sich gegenseitig was Gutes" in unserem Fall einfach aussichtslos waren. Der Grund: Wir hatten einfach
keine Lust drauf! Und genau das konnte Anja nicht nach-
vollziehen.

„Wie könnt ihr euch einfach als Paar aufgeben? Ihr habt
gemeinsame Kinder", hatte sie mir damals vorgeworfen,
nachdem ich mich nächtelang bei ihr ausgeheult habe und
auch sonst versucht habe, alle ihre Ratschläge umzusetzen.
Irgendwann war dann einfach der Punkt erreicht, an dem
Christian und ich den Kampf um unser Eheglück aufgegeben haben.

Damals war ich wirklich enttäuscht von Anja. Ich hatte
mir gewünscht, dass sie mich einfach in den Arm nimmt
und tröstet. Dass sie mich – zumindest seelisch – bei den
Behördengängen zur Bank und zur Rechtsanwältin unterstützt. Und dass sie zu mir hält und nicht zu Christian. Leider hatte ich damals eher das Gefühl, Anja macht mir den
Vorwurf, dass ich nicht genug an unserer Ehe gearbeitet
hätte. Nach der Scheidung haben wir uns ausgesprochen.
Seitdem nähern wir uns wieder etwas an. Trotzdem bin ich
immer noch skeptisch, wenn Anja eine ihrer Ratschläge
zum Besten gibt.

Nun ist sie auch still und antwortet nicht mehr auf meinen Einwand gegen die „Ich-Botschaft". Wir trinken unseren Cappuccino und wechseln das Thema.

Anja berichtet mir vom letzten Fußballtraining, bei dem Finn super Tore geschossen hat (eigentlich gibt es einen anderen Jungen, der gut schießt, der an diesem Tag aber kein einziges Tor geschossen hat) und von Maras Leichtathletik-Wettbewerb, bei dem sie den zweiten Platz gemacht hat (eigentlich wäre es der 1. Platz gewesen, aber die Trainer haben die Zeit nicht richtig gestoppt) und von ihrem Mann Raimund, der bald wieder auf Dienstreise muss (das ist Anjas Graus, denn dann gerät sie in Stress).

Ich berichte Anja noch aus der Arbeit und den aufgebrachten Leuten, die sich gestern den ganzen Tag über die nicht ausgeleerten Mülltonnen beschwert haben. Es ist immer das Gleiche – zuerst sind sie am Telefon freundlich, denn sie wollen was von mir. Wenn ich dann aber nicht sofort eine Aussage dazu machen kann, wann genau die Mülltonne geleert wird, bekommt der Ton des Anrufers schon eine gewisse Schärfe. Und wenn es dann irgendwann einen weiteren Grund für eine Beschwerde gibt – beispielsweise ein übergelaufener Gullideckel oder eine Ölspur in der eigenen Wohnstraße, dann werden die Anrufer so richtig persönlich. Zum Glück verschont mich Anja diesmal mit Ratschlägen bezüglich „Ich-Botschaften in Konfliktgesprächen" und bei dem Gedanken daran, dass ich einem Anrufer mit einer Ich-Botschaft antworte, muss ich grinsen.

„Ich habe noch eine Kleinigkeit für dich", sagt Anja plötzlich und zieht noch ein kleines Geschenk aus der Hosentasche und ich sehe an der Form der Verpackung gleich, dass es meine teure Lieblingshandcreme ist, die mir Anja öfter mal schenkt.

„Du bist ein Schatz. Gerade ist die letzte ausgegangen", freue ich mich und zupfe das Seidenpapier auf, das um die Cremetube gewickelt ist.

„Na das wusste ich doch", zwinkert mir Anja zu. „Aber jetzt du Liebe muss ich auch schon los zum Fußballplatz."

„Wann hast du wieder mal länger Zeit für mich?", frage ich sie, während ich sie raus begleite.

Anja zückt ihr Handy und schaut im Terminkalender nach. „Hmmm, erst in drei Wochen, so wie es aussieht. Momentan habe ich so viele Beratungsgespräche. Ich melde mich, sobald ich Zeit habe. Mach´s gut Tina."

Ich winke ihr noch, während sie abfährt und schließe die Tür. Sofort drehe ich den jungfräulichen Cremedeckel von der kleinen Tube und drücke wie gewohnt ein bescheidenes erbsengroßes Cremestück aus der Tube heraus, das ich auf meinem Handrücken verstreiche – dort, wo meine Haut immer am trockensten ist. Die Handinnenflächen sind nicht so trocken, die bekommen nur noch die Restcreme ab, die auf dem Handrücken nicht eingezogen ist. Die Creme duftet dezent nach Honig und auf der gelben Tube ist eine kleine Biene abgebildet. Ich liebe diese Creme und Anja weiß das. Während ich die kleine Cremetube zu meinem Geschenketisch trage, fällt mir wieder der Imkerkurs ein und sofort wird mir ganz flau. Eigentlich habe ich gar keine Lust darauf. Aber das kann ich Susanne ja nicht sagen. Wahrscheinlich würde ich sie enttäuschen und das möchte ich auch nicht.

***

„Du Tina, ich habe im Programm gesehen, dass schon kommenden Freitag der Theorieteil vom Imkerkurs ist. Der Praxisteil des Kurses ist dann eine Woche später am Samstag! Das habe ich ganz übersehen", höre ich Suanne am anderen Ende der Leitung.

„Na super, auch das noch", denke ich mir. Jetzt muss ich für den Kurs auch noch meinen heiligen Freitagabend opfern.

Früher hatte ich immer das Gefühl, dass genau dieser Wochentag etwas besonders bieten müsste. Wie oft habe ich darauf gewartet, dass Christian auf die Idee kommt, mich zum Essen einzuladen, mir einen Kinoabend vorzuschlagen oder einfach nur eine Runde um die Häuser zu gehen? Leider hatte er genau am Freitag nach der Arbeit besonders häufig „eine beginnende Erkältung", wie er es oft nannte. Dann wusste ich schon – das kann ich mir abschminken. Christian verzog sich dann meist mit einem Kirschkernkissen und seinen Nasentropfen vor den Fernseher und ich saß einsam mit einem Buch im Bett. Auf die Idee, einfach allein loszuziehen und mit Susanne oder Anja ins Kino zu gehen, bin ich nie gekommen. Das Wochenende – und da gehörte auch der Freitagabend schon dazu – war für mich immer „Familienzeit" – auch wenn eigentlich kein Familienmitglied jemals großes Interesse daran gezeigt hat und besonders nicht Christian.

„Okay, fahren wir am Freitag gemeinsam hin?", höre ich mich sagen. Warum sage ich nicht einfach, dass ich schon was vorhabe? Der Freitag war nicht geplant und mir reicht der Kurs am Samstag. Aber was sollte ich schon vorhaben!?

„Ja, ich komme um 18.00 Uhr, dann haben wir vorher noch Zeit, uns einen Plan zu überlegen, falls ein guter Typ dabei ist", sagt Susanne. „Was ziehst du eigentlich an?"

„Zum Imkerkurs? Was soll ich da schon anziehen? Jeans und Shirt, wie immer halt. Oder meinst du, man muss schon mit Schutzkleidung kommen?" Ich lache bei dem Gedanken daran, dass alle Kursteilnehmer mit diesen komischen Imkerhüten rumlaufen.

„Nee, mach dich lieber schick. Vielleicht ist für uns beide ein Schnuckelchen dabei!"

„Mein Bedarf an Männern ist vorerst gedeckt!", stöhne ich.

„Ach komm schon. Du hast halt noch nicht den Richtigen gefunden. Du wirst sehen – Männer die imkern sind von Haus aus interessant. Wenn dann noch die Optik stimmt, schnappt die Sue-Falle auf jeden Fall zu", lacht Susanne.

„Soll ich im kleinen Schwarzen zum Imkerkurs gehen? Das kommt wahrscheinlich nicht so gut an", grinse ich und stelle mir diesmal vor, wie ich in meinem nicht vorhandenen kleinen Schwarzen und meinen hochhackigen Pumps zwischen Bienenkästen stolziere.

„Okay, dann zieh dir einfach was normal-Schickes an. Ich hole dich ab."

Zwei Tage später geht es los.

Susanne fährt mit ihrem Corsa vor und ich steige – natürlich in Jeans, T-Shirt und Jeansjacke ins Auto. Susanne steht nicht so auf Schminke, aber ich sehe, dass sie sich einen Hauch von ihrer Naturkosmetik-Wimperntusche aufgetragen hat. Auch die Filzstulpen hat sie heute weggelassen, die sie während der Arbeit meistens trägt. So ein Outfit kommt bei den meisten Männern weniger gut an. In ihrem einfarbigen dunkelroten Kleid und mit den offenen roten Haaren sieht sie heute mehr wie ein Vamp als wie eine Hexe aus.

Als wir am Lehrbienenstand ankommen und in Richtung hell erleuchtenden Vortragssaal gehen, sehen wir eine Schlange von Menschen am Eingang anstehen.

„Wollen die alle da rein?", frage ich Susanne und nicke in die Richtung des Haupteinganges.

„Sieht so aus…", sagt sie abwesend und scannt mit ihrem Blick die Reihe der anstehenden Leute ab.

Ich lache und stupse Susanne in die Seite. „Fängst du etwa jetzt schon an mit der Suche?"

Sie zuckt mit den Schultern. „Hier sehe ich jedenfalls noch nichts Schnuckeliges! Aber vielleicht ist ja dein Tom da?!"

„Mein Tom? Spinnst du?", empöre ich mich, muss aber zugeben, dass ich auch schon den Gedanken hatte, ihn heute live zu sehen.

Wir stellen uns brav in die Schlange, kichern und reden währenddessen die ganze Zeit und werden nach dem Bezahlen dann endlich mit einem Infoheftchen in der Hand in den Saal entlassen. Die meisten Stühle sind schon besetzt. Wir finden einen Platz an einer der hinteren Tischreihen und breiten unsere Heftchen, den Notizblock und Kugelschreiber auf dem Tisch aus.

Ich schmunzle, als Susanne die Getränke aus ihrem Rucksack zieht. „Du denkst auch einfach an alles!"

Sie stellt zwei kleine Glasflaschen mit selbstgemachten Apfel-Smoothie auf den Tisch und kramt weiter in ihrem Rucksack herum. Sie legt noch zwei Papierstrohhalme (natürlich!) und eine Packung Kekse dazu. Die sind wenigstens nicht aus dem Bioladen mit 80% Kakaoanteil, sondern mit echter Zucker-Schokolade ummantelt – so wie ich sie liebe.

„Wir müssen es uns doch gemütlich machen!", grinst sie. „Ist doch dein Abend!"

Ich schäme mich ein bisschen dafür, dass ich mich über das Geschenk zuerst gar nicht gefreut habe. Beim Gedanken daran, dass Susanne extra den Smoothie vorbereitet hat und meine Lieblingskekse gekauft hat, die sie sich für sich selbst nicht gekauft hätte, wird mir warm ums Herz. Und irgendwie finde ich es gerade doch spannend. Wann wäre ich sonst schon auf die Idee gekommen, an so einem Kurs teilzunehmen.

„Lass dich mal drücken", sage ich und nehme meine Freundin in den Arm.

„Ihr lassts eich aba guat geh!", höre ich eine dunkle Stimme aus der Reihe hinter uns. Wir drehen uns um und ein älterer Mann nickt grinsend in Richtung unserer Abend-Verpflegung.

„Wer weiß, was uns heute noch erwartet! Wir brauchen die Stärkung", zwinkert Susanne dem älteren Herrn zu. Susanne und ich schauen uns an und brechen – wohlwissend, dass Susanne dies auf ihren Plan für den heutigen Abend bezogen hat, in Lachen aus.

Es dauert noch eine ganze Weile, bis alle Leute, die sich noch hinter uns in der Warteschlange angestellt haben, im Saal sind. Wir sehen uns währenddessen um und sind erstaunt, welche Leute an diesem Kurs teilnehmen: Ein Elternpaar mit zwei Kindern, einige junge Pärchen, die augenscheinlich eher der Öko-Szene zuzuordnen sind, einzelne Männer meist im karierten Hemd, ein paar Frauen um die 50, die allein den Kurs besuchen, zwei ca. 16-jährige Schüler …

Susanne richtet sich plötzlich kerzengerade auf: „Hey schau mal!", sagt sie und nickt in Richtung Türe. Ich erstarre kurz bei dem Gedanken, dass Tom hier sein könnte, aber ein anderer gutaussehender Mittvierziger betritt den Saal und sieht sich suchend um. Das ist definitiv nicht Tom aus dem Flyer. Ich merke, dass ich etwas enttäuscht bin. Aber Susanne nimmt schnell ihre Jacke vom Stuhl neben sich und rückt den leeren Stuhl etwas von der Tischkante weg. „Hier ist noch Platz!", ruft sie etwas zu laut dem Mann zu.

Der Mann blickt zuerst suchend in die andere Richtung und Susanne ruft nochmal: „Sie suchen noch einen Platz?"

Jetzt bemerkt er uns und kommt langsam mit einem schelmischen Lächeln auf uns zu geschlendert. Er sieht wirklich gut aus – weißes Hemd lässig in die Jeans gesteckt. Leicht grau melierte und gepflegte Haare. Susanne streicht sich durch ihr offenes lockiges Haar und reibt ihre Hände an dem Kleid ab, das sie über den Leggings trägt. Sie sieht heute sehr gut aus und ich kann mir durchaus vorstellen, dass der Mann gerne neben ihr sitzen würde.

„Vielen Dank", sagt er, als er fast vor uns steht. „Aber ich brauche auch noch einen Platz für meine Frau. Die kommt später nach. Ist denn dieser Stuhl auch noch frei?", fragt er und deutet auf den Stuhl neben dem Platz, den Susanne freigemacht hat.

„Äh, ich glaube da ist vorhin schon jemand gesessen. Vielleicht ist der gerade aufs Klo …", stammelt Susanne.

Der Mann lächelt sympathisch und sagt: „Kein Problem. Wir werden schon noch ein Plätzchen finden. Ich warte am besten am Eingang auf meine Frau."

Als er sich umdreht und ein paar Meter entfernt hat, seufzt Susanne und streckt theatralisch beide Hände in die Höhe.

Sie schlägt mit der Handfläche auf den Tisch, so dass die Smoothies wackeln.

„Das gibt's doch nicht! Der sah so gut aus! Aber war ja klar, dass der natürlich VERHEIRATET sein muss! Mist!"

„Wäre ja auch zu schön gewesen, wenn der Erstbeste hier reinspaziert, gut aussieht und auch noch frei gewesen wäre", sage ich und lehne mich zurück.

„Ich will endlich jemanden finden. Das kann doch nicht so schwer sein! Im Yogakurs war es genauso! Ein Typ hätte mir wirklich gefallen. Der war auch so lieb zu den Ziegen.

Und das ist ja ein gutes Zeichen. Lieb zu Tieren heißt auch lieb zu Kindern. Und das ist das wichtigste Kriterium!"

„Aber?", frage ich.

Susanne rollt mit den Augen. „Natürlich war er vergeben. Und was das Schlimmste war: Er war schwul!"

„Wie hast du das denn rausgefunden?"

„Wir haben uns so nett unterhalten. Über Ziegen und alles Mögliche. Ich habe ihm dann vom Waldkindergarten erzählt. Das fand er total interessant und hat viel nachgefragt. Aber dann wollte er wissen, ob wir noch eine Stelle frei haben. Sein Freund ist Erzieher und ist gerade auf der Suche nach einem neuen Job."

„Ach Scheiße. Hast du ihn dann trotzdem noch eingeladen?"

„Natürlich nicht! Zeitverschwendung! Normale Freunde habe ich ja genug! Ich will einfach nur einen richtigen Freund. Kann das denn so schwer sein? Entweder sind sie schwul, oder verheiratet oder geschieden und haben 5 Kinder im Schlepptau, für die sie zahlen müssen. Und hier sieht es bisher auch eher schlecht aus!"

Wir lästern noch weiter über manche Leute, aber ich bemerke, wie Susannes gespanntes Lächeln mit jeder weiteren Person, die den Raum betritt, aus ihrem Gesicht verschwindet.

„Da ist ja wirklich gar niemand dabei", sagt sie enttäuscht, als der letzte Kursteilnehmer einen Platz gefunden hat, die Saaltür geschlossen wird und der Referent die erste Folie mit dem Beamer an die Wand wirft.

„Du bist ja auch wegen den Bienen da – für den Kindergarten! Oder etwa nicht?"

Susanne sieht mich mit einem müden Lächeln an und sagt: „Ja klar, natürlich!"

Sie tut mir in diesem Moment so unendlich leid. Mit Mitte 30 wäre Susannes nächstes Projekt die Familienplanung gewesen. Sie und Robin waren schon seit ein paar Jahren ein Paar. Keiner hat daran gezweifelt, dass die beiden zusammenbleiben. Leider hat es sich Robin doch anders überlegt, als er sich entschieden hat, mit Susanne Schluss zu machen und kurz darauf seine langweilige Kollegin zu heiraten, um ein Jahr später mit ihr auch noch ein Kind zu bekommen.

„Hey, Süße. Kopf hoch! Jetzt sieh es positiv! Du lernst was Neues und wir verbringen einen schönen Abend. Und wer weiß, ob beim Praxiskurs nicht süße Typen dabei sind", versuche ich sie aufzumuntern.

Susanne nimmt einen Schluck von ihrem Smoothie.

„Und wenn am Samstag jemand dabei ist, dann teilen wir uns den schwesterlich", sagt sie versöhnlich. Wahrscheinlich will sie mir den Abend nicht verderben und hört die restliche Zeit dem Vortrag zu. Ich schreibe fleißig mit und finde den Kurs doch gar nicht so langweilig, wie ich dachte.

Wir erfahren, wie ein Bienenvolk funktioniert und dass jede Biene eine bestimmte Aufgabe hat. Die Königin wird gefüttert und gut versorgt und legt ununterbrochen Eier, um neue Arbeitsbienen zu zeugen, die im Mai, Juni und Juli den Honig bringen. Die Drohnen – die männlichen Bienen – sind nur für die Begattung zuständig und werden nach getaner Pflicht aus dem Bienenbeute – so heißt das Zuhause der Bienen – geworfen.

Susanne zwinkert mir zu. „Gar keine schlechte Idee! Das könnten wir auch so machen. Eine Frauen-WG mit einer genialen Arbeitsteilung. Und die Männer behalten wir nur so lange, wie wir sie brauchen."

Nach drei Stunden wissen wir alles über den Schwänzeltanz der Bienen, dass man keine Angst vor Stichen haben muss, weil Bienen nur in der allergrößten Not stechen und dass man Mitte April mit dem Imkern beginnen kann und wir das alles nächsten Samstag praktisch lernen werden.

Beschwingt verlasse ich den Saal und halte mein Nachweisheft des Imkerverbandes fest in der Hand, das wir zum Abschluss bekommen haben. Den ersten Stempel für den Theorieteil des Anfängerkurses habe ich bereits drin. Susanne wirft im Hinausgehen dem attraktiven Mann von vorhin noch einen verstohlenen Seitenblick zu, der neben seiner Frau in der Nähe des Ausgangs sitzt. Der würdigt uns aber keines Blickes und ist mit seiner sympathisch aussehenden Frau ins Gespräch vertieft. Ich spüre einen kurzen Stich und denke an Christian. Wir hatten uns in den letzten Jahren nicht mehr so viel zu erzählen. Christian wäre auch nie dazu zu bewegen gewesen, mit mir so einen Kurs zu besuchen. Ich schiebe den Gedanken daran schnell weg und hake meine Freundin unter.

„Vielen Dank für den Abend. Ich fand es richtig gut. Ich freue mich jetzt schon auf den Praxisteil."

Susanne drückt mir einen Kuss auf die Wange.

„Dann werde ich dich in Zukunft vielleicht öfter mitnehmen", sagt sie, während wir ins Auto steigen, und ich denke mit Schrecken an die Yoga-Ziegen.

„Jetzt mal langsam. Ich möchte mich erstmal mit der Bienenwelt vertraut machen", sage ich schnell, bevor Susanne am Ende auf die Idee kommt, mich von nun an ständig mit Geschenkgutscheinen für Kurse aller Art zu beglücken.

Am Haus angekommen steige ich aus und winke Susanne zu.

„Bis nächsten Samstag! Wünsch dir eine schöne Woche und schreib mir zwischendurch mal, ja?"

Ich sperre die Haustüre auf und lausche ins Haus hinein. Sarah ist unterwegs, aber aus Lauras Zimmer kommen schluchzende Laute.

Ich stürme die Treppe hoch.

„Was ist denn los Schatz?", rufe ich schon, während ich die Türe von Lauras Zimmer öffne.

Laura sitzt auf dem Fußboden, neben ihr steht der Hamster-Stall mitten im Zimmer auf dem Teppich. Erst sehe ich nur Lauras Rücken, aber als ich um sie rumgehe, blicke ich in ihr tränenüberströmtes Gesicht.

Mit einer Hand streichelt sie das kleine leblose Fellbündel, das im Stall neben ihr liegt.

Ich gehe auf die Knie und streichle Laura über die Wange.

„Oh Schatz! Komm her! Das tut mir so leid!" Ich rutsche näher zu ihr und ziehe sie etwas zu mir her, um sie richtig in den Arm zu nehmen. Laura lehnt sich in meine Arme aber nimmt die Hand nicht vom Hamster weg. Sie schluchzt und weint immer weiter. Mit unterbrochener Stimme sagt sie:

„Ich … ich bin im Wohnzimmer gewesen. Vorher … er hat noch gelebt. Und gefressen. Ich verstehe das nicht. Er kann doch nicht einfach tot sein … ", und da bricht sie wieder in Tränen aus und es schüttelt sie richtig.

Mir steigen ebenfalls die Tränen in die Augen und ich schlucke ein paar Mal, in der Hoffnung, dass die Tränen wieder weg gehen. Ich schaffe es nicht und die ersten Tränen kullern auch mir über die Wangen. Ich halte die weinende Laura im Arm und dabei kommen mir tausend Fragen und Gedanken gleichzeitig. Warum ist Rudi überhaupt gestorben? Wir haben ihn doch extra bei der Züchterin gekauft, weil es immer heißt, ein Tier aus dem Gartenmarkt sei schon von Haus aus gestresst und nicht so widerstandsfähig, weil alle Leute an der Scheibe herum klopfen. Also sind wir zu Lauras 12. Geburtstag extra zur Züchterin gefahren. Aber die vermeintliche Widerstandsfähigkeit hat sich ja nun als Trugschluss herausgestellt, Rudi ist nur ein halbes Jahr alt geworden. Hilft es Laura, wenn sie einen neuen Hamster bekommt? Nein, erstmal nicht. Sie will bestimmt nicht sofort wieder einen. Wo sollen wir das Tier begraben? Im Garten unter dem Schneeballstrauch ist wahrscheinlich ein guter Platz. Habe ich überhaupt einen Schuhkarton zu Hause, um Rudi reinzulegen? Wir haben schon einmal ein Haustier begraben. Unseren Kater, den wir auch nur ein Jahr hatten, bevor er von einem Auto erwischt wurde. Das war ein Drama für die ganze Familie und ich habe mir eigentlich geschworen, niemals wieder ein Haustier zu kaufen. Damals hat Christian das Grab ausgeschaufelt und ein Holzkreuz gebaut, auch wenn er handwerklich nicht sonderlich begabt war. Naja, dann werde ich das ja wohl auch schaffen – schaffen müssen.

Ich berühre Rudi vorsichtig am Fell und lasse meine Hand leicht darauf liegen, falls doch noch ein Atemzug zu spüren sein sollte. „Ist er wirklich tot?"

„Jaaaa!", schreit Laura und windet sich aus meinen Armen. Sie steht auf und läuft aus dem Zimmer, poltert die Trepper hinunter und ich höre, wie sie unten im Wohnzimmer weiter weint.

Ich folge ihr und finde sie im Wohnzimmer auf der Couch vor. Alle Couchkissen hat sie auf ihren Kopf gelegt und unter den Kissen kommt ein gedämpftes Schluchzen hervor. Ich setzte mich auf die Couchkante und streichle ihr über den Rücken.

„Es tut mir so leid Schatz! Weine ruhig. Es ist so traurig, dass Rudi gestorben ist. Ich verstehe das auch nicht. Soll ich dir einen Tee machen?"

Laura verstummt kurz und ich sehe die Couchkissen wackeln, was wohl bedeutet, dass Laura nickt. Ich stehe auf, gehe in die Küche und setze das Teewasser auf. So habe ich ein paar Minuten Zeit zu überlegen, was nun zu tun ist. Es ist spät abends. Das Schuhgeschäft hat schon längst zu und ich kann erst morgen einen Schuhkarton besorgen. Fieberhaft überlege ich, ob noch irgendwo im Haus ein passender Karton ist. Mir fällt die Geschenkverpackung von Susannes Gutschein für den Imkerkurs ein. Schließlich habe ich keinen Gutschein in der Verpackung vermutet – er müsste also groß genug für den Hamster sein. Außerdem ist die Schachtel auch noch sehr dekorativ – für eine würdevolle Beerdigung also gerade richtig. Ich bin froh, dass ich auch kein tiefes Loch graben muss – die kleine Schachtel mit dem kleinen Hamster drin werde ich schon unter die Erde bekommen. Nur das Holzkreuz liegt mir noch im Magen.

Das Teewasser brodelt im Topf und ich ziehe das Wasser vom Herd. Lauras Lieblingstee mit Erdbeergeschmack kommt in ihre Lieblings-Einhorntasse. Ich trage die Tasse ins Wohnzimmer und setze mich neben Laura, die wieder unter den Kissen schluchzt.

„Ich will ihn nicht mehr sehen", höre ich es gedämpft unter dem Kissen.

„Wir machen Rudi ein wunderschönes Grab im Garten, okay?", versuche ich es vorsichtig und da keine Reaktion unter dem Kissen hervorkommt, nehme ich an, dass Laura einverstanden ist.

„Möchtest du ihn heute noch beerdigen oder morgen früh?"

„Heute, jetzt gleich", winselt Laura unter dem Kissen.

„Okay… dann werde ich mal alles vorbereiten. Trink du mal deinen Tee und ich komme gleich", sage ich. Mir ist etwas eingefallen. Meine Heißklebepistole, mit der ich erst vor kurzem die Verzierungen am alten Telefontischchen wieder angeklebt habe. Ich hole aus meinem Schreibtisch die zwei schönsten Bleistifte – ohne Kauspuren und naturfarben. Dann nehme ich sie mit in den Keller und säge mit der Laubsäge die spitzen Enden einfach ab. Tamtam! Zwei wunderbare Bauteile für ein Holzkreuz! Ich bin stolz auf meine kreativen Eigenschaften. Jetzt nur noch schnell mit der Klebepistole aneinander geklebt … schon ist meine Eigenkreation fertig. Ich sause wieder die Treppe hoch und schnappe mir unterwegs noch die schöne Gutschein-Schachtel mit den Papierblüten.

An Lauras Schreibtisch schreibe ich in meiner schönsten Handschrift auf ein Stück weißes Papier „Rudi" und klebe das Stück Papier auf das Holzkreuz. Auf die Papierschachtel schreibe ich mit schwarzem Fineliner „Ruhe in Frieden". Dann überwinde ich mich und hole den Hamster aus dem Käfig. Er fühlt sich ganz dünn an und auch schon etwas steif. Ich atme tief durch und versuche, meinen Ekel zu überwinden und nicht zu lange darüber nachzudenken. Schnell lege ich ihn in die Schachtel und schließe den Deckel. Danach schüttelt es mich und ich renne ins Bad zum Hände waschen. Nur nichts anmerken lassen, denke ich, während ich meine Hände extra lange mit Seife einreibe und das Wasser in einem festen Strahl lange darüber laufen lasse.

Nun sind die Hamster-Beerdigungsutensilien fertig und ich gehe mit dem Bleistift-Kreuz und der Hamster-Schachtel in der Hand wieder ins Wohnzimmer zu Laura, die inzwischen unter dem Kissenstapel hervorgekrochen ist und mit der Tasse Tee und einem verheulten Gesicht im Schneidersitz auf der Couch sitzt. Seit letztem Jahr sitzt

Laura oft zu Hause rum. Ganz im Gegensatz zu ihrer Schwester Sarah, die immer unterwegs ist und von der ich mir wünschen würde, dass sie öfter zu Hause wäre. Laura dagegen hat sich nach der Scheidung immer mehr zurückgezogen. Meistens verbringt die die Nachmittage in ihrem Zimmer, liest oder daddelt an ihrem Handy rum. Freundinnen hat sie in der Klasse wohl keine. Mit Anja habe ich schon öfter darüber gesprochen. Allerdings hat Anja natürlich sofort gute Ratschläge auf Lager und würde uns am liebsten gleich zum Kinderpsychologen schleppen. Darauf habe ich aber wirklich keine Lust. Endlose Gespräche, die sich dann bestimmt wieder nur darum drehen, dass das Kind unter der Trennung leidet. Das weiß ich selbst auch. Dazu brauche ich keinen Psychologen.

Bewusst langsam und andachtsvoll setze ich mich neben Laura auf die Couch und streichle ihr wieder über Kopf.

„Bist du soweit?"

Laura nickt.

Ich nehme Laura bei der Hand und sage. „Na dann suchen wir für Rudi einen schönen Platz im Garten."

Laura wirft einen kurzen Blick auf die Schachtel und das Kreuz. Ein kurzes Grinsen huscht ihr über das Gesicht, als sie das Kreuz sieht. Aber als sie die Schachtel öffnet und den Hamster darin liegen sieht, laufen ihr wieder die Tränen herunter. Ich nehme das Kreuz und Laura nimmt die Schachtel in die Hand.

Gemeinsam gehen wir nach draußen. Es ist schon dämmrig und ich brauche einen Moment, bis ich mich an die Dunkelheit gewöhnt habe.

Heute ist der Himmel fast wolkenlos und das Mondlicht erhellt den Garten ein wenig.

„Was hältst du von dem Platz unter dem Schneeball?", schlage ich Laura vor.

Sie nickt und trottet hinter mir her. Ich lasse mir gar nicht anmerken, dass mir schon wieder zum Heulen zumute ist. Das hier bekommt Christian mal wieder gar nicht mit. Gar nichts bekommt er nun noch mit. Seine Papa-Wochenenden verbringt er schön abwechslungsreich und ganz ohne Schulstress mit den Mädchen. Mal gehen sie zum Shoppen, mal aufs Volksfest und danach holt er sich die Dankeslorbeeren ab. Ich dagegen habe den ganzen Alltagskram inklusive Tierbeerdigung allein am Hals.

„Denk dran, früher hat sich Christian auch nicht sonderlich um die Mädchen gekümmert", sagt Susanne meistens in so einem Moment, wenn ich ihr völlig frustriert mein Leid klage. Das stimmt natürlich. Christian war meist mit sich selbst und seinen vermeintlichen Krankheiten beschäftigt. Er hatte immer irgendwelche Symptome für irgendwas. Das war auch der Grund, warum wir uns getrennt haben. Jeder war nur mit sich selbst beschäftigt.

Ich schlage den Spaten etwas fester als notwendig in die harte Frühlingserde unter dem Strauch. Erst als ich auf die Kante des Spatens steige, gleitet die Schaufel in die Erde. Ich schaffe es, eine Schaufel voll Erde zur Seite zu legen und genug Platz für die Schachtel zu schaffen. Laura kniet in der feuchten Wiese nieder und legt die Schachtel in das Loch.

„Eine gute Zeit im Himmel kleiner Hamster", sage ich.

„Ich hab dich lieb", sagt Laura. Dann lege ich die Erde wieder vorsichtig auf die Schachtel und klopfe sie fest. Das Holzkreuz stecke ich in den Erdhaufen und verweile einen Moment mit Laura an der Hand davor.

Als Laura an meinen Fingern herumspielt, bemerke ich plötzlich, dass mein Bettelarmband weg ist. „Verdammt, ich habe es doch heute Morgen dran gemacht", denke ich. Mir wird in dem Moment ganz anders. „Das gibt es doch gar nicht! Ich bin sicher, dass ich es im Imkerkurs noch hatte." Ich erinnere mich an die Situation, als ich den Strohhalm in die Smoothie Flasche gesteckt habe. Da war das Armband noch an meinem Handgelenk, weil der Muffin-Anhänger nämlich an die Glasflasche gebaumelt ist.

„Du Laura, ich habe wohl gerade mein Armband verloren. Ich laufe mal schnell und hole eine Taschenlampe." Als ich mit der Taschenlampe bewaffnet wieder in den Garten komme, sitzt Laura auf der Schaukel und stößt sich am Boden ab. In der Dunkelheit höre ich das Quietschen der ungeölten Karabiner und Lauras leises Weinen.

Ich leuchte unter dem Busch herum aber finde kein Armband. Ob mir das Armband in das Hamstergrab gefallen ist? Ich bin schon versucht, die Schachtel wieder auszugraben, aber dann lasse ich es doch. Das hätte ich gemerkt. Ich gehe nochmal in den Schuppen zurück und leuchte leicht panisch unterwegs die Wiese ab. Aber auch hier finde ich kein Armband. Das Armband darf auf gar keinen Fall verloren gehen! Das hat mich nun schon so lange begleitet und jeder einzelne Anhänger hat eine besondere Bedeutung für mich. Ich schaue einfach morgen bei Tageslicht noch einmal, denke ich mir und versuche mich mit dem Gedanken zu beruhigen, dass das zu viele Unglücke für einen Abend wären. Bestimmt taucht es morgen wieder auf und liegt nur in der Erde neben dem Hamstergrab. Ich habe es wahrscheinlich nur nicht gesehen.

Tom

Mein Handy klingelt.

„Jo", melde ich mich.

„Grias di Tom. Hier ist da Hansi."

„Hallo Hansi! Womit kann ich dienen?"

„Deswegen rufe ich an! Ich habe ein Anliegen", versucht Johann möglich hochdeutsch mit mir zu sprechen.

Normalerweise hört man von ihm nur tiefstes bayerisch, aber wenn er mit mir spricht, bemüht er sich immer um „gewähltes Hochdeutsch", wie er sagt.

„Sprich mein Freund!", sage ich grinsend und gebe Ralf ein Zeichen, dass ich kurz verhindert bin. Der gibt mir ein Zeichen, dass er mit dem Bus losfahren will. Ich strecke ihm meinen Daumen entgegen, als Geste, dass ich verstanden habe und konzentriere mich wieder auf Johann.

„Meinst du, dass es für dich möglich wäre, am Samstag den Praxisteil vom Imkerkurs zu machen. Bei mir geht's am Samstag nicht", eiert Johann herum.

„Kommenden Samstag? Puh … ich habe schon noch viel zu tun. Die Beuten sind zwar bei dir, aber meine Wohnung muss ja auch noch leer werden …"

Johann schweigt und atmet schwer und ich merke, dass ich nicht drum herumkomme. Schließlich ist er so nett, die Bienenvölker ein Jahr lang zu versorgen, solange ich auf Sardinien bin. Da bin ich ihm wohl einen Gefallen schuldig.

„Ja doch, ich mache es", höre ich mich sagen.

„Mei supa!", antwortet Johann wie aus der Pistole geschossen.

„Aba oans muss i dia no song! Äh… eines muss ich dir noch sagen."

„Ich verstehe dich schon", lache ich bei Johanns erneutem Versuch, hochdeutsch zu sprechen. Es hört sich immer etwas umständlich und unbeholfen an.

„Im Theoriekurs letzten Freitag waren zwei Frauen. Die haben sich nur nach den Männern umgeschaut. Interesse an den Bienen hatten die zwei nicht."

„Aha, warum waren die dann im Kurs?", frage ich.

„Ja mei, was weiß denn ich. Die haben halt gemeint, sie finden einen anständigen Imker wie uns. Ich bin hinter denen gesessen. Hab jedes Wort von den zwei Damen gehört."

„Und haben sie einen anständigen Imker gefunden?"

„Wir sind doch nicht „Paarschip" oder so!"

„Warum erzählst du mir das denn?" Ich habe Johanns Botschaft noch nicht ganz verstanden.

„Mühe brauchst du dir mit denen nicht geben, meine ich nur. Die wollen ja eh nicht imkern."

„Ach so. Ja wenn du meinst. Kannst dann am Samstag auf mich zählen."

Damit ist unser Telefon beendet und mein Plan fürs Wochenende fix. Ich seufze. Irgendwann brauche ich auch mal Zeit für meine Vorbereitungen. Ralf hat seine Sachen bald alle unten. Meine Wohnung dagegen sieht noch völlig unberührt aus. Ich werde sie zwar erstmal untervermieten, meine persönlichen Sachen müssen trotzdem raus. Und ich habe noch keinen einzigen Gegenstand in einer Kiste verpackt.

Ich schlurfe langsam in meine kleine 2-Zimmerwohnung zurück und sehe mich um. Viele Dinge gibt es eigentlich nicht, die ich in Kisten packen muss. Meine Imkersachen, meine Dokumente. Ich sehe mich um und mein Blick fällt auf das Foto auf meiner Kühlschranktür. Ich nehme das Foto, auf dem ich neben meinem Bulli in Andalusien zu sehen bin, vom Kühlschrank. Das war eine Wahnsinnszeit. Vier Wochen Spanien. Völlig frei den Ort wechseln, ohne Rücksicht nehmen zu müssen. Dafür ist fast mein ganzer Jahresurlaub drauf gegangen.

Ich hänge das Foto wieder an den Kühlschrank und wechsle ins Wohnzimmer, wo mein Imkeranzug und mein Imkerwerkzeug sind, stopfe beides in eine Tüte und stelle diese neben die Wohnungstüre, wo mein Fahrrad an der Wand hängt. Zum Imkerkurs werde ich dieses Mal dann eben radeln müssen.

Tina

Als ich in Sarahs Zimmer komme, trifft mich der Schlag. Es stinkt nach Zigarettenrauch! Sarah sitzt auf ihrem Bett und versteckt schnell die Hand hinter ihren Rücken, als ich reinkomme.

„Du sollst anklopfen", schreit sie mich an.

„Hast du hier drin geraucht? Ich fasse es nicht!", schreie ich zurück, renne zum Fenster und reiße die beiden Fensterflügel auf. „Sag mal spinnst du? Wie kommst du auf die Idee, im Haus zu rauchen?"

„Du hast kein Recht, einfach in mein Zimmer zu kommen!", kreischt Sarah.

„Antworte gefälligst! Wie kommst du auf die Idee, im Haus zu rauchen?!" Ich baue mich vor Sarah auf und merke, wie die Wut in mir hochsteigt. Sarah sitzt mit ihrem völlig überschminkten Gesicht auf dem Bett und grinst mich an. Sie weiß genau, an welchem Punkt sie mich erwischen muss, dass ich so richtig wütend werde. Und der Punkt ist jetzt erreicht.

„Ich kann rauchen, wann ich will", blökt mich Sarah an.

„Jetzt reicht es dann mal!" Ich würde sie am liebsten aus dem Bett zerren, aber stattdessen packe ich ihr Kissen und knalle es vor ihr auf den Boden. Dabei sehe ich hinter ihrem Rücken den glühenden Zigarettenstummel.

„Du bist immer gleich so aggro", schreit Sarah, springt wie von der Tarantel gestochen vom Bett auf und flüchtet aus dem Zimmer. Bestimmt brauchte sie nur einen Vorwand, um die Zigarette draußen verschwinden zu lassen.

Ich höre, wie Sarah die Treppe runterpoltert und die Tulpenvase unten neben der Treppe vibriert. Sie knallt die Haustüre zu und weg ist sie.

Mir steigen Tränen in die Augen. Seit der Trennung komme ich mit Sarah nicht mehr zurecht. Wir entfremden uns immer mehr und ich habe Angst, dass sie abrutscht.

Und das alles bleibt an mir hängen. Christian bekommt von den ganzen Dramen nichts mit. Und wenn die Mädels bei ihm sind, benehmen sie sich wahrscheinlich wie seine braven Zuckerpüppchen.

Ich gehe nach unten und krame mein Handy aus der Handtasche.

Hab schon wieder große Probleme mit Sarah, tippe ich eine Nachricht an Anja in mein Handy.

Ich brauche schnell jemanden, dem ich mein Leid klagen kann. Anja hat Kinder, sie wird mich verstehen. Ich hoffe, dass sie mir keine psychologischen Ratschläge erteilt, sondern einfach nur zuhört. Lange muss ich nicht auf eine Antwort warten. Anja hat ihr Handy immer griffbereit. Sie lebt ständig in Sorge, dass mit ihren Kindern etwas ist oder dass sie die Kinder vorzeitig irgendwo abholen muss. Ich weiß, dass Anja regelmäßig ihre Nachrichten checkt und da sie gut organisiert ist, schafft sie es auch meistens, die Nachrichten einzutippen, während sie am Rand des Fußballfeldes Kaffee ausschenkt, an der Supermarktkasse ansteht oder den Kindern bei den Hausaufgaben hilft.

Was ist los du Liebe?, kommt es sofort zurück.

Sara hat gerade heimlich im Zimmer geraucht. Jetzt ist sie aus dem Haus geflüchtet. Ich mache noch fünf weinende Emojis hinter den Text.

Versuche immer an das Bild vom Kaktus zu denken, schreibt sie mir zurück. Anja hat mir mal anhand eines Kaktus die Pubertät erklärt. Er hat zwar Stacheln, benötigt aber trotzdem Wasser und Erde, um gut zu wachsen. Ich fand das Bild wenig hilfreich.

Ich will lieber Grünpflanzen statt Kakteen, schreibe ich zurück. Was habe ich mir auch von einer WhatsApp Beratung erwartet?

Ich kann dich verstehen, schreibt Anja zurück. Das ist ihr Standardsatz. Hat sie mir mal selbst erklärt, dass sie das in den Beratungen immer sagt. *Mara kommt auch schon in die Vorpubertät*, fügt sie dazu und macht hinter die Nachricht ebenfalls fünf weinende Emojis. Ich glaube, Anja wird sich noch wundern, was Pubertät wirklich bedeutet. Die brave Mara kriegt höchstens mal einen Heulkrampf, wenn sie in Leichtathletik den 2. Platz macht.

Ich lege das Handy in die Handtasche zurück und habe keine Lust mehr auf Anja-Beratung. Ich antworte später, das führt zu nichts.

Da kommt eine Nachricht von Susanne an:

Süße, leider kann ich morgen nicht zum Imkerkurs. Hab so Migräne. Liege schon den ganzen Tag im Bett.

Nicht auch das noch!

***

„Geht es hier zum Praxiskurs?", spricht mich eine kleine zierliche Frau von der Seite an, als ich gerade aus dem Auto aussteige.

„Äh, ich kenne mich auch nicht aus", stottere ich und lächle sie an. Mit ihren kurzen brünetten Haaren und ihrem grauen Kapuzenpulli, der ihr viel zu groß ist, wirkt sie eher burschikos. Unter dem Arm trägt sie einen Notizblock und ein Klemmbrett.

„Kein Problem! Dann suchen wir gemeinsam", lächelt sie zurück und wirkt so gar nicht nervös.

Ich dagegen bin ziemlich aufgeregt. Da mich Susanne versetzt hat, bleibt mir wohl nichts anderes übrig, als allein zu diesem Kurs zu gehen. Fast hätte ich gestern schon zum

Telefon gegriffen und abgesagt. Und dann flüsterte mir doch mein schlechtes Gewissen zu, dass sich sowas nicht gehört. Zu guter Letzt habe ich dann zugegebenermaßen doch ein klein wenig Abenteuerlust gespürt – das Abenteuer, mich auf völliges Neuland einzulassen und diesen Imkerkurs allein zu machen.

Ich trabe also neben der kleinen Frau her, die zielstrebig in Richtung Lehrbienenstand geht. Hier war zwar bereits der Theoriekurs, aber wo sind die Bienen? Heute sollen wir doch anhand von echten Bienenvölkern die Dinge gezeigt bekommen, die beim Imkern zu tun sind.

Als wir am Eingang angekommen sind, hält sie mir die schwere Türe auf und deutet auf einen Papierpfeil, der an der gegenüberliegenden Wand klebt. Darauf steht „Anfängerkurs Praxisteil".

Genauso schnell wie sie hierhergelaufen ist, folgt sie der Pfeilrichtung und ich habe Mühe, mit ihrem Tempo mitzuhalten. Da stehen wir schon auf einer riesigen Obstbaumwiese. Auf dem vorderen Teil der Wiese wachsen keine Bäume, hier sind vier Pavillons aufgebaut. Darunter stehen Biertische und Bierbänke. Auf den Biertischen befinden sich Holzkästen und anderes Imkerzubehör. Ein paar Kursteilnehmer stehen herum, manche wandern zwischen den Pavillons hin und her und sehen sich die Sachen an. Unauffällig schaue ich mich nach Tom vom Imkerflyer um. Dieser Mann würde mir hier doch gleich auffallen. Als ich noch überlege wohin mit mir, steht plötzlich wieder die kleine Frau vor mir und streckt mir die Hand entgegen.

„Sorry, hab mich noch gar nicht vorgestellt. Ich bin Isa. Schreibe einen Artikel übers Imkern. Wer bist du?"

„Tina", stelle ich mich vor und schüttle ihr ganz offiziell die Hand. Dann weiß ich nicht mehr, was ich noch sagen soll. Isa hat aber wohl kein Problem mit Gesprächspausen. Sie zückt ihren Block und den Stift und sagt:

„Macht es dir was aus, wenn ich dir ein paar Fragen stelle?", und setzt den Stift schon aufs Papier.

„Äh, nein", stammle ich.

„Wie bist du zum Imkern gekommen?"

„Noch gar nicht. Ich schaue mir das nur mal an. Meine Freundin hat mir einen Gutschein geschenkt. Aber die ist heute nicht hier."

Isa schreibt nichts auf ihren Block, sondern schaut mich fragend an.

„Ach, du imkerst noch gar nicht?"

„Nein, ich kann das noch gar nicht. Deshalb bin ich heute ja hier."

„Ach so, ja klar." Isa schiebt ihre Brille hoch.

Ich verstehe nur Bahnhof und bin etwas ratlos, was diese Frau von mir möchte. In dem Moment eröffnet eine dunkle Männerstimme den Kurs. Ich drehe mich um und sehe ... ihn! Da steht er. Tom aus dem Imkerflyer! Ich erkenne ihn sofort, obwohl er einen weißen Imkeranzug trägt und nicht wie auf dem Foto eine coole Chino-Hose. Meine kleinen Schweißperlen auf der Oberlippe scheinen sich in große Wassertropfen zu verwandeln. Ich wische mir unauffällig über mein Gesicht und im Augenwinkel sehe ich, dass Isa neben mir steht und sich auf ihrem Block Notizen macht.

„Wir fangen an dieser Station an. Hier erkläre ich Ihnen erst einmal die Werkzeuge eines Imkers. Dann gehen wir in Kleingruppen von Station zu Station. Wenn es Fragen gibt, einfach melden."

Ich bewege mich mit der Gruppe unter den ersten Pavillon zu den Bierbänken.

„Ich bin übrigens der Tom."

Also ist er es tatsächlich! Ich kann es nicht fassen und würde am liebsten Susanne gleich eine Nachricht schreiben. Aber das geht ja jetzt wohl schlecht.

Tom erklärt uns Teilnehmern anschließend die Grundausstattung eines Imkers und dass man auf alle Fälle den Schleier tragen soll, bevor man die Beute – so heißt der Kasten, in dem die Bienen drin sind – aufmacht. Er teilt uns Schleier aus, weil wir gleich in so eine Beute hineinschauen werden. Als Tom vor mir steht und mir den Schleier reicht, kann ich ihm gar nicht in die Augen schauen. Schüchtern wie ein kleines Mädchen nehme ich die zwei Schleier in die Hand, die er mir mit den Worten: „Für die beiden Damen", entgegenstreckt. Wahrscheinlich denkt er, ich gehöre zu Isa dazu. Dabei sitzt sie nur zufällig neben mir und ich habe den Eindruck, dass auch ihr Tom aufgefallen ist. Jedenfalls hört sie auf, sich Notizen zu machen und legt ihren Kugelschreiber neben sich auf die Bank, als Tom vor uns steht.

Bevor wir zu den Bienen unter den nächsten Pavillon wechseln, erklärt Tom noch, wie die Beute von innen aussieht. Das Modell, das wir uns heute genauer ansehen, heißt „Zander". In jede Beute passen zehn Rähmchen. Dabei handelt es sich um kleine Holzrahmen, die mit Drähten bespannt sind, um den Bienen das Bauen der Waben zu erleichtern. Isa schreibt und schreibt. Ich überlege, ob ich mir auch einen Block mitnehmen hätte sollen. Es sind doch viele Informationen und ich bin nicht sicher, ob ich mir das alles merken kann.

„Habt´s dazu noch Fragen?", höre ich Tom. Ein paar Teilnehmer melden sich. Tom beantwortet geduldig und in sehr freundlichen Ton, was mir gefällt. Ich mag diese Art. Aus der Entfernung traue ich mich, ihn mir nochmal genauer anzusehen. Die Haare trägt er wie auf dem Foto im Flyer – zu einem Dutt zusammengebunden. Sein Outfit kann ich leider nicht erkennen, weil er den Imkeranzug und Gummistiefel trägt. Besonders sexy sieht das eigentlich nicht aus, aber ich finde, dass ihm sogar das steht. Tom würdigt mich keines Blickes, obwohl ich absichtlich nicke und mich interessiert zeige.

Nach der Erklärung zu Werkzeug und Beute werden wir in kleinere Gruppen aufgeteilt und sollen jeweils zu einem Pavillon gehen. Dort warten weitere Imker auf uns, die uns anhand von verschiedenen Gegenständen das Imkerjahr erklären. Meine Gruppe beginnt an der Station, an der uns Imker Gerd die Honigschleuder erklärt. Der Gedanke, dass ein Bienenvolk in guten Jahren zwischen 15 und 20 kg Honig bringen kann, finde ich unglaublich. Diese kleinen Bienen produzieren so viel Honig? Ich schiele immer wieder in den Pavillon neben mir und sehe, dass Tom diese Station übernommen hat. Alle Teilnehmer dort tragen den Schleier und stehen etwas scheu um eine offene Beute herum, aus Tom ein Rähmchen nach dem anderen herauszieht. Ich kann mich gar nicht richtig auf Gerd und die Honigschleuder konzentrieren, weil ich in Gedanken schon an der offenen Beute stehe – bei Tom.

Erstmal werde ich noch ein bisschen auf die Folter gespannt. Wir wandern weiter zu einer Station, an der uns gezeigt wird, wie die Wachsmittelwände in die Rähmchen eingeschmolzen werden. Ich dachte eigentlich, dass die Bienen selbst die Waben bauen. Imker Klaus an der Station erklärt aber, dass man den Bienen damit die Arbeit erleichtert und die Größe der Waben vorgibt. Die Wachsplatten kann man kaufen und schmilzt sie dann mit einer Art Lötgerät an die Drähte in den Rahmen ein. Ich schnuppere an der Wachsplatte, die Klaus herum reicht. Sie duftet wunderbar nach Honig und obwohl die Luft heute wieder frühlingshaft kühl ist, stellt sich bei mir kurz ein weihnachtliches Gefühl ein. Wahrscheinlich, weil mich der Honigwachsduft an Kerzen erinnert.

„Riech mal", sage ich zu Isa und halte ihr die Wachsplatte hin. Isa ist aber immer noch mit Schreiben beschäftigt. Sie schnuppert kurz an die Platte und wendet sich dann wieder ihrem Klemmbrett zu.

„Weißt du, Bienen sind gerade total angesagt. Umweltschutz ist einfach immer ein gutes Thema in Frauenzeitschriften."

„Ach so. Du schreibst für eine Zeitschrift?" Ich bin erleichtert und fühle mich gleich entlastet. Isa schreibt also das neue Wissen nicht auf, um zu imkern, sondern um den Artikel zu schreiben.

„Ich möchte das Thema Imkern für Frauen interessant machen. Wusstest du, dass total wenig Frauen imkern? Die meisten sind Männer."

„Echt? Das wusste ich nicht", sage ich. Darüber habe ich mir aber auch noch nie Gedanken gemacht.

„Ja klar! Schau dich doch mal um. Nur Männer!"

Ich muss schmunzeln, weil ich gleich wieder an Tom denke.

„Ich finde es super, dass du mit dem Imkern beginnen möchtest", sagt Isa.

„Das hast du falsch verstanden … ich will ja erstmal …", setze ich gerade an, als Klaus zu uns rüber sieht und laut sagt: „Sie möchten mit dem Imkern beginnen? Da kommen sie nachher nochmal auf mich zu." Und noch ehe ich die Sache richtigstellen kann, fragt er schon ab, wer in der Gruppe bereits Bienen besitzt, wer noch keine Völker hat und wer sich in nächster Zeit welche zulegen möchte.

„Warum imkerst du denn nicht?", frage ich Isa.

„Ich und Hobbys? Keine Zeit! Weißt du, wie mein Wochenplan aussieht – als alleinerziehende freie Journalistin?" Isa lacht ironisch auf. Dann widmet sie sich wieder den Erklärungen von Klaus, die sich nun wieder an die ganze Gruppe richten.

Endlich ist es so weit. Meine Gruppe wechselt zu der Station, an der Tom eingesetzt ist. Ich versuche, mich möglichst so hinzustellen, dass er mich sehen kann. Ich schaffe es auch, und Isa drängelt sich wieder neben mich. Wahrscheinlich möchte sie nur möglichst nah an der offenen Beute stehen, um gut sehen zu können. Dabei hat sie aufgrund ihrer Größe schon Schwierigkeiten, über den Rand des Kastens zu sehen, der auf dem Biertisch steht. Ich stelle fest, dass ich etwas kleiner als Tom bin und von meiner Position aus sogar seine Augenfarbe erkennen kann. Ich vermute, dass es sich um braun handelt, allerdings nicht richtig dunkel, sondern mit goldenen Sprenkeln. Plötzlich ertappt mich Tom dabei, wie ich seine Augenfarbe identifiziere. Er räuspert sich und wirft mir einen strengen Blick zu. „Schleier!", sagt er in strengem und auch etwas genervtem Ton. Ich werde auf der Stelle rot, sage nur „Jaja" und setze schnell meinen Schleier auf, um meine Gesichtsfarbe zu vertuschen. Anscheinend hat Tom ohnehin gerade dazu aufgefordert, denn erst jetzt merke ich, dass alle anderen den Schleier bereits aufgesetzt haben. Mein Herz pocht so fest, dass ich es spüren kann. Einerseits weil mich Tom total aus dem Konzept bringt, andererseits weil ich mich über seinen strengen Tonfall ärgere – und über mich selbst, weil ich nicht aufgepasst habe.

„Hey schau mal, total niedlich", flötet Isa und stupst mich in die Seite, als Tom den Deckel der Beute öffnet und die ersten Bienen herauskrabbeln. Dabei stellt sie sich auf die Zehenspitzen, um in den Kasten zu blicken!

Ich bemerke, wie Tom beim Wort „niedlich" zusammenzuckt. Isa tut ja gerade so, als hätte sie noch nie eine Biene gesehen.

Tom schlüpft nun in weiße Lederhandschuhe und bläst mit dem Smoker etwas Rauch in den Bienenkasten.

„Jetzt denken die Bienen, dass es brennt", erklärt er. „Sie schnappen sich Honig und verziehen sich in das Innere der Beute. So können wir besser an den Rahmen arbeiten."

Dann zieht er vorsichtig Rahmen für Rahmen heraus und erklärt uns, in welchen Waben Brut, Honig und Pollen drin ist. Die Waben, die mit einem leicht gewölbten Wachsdeckel verschlossen sind, nennt man „verdeckelte Brut". Darin befinden sich sozusagen die Baby-Bienen.

„Die Königin sitzt meistens in der Mitte der Beute. Sie wird von den anderen Bienen gut beschützt. Man kann sie gut erkennen, weil sie größer ist und einen länglichen Körper hat." Dann zeigt er uns die Königin, die mit einem grünen Farbpunkt markiert ist. Toms Stimme hört sich wunderbar an. So warm und geduldig. Wie schon zu Beginn des Kurses. Ich überlege krampfhaft, welche Frage ich noch stellen könnte, um mich interessiert zu zeigen und seine Aufmerksamkeit zu gewinnen. Mir fällt aber keine Frage ein. Mein Gehirn ist plötzlich Brei und vor lauter Informationen weiß ich gar nicht mehr, was Tom schon alles erklärt hat.

In dem Moment fragt Isa: „Seit wann imkern Sie und warum haben Sie damit angefangen?" Die Antwort darauf interessiert mich natürlich auch.

„Ich bin Landschaftsarchitekt und liebe die Natur", antwortet Tom. „Zum Imkern bin ich vor 25 Jahren durch meinen Onkel gekommen." Ich rechne und schätze, dass Tom Mitte 40 ist. Das bedeutet, dass er als junger Mann mit der Imkerei angefangen hat. Jetzt traue ich mich erst recht nicht mehr, eine Frage zu stellen.

„Und warum wollen Sie imkern?", fragt Tom augenzwinkernd zurück. Ich verstehe nicht ganz, warum er Isa zuzwinkert und auch Isa gerät ins Stottern.

„Ich und Bienen? Nein danke", sagt sie.

„War klar", antwortet Tom und wendet sich dem Absperrgitter zu, das auf den Brutraum gelegt wird, damit die Königin darin bleibt und nur hier ihre Eier legt. Isa sieht schulterzuckend zu mir und ich zucke ebenfalls die Schultern. Keine Ahnung, was diese Andeutung sollte. Kann mir ja auch egal sein. Vielleicht hat Tom gemerkt, dass Isa die ganze Zeit schreibt und vermutet schon, dass sie Journalistin ist.

Nach der letzten Station sammeln sich alle Kleingruppen wieder unter dem ersten Pavillon und es gibt warmen Tee für alle. Die kühle Aprilluft hat meine Finger etwas einfrieren lassen und ich bin froh, sie an der warmen Teetasse aufwärmen zu können. Isa steht wieder neben mir und nippt ebenfalls an dem warmen Tee. Tom unterhält sich mit ein paar anderen Teilnehmern. Plötzlich steht Klaus neben mir und sagt: „Sie haben Interesse an Völkern? Jungimker haben wir immer gerne in unserem Verein."

„Ich?", stammle ich und bin kurzzeitig verwirrt, weil Klaus auch Isa zunickt.

„Wenn Sie beide auf der Suche nach Völkern sind – ich möchte vier Völker abgeben. Mir wird die Arbeit einfach zu viel und ich würde verkaufen."

„Verkaufen?", sage ich. Auf die Idee, dass Bienenvölker etwas kosten, bin ich noch gar nicht gekommen. Vielmehr habe ich noch nicht einmal darüber nachgedacht, wie man zu Bienen kommt, wenn man welche haben möchte.

„120 Euro pro Volk. Die Beuten gibt's geschenkt. Und einen Bienenpaten für den Anfang bekommen Sie „gratis" mit dazu. Wir helfen alle zusammen im Verein", sagt Klaus.

„120 Euro?", wiederhole ich und höre mich an wie ein Papagei.

„Ja freilich. Das sind aber gute Völker, das können Sie mir schon glauben. Sehr friedlich und auch vom Honigertrag gut."

„Dann habe ich doch noch eine Frau gefunden, die imkert und die ich für meinem Artikel interviewen kann. Ich schreibe dir gleich mal meine Nummer auf. Melde dich, sobald du die Völker hast. Dann machen wir noch Fotos", sagt Isa und schon drückt sie mir einen Zettel mit ihrer Handynummer in die Hand.

„Moment mal …", versuche ich einzulenken. „Ich habe ja gar keine Ahnung, wie das alles überhaupt geht."

„Sie waren doch jetzt im Kurs. Und der Rest ist einfach „Learning by doing". Lehrgeld zahlen wir alle. Wenn mal was schief geht, dann lernt man draus und macht´s das nächste Mal besser", lacht Klaus.

„120 Euro", wiederhole ich nochmal und denke an den Sommerurlaub, den ich dieses Jahr mit meinen Töchtern geplant habe. Letztes Jahr hatte ich keinen Kopf dafür. Die Scheidung hat mich ganz und gar beansprucht. 120 Euro sind viel Geld und soweit ich das verstanden habe, sollte man am besten mit drei Völkern beginnen. Das würde ja bedeuten … ich versuche die Gesamtsumme auszurechnen, da pfeift Klaus in Richtung Tom.

Ich zucke zusammen und brauche einen Moment, bis mir klar wird, dass Klaus davon ausgeht, dass meine lauten Gedanken Zustimmung bedeuten.

Tom

„Tom, komm mal rüber". Klaus pfeift vom anderen Ende der Wiese und winkt. Ich war gerade in einem interessanten Gespräch mit ein paar Kursteilnehmern und habe gar keine Lust, zu Klaus zu gehen. Dort stehen diese beiden Frauen, von denen mir Johann schon erzählt hat. Anscheinend hatten sie im Theoriekurs nichts Besseres zu tun, als nach Männern Ausschau zu halten. Wie man nur auf so eine Idee kommt? Sollen sie doch auf irgendwelchen Internetseiten Partnersuche betreiben und nicht anderen die Kursplätze wegnehmen, die wirklich Interesse an der Imkerei haben. Ich schlendere trotzdem zu Klaus, weil er schon nervös von einem Fuß auf den anderen steigt. Er scheint eine dringende Frage zu haben.

„Was gibt's?", frage ich betont lässig und ignoriere die beiden Frauen erstmal.

Die Kleinere ist mir vorhin schon aufgefallen. Hat geschäftig alles aufgeschrieben aber als sie dann die Bienen gesehen hat, hat sie sich verhalten wie im Streichelzoo. Wer bezeichnet schon Bienen als „niedlich"? Die andere dunkelhaarige Frau wirkt eher schüchtern. Ich glaube nicht, dass sie Interesse an der Imkerei hat. Sie hat keine einzige Frage gestellt und richtig bei der Sache war die auch nicht. Ist ja kein Wunder, wenn man eigentlich anders im Sinn hat.

Klaus reißt mich aus meinen Gedanken: „Die beiden Damen hier haben Interesse an Völkern."

„Was?" Mir fällt keine andere Antwort ein. „Warum das?", schiebe ich nach und kann es nicht fassen.

„Na, ist das denn so ungewöhnlich?", lacht Klaus. „Die beiden haben ja gerade den Imkerkurs gemacht."

„Moment, ich bin ja noch gar nicht sicher …", sagt die dunkelhaarige Frau mit dem Pferdeschwanz. Wusste ich es doch?

„Tina, probiere es doch mal, das wird bestimmt total spannend." Die kleine Frau versucht anscheinend, ihre Freundin zu überreden. Wollen sie Klaus damit beeindrucken? Der scheint von der Idee zumindest sehr angetan zu sein. Zumindest grinst er über beide Ohren.

„Wir unterstützen Sie auch, wo wir nur können", sagt Klaus und fasst dieser Tina ganz kameradschaftlich an die Schulter. „Ich bringe Ihnen mal die Unterlagen. Wäre schon gut, wenn Sie Mitglied in unserem Verein werden."

Klaus ist wirklich tüchtig, wenn es darum geht, neue Vereinsmitglieder zu gewinnen. Aber auf diese beiden Frauen hätte ich gut verzichten können. Die kommen mit dem Imkern bestimmt auf keinen grünen Zweig. Falls es wirklich dazu kommt. Aber schon setzt Klaus sein charmantestes Lächeln auf und geht mit den beiden in Richtung Biertisch. So wie es scheint, haben sie Klaus schon um den Finger gewickelt.

„Setzen Sie sich und trinken Sie nochmal einen Schluck Tee. Ich hole inzwischen den Papierkram", und schon flitzt er ins Büro und holt den Mitgliedsantrag. Ich stehe etwas verloren rum und überlege, warum mich Klaus eigentlich zu sich gepfiffen hat.

Langsam bewege ich mich ebenfalls zum Biertisch und räume die Werkzeuge zur Seite, die noch nicht verstaut sind.

„Was ist denn das für ein Gerät? Ein Rückenkratzer?", lacht die Kleinere und deutet auf die Entdeckelungsgabel, die ich soeben in die Kiste lege.

„Das würde ich nicht tun!", lache ich zurück und deute auf die spitzen Zacken, die so spitz sind wie Nägel.

„Einen Versuch wäre es wert", lacht sie zurück. Humor hat sie ja, die Kleine.

„Haben Sie etwa nicht aufgepasst? Das habe ich Ihnen doch vorher erklärt!" Ich zwinkere ihr zu und erinnere mich im gleichen Moment selbst daran, nicht zu freundlich zu den beiden Frauen zu sein. Nicht dass sie noch auf falsche Gedanken kommen. Ich nehme das nächste Werkzeug und lege es in die Kiste.

„Das war die – warten Sie mal – die Entdeckelungsgabel, richtig? Zum Öffnen der Honigwaben", mischt sich plötzlich die Dunkelhaarige ein. Ich bin beeindruckt, dass sie sich das gemerkt hat und einen Moment lang treffen sich unsere Blicke. Sie wirkt im Gegensatz zur anderen Frau ernst und ihre Augen haben einen Ausdruck, den ich nicht ganz deuten kann.

Zum Glück ist Klaus mit seinem Papierkram im Anmarsch und erlöst mich von dem Lückenfüller-Gespräch. Naja, die Damen scheinen ja doch ganz nett zu sein. Trotzdem bezweifle ich, dass es eine gute Idee von Klaus ist, die beiden in den Verein aufzunehmen.

„So, dann übernehme ich wieder." Klaus lässt sich umständlich auf der Bank nieder und breitet den Antrag, den Vereinsflyer und die Anfängerfibel für Neuimker vor den beiden Frauen aus. Er preist das Vereinsleben und die Imkerei an, als wäre es so einfach wie Eis essen. Mit salbungsvollen Worten wie „Entspannung", „ökologisch", „Naturschutz" und so weiter versucht er, die Frauen vom schönsten Hobby der Welt zu überzeugen. Die kleine Frau macht sich wieder Notizen, die Dunkelhaarige hört aufmerksam zu. Vielleicht haben es die beiden doch auf Klaus abgesehen? Klaus ist ein netter Kerl, aber ein Frauenschwarm? Das hätte ich beim besten Willen nicht von ihm behauptet.

Ich räume die Werkzeuge in mein Auto und ziehe den Imkeranzug aus. Darunter wird es trotz der kühlen Luft langsam warm. Über Jeans und Shirt ziehe ich mir noch meine dunkelblaue Outdoorjacke an. Es braucht noch ein paar Tage, bis der Frühling kommt und die Bienen ausfliegen können. Klaus muss sehen, dass er seine Völker verkauft, bevor es zu warm wird. So ein Standortwechsel ist immer ein Aufwand und muss gut geplant werden.

Als ich zurückkehre und mich von Klaus verabschieden will, unterschreibt diese Tina gerade den Antrag. Die kleinere Frau steht hinter ihrer Freundin und sieht ihr über die Schulter. Ich bleibe stehen und merke wieder, dass es mich nicht in die Nähe der beiden Frauen zieht. Ich werde warten, bis Klaus seine Formalitäten abgeschlossen hat. Anscheinend verabschiedet sich die kleinere Frau – wie heißt sie überhaupt? Jedenfalls schüttelt sie Klaus die Hand, umarmt Tina, die immer noch auf der Bank sitzt und verschwindet in Richtung Parkplatz. Seltsam. Sind die beiden Freundinnen nicht gemeinsam hergefahren?

Klaus sieht ihr nach, dann schaut er zu mir und winkt mich wieder her.

„Hey Tom. Darf ich vorstellen: Unser neues Vereinsmitglied Tina." Er zeigt zwischen uns hin und her, als hätten wir uns noch nie zuvor gesehen.

„Tina, darf ich vorstellen: Ihr neuer Imkerpate Tom!", sagt er danach und grinst mich an.

Ich brauche einen Moment, bis ich verstanden habe.

„Wie bitte? Imkerpate? Du weißt, dass ich im Juni weg bin?!", zische ich zu Klaus.

„Keine Sorge. Im Juni übernehme ich. Bis dahin würde ich dich bitten, Tom." Klaus sieht mich mit Hundeblick an und Tina lächelt schüchtern zu mir.

„Nichts gegen Sie", sage ich zu Tina und nehme mir Klaus etwas beiseite. „Aber du weißt, dass ich das nicht mehr mache", sage ich im Flüsterton zu ihm.

„Jaja, ich weiß. Tina kauft aber nun mal drei Völker und ich habe - wie du weißt - schon eine Patenschaft. Zwei Patenschaften und die eigenen Bienen wird zu viel! Bitte Tom!", fleht mich Klaus ebenfalls im Flüsterton an.

„Sie hat keine Ahnung", gebe ich zu Bedenken. „Du weißt, wieviel Arbeit wir mit den Neuimkern haben."

„Wir brauchen neue Mitglieder, Tom!"

„Das ist nicht meine Sorge", antworte ich. Damit habe ich bei Klaus einen wunden Punkt erwischt und es tut mir gleich wieder leid. Seit Jahren pflegt er leidenschaftlich das Vereinsleben mit Ausflügen, Stammtischen und Vorträgen zur Imkerei. Natürlich sollten wir alle zusammenhalten und Neuimkern eine Chance geben. Ich weiß ja, dass er recht hat.

„Du hast deine eigenen Bienen doch eh schon beim Johann. Die paar Mal im April und Mai kannst du doch der jungen Frau helfen. Ich löse dich dann ab. Versprochen!"

Seufzend nicke ich und wende mich wieder Tina zu. Die steht wie ein begossener Pudel da und sagt: „Was heißt eigentlich „Imkerpate"?"

„Na, dass ich halt jede Woche vorbeischaue und beim Imkern helfe", antworte ich brummig. Ich habe keine Lust, mir viel Mühe mit Nettigkeiten zu geben. Schließlich habe ich mir meine Neuimkerin nicht ausgesucht und nun soll sie auch merken, dass ich meine Freizeit für sie opfere.

Tinas Gesichtsausdruck wirkt etwas niedergeschlagen und sie sagt nur: „Ach echt?"

Wahrscheinlich wollte sie Klaus schöne Augen machen und ist nun enttäuscht, dass er nicht die Patenschaft übernommen hat. Ich schreibe meine Handynummer auf den Flyer, der noch auf dem Tisch liegt und sage zu ihr: „Melde dich, sobald du die Bienen bei dir hast. Wo stehen die Beuten eigentlich?"

„Ich denke, in meinen Garten?", sagt sie und sieht mich fragend an.

„Ist das eine Frage?" Wer soll die Frauen verstehen?

„Ich kenne mich nicht aus. Kann man im eigenen Garten Bienen haben?"

„Wenn Sie die Bienen nicht sehr nahe am Nachbarszaun aufstellen, dann geht´s", sagt Klaus, der Optimist. Ich hatte meine Bienen immer im Garten meines Onkels – ein eigenes Grundstück hatte ich noch nie. Wahrscheinlich wohnt diese Frau in einem Reihenhaus und denkt, dass ein handtuchgroßes Stück Wiese ausreicht, um drei Völker aufzustellen.

„Na gut, dann kommen die Beuten in den Garten", stellt Tina fest und lächelt mich wieder an. Diesmal wirkt es nicht mehr ganz so unsicher. Eher freundlich.

Ich zwinge mich auch, sie anzulächeln. Sie kann ja nichts dafür. Ich müsste sauer auf Klaus sein, der diese ganze Imkerpatensache eingefädelt hat.

„Meine Adresse steht auf dem Mitgliedsantrag", sagt Tina zu mir und hält Klaus die Hand hin. Sie verabschiedet sich mit Handschlag von Klaus und anschließend von mir. Wieder wirft sie mir diesen seltsamen Blick zu, wie schon vorhin.

„Wir sehen uns", sagt sie, dreht sich um und geht über die Obstbaumwiese zum Parkplatz. Ihr Pferdeschwanz wippt etwas hin und her und erst jetzt fällt mir auf, dass sie eine ähnliche Jacke trägt wie ich.

Tina

„Du glaubst es nicht, Sue", eröffne ich das Telefonat mit Susanne.

„Schieß los!" Susanne beißt nebenbei von einem Apfel ab.

„Er war da!"

„Wöer?", fragt sie und hat scheinbar den Mund voller Apfelstücke.

„Na er! Tom!" Ich zupfe an der Stelle am Arm herum, an der sonst mein Armband ist, das leider immer noch nicht wieder aufgetaucht ist.

Susanne schluckt das Apfelstück hinunter und antwortet dann erst: „Der Tom? Der Gutaussehende vom Flyer?"

„Ja, wenn ich´s dir doch sage. Es gibt noch mehr Neuigkeiten. Du sprichst gerade mit einer Neuimkerin! Ich bin bald stolze Besitzerin von drei Bienenvölkern."

„Moment! Jetzt mal ganz von vorne", sagt Susanne.

„Keine Ahnung. Es ging alles so schnell. Klaus hat mich überredet. Aber ich fand es schon interessant. Und dann habe ich halt zugestimmt."

„Welcher Klaus? Jetzt verstehe ich gar nichts mehr", schmatzt Susanne am anderen Ende der Leitung.

„Klaus ist ein anderer Imker. Er war auch im Kurs und hat mir drei Bienenvölker angeboten." Bei dem Gedanken daran fühle ich mich ganz kribbelig. Ich bin jetzt Imkerin!

„Ich dachte, dieser Tom war dort?", fragt Susanne.

„Ja, der auch. Beide. Klaus war auch echt nett und hat mich gleich im Verein aufgenommen."

„Ach manno, ich hätte dabei sein sollen", seufzt Susanne.

„Sue, der ist nicht dein Beuteschema. Ich sage nur „kariertes Hemd"."

Susanne lacht und beißt wieder von ihrem Apfel ab. „Find ich echt cool, dass du jetzt Bienen hast."

„Ich zeige dir dann alles und wir imkern einfach zusammen, okay?"

„Okay. Und jetzt erzähl doch mal. Wie war Tom so? Habt ihr geredet?"

„Irgendwie war der komisch. Erst fand ich ihn sympathisch. Er hat supernett erklärt."

„Und dann?"

„Dann war er plötzlich ganz anders. Außerdem hat er sich eher für Isa interessiert."

„Wer ist Isa?", schmatzt Susanne.

„Ach, die habe ich dort kennen gelernt. Sie ist Redakteurin und wollte nur einen Artikel über Bienen schreiben. Sie hat sich dann an mich drangehängt – keine Ahnung warum."

„Hm … jetzt erzähl doch nochmal von Tom. Habt ihr jetzt geredet oder nicht?"

„Ich war mega aufgeregt. Wie ein Teenager. Eigentlich wollte ich schon mit ihm sprechen. Aber erst ist mir absolut nichts eingefallen und später hat er mit Isa rumgescherzt."

„Selbst schuld", sagt Susanne. Für sie ist der Fall gleich erledigt. Für mich noch nicht so ganz.

„Ich werde ihn jetzt öfter sehen. Er ist mein Imkerpate", verkünde ich. Ich merke, dass meine neuen Nachrichten heute kein Ende nehmen.

„Imkerpate? Was ist das?"

„Das heißt, dass er mir hilft und mir die ersten Monate zeigt, wie alles geht. Zumindest bis Juni – dann löst ihn Klaus ab, soweit ich das verstanden habe."

„Soll das heißen, dass du Tom demnächst triffst?"

„Ja, wenn ich es dir doch sage."

„Du hast ja gerade gesagt, dass wir auch zusammen mit dem Imkern anfangen können. Daher müsste ich dann schon dabei sein, wenn Tom kommt, oder?"

Ich schlucke. Ich könnte mich in den Hintern beißen, dass ich Sue gerade angeboten habe, gemeinsam mit ihr zu imkern. Natürlich will sie nur Tom kennen lernen. Und ich weiß genau, dass ihr Tom gefällt. Nachdem Tom allerdings an mir wenig Interesse gezeigt hat, steht er wohl auf originellere Frauen und nicht so Normalos wie mich – und da ist er bei Susanne genau richtig.

„Ich weiß nicht, ob das so eine gute Idee ist", beginne ich meinen Einwand. „Du warst im Kurs nicht dabei und bist nicht im Verein. Tom wollte außerdem gar keine Patenschaft übernehmen. Er hat es zwar nicht direkt gesagt, aber ich habe es mitbekommen, als er es zu Klaus gesagt hat."

„Was soll das jetzt heißen?" Susanne ist eingeschnappt.

„Dass es besser ist, wenn ich erstmal allein bin, wenn Tom das erste Mal kommt." Ich bin froh, dass ich es so deutlich gesagt habe. Am anderen Ende der Leitung ist Schweigen.

„Sue, verstehe das doch bitte. Ich habe die Völker gekauft, bezahle die Vereinsmitgliedschaft und daher hat sich Tom anscheinend erbarmt, mir alles zu zeigen. Wenn du beim zweiten oder dritten Besuch dabei bist, fällt es nicht mehr so auf."

Sue zeigt sich verständnisvoll, aber ich merke, dass sie trotzdem von meiner Reaktion enttäuscht ist.

„Ja klar. Du hast Recht. Fang du erstmal mit dem Imkern an und dann sehen wir schon."

Ich atme durch und verabschiede mich bald von Susanne. Mir fällt ein, dass ich noch den Platz im Garten für die Beuten einrichten und mit Klaus vereinbaren muss, wann und wie die Völker zu mir kommen. Mir wird schon wieder ganz kribbelig.

***

Sonntagabend erzähle ich meinen beiden Töchtern vom Kurs und meinem neuen Vorhaben. Laura findet die Idee gut. Bald soll sie in Bio ein Referat zu einem selbst gewählten Thema halten – dazu passt das Bienenthema optimal.

Sarah ist dagegen wenig begeistert. „Mama, darauf habe ich echt keinen Bock. Wenn mich die Scheiß Viecher stechen, gehe ich nicht mehr in den Garten. Kannst vergessen, dass ich nochmal den Kompost raus bringe", mault sie rum.

„Keine Sorge. Wir werden die Bienen so aufstellen, dass sie in Richtung Fahrradweg fliegen und nicht zur Terrasse. Du kannst also weiterhin den Kompost rausbringen."

„Na bravo! Und wenn die Mistviecher auf die Fahrradfahrer losgehen?"

„Sarah, Bienen stechen nicht einfach so. Sie sterben, wenn sie gestochen haben. Deshalb tun sie das nur aus der Not heraus. Zum Beispiel wenn du auf eine Biene steigst."

„Ihhh, ich gehe nicht mehr barfuß in den Garten!", mischt sich Laura ein.

„Glaubt mir, das wird kein Problem sein." Ich versuche möglichst glaubwürdig zu wirken, weil ich selbst nicht überzeugt von dem bin, was ich sage. Zwar wurde im Kurs besprochen, dass man Bienen durchaus im Garten haben darf und noch nicht einmal eine Genehmigung von den Nachbarn braucht. Trotzdem kann ich mir das selbst noch nicht vorstellen.

Sarah stochert in ihren Nudeln herum. „Was machen wir dann mit dem ganzen Honig? Ich esse den eh nicht und du und Laura esst ja nicht Massen von Honig."

„Darüber habe ich mir noch keine Gedanken gemacht. Jetzt muss es erstmal los gehen."

„Verkaufen wir ihn halt. Dann gibt's wenigstens Kohle.", schlägt Sarah vor.

„Das darf man erst, wenn man den Honigkurs gemacht hat", erkläre ich. „Für den Honigkurs habe ich mich bereits angemeldet, auch wenn der erst im Oktober stattfindet."

Sarah sagt nichts mehr. Für sie ist das Thema „Bienen" wohl erledigt. Laura streichelt meine Hand und sagt: „Ich helfe dir, Mama. Ich finde das gut."

„Das ist lieb von dir. Ich wollte nachher mal schauen, wo wir die Kästen aufstellen. Sie müssen auf geradem Untergrund stehen und man muss von allen Seiten gut rankommen."

***

Nach dem Essen gehe ich fest entschlossen mit Laura in den Garten und sehe mich um. Im Baumarkt habe ich gestern noch ein paar Holzpaletten besorgt. Die Dinger sind ganz schön schwer. Gemeinsam mit Laura schleppe ich sie aus dem Auto in den Garten. Wir überlegen hin und her und leuchten den Garten, der bereits in der abendlichen Dunkelheit liegt, mit der Taschenlampe meines Handys aus. Schließlich legen wir mit etwas Abstand die Paletten unter den Apfelbaum. Dort ist der Untergrund einigermaßen eben und viele Äpfel trägt der alte Baum sowieso nicht. Die Bienen werden also garantiert nicht von herunterfallenden Äpfeln gestört.

„Juhuu! Ich freue mich auf meine neuen Haustierchen", jubelt Laura, als wir die letzte Palette platziert haben. Sie springt um den Apfelbaum und vollführt eine Art Freudentanz. So ausgelassen habe ich sie schon lange nicht mehr erlebt.

Ich lächle und spüre, dass diese Entscheidung richtig ist. Die Bienen werden nicht nur meinen Alltag versüßen, sondern vielleicht auch Laura aufmuntern.

In dem Moment vibriert mein Handy in meiner Hosentasche. Ich habe wohl eine Nachricht bekommen. Ich ziehe das Handy heraus und schaue nach. Zuerst bin ich irritiert. Unbekannte Nummer? Wer kann das sein?

Dann lese ich: *Kann Ihnen heute Nacht noch die Bienen bringen. Wäre ein guter Zeitpunkt. Tom*

Ich merke, wie mir augenblicklich heiß wird. Woher hat Tom meine Nummer? Dann fällt mir ein, dass ich den Mitgliedsantrag ausgefüllt und zu Tom gesagt habe, dass er darauf meine Nummer findet. Die Vorstellung gefällt mir. Ich stelle mir vor, wie Tom meinen Antrag in der Hand hält, meinen Namen und meine Nummer liest und spüre gleich ein Kribbeln im Bauch.

„Laura, wir kriegen heute die Bienen!", rufe ich Laura zu und lenke mich damit von dem Gefühl ab, das mich in dem Moment überrascht. Gleichzeitig wird mir klar, dass ich heute Nacht zur Imkerin werde.

„Was? Jetzt noch?", sagt Laura und beendet ihren Tanz um den Baum.

Ich lese die Nachricht laut vor: „*Kann Ihnen heute Nacht noch die Bienen bringen*? Er hat die Nachricht gerade geschickt."

Erst jetzt fällt mir ein, dass ich antworten muss. Ansonsten weiß Tom schließlich nicht, dass ich zu Hause bin. Vor lauter Aufregung hätte ich das fast vergessen.

Klar. Freu mich!, tippe ich in mein Handy und schicke die Nachricht ab.

Dann frage ich mich, was „heute Nacht" bedeutet. Vielleicht hat Tom vor, mitten in der Nacht die Beuten in meinen Garten zu stellen und ich schlafe tief und fest in meinem Bett. Nein, das kann nicht sein. Er weiß ja gar nicht, wohin er sie stellen soll.

Wann kommen Sie?, tippe ich und schicke die zweite Nachricht hinterher. Ich hasse diese Puzzlenachrichten eigentlich. Solche, die der Absender in kurzen Abständen hintereinander schickt und die am Ende doch nur einen kompletten Satz ergeben würden. Und jetzt schicke ich selbst so eine Nachricht. Ich ärgere mich über mich selbst und mir fallen auf einmal viele andere Sätze ein, die besser gewesen wären.

Gegen 22 Uhr, schreibt er. Ich bin enttäuscht, dass er so kurz angebunden ist. Andererseits – was hätte er noch schreiben sollen.

Erst jetzt bemerke ich Laura, die neben mir steht und auf mein Display schaut.

„Ui, ich will dabei sein. Ich bleibe wach", sagt sie. Ich stecke das Handy schnell in meine Hosentasche und nehme Laura an die Hand.

„Nichts da, morgen ist Schule. Du kannst die Bienen morgen anschauen", antworte ich entschlossen und gehe mit ihr zum Haus zurück. Wenn Tom kommt, muss ich mich ganz auf die Bienen konzentrieren und natürlich auch ein bisschen auf ihn. Dabei haben die Mädchen nichts verloren.

Laura protestiert zu meiner Verwunderung nicht, sondern gibt nur einen unwilligen Seufzer ab. Mit hängenden Schultern geht sie an meiner Hand zurück und bald darauf ins Bett. Sarah ist ebenfalls wie immer in ihrem Zimmer verschwunden. Bei ihr brauche ich mir keine Sorgen zu machen, dass sie freiwillig herauskommt. Das tut sie nur, wenn sie in die Schule muss oder in die Stadt möchte und das kann heute beides nicht mehr passieren.

Ich flitze ins Badezimmer und betrachte mich im Spiegel. Ich bin ungeschminkt und trage meine Sonntagsklamotten. Jogginghose und T-Shirt. Natürlich kann das so nicht bleiben. Ich schminke mich dezent und ziehe mir anschließend zumindest Jeans und Shirt an. Eine andere Option habe ich eh nicht. Ich sollte mal dringend meinen Klamottenbestand aufbessern. Der Blick auf die Uhr verrät mir, dass ich noch eine Stunde Zeit habe, bis Tom kommt. Soll ich ihn ins Haus bitten? Ich sehe mich um und sehe das schmutzige Geschirr in der Küche, den Haufen aus Sneakers in der Garderobe und die verteilten Schulsachen der Mädchen und beschließe, dass ich Tom nicht hereinbitten werde. Es gibt ohnehin keinen Anlass dazu. Natürlich könnte ich ihm einen Kaffee anbieten. Oder ein Glas Wein? Aber das fände er wahrscheinlich seltsam.

Während ich noch überlege, mir einen schnellen Rat bei Susanne einzuholen, klingelt das Telefon und habe Angst, dass es Tom ist und doch absagt. Ich nehme ab und höre die Stimme meiner Mutter:

„Tina, lange nichts mehr gehört!" Im Tonfall meiner Mutter schwingt ein Vorwurf mit.

Oh Mist! Ich habe mich noch gar nicht für das Geburtstagsgeschenk meiner Mutter bedankt. „Danke Mama für das Geschenk. Ich wollte mich lange schon melden, es war aber immer so viel los."

„Du bist ja schwer beschäftigt", seufzt meine Mutter und wieder höre ich einen ironischen Unterton heraus.

„In letzter Zeit war ich das tatsächlich. Mama, du wirst es nicht glauben. Ich habe einen Imkerkurs gemacht", erzähle ich und die Vorfreude steigt, ihr gleich zu verkünden, dass ich Bienen besitze.

„Imkerkurs? Was heißt das?", fragt sie.

„Susanne hat mir einen Imkerkurs geschenkt. Nun ja, ich war dort und jetzt bekomme ich in einer Stunde drei

Bienenvölker." In meiner Stimme schwingt etwas Theatralisches mit.

„Tina! Wie kommst du auf so eine Schnapsidee", faucht Mama mich an. Meine Schultern verspannen sich.

„Mama!", höre ich mich lauter sagen. „Warum Schnapsidee?"

„Glaubst du nicht, dass du jetzt andere Sorgen hast, als dich auch noch um Bienen zu kümmern?"

„Welche anderen Sorgen?" Ich erstarre noch mehr und merke, wie mir Tränen in die Augen steigen.

Meine Mutter antwortet barsch: „Eines sage ich dir: Deinen Garten werde ICH nicht mehr betreten. Vor diesem Insektenzeug habe ich Angst."

„Mama, aber ich … " Mir fällt nichts mehr ein, Tränen laufen über meine Wangen und ich lege einfach auf.

Ich bin sehr enttäuscht von meiner Mutter und fühle mich wieder wie damals als Kind. Damals … als ich … ich möchte nicht daran denken und wische die Erinnerung sofort weg. Mich überkommt eine Welle aus Wut auf meine Mutter und ich gehe in die Küche und spüle heulend die Töpfe vom Abendessen ab. Sie hat mir noch nie etwas gegönnt. Immer musste es so laufen, wie sie sich vorgestellt hat. Seit der Trennung von Christian verhält sie sich wieder extrem distanziert und weiß sowieso alles besser.

Mein Handy vibriert wieder: *Bin jetzt da.*

Mist! Ich wische die Tränen ab und trockne meine Hände. Auf dem Weg zur Haustüre werfe ich nochmal einen Blick in den kleinen Spiegel, der im Eingangsbereich neben der Garderobe hängt. Meine Augen sind zwar gerötet, aber das wird er in der Dunkelheit hoffentlich nicht sehen.

„Hi, das ging ja schnell", begrüße ich ihn. Im Dunkeln sehe ich nur einen Schatten am Gartentor stehen. Hinter ihm steht ein Auto mit Anhänger, auf dem sich drei Bienenkästen befinden.

„Ich konnte heute spontan den Anhänger und das Auto leihen", sagt er. Ich weiß zwar nicht, was er damit meint, aber ich kann gerade sowieso nicht klar denken. Ich versuche möglichst lässig zum Gartentor zu schlendern und trotz meiner Gartenclocs, in die ich gerade geschlüpft bin, noch auf eine grazile Gangart zu achten. Hoffentlich bemerkt er mein verheultes Gesicht nicht.

„Das ist nett, dass Sie mir die Bienen bringen. Ich weiß gar nicht, wie ich das sonst gemacht hätte." Ich öffne das Gartentor und Tom macht einen Schritt in den Garten.

„Ist klar", murmelt Tom. „Die Kästen sind zu schwer für Sie. Wo sollen sie denn hin?"

„Hinterm Haus unter den Apfelbaum", sage ich und merke, dass es mir schwerfällt, Tom in die Augen zu schauen. Er steht nun direkt vor mir und ich fuchtle nervös mit meinen Händen in Richtung Garten. Was soll er bloß von mir denken? Ich benehme mich schon wieder so lächerlich.

„Na dann schauen wir mal", antwortet Tom und marschiert schon voraus.

Ich versuche mit ihm Schritt zu halten, plappere währenddessen drauf los und erzähle irgendwas von den Paletten. Soll er ruhig wissen, dass ich allein dafür gesorgt habe und hier kein Mann im Haus ist, der das übernimmt. Hoffentlich merkt er so, dass ich Single bin. Bei dem Gedanken werde ich rot. Gut, dass es so dunkel ist.

Als Tom unter dem Apfelbaum angekommen ist, inspiziert er meine Paletten, die ich darunter platziert habe und murmelt laut vor sich hin: „Hmmm, die Flugrichtung passt. Nachbarn sind in der Richtung keine."

Ich schaue ihn fragend an und warte auf die Freigabe des Standorts. Irgendwas scheint noch nicht zu passen. Er überlegt so lange.

„Und da wohnen Sie?", sagt er plötzlich und dreht sich in Richtung Terrasse, von der man in mein hell erleuchtetes Wohnzimmer blicken kann. Gut, dass die Mädchen schon in ihren Zimmern sind, denke ich. Tom muss ja nicht gleich wissen, dass ich eine geschiedene Mutter von zwei jugendlichen Girlies bin. Gut, dass ich das Trampolin im Herbst abgebaut habe, schießt es mir in den Kopf. Lieber lasse ich ihn in dem Glauben, dass ich eine selbstbewusste Singlefrau bin, die sich spontan fürs Imkern entschieden hat.

„Mein Haus, jaja…", antworte ich betont beiläufig und wende mich wieder den Paletten zu. Innerlich wird mir schon wieder ganz heiß. Nun ist wohl ein schneller Themawechsel angebracht. „Ist das der richtige Standort für meine neuen Mitbewohner?"

Der Plan geht auf. Tom wendet sich wieder zum Garten zurück.

„Sie sollen Richtung Süden ausfliegen. Der Standort stimmt. Wie ich sehe, haben Sie einiges an bienenfreundlichem Gehölz im Garten?"

Bienenfreundliches Gehölz? Wie redet der denn? Ich finde Toms Ausdrucksweise irgendwie merkwürdig und das reizt mich noch mehr. Bestimmt ist er ziemlich gebildet. Ich mag gebildete Männer.

„Darf ich Sie was fragen?", höre ich mich.

„Ich bitte darum!"

„Warum haben Sie die Patenschaft für mich übernommen?"

Tom wirkt nervös und steigt von einem Fuß auf den anderen. Diese Frage hat ihn wohl aus dem Konzept gebracht und ich versuche, trotzdem cool zu bleiben.

„Ich habe momentan noch mehr Zeit dafür als Klaus. Bis Juni kann ich es machen."

Das beantwortet zwar nicht ganz meine Frage, aber ich lasse es so stehen, auch wenn mir eine andere Antwort besser gefallen hätte, wie zum Beispiel: „Weil ich sie äußerst attraktiv finde und gerne mit ihnen zusammen bin!"

Dann fällt mir plötzlich eine Antwort ein und ich fühle mich bei meiner Andeutung sehr schlagfertig: „Dann werden wir beide also in den nächsten Wochen etwas Zeit miteinander verbringen?" Ich lächle ihn an und werde schon wieder etwas rot. Flirte ich etwa gerade mit ihm?

„Leider, so ist es." Toms Antwort ist wie ein Schlag ins Gesicht und mir bleibt erstmal die Spucke weg. Meine Spontanität war wohl nur ein einmaliges Geschenk – jetzt lässt sie mich im Stich und ich stottere nur herum: „Ach so, leider, das heißt, dass Sie…", sage ich und merke, dass sich ein paar restliche Tränen von vorhin auch noch den Weg nach draußen suchen wollen. Ich schlucke sie herunter und kann gar nichts mehr sagen.

„Entschuldigen Sie bitte, das hat nichts mit Ihnen zu tun", Tom legt mir für einen kurzen Moment seine Hand auf meine Schulter. Ich zucke bei der Berührung zusammen und gehe instinktiv einen kleinen Schritt zurück. Meine Enttäuschung über seine Antwort kann ich schlecht verbergen.

„Ich gehe bald für ein Jahr nach Sardinien und habe noch einiges zu tun. Ich bin Klaus aber noch einen Gefallen schuldig und habe es für ihn gemacht."

„Hätte Klaus sonst die Patenschaft übernommen?", ich versuche mich zu fassen.

„Er macht das sonst sehr gerne. Er hat aber schon eine Patenschaft. Ihm wird das zu viel."

„Das heißt, dass Sie eigentlich gar keine Zeit für mich haben?" Was will er eigentlich auf Sardinien?

„Hab noch einiges zu organisieren. Ohne Auto ist das echt anstrengend – musste mir für heute auch extra das Auto leihen. Kostet halt alles Zeit."

„Ach, das ist gar nicht Ihr Auto?" Ich verstehe gar nichts mehr und weiß auch gar nicht, ob mich die Antwort überhaupt interessiert. Ich weiß nur, dass Tom überhaupt keine Lust darauf hat, mich zu sehen!

„Mein Bus ist gerade schon mit meinem Freund Ralf auf Sardinien. Deshalb habe ich meine Bienen schon vorher weggebracht. Wusste ja nicht, dass ich noch mehr Beuten transportieren muss." Tom lächelt ein wenig.

Ich beschließe, nicht mehr nachzufragen. Warum auch. Tom hat kein Interesse an mir. Warum sollte ich dann großes Interesse an ihm zeigen. Auch wenn ich gerne nachfragen würde, was er auf Sardinien zu suchen hat.

„Holen wir jetzt die Beuten?", frage ich und wende mich zum Gehen.

„Machen wir", sagt Tom und lächelt mich an. Ich erwidere sein Lächeln nicht. Soll er doch bleiben, wo der Pfeffer wächst.

Tom öffnet die Spanngurte, mit denen die Beuten auf dem Anhänger befestigt sind. Dann hebt er eine Rollkarre vom Anhänger, hievt die erste Beute darauf und fährt sie mit der Rollkarre in den Garten hinein. Ich kann nur zusehen und komme mir schon wieder etwas hilflos vor. Eigentlich wollte ich mit anpacken und zeigen, was ich draufhabe.

Tom stellt die Beute auf die erste Palette und holt anschließend die zweite und die dritte Beute vom Anhänger. Ich trabe schweigend neben ihm her, um wenigstens innere Anteilnahme zu zeigen.

Als alle drei Beuten auf den Paletten stehen, löst er das Klebeband, mit dem er die Fluglöcher zugeklebt hat.

„Der Fluglochkeil bleibt noch eine Woche drin, dann soll es wärmer werden und er kann raus. Die Bienen sollen bald fliegen."

„Wissen die denn, wo ihr zu Hause ist?" Ich schlucke meinen Ärger über Toms Aussage herunter und erinnere mich daran, dass er sich trotzdem Zeit für meine Bienen nehmen wird. Deshalb kann ich nicht unfreundlich zu ihm sein.

„Bienen finden im Umkreis von ungefähr zwei Kilometern immer zu ihrem Volk zurück. Vorher standen die Kästen bei Klaus. Der wohnt weit genug von hier weg, so dass die Bienen nicht mehr den alten Weg einschlagen werden, sondern nun hierher zurückfliegen."

„Ach so. Die Bienen wissen also immer, wo ihr zu Hause ist, wenn sie nicht weit genug wegfliegen?", wiederhole ich.

„Die haben es gut", sagt Tom. Dabei schaut er mit leerem Blick auf die Beuten und wirkt einen Moment so, als sei er völlig in Gedanken versunken.

Was dieser Satz nun schon wieder heißen soll?

Diesmal frage ich nicht nach. Wir verabschieden uns ziemlich unterkühlt. Tom reicht mir die Hand und sagt nur: „Ich komme nächsten Samstag vorbei. Passt das?"

Ich nicke und denke sofort daran, dass nächstes Wochenende wieder kinderfreies Wochenende ist und während ich noch daran denke, dreht sich Tom um und verschwindet im Auto.

***

Nach einer unruhigen Nacht fühle ich mich am Morgen wie gerädert. In meinen Träumen wurde ich heute Nacht von einem Bienenschwarm verfolgt. Ich rannte panisch über die Wiese und Tom stand lachend unter einem Apfelbaum und amüsierte sich darüber. Dabei strömten ihm die Lachtränen in hohen Bögen aus den Augen und dort, wo sie auf die Erde trafen, wuchsen große Schlingpflanzen heraus, die ebenfalls meine Verfolgung aufnahmen.

Zum Glück war das nur ein Traum, aber ich brauche etwas, bis ich mich davon erhole. Im Badezimmer spritze ich mir kaltes Wasser ins Gesicht und schiebe den Gedanken an gestern Abend beiseite. Mir fällt ein, dass ich Susanne noch von der ersten Begegnung mit Tom Bericht erstatten sollte. Aber jetzt musste ich erst einmal ins Büro und heute mit Sicherheit einige Anrufer beruhigen, die sich über das plötzliche Blitzeis auf den Straßen und den ihrer Meinung nach nicht rechtzeitig eintreffenden Streudienst beschweren wollten. Das lenkt mich wenigstens ab, denke ich mir.

Nach der Arbeit stelle ich fest, dass ich tatsächlich zwischen den wütenden Anrufern nur zwei winzige Male an Tom gedacht habe. Allerdings quält mich die Erinnerung an den Satz „Leider, so ist es" und dazu Toms bedrückter Gesichtsausdruck immer noch, auch wenn ich nur eine Sekunde daran denke.

Auf dem Nachhauseweg halte ich es nicht mehr aus und rufe Susanne vom Auto aus an.

„Sue, hast du spontan Zeit für einen Nachmittagskaffee?"

„Klar doch Süße, für dich doch immer! Die Kinder sind schon alle abgeholt und ich bereite gerade noch schnell für morgen vor. Wir filzen doch mit den Vorschulkindern. Das ist eine ganz schöne Sauerei sage ich dir."

Susanne quasselt wie immer drauflos und ich muss sie erstmal bremsen, damit sie mir zuhört.

„Apropos Sauerei", unterbreche ich sie. Das wirkt!

„Was? Warum?"

Ich überlege, wie ich die Überleitung zu Toms Besuch schaffen soll.

„Das war echt eine Sauerei gestern Abend! Komm vorbei, dann erzähle ich dir mehr!" Ich weiß, dass ich Susanne mit dieser Ankündigung locken kann und meine Menschenkenntnis lässt mich nicht im Stich.

Susanne sagt: „Das hört sich spannend an. Ich komme. Halbe Stunde, dann bin ich bei dir."

Ich fahre nach Hause und werfe einen kurzen Blick in die Zimmer der Mädchen. Beide sitzen an den Hausaufgaben und ich laufe die Treppe wieder herunter und werfe meine Tasche auf den Tisch. Dort liegt immer noch der Flyer vom Imkerkurs oben auf dem Stapel von Rechnungen, Werbeprospekten und Kassenzetteln auf. Ich sehe mir das Bild nochmal genau an und überlege, ob der echte Tom Ähnlichkeit mit dem Tom auf dem Flyer hat. Seine Größe kommt auf dem Foto nicht so zur Geltung. Sein Äußeres ist in Wirklichkeit aber genauso attraktiv. Mir wird wieder ganz kribbelig und ich lege den Flyer schnell auf den Papierstapel zurück.

Dann sause ich über die Terrasse nach unten in den Garten zum Apfelbaum. Was hat Tom gesagt? Die Fluglochkeile rausnehmen? Kann ich die kleinen Holzleisten einfach so herausziehen, ohne gestochen zu werden? Die Fluglochkeile stecken so knapp in der Öffnung, dass ich sie mit den Fingern nicht greifen kann. Ich hole eine Kuchengabel aus der Küche und versuche es damit. Es funktioniert und schon krabbeln ein paar Bienen hinaus ins Freie und starten in die Luft. Ein wunderbares Glücksgefühl überkommt mich bei dem Anblick. Meine Bienen! Hoffentlich finden sie den Weg wieder zurück! Schließlich bin ich jetzt ihre Imkerin!

Es klingelt an der Haustüre und ich laufe zurück, um Susanne zu öffnen.

„Jetzt lass mal hören, um was für eine Sauerei es sich handelt?", schnauft Susanne. Wahrscheinlich ist sie vor lauter Neugier im Laufschritt aus dem Wald zu ihrem kleinen Fiat und dann zur Haustüre gelaufen, so wie sie atmet.

Um die Spannung aufzulösen, lege ich gleich an der Haustüre los: „So ein Arsch! Weißt du, was er zu mir gesagt hat? Dass er „leider" die Patenschaft übernommen hat!"

„Wer er? War Tom schon bei dir?" Susanne stellt ihren Korb, der mit allerhand Filzwolle gefüllt ist, auf dem Boden ab.

Ich schließe hinter ihr die Haustüre: „Gestern hat er sich spontan gemeldet und mir die Bienenvölker gebracht. Ich habe auch noch nicht damit gerechnet. Dann stand er auf einmal da. Aber wie gesagt … "

Susanne steht vor mir und nimmt mich an der Hand. Sie führt mich ins Wohnzimmer und schubst mich sanft auf die Couch: „Jetzt mal langsam Süße. Was hat Tom genau gesagt?" Susanne greift in die Obstschale, die auf dem Esstisch steht, nimmt sich einen Apfel und beißt herzhaft davon ab.

„Na, dass er nach Sardinien auswandert und deshalb keine Zeit für eine Patenschaft hat. Er tut es nur dem anderen Imker zuliebe." Ich verziehe meinen Mund zu einem trotzigen Schmollmund.

„Das reicht doch", sagt Susanne überzeugt und mit vollem Mund. Sie ist wie immer optimistisch und schon mit wenig Zuwendung zufrieden. Trotzdem werde ich stutzig und überlege, ob ich falsch liege. Sind meine Erwartungen doch zu hoch? Ist es wirklich angebracht, dass ich einen gutaussehenden und noch dazu überfröhlichen und unabhängigen Single erwarte, der nichts lieber tut, als in seiner

Freizeit einer fremden Alleinerziehenden die Bienenwelt zu erklären?

„Meinst du?", frage ich nach.

Susanne lässt sich neben mich auf die Couch plumpsen: „Er wird schon noch merken, dass er froh sein kann, dich als Bienenschülerin zu haben. Und mich! Schließlich bekommt er sogar zwei Frauen dafür."

Ich stehe auf, gehe zur Kaffeemaschine und lasse uns zwei Cappuccino in die Tassen. „Sue", seufze ich. „Tom hat gar kein Interesse an mir. Und ich denke, er interessiert sich generell nicht sonderlich für Frauen."

„Meinst du, er ist schwul?" Susanne ist wohl noch traumatisiert von ihrem Erlebnis aus dem Ziegen-Yoga-Kurs.

„Glaube ich nicht. Vielleicht hat er eine Freundin", sage ich.

„Bestimmt nicht!" Susanne legt sich ein Kissen auf den Schoß und stellt ihre Tasse darauf, die ich ihr reiche.

„Und warum bist du da so sicher?"

„Aber hallo! Er wandert nach Sardinien aus, er engagiert sich in einem Verein und zeigt kein Interesse an dir? Meine Diagnose ist eher: Frustrierter Langzeitsingle auf der Suche nach sich selbst."

Susanne die Hobbypsychologin. Ich grinse und fühle mich schon versöhnlicher. Wäre wünschenswert, wenn Toms Desinteresse nicht an mir persönlich liegen würde.

„Nächste Woche kommt er wieder", seufze ich und setze mich neben sie.

Susanne schlürft einen Schluck aus der Tasse und sagt: „Und ich darf immer noch nicht dabei sein? Ansonsten würde ich ihn schon aus der Reserve locken, den Herrn Imker."

„Habe ich dir doch gesagt, dass ich erst ein paar Mal mit ihm allein sein muss." Schnell nehme ich auch einen Schluck, um Susanne nicht ansehen zu müssen.

„Zeig doch mal deine Bienchen." Susanne stellt die Tasse ab, springt auf und ist schon an der Terassentür. Froh über die unerwartete Wendung folge ich Susanne und gehe mit ihr zu den Bienenstöcken. Da sehe ich sie schon am Gartenzaun stehen! Meine Frau Nachbarin mit ihrer dunkelblauen Kittelschürze. Ich habe keine Ahnung, wo heutzutage noch solche Kittelschürzen verkauft werden. Online kann man die bestimmt nicht bestellen und abgesehen davon weiß Frau Kranz bestimmt nicht, wie man online bestellt. Das Rätsel „Kittelschürze" werde ich also nie lösen. Noch bevor ich mich weiter mit der Frage beschäftigen kann, schreit sie schon über den Zaun:

„Sehe ich das richtig? Sie haben Bienen?"

„Ja doch Frau Kranz. Drei Völker", antworte ich noch höflich.

„Sind Sie denn des Wahnsinns! Mein Mann hat eine Bienenallergie! Fast wäre er wegen so einem Mistvieh gestorben", kräht sie durch den ganzen Garten.

Susanne und ich bleiben gleichzeitig mit etwas Sicherheitsabstand zum Zaun unter dem Apfelbaum stehen: „Oh, das tut mir leid, aber…", setze ich gerade an.

„Das wird Ihnen noch leid tun, das sage ich Ihnen." Ihre Stimme klingt unglaublich krächzend.

„Was meinen Sie damit?", sage ich und höre mich schon nicht mehr so höflich an.

„Das werden Sie schon sehen! Wir sind rechtschutzversichert!" Frau Kranz haut zur Unterstützung ihrer Worte mit ihrer flachen Hand auf die Holzlatte des Gartenzauns – auf meiner Seite.

Ich versuche es nochmal auf die höfliche Art: „Die Bienen tun Ihnen nichts. Das hat auch der Imker gesagt, von dem ich …"

Frau Kranz hört gar nicht zu, sondern wendet sich schon zum Gehen. Sie dreht sich nochmal um, hebt den

Zeigefinger und droht: „Wenn nur eines von diesen Insekten in unseren Garten fliegt, dann werden Sie was erleben. Das verspreche ich Ihnen!"

„Ist schon recht", maule ich ihr hinterher und merke, wie die Wut in mir hochsteigt. Ich habe immer versucht, gut mit meinen Nachbarn auszukommen. Solange Christian hier gewohnt hat, gab es nie Probleme mit Frau Kranz. Im Gegenteil – oft hat Christian sogar bei schwereren Gartenarbeiten geholfen. Für unsere Gartenarbeiten hatte er allerdings dann meistens keinen Elan mehr. Wahrscheinlich lag es an den guten Mohnschnecken, die ihm Frau Kranz dafür immer gebacken hat.

„Blöde Schnepfe", schreit ihr Susanne hinterher.

„Sue! Spinnst du", zische ich zu ihr, freue mich aber gleichzeitig, dass sie den Mut hat, sowas zu machen.

„Was war das?" Frau Kranz kommt ein paar Schritte zum Gartenzaun zurück und wirft Susanne einen vernichtenden Blick zu.

„Ich sagte nur, die blöden Schnecken fressen schon wieder den ganzen Kohl", lügt Susanne und grinst Frau Kranz hämisch grinsend an.

Frau Kranz antwortet: „Warten sie nur ab! Ihnen wird das Lachen noch vergehen. Ihnen und Ihrer rücksichtslosen Freundin!" Dann zieht sie endgültig ab.

Ich seufze wieder, nehme Susanne an der Hand und sage: „Sue komm, wir wollen uns doch den Tag nicht von dieser SCHNECKE verderben lassen." Sie lacht und folgt mir zu den Beuten, wo wir beide eine Weile das Treiben der Bienen beobachten.

„Faszinierend! Vorhin sind sie gerade erst rausgekrabbelt und jetzt geht es hier schon zu wie in der Fußgängerzone", stelle ich fest. Eine ganze Menge Bienen krabbelt auf den Anflugbrettern hin und her. Immer wieder starten und landen Bienen darauf und tragen ihre kaum sichtbare

Fracht in den Stock hinein. Wir stehen mit etwas Abstand hinter den Beuten, so dass wir gut das Treiben auf den Anflugbrettern beobachten können, ohne den Bienen zu nahe zu kommen.

„Ganz friedliche Tierchen", lacht Susanne. „Und wie geht es jetzt weiter?"

„Sorry", antworte ich. „In dem Kurs haben wir zwar vieles gelernt, aber wenn du mich jetzt fragst, wie es weitergeht, kann ich es dir nicht sagen."

Laura kommt in den Garten gelaufen und bremst knapp vor den Beuten ab.

„Mama, warum sagst du mir nicht, dass die Bienen schon da sind?" Vorwurfsvoll sieht sie mich an.

„Tut mir leid. Gestern war es schon zu spät, dann warst du in der Schule und vorhin mit den Hausaufgaben beschäftigt."

Laura stellt sich vor den Bienenkasten und in dem Moment verfängt sich eine Biene direkt in Lauras Haaren. Laura fängt an zu schreien, hüpft auf und ab und wuschelt sich mit beiden Händen durch die Haare.

„Eine Biene, sie sticht, sie sticht!", schreit Laura wie am Spieß.

Ich laufe zu ihr und versuche, die Biene in den verwurschtelten Haaren zu sehen: „Warte! Halte still, ich helfe dir!"

Laura schreit und hüpft weiter und Susanne steht wie angewurzelt an der Beute und rührt sich nicht.

„Jetzt halte halt still", fahre ich Laura an und da ist es schon so spät. Laura schreit noch lauter, fängt zu heulen an und hält sich mit der Hand den Kopf: „Sie hat mich in den Kopf gestochen!"

Sie hält sich nun endlich still und ich schaue mir die Einstichstelle, die deutlich zwischen den Haaren zu sehen ist, an. Die tote Biene hängt etwas darunter in den Haaren.

„Ich hole eine Zwiebel. Tina, wo hast du die Zwiebeln?" Susanne rührt sich endlich, wartet die Antwort gar nicht erst ab und ist schon auf dem Weg in die Küche. Mit einer halben Zwiebel kommt sie heraus und drückt Laura die Schnittstelle auf den Kopf. Laura zappelt wieder hin und her und wimmert: „Das tut weh!"

„Was ist denn hier los?" Sarah hat sich wohl von dem Geschrei ihrer Schwester locken lassen und steht nun auch noch auf der Terrasse, um sich das Geschehen mit etwas Abstand anzusehen.

„Siehst du doch", fahre ich sie an. Ich weiß, dass sie kein Mitleid für ihre Schwester empfinden wird und ihr Grinsen bestätigt meine Vermutung.

„Bei so einem Geschrei kann ich eh nicht lernen. Ich gehe in die Stadt", beschließt sie.

Ich gehe zu Sarah und sage: „Du machst erst mal alles für die Schule fertig!" Dabei bemühe ich mich um einen bestimmten, aber ruhigen Ton. Sarah dreht sich um, geht im Laufschritt zur Haustüre und ruft mir von dort aus zu: „Später!", und schon schließt sie die Haustüre hinter sich und ist weg.

Ich werfe meine Handtasche, die zufällig und unschuldig auf dem Tisch liegt, vor Wut auf den Boden. „Scheiße! Die macht was sie will!" Ich fange schon wieder an zu Heulen. Toms belämmertes Gesicht gestern Abend, die Beschimpfungen von Frau Kranz, die schreiende Laura und nun auch noch Sarah, die einfach macht, was sie will!

„Hey Süße, was ist denn los?", Susanne steht hinter mir und legt mir eine Hand auf den Arm. Ich drehe mich um und lasse mich in Susannes offene Arme sinken.

„Ach Sue!", schluchze ich. „Mit allem stehe ich allein da. Die Mädchen, die Nachbarn, das Haus und jetzt auch noch die Bienen."

„Mama, warum weinst du?", fragt Laura, die jetzt ebenfalls durch die Terassentür ins Wohnzimmer kommt und mit einer Hand die Zwiebelhälfte auf dem Kopf hält.

„Der Mama ist gerade alles zu viel." Susanne streichelt mir über den Rücken und ich strecke einen Arm nach Laura aus. Die kuschelt sich auch noch an uns ran und so stehen wir zu dritt da.

„Gruppenkuscheln!", ruft Susanne und lacht. Laura lacht mit und schmiegt sich noch enger an Susanne und mich.

***

Die Bienen fliegen und fliegen und so wie es aussieht, kommen sie immer wieder zurück. Jeden Tag stelle ich mich nach der Arbeit mit einer Tasse Kaffee mindestens fünfzehn Minuten an die Beuten und beobachte – mit Sicherheitsabstand natürlich, das Treiben auf dem Anflugbrett.

Tom hat sich noch immer nicht gemeldet und ich warte langsam ungeduldig auf seine Nachricht. Es ist Ende April und laut meinen Kursunterlagen sollte ich die Rähmchen durchsehen und Weichselzellen entfernen. Wenn das Volk nämlich auf die Idee kommt, weitere junge Königinnen zu füttern, kann es dazu kommen, dass die Hälfte des Volkes mit der alten Königin ausschwärmt. Leider habe ich keine Ahnung, wie ich das machen soll und bin auf Toms Unterstützung angewiesen.

Heute stehe ich allerdings nicht an der Beute, denn draußen regnet es. Typisches Aprilwetter – etwas Graupelschauer und leichter Schneeregen. Plötzlicher Kälteeinbruch. Ich stehe am Wohnzimmerfenster und blicke von dort aus mit meiner Tasse Kaffee in der Hand zu den Beuten. Bei Kälte fliegen die Bienen nicht, das sehe ich von hier aus.

Mein Handy vibriert und schickt mir eine Nachricht. Anja!

Lang nicht gesehen, schreibt sie.

Ich antworte: *Stimmt! Ist einiges passiert. Bei dir alles gut?*

Sie antwortet: *Hab ein Zeitfenster zwischen zwei Terminen am Samstag. Fußballspiel und Wettbewerb. Dazwischen geht es. 16.30 Uhr bei dir?*

Typisch Anja! Wie immer im Stress.

Geht! schreibe ich zurück und schlürfe meine Kaffeetasse leer. Gerade, als ich mein Handy wieder auf den Tisch legen will, ploppt eine weitere Nachricht auf: *Würde Samstag zur Durchsicht kommen. Tom.* Mein Herz pocht augenblicklich schneller. Ist ja irgendwie witzig, dass er in seiner Nachricht unterschreibt. Wenn der wüsste, dass ich ihn längst eingespeichert habe und natürlich weiß, von wem die Nachricht ist.

Ich tippe im Eiltempo die Antwort ein und drücke auf „Senden": *Geht!* und mir fällt ein, dass ich die gleiche Antwort gerade an Anja geschrieben habe, mit dem Unterschied, dass ich gar nicht weiß, wann Tom kommt. Jetzt nochmal nachfragen finde ich aber auch doof und entscheide mich dafür, mich einfach überraschen zu lassen. Die Mädchen sind bei Christian, ich bin den ganzen Tag zu Hause und werde mich bei einem guten Buch bereithalten.

Ich sehe, dass Tom die Nachricht gelesen hat, aber er antwortet mir nicht mehr.

Schade!

Samstag früh verabschiede ich die Mädchen und drücke der mürrischen Laura ein Küsschen auf die Wange. Sarah verweigert natürlich jede Art von Körperkontakt zu mir und verabschiedet sich mit einem unterkühlten

„Ciao". Christian sitzt draußen im Auto und stiert aus der Windschutzscheibe. Mich würdigt er keines Blickes. Egal. Sobald die Mädels aus dem Haus sind, flitze ich ins Bad und mache mich hübsch. Tom könnte jederzeit klingeln! Nachdem ich mich dreimal umgezogen habe – Jeans und T-Shirt, Rock mit T-Shirt, Rock mit anderem T-Shirt be-schließe ich, beim Rock mit anderem T-Shirt zu bleiben. Ist kein feiner Rock, kann man im Alltag durchaus vertreten. Irgendwie muss ich mal Toms Aufmerksamkeit gewinnen. Anscheinend steht er nicht auf langweilige Frauentypen wie mich und ich muss mir zumindest klamottentechnisch was einfallen lassen, auch wenn ich mich mit dem Outfit noch nicht sehr weit aus dem Fenster lehne.

Mit einem Bienenbuch kuschle ich mich dann unter die Decke auf der Couch und beginne, unter „Frühjahrsarbei-ten" zu lesen. Auch hier verstehe ich nur die Hälfte und versuche, mir zumindest ein paar Dinge zu merken. Tom soll heute nicht das Gefühl bekommen, ich würde mich vollständig auf ihn verlassen. Schließlich soll er schon mer-ken, dass es mit einer interessierten und intelligenten Frau zu tun hat. Irgendwann nicke ich über dem Buch ein, als die warme Aprilsonne ins Wohnzimmer scheint. Das Haustürklingeln lässt mich hochschrecken und ich sause zur Tür, nicht ohne noch einen prüfenden Blick in den Spiegel zu werfen. Ich hauche noch schnell in meine Hand, um den Status meines Mundgeruchs zu testen und bin da-her richtig erleichtert, dass nur Anja vor der Türe steht. Der Status meines Mundgeruches hätte es nicht erlaubt, vor Tom zu stehen.

Anja schießt, noch während sie ins Wohnzimmer kommt, mit einem Wortschwall los und berichtet vom Fußballspiel und von den vielen Kuchen, die die Fußball-mamis heute wieder um die Wette gebacken haben. Dann klärt sie mich noch über ihr weiteres Tagesprogramm auf, das nach meinem Besuch noch mindestens fünf weitere Stationen vorsieht. Ich bin ja auch nur ihr „Zeitfenster". Zumindest habe ich so Zeit, mir unauffällig einen Kaugummi in den Mund zu schieben, während ich zwei Cappuccino in die Tassen fülle. Dann komme ich endlich zu Wort.

„Schau mal in den Garten raus", sage ich zu Anja und deute auf die Beuten.

„Was ist das?" Anja schaut, als hätte sie noch nie Bienenstöcke gesehen.

„Na, Bienenbeuten! Ich bin jetzt Imkerin. Sue hat mir doch den Kurs geschenkt."

„Und dafür hast du Zeit?" Anjas knappe Reaktion und der vorwurfsvolle Tonfall enttäuschen mich.

„Wie meinst du das?"

„Einerseits erzählst du mir, dass du die Beziehung zu Sarah verlierst und nicht genug Zeit für Laura hast und andererseits legst du dir so ein zeitintensives Hobby zu?" Anja sieht mich mit hochgezogenen Augenbrauen an.

„Ich habe doch trotzdem noch Zeit für die Mädchen", höre ich mich mit belegter Stimme sagen.

„Tja …", sagt Anja und schaut mit angespanntem Blick und verschränkten Armen zu den Beuten. Ich spüre, wie der Ärger über ihre Reaktion in mir hochkommt.

„Tja? Was soll mir dein „Tja" sagen?", hake ich nach und ich höre mich leicht streitlustig an.

Anja blickt weiter zu den Beuten und sagt, ohne mich anzusehen: „Beziehung entsteht nur durch echte Nähe."

Mein Ärger wird größer und meine Enttäuschung auch.

„Wie meinst du das, Anja?!"

Anja sieht mich jetzt an: „Zeit haben heißt doch nicht nur, einfach da zu sein. Du musst dich schon mit deinen

Kindern beschäftigen. Laura sitzt doch nur in ihrem Zimmer und Sarah treibt sich herum. Anstatt dir für sie Zeit zu nehmen, willst du dich jetzt mit Bienen beschäftigen?"

Ich bin fassungslos. „Du bist doch nur neidig, weil du kein Hobby hast, das dich befriedigt!" Mehr fällt mir nicht ein.

Wir stieren uns beide wütend in die Augen. Anja sagt gar nichts, nimmt einen Schluck Cappuccino und stellt die Tasse auf dem Tisch ab.

„Ich verstehe, dass du jetzt wütend bist, aber bleibe mal bei dir! Es geht nicht um mich."

Ich knalle meine Tasse ebenfalls auf den Tisch und sage: „Spare dir dein Verständnis! Ich durchschaue dich! Das sind deine Therapeutensprüche!" So laut war ich schon lange nicht mehr und schon gar nicht Anja gegenüber. Nach unserer Freundschaftskrise hatten wir uns ausgesprochen und Anja hatte mir versprochen, mir keine Ratschläge mehr zu geben, schon gar keine therapeutischen. Ich habe ihr damals gesagt, wie schlecht es mir ging, weil sie mich bei der Trennung so wenig unterstützt hat. Anscheinend hat Anja nichts verstanden.

Anja sieht auf die Uhr und nimmt ihren Autoschlüssel.

„Ich muss eh los, Tina."

„Natürlich. Zu deinen anderen hundert wichtigen Terminen", schnaube ich und folge ihr widerwillig bis zur Haustüre, wo wir uns mit einem leisen, kühlen „Tschüss!" verabschieden.

Gerade als Anja das Gartentor öffnet, kommt ein Auto vorgefahren. Ich erkenne es als das Auto, mit dem Tom da war und meine Gefühle fahren Achterbahn. Den Ärger über Anjas Reaktion schlucke ich schnell herunter, ihren Gesichtsausdruck, als sie Tom aussteigen sieht, nehme ich im Augenwinkel wahr. Mein Herz pocht, als ich Tom wie in Zeitlupe in Richtung Gartentor kommen sehe und bemerke Anjas Blick, als sie ihn von oben bis unten mustert. Was denkt sie nun schon wieder? Dass Tom mein Imkerpate ist, konnte ich ihr noch nicht mal mehr erzählen, dann kam es schon zum Streit.

„Hallo", rufe ich ihm bewusst freundschaftlich zu und freue mich insgeheim über Anjas überraschten Gesichtsausdruck. Sie bleibt noch einen Moment stehen, besinnt sich dann aber wohl darauf, so zu tun, als sei ihr das scheißegal, steigt ins Auto und fährt ab.

„Hey!" Tom winkt mir zu und bleibt am Gartentor stehen und sagt: „Ich gehe schon mal in den Garten."

„Äh ja, klar. Ich komme über die Terrasse raus", stottere ich und renne durch das Wohnzimmer zur Terrasse, wo meine Gartenschuhe stehen. Tom steht schon an den Beuten und inspiziert mit Kennerblick die Bienen.

„Scheint soweit alles in Ordnung zu sein. Dann schauen wir mal rein." Sein Lächeln lässt mich schon wieder rot werden und ich freue mich, dass er heute so freundlich ist.

„Anzug?" sagt er und deutet mit einer Handbewegung auf mich.

„Anzug?", wiederhole ich wie ein Papagei.

Tom lacht und sagt nochmal: „Ohne Anzug geht gar nichts!" Ich stehe noch eine Sekunde auf der Leitung, dann verstehe ich was er meint.

„Ach, ein Imkeranzug", antworte ich und schlage mir an meine Stirn. Meine Gesichtsfarbe wechselt von hellrot zu dunkelrot. Ich erinnere mich an den Imkerkurs und die Anweisung von Tom, den Schleier aufzusetzen. Auch damals habe ich nichts kapiert, weil ich damit beschäftigt war, Toms Augenfarbe herauszufinden.

„Äh, ich habe leider keinen", sage ich schnell.

„Ungünstig", murmelt Tom und schlüpft nebenbei in seinen Imkeranzug. „Besorgen Sie sich einen."

„Wo, äh, ich meine, wo kann man so einen Anzug kaufen?"

Tom zieht den weißen Leinenanzug über seine Jeans. Aus seinen Sneaker ist er herausgeschlüpft und ich bemerke, dass er die Gummistiefel dabeihat, die er auch im Imkerkurs anhatte. Wieder fällt mir auf, dass er sogar in dem Anzug unglaublich attraktiv aussieht.

Mein angelesenes Wissen vom Vormittag löst sich bereits wie eine Rauchschwade in Luft auf und mein Kopf ist völlig leer. Ich kann mich nicht erinnern, im Imkerbuch gelesen zu haben, wo man so einen Anzug kaufen kann. Auch sonst fällt mir nichts mehr von dem ein, was ich am Vormittag noch mit voller Konzentration gelesen habe.

Tom blickt auf und antwortet: „Im Imkerbedarf. Ist nicht weit von hier. Adresse einfach mal googlen."

„Mach ich", antworte ich. Mir fällt nichts Besseres ein und so stehe ich neben ihm und fühle mich wieder wie ein kleines, dummes Mädchen.

Tom steht jetzt fertig angezogen im Imkeranzug vor mir. Durch das Netz seines Schleiers erkenne ich sein Gesicht trotzdem noch gut und muss dafür etwas nach oben schauen. Ich bin nicht sicher, was ich jetzt machen soll und trete von einem Fuß auf den anderen.

Tom scheint sich daran nicht zu stören und nimmt routiniert den Deckel der ersten Beute ab. Dann dreht er sich nochmal zu mir und sagt: „Wollen Sie gestochen werden?"

„Äh nein, natürlich nicht", stottere ich schon wieder. Irgendwie komme ich mit Toms Redensart nicht klar. Ich verstehe ihn nicht. Komisch, im Imkerkurs war er doch ganz anders.

Sein freundliches Lächeln beruhigt mich dann aber etwas und er sagt: „Setzen Sie sich einfach auf Ihre Terrasse in den Liegestuhl und schauen Sie mir von dort aus zu. Ist besser so, glauben Sie mir." Tina, geh endlich runter von der Leitung, denke ich mir und verstehe jetzt, dass Tom meinte, dass es ohne Imkeranzug anscheinend zu gefährlich ist, neben der Beute zu stehen.

Ich flüchte mich schnell auf die Terrasse und beobachte aus sicherer Entfernung, wie Tom einen Deckel nach dem anderen abhebt und die einzelnen Rähmchen mit einer Art Zange aus den Beuten zieht. Dabei begutachtet er die einzelnen Rahmen immer von jeder Seite und steckt sie anschließend an den gleichen Platz zurück. Von der Weite erkenne ich, dass ganz schön viele Bienen auf den einzelnen Wachsplatten herumkrabbeln.

„Nächstes Mal schauen Sie sich das aber aus der Nähe an", ruft er mir zu. Seine Stimme hört sich warm und nett an.

„War ja nicht mein Plan, dass Sie meine Bienen allein versorgen", versuche ich souverän zu antworten. Mein Herz klopft immer noch wie verrückt und ich fühle mich nervös. Den ersten Besuch meines Imkerpaten Tom hatte ich mir ganz anders vorgestellt. Ich seufze und murmle vor mich hin: „Das ist echt nicht mein Tag!"

„Wie bitte?", ruft Tom.

„Äh, nichts", rufe ich zurück. Meine Art der Kommunikation wird Tom nicht gerade vom Hocker reißen, denke ich. Wahrscheinlich denkt er, er hat es mit einem totalen Hohlkopf zu tun. Mein Outfit ändert daran bestimmt auch nichts, wenn er es überhaupt bemerkt hat.

Tom legt die Deckel wieder auf die Beuten und kommt auf die Terrasse.

„Nächste Woche wieder? Und dann mit Anzug?!"

Ich beiße mir auf die Lippe und suche krampfhaft nach einer Möglichkeit, Tom noch etwas hier zu halten.

„Darf ich Ihnen einen Kaffee anbieten?"

„Nein danke, ich trinke um diese Zeit keinen Kaffee mehr." Tom nimmt den Schleier vom Kopf und steht nun nur im weißen Anzug vor mir.

Ich nehme meinen ganzen Mut zusammen und sage: „Ach so. Okay. Übrigens, ich bin die Tina. Duzen wir uns doch!"

„Tom", antwortet er und schüttelt meine Hand.

Ich krame die letzten Reste meines verkümmerten Mutes zusammen und sage: „Darauf müssten wir aber schon noch anstoßen. Ich habe noch einen Prosecco im Kühlschrank."

„Prosecco?", prustet Tom los.

„Was anderes habe ich leider nicht zur Auswahl. Der Prosecco steht seit meinem Geburtstag unberührt und ungeöffnet im Kühlschrank und wartet vergeblich auf Gäste, die mal mit mir anstoßen wollen", schummle ich. Die Flasche im Kühlschrank ist zwar schon eine neue Flasche Prosecco, aber in dem Moment ist mir keine bessere Geschichte eingefallen. Gleichzeitig ärgere mich schon über mich selbst. Was soll Tom bloß von mir denken? Dass ich total einsam bin?

„Das hört sich aber traurig an! Da kann ich nicht nein sagen." Oh nein! Jetzt denkt er es tatsächlich! Egal, Hauptsache, er springt darauf an.

Ich hole den Prosecco und zwei Gläser. Ich bemerke, dass sich Tom von der Terrasse aus im Wohnzimmer umsieht. Ich tu so, als würde ich seine neugierigen Blicke nicht bemerken und drücke ihm ein Sektglas in die Hand. Das andere stelle ich auf den Boden und öffne die Flasche. Der Sektkorken schießt in hohem Bogen in den Apfelbaum und landet auf einer Beute. Wir lachen beide los.

„Normalerweise macht man das ja nur bei Schiffstaufen. Vielleicht entwickelt sich daraus nun eine neue Tradition der Beutentaufen." Tom sieht mir in die Augen und mein ganzer Körper kribbelt. Ich bücke mich schnell, um das Sektglas vom Boden aufzuheben und schenke uns beiden ein. Ich kann ihm dabei gar nicht in die Augen schauen. Nur beim Anstoßen schaffe ich es ganz kurz, in seine gold gesprenkelten Augen zu sehen.

„Auf die Neuimkerin Tina", ruft er und trinkt das Glas auf einen Zug aus.

„Ich muss…", sagt er anschließend und drückt mir sein leeres Glas in die Hand. Ich habe nur einen Minischluck getrunken und hatte mich gerade auf einen netten Plausch eingestellt. Schon wieder bin ich enttäuscht. Dieses Gefühl überkommt mich in letzter Zeit sehr häufig. Ich kann gar nicht so schnell begreifen, dass der lang ersehnte erste Bienennachmittag nun ein Ende hat, da hat Tom schon seinen Anzug und die Gummistiefel ausgezogen, ist in die Sneakers geschlüpft und winkt mir mit einigen Metern Abstand zu. Ich stehe da wie ein begossener Pudel, mit zwei Sektgläsern in der Hand und winke wortlos zurück. Ein leises „Danke!" kann ich gerade noch herausbringen, dann ist Tom schon wieder verschwunden.

***

Bitte dran denken – bei Klaus vorbeischauen! Betriebsnummer melden!
Diesmal hat Tom nicht in seiner Nachricht unterschrieben. Wahrscheinlich sind wir durch seinen ersten Besuch letzten Samstag bereits irgendwie freundschaftlich verbunden und er geht davon aus, dass ich nun weiß, wer mir diese Nachricht schreibt.

Mist, diese blöde Betriebsnummer! Ich hasse es, zu Behörden zu gehen. Mein Arbeitsplatz im Bauamt reicht mir völlig. Auf weitere Behördengänge habe ich in meiner Freizeit überhaupt keine Lust. Es hilft aber alles nichts –

die Bienen brauchen eine Betriebsnummer. Sie werden als Nutztiere bezeichnet und müssen als solche im „Amt für Landwirtschaft und Forsten" angemeldet werden. Und Klaus braucht die Betriebsnummer – damit er die Imkerpatenschaft zwischen Tom und mir melden kann und Zuschüsse dafür bekommt. So hat er es mir zumindest im Imkerkurs erklärt.

Also mache ich heute früher Schluss und klopfe eine Stunde später an der Bürotür, die ein Plakat mit einer schwarz-weißen Milchkuh ziert. „Herein", antwortet eine dunkle Männerstimme dahinter und ich trete in ein kleines muffiges Büro mit zwei Schreibtischen. Ein Schreibtisch ist unbesetzt, am anderen steht ein dicker kleiner Mann mit Halbglatze und Brille, der gerade dabei ist, sein Jackett von seiner Schreibtischstuhllehne zu nehmen.

„Haben Sie jetzt aber Glück gehabt! Wollte gerade Schluss machen für heute", schnaubt er unfreundlich und atmet dabei so laut, als hätte er gerade einen Hundertmeter-Lauf hinter sich.

„Jetzt schon?", frage ich verwundert und werfe einen Blick auf meine Handy-Uhr während ich mich auf den Besucherstuhl am Schreibtisch setze. Auf dem Schild an der Eingangstür des Amtes war heute eindeutig der Tag mit der längsten Öffnungszeit für „Parteiverkehr".

Der Mann setzt sich wieder und dreht sich seufzend mit seinem Schreibtischstuhl in Richtung Computerbildschirm. Er drückt den Bildschirmschoner mit einem rosa Schweinchen weg: „Sie sind lustig. Irgendwann will unsereins auch mal in den Feierabend. Also, was kann ich für Sie tun?" Unwirsch tippt er auf seiner Tastatur herum, ohne mich eines weiteren Blickes zu würdigen.

„Ich möchte gerne drei Bienenvölker anmelden", sage ich und bemerke den feierlichen Ton in meiner Stimme.

„Nur drei?", sagt er und dreht sich verwundert um. Dabei kräuselt er seine Stirn so stark, dass seine Brille verrutscht.

„Äh ja, nur drei", antworte ich und wundere mich über die Reaktion.

„Sonst keine Landwirtschaft?", sagt er und schiebt seine Brille wieder auf die Nase zurück.

„Nein, sonst nicht."

„Aha", sagt er und mustert mich. „Sie machen das nur zum Hobby?"

„Genau!"

Er dreht sich wieder zum Bildschirm und murmelt vor sich hin, während er in sein Formular tippt: „Nur zum Hobby, quasi zum Spaß, ohne landwirtschaftlichen Nutzen…"

„Wie ist der Name des Mannes?", fragt er plötzlich.

„Welcher Mann?", frage ich.

Der Dicke dreht sich um und sagt: „Na, ihr Mann? Sie werden das doch nicht allein machen, oder?"

Ich kann es nicht glauben und suche noch nach einer Antwort. Dann platze ich heraus: „Muss denn jede Frau einen Mann haben? Frauen können sich doch auch um Bienen kümmern? Sonst müssen wir Frauen uns doch auch alles allein machen."

Der Dicke zuckt mit den Schultern und sagt tonlos: „Also kein Mann." Er dreht sich wieder zum Bildschirm und tippt weiter.

Ich merke, dass meine Wangen rot werden. Diesmal aber vor Wut, nicht vor Aufregung wegen Tom.

Ich beschließe aber, jetzt nicht mehr zu diskutieren und beantworte knapp alle weiteren Fragen, die der Dicke an mich richtet. Der ist es nicht wert, mich aufzuregen. Als er endlich das Formular ausdruckt und mir zum Unterschreiben vorlegt, überfliege ich es nur und registriere, dass mein Name bei „Betriebsinhaber/in" steht.

Ohne ihn noch eines Blickes zu würdigen, ziehe ich von dannen und mache mich schnurstracks auf den Weg zu Klaus.

Auf dem Weg dorthin wird mir plötzlich bewusst, dass die Bienen die erste Entscheidung sind, die ich seit der Scheidung ganz allein getroffen habe. Und das fühlt sich so richtig gut an!

Es ist schon 18 Uhr, als ich auf die gold-glänzende Messingklingel drücke. Neben der Haustüre hängt ein Holzkasten, der von einer Türe mit Sichtfenster verschlossen ist. Die Türe lässt sich an einem Holzgriff öffnen. Darin stehen auf zwei Regalböden drei große und drei kleine Honiggläser zum Verkauf. Darunter ist jeweils der Preis auf einem kleinen Papierschild angeschrieben. Im Eck des Kastens befindet sich ein Sparschwein, das wohl als Behälter für das Geld gedacht ist. Der Honig-Verkaufskasten gefällt mir und während ich ihn noch genau inspiziere, öffnet sich schon die Haustür.

Eine ältere Frau in geblümter Kochschürze steht vor mir und wischt sich die Hände an der Schürze ab, bevor Sie mir die Hand reicht.

„Grüß Gott. Sie wollen zu meinem Mann, richtig?"

Ich nicke und sie dreht sich um und ruft: „Klaus! Für dich."

Mit einem Blick zu mir sagt sie: „Entschuldigen Sie, ich koche gerade. Muss weiter machen, sonst brennt mir die Soße an …" – und schon ist sie wieder weg.

Ich stehe an der Haustüre und warte auf Klaus. Währenddessen fallen mir die Hinterglasbilder an der Rauputzwand auf. Die vier Jahreszeiten als Motiv – Frühling,

Sommer, Herbst und Winter. Solche Bilder hatten meine Eltern früher auch an der Wand. Meine Mutter hat sie allerdings schon vor zehn Jahren abgenommen, weil sie die Bilder als „zu altmodisch" eingeordnet hatte. Alles an diesem Haus kommt mir altmodisch vor – der rote Knüpfteppich im Eingangsbereich, das rustikale Schuhschränkchen und der braune Lampenschirm mit Stoffbezug, der von der Decke baumelt und alles in ein schummriges gelbes Licht taucht.

Klaus kommt zum Eingangsbereich und begrüßt mich freundlich mit Handschlag: „Schön, dass Sie da sind. Jetzt machen wir Nägel mit Köpfen." Eigentlich bin ich nur hier, um ihm schnell die Betriebsnummer mitzuteilen, aber Klaus bittet mich, die Schuhe auszuziehen und mit ins Haus zu kommen. Im Keller möchte er mir noch seine Honigsachen zeigen. Also ziehe ich brav die Turnschuhe aus und stelle sie ordentlich neben seine braunen Ledersandalen. Ich folge ihm in den Keller. Dort lagern in fünf Räumen unzählige Werkzeuge für die Honiggewinnung. In einem Zimmer stapeln sich die Beuten bis zur Decke, in einem anderen kleineren Raum befinden sich auf mehrere Regalen große Plastikeimer mit einer Honigwabe darauf.

„Ist das alles voll mit Honig?", staune ich nicht schlecht, als er die Türe zu diesem Raum öffnet.

„Mein Vorrat! Den fülle ich aber erst ab, wenn ich in den Verkauf gehe."

„Wahnsinn", fällt mir dazu nur ein.

In drei weiteren Räumen zeigt mir Klaus noch die Honigschleuder, große aufeinandergestapelte Scheiben reines Bienenwachs, hunderte Honiggläser und Geräte, mit denen man den Honig erwärmen und so besser in Gläser füllen kann.

Meine Füße sind durch den Kellerboden schon eiskalt und ich bin froh, als wir nach einer gefühlten Ewigkeit die

Treppe wieder nach oben in Klaus Büro gehen. Aus einem anderen Raum duftet es herrlich nach Knödel und Braten. Hier scheint die Zeit stehen geblieben zu sein. Bis auf den Computer wirkt auch Klaus Büro mit den alten braunen Holzmöbeln sehr altmodisch. Klaus begibt sich an den Computer und ich bleibe hinter ihm im Büro stehen und inspiziere die Bilder an der Wand. Ich entdecke ein Foto mit Klaus beim Imkern, eine Auszeichnung zu einem „Honigwettbewerb" und ein Kalender vom „Bienenzüchterverband".

„Was ist ein Honigwettbewerb?", frage ich und zeige auf die Urkunde in dem braunen Holzbilderrahmen.

Klaus sieht von seinem Computer zum Bild und erklärt mir: „Jedes Jahr gibt es Wettbewerbe. Der Geschmack, die Zusammensetzung, das Etikett – wird alles bewertet. Ich habe schon ein paar Mal Gold gemacht, einmal nur Bronze, weil eine Ecke vom Etikett leicht abgestanden ist."

Die fremde Bienenwelt fühlt sich plötzlich noch fremder an und mir wird immer mehr bewusst, wie wenig ich eigentlich über dieses Thema weiß. Und auch, wieviel Wissen ich mir noch aneignen muss.

Klaus öffnet etwas umständlich ein Dokument, in das er meine Betriebsnummer einträgt.

Er tippt die Nummer ein und sagt: „Jetzt kann ich Sie anmelden. Für Neuimker gibt es manchmal Zuschüsse. Zum Beispiel, wenn man sich eine Honigschleuder kauft. Bevor Sie also eine kaufen, sagen Sie mir Bescheid."

„Kaufen? Was kostet denn so eine Honigschleuder?"

Als Klaus mir erklärt, dass ich dafür mit ca. 1000.- Euro rechnen muss, zucke ich zusammen. So viel Geld? Woher soll ich das bloß nehmen? Und warum habe ich mich überhaupt auf diese ganze Imkerei eingelassen?

Ich schlucke einen großen Kloß im Hals hinunter und erwidere nur ein „Hmmm" auf Klaus´ Antwort.

Nachdem ich noch einen Blick in die Küche werfe, um mich von Klaus´ Frau zu verabschieden, bemerke ich den warmen angeheizten Kachelofen, der die Küche und den gemütlichen Esstisch mit Eckbank drum herum zu einer richtigen Bauernstube macht. Am liebsten würde ich mich hier hinsetzen, mit einem heißen Tee, einer Decke und einem Buch und den ganzen Abend an diesem heimeligen Kachelofen verbringen. Gleichzeitig fühle ich mich wie ein Fremdkörper in dieser Umgebung und spüre den Drang, dieses altmodische Haus mit dem altmodischen Klaus und seiner Frau darin sofort verlassen zu müssen.

Als ich im Auto sitze und den Anlasser drücke, versinke ich plötzlich in einem riesengroßen See aus Selbstmitleid. Was habe ich nur getan? Wie konnte ich so dumm sein, mich auf ein solch kostspieliges Hobby einzulassen, von dem ich nichts – aber auch gar nichts verstehe? Anja und meine Mutter – sie haben recht. Ich müsste mich um Laura und Sarah kümmern, anstatt mich bei irgendwelchen altmodischen Imkern aufzuhalten, die mir in jedem Satz weitere Ausgaben um die Ohren hauen! Das Geld hätte ich lieber in einen Urlaub mit den Mädchen investieren sollen und anstatt es für Beuten, Bienen, Anzüge und Honigschleudern auszugeben.

Ich nestle an meinem Handgelenk herum, an der Stelle, an der bis vor Kurzem mein heißgeliebtes Armband war. Bei dem Gedanken daran, dass das nun auch weg ist – verloren, mit all den wichtigen Anhängern voll Erinnerungen, ist mir noch mehr nach Heulen zumute.

Wie konnte ich so dumm sein? Mir einzubilden, dass ich einfach so mir nichts, dir nichts mit dem Imkern beginnen kann. Ohne Ahnung. Was sollen die erfahrenen Imker von mir denken? Aber will ich überhaupt Imkerin sein und zu diesen Leuten dazu gehören? Zu diesen altmodischen heile-Welt-Typen in ihren karierten Hemden. In dieser

Welt, in der Frauen scheinbar keinen Platz haben. Noch dazu Geschiedene.

Ich fahre nach Hause und tippe eine Nachricht an Tom, die ich, ohne sie noch einmal zu lesen abschicke: *Muss mit dem Imkern aufhören. Wer könnte die Bienen nehmen?*

Tom

„Habe ich es mir doch gedacht!", murmle ich vor leise vor mich hin, als Tinas Nachricht auf meinem Handy erscheint. Jetzt wird es ihr wohl klar, dass das Ganze nicht nur Spaß ist. Warum sie sich überhaupt so lange auf dieses Spiel eingelassen hat – nur um Männer kennenzulernen? Bei dem Gedanken daran, dass ich die Beuten wieder aus ihrem Garten raus schleppen und mit Klaus Anhänger abtransportieren muss, werde ich ärgerlich. Das alles nur, weil Klaus so versessen darauf war, die beiden Damen im Verein aufzunehmen. Hätte er Tina nicht überredet, wäre sie nie auf die Idee gekommen, die Bienen zu kaufen.

So leicht mache ich es ihr nicht. Soll sie mir erstmal eine gute Erklärung für ihren Sinneswandel liefern. Ich tippe: *Warum so plötzlich?*

Die Antwort kommt prompt: *Kann es mir nicht leisten!*

Mit dieser Antwort habe ich nun gar nicht gerechnet. Schließlich sah das Haus, in dem Tina wohl als Singlefrau lebt, nicht gerade ärmlich aus. Zumindest, was ich von der Terrasse aus sehen konnte. Außerdem war ich von der Größe des Grundstückes überrascht – keine Rede von einem handtuchgroßen Wiesenstück!

Wahrscheinlich sind die Kosten nur eine billige Ausrede, weil Tina nicht zugeben möchte, dass ihr Plan, „einen anständigen Imker zu finden", wie es mir Johann verraten hat, nicht aufgegangen ist.

Der enttäuschte Gesichtsausdruck, als ich Tina verraten habe, dass Klaus normalerweise die Imkerpatenschaften übernimmt und ausnahmsweise keine Zeit hat, ist mir nicht entgangen. Das bestätigt meine ursprüngliche Vermutung, dass sich Tina und ihre Freundin Isa an Klaus ranmachen wollten. Warum sonst hätten sie sich sonst dazu überreden lassen, gleich drei Völker zu kaufen?

Ich sehe, dass Tina noch online ist und wahrscheinlich auf eine Antwort meinerseits wartet.

Wir finden eine Lösung. Ich komme am Samstag gegen Mittag schreibe ich und wundere mich über meine eigene Antwort. Es könnte mir völlig egal sein, ob wir eine Lösung finden oder nicht. Beuten wieder abholen, Geld zurückgeben, Bienen in den Lehrbienenstand zu meinen Völkern und den anderen bringen. Auf die paar Bienenvölker mehr kommt es dort nun auch nicht mehr an. Aber irgendwas hindert mich daran, es mir so leicht zu machen.

Ich sehe, dass Tina schreibt und kurz darauf blinkt mein Handy: *Okay!* Ein lächelnder Smiley mit roten Wangen steht dahinter.

Ich hasse diese Bildchen. Nie weiß man, was damit gemeint ist. Ich stecke das Handy in die Hosentasche und beschließe, bis zum kommenden Samstag nicht mehr an Tina zu denken. Es gelingt mir allerdings nur bis zum nächsten Einkauf am Abend.

Als ich meinen Einkaufswagen schnell am Alkoholregal vorbei schiebe, sticht mir diesmal die Prosecco Flasche ins Auge, die Tina auf der Terrasse geöffnet hat. Normalerweise trinke ich nie Prosecco, aber irgendwie war ihre umständliche und schusselige Art in diesem Moment auch wieder sympathisch. Als wir angestoßen haben, hat sie mich so komisch angesehen. Ich kann ihren Blick einfach nicht deuten.

Am Samstag packe ich in meinen Rucksack meine Imkersachen ein und stopfe einen weiteren Anzug für Tina dazu. Nach der Begegnung mit der Prosecco Flasche im Supermarkt ist mir eingefallen, dass sich Tina bis zum Samstag bestimmt keinen Imkeranzug kaufen würde, wenn sie wirklich vorhat, die Bienen doch wieder abzugeben. Vielleicht überlegt sie es sich nochmal anders, wenn sie sich die Bienen mal genauer aus der Nähe ansieht. Und das geht natürlich nur mit einem Anzug.

Ich schwinge mich also auf mein Rad und fahre zu Tina. Mein Handy verrät mir, dass ein Radweg direkt an ihrem Haus vorbeiführt. Bisher war ich nur mit dem Auto da und mir ist der Radweg an ihrem Gartenzaun entlang gar nicht aufgefallen. Heute ist es wieder frühlingshaft warm und ideal für die ersten Reinigungsflüge der Bienen. Ich hoffe wirklich, dass das wechselhafte Wetter der letzten Wochen vorbei ist und die Bienen bald ungestört die Sammelflüge beginnen können.

Neben dem Radweg entdecke ich an Tinas Gartenzaun ein kleines Holztor, das sich ganz einfach öffnen lässt. Ich lehne mein Rad am Zaun an und marschiere diesmal von der anderen Seite in ihren Garten hinein.

Sie winkt mir schon von der Terrasse aus zu und kommt mir entgegen.

„Hey", sagt sie und schaut irgendwie verlegen auf ihre Füße, nachdem sie mir die Hand zur Begrüßung hinstreckt. Ob ihr ihre Begründung, es sich nicht leisten zu können, nun doch peinlich ist?

„Hey", antworte ich und nehme meinen Rucksack vom Rücken. Ich packe den Imkeranzug für Tina aus und halte ihn ihr hin.

„Oh, für mich?", sagt sie und schaut mich mit großen Augen an.

„Ja klar. Vielleicht kann ich dich doch noch vom schönsten Hobby der Welt überzeugen?" Ich warte keine Antwort ab und schlüpfe gleich an Ort und Stelle in meinen Imkeranzug. Tina tut es mir gleich. Heute trägt sie wenigstens keinen Rock, sondern eine Jeans. Wäre sonst sehr unpraktisch geworden, im Imkeranzug.

Während wir uns umziehen, sagen wir kein Wort. Ich mustere Tina heimlich von der Seite. Sie wirkt heute in sich gekehrt. Anders. Ihre Haare sind zu einem Pferdeschwanz zusammengebunden, der ihr halb ins Gesicht hängt, als sie sich nach unten beugt, um in das Hosenbein zu schlüpfen.

Ob sie die Sache wirklich abgeschlossen hat?

„Ich war bei Klaus zu Hause", sagt sie plötzlich in die Stille. „Die Honigschleuder, der Anzug … alles kostet einen Haufen Geld!"

„Die Honigschleuder ist kein Problem", höre ich mich sagen. „Du kannst erstmal bei mir mitschleudern." Warum habe ich das gesagt? Mir fällt ein, dass ich außerdem zur Honigernte schon auf Sardinien sein werde und Klaus mich abgelöst haben wird. Und dass ich zweitens kein Interesse daran habe, mir noch mehr Arbeit mit der Neuimkerin aufzuhalsen.

Tinas Augen blitzen auf und sie lächelt mich an: „Ehrlich? Das wäre schon mal … ein gutes Angebot."

Ich antworte: „Äh, ja klar. Ich schau, was ich tun kann…", und nestle an meinem Imkerhut herum, damit ich ihr nicht länger in die Augen schauen muss. Ihr Blick fasziniert mich. Ich kann nicht sagen, warum. In ihren Augen ist eine Tiefe …

Als wir angezogen sind, öffnen wir gemeinsam die erste Beute. Tina steht ganz nah neben mir und ich spüre ihren Atem durch den Netzstoff des Schleiers. Sie wirkt sehr interessiert und stellt mir viele Fragen. Ich bemühe mich, ihr alles ganz genau zu erklären.

„Jetzt du", sage ich nach den ersten Handgriffen und drücke ihr den Stockmeißel in die Hand. Sie stellt sich gar nicht so ungeschickt an und hat ruckzuck das Rähmchen gezogen. Mit Kennerblick schaut sie sich das Treiben auf den Waben an.

„Jetzt schaue ich mal, ob ich sie finde", sagt sie und kneift ihre Augen zusammen, als würde sie so die Königin besser erkennen.

Ich grinse, weil ich weiß, dass die Königin normalerweise nicht im äußeren Rahmen sitzt. Sie wird in der Mitte der Brutwaben sein, beschützt von den anderen Bienen.

„Du erkennst sie daran, dass sie größer ist als die anderen. Und an der Zeichnung natürlich", erkläre ich ihr und beobachte weiter ihren angestrengten Blick. „Wenn du sie findest, kriegst du einen Preis", füge ich noch hinzu.

„Was für einen Preis?" Sie zieht die Augenbrauen hoch und lächelt mich an.

„Wirst du dann schon sehen", antworte ich geheimnisvoll in dem Wissen, dass die Königin hier nicht sein wird.

Tina macht einen Schmollmund und sagt: „Manno, wie soll ich in diesem Gewusel jemals die Königin finden?" Sie reicht mir den Rahmen und ich stecke ihn wieder in die Beute zurück. So arbeiten wir uns bis zur Mitte vor und als ich ihr in der Mitte der Brutwaben die mit einem gelben Punkt markierte Königin zeige, grinse ich sie an uns sage: „Ausgetrickst! Die Königin ist meistens in der Mitte."

„Oh wie fies", sagt sie und stemmt die Hände in die Hüften. „So habe ich ja keine Chance auf den Preis."

„Vielleicht beim nächsten Preisausschreiben", lache ich und unsere Blicke treffen sich. Mir wird kurz warm und ich schaue schnell weg. Sie soll nicht auf den Gedanken kommen, dass ich mit ihr flirte. Das Ganze fällt nur unter „Hilfestellung für Neuimkerinnen".

Ich schwenke vom gegenseitigen Necken zur ernsthaften Wissensvermittlung um und zeige Tina als nächstes, wie man die Weichselzellen entfernt. Ich erkläre ihr, dass das notwendig ist, um die Bienen vom Schwärmen abzuhalten.

Tina lässt sich von meinen Ausführungen ablenken und fragt: „Sie züchten sich einfach eine neue Königin? Aber warum?" Sie hat eine naive Art, Fragen zu stellen.

Das gefällt mir. Tina fragt einfach, ohne sich dafür zu fein zu sein.

„Entweder ist die alte Königin zu schwach. Oder sie haben zu wenig Platz und wollen deshalb raus. Die neue Königin fliegt dann mit der Hälfte vom Volk davon." Tina sieht mich an und ich glaube, Bewunderung in ihren Augen zu erkennen. Der Gedanke lässt mich grinsen.

„Warum lachst du?", sagt sie und knufft mich etwas in die Seite.

„Musste nur an was denken", rede ich mich heraus und erkläre schnell weiter: „Das Schwärmen ist ganz natürlich. Aber wenn wir sie lassen, haben wir lauter schwache Völker. Deshalb brechen wir die Weichselzellen, aus denen sonst neue Königinnen kommen. Wir verhindern sozusagen das Schwärmen."

Tina wendet sich wieder dem Geschehen auf den Waben zu. Puh, diese Blicke und der freundschaftliche Knuff in die Seite haben mich doch ganz schön aus dem Konzept gebracht und ich bin froh, dass ich wieder ablenken konnte.

„Nächstes Mal löten wir die Wachsplatten ein", erkläre ich ihr nach der Durchsicht aller drei Völker. „Ich bringe das Werkzeug dafür mit – Drahtspanner und Trafolöter. Einen Satz Wachsplatten gibt's vom Verein für Neuimker geschenkt. Ist also kostenlos." Ich zwinkere Tina an und verstehe mich selbst nicht so ganz, warum ich Tina schon wieder Aussicht auf „kostenlosen" Service gebe. Und warum ich sie anzwinkere, verstehe ich eigentlich auch nicht. Ich erinnere mich daran, nicht zu nett sein zu wollen und schlüpfe schnell aus meinem Imkeranzug, um die freundliche Geste zu überspielen. Tina sagt nichts, steht eine Weile neben mir und schält sich ebenfalls aus dem weißen Anzug heraus.

So stehen wir uns gegenüber und ich warte auf eine Antwort auf mein Angebot, die aber nicht kommt. Tina tippelt wieder von einem Fuß auf den anderen uns sagt schließlich: „Okay, ich versuche es." Ihr Gesichtsausdruck hellt sich auf und sie lächelt mich an. Wir sehen uns wieder einen kurzen Moment in die Augen.

„Das heißt, du bleibst dabei?", frage ich sicherheitshalber nach und merke, dass ich erleichtert bin, als sie nickt.

„Nächste Woche Samstagvormittag? Erst einlöten, dann aufsetzen?", höre ich mich sagen und kann es nicht glauben, dass ich einen weiteren Samstag dafür opfere, mich mit ihren Bienen zu beschäftigen. Ich müsste dringend packen, mich um Papierkram kümmern, an den Plänen für Sardinien weiter zeichnen…

„Wie es aussieht, werden wir doch noch etwas Zeit miteinander verbringen", sagt sie und winkt mir zum Abschied hinterher, als ich mich auf mein Rad schwinge und davon radle. Ich sehe mich besser nicht mehr zu ihr um, auch wenn ich es gerne getan hätte.

Tina

Die ganze Woche über kann ich schon keinen klaren Gedanken fassen. Immer wieder schießt mir Tom in seinem sexy Imkeranzug in den Kopf. Sein Lächeln, sein Witz … alles an ihm gefällt mir und ich ertappe mich bei dem Gedanken, dass ich nur Seinetwegen mit dem Imkern weitermachen möchte. Ich nutze die Mittagspause, um mich bei Susanne zu melden. Ich weiß, dass sie heute frei genommen hat, weil sie gestern an einem Kochkurs für Singles teilgenommen hat. Deshalb mache ich es mir an meinem Schreibtisch so gemütlich wie möglich und schiebe die Tastatur meines PCs etwas nach vorne, um meine Brotzeitbox in der Mitte der Schreibtischunterlage zu platzieren. So kann ich nebenbei etwas essen.

„Hey Süße", meldet sich Susanne wie üblich.

„Sue! Erzähle mir von gestern. Süße Typen getroffen?"

Susanne antwortet mit einem langgezogenen Seufzen. „Frage nicht. Es war unbeschreiblich."

„Warum? Zu viele karierte Hemden am Start?", witzle ich.

Susanne scheint auch gerade Hunger zu haben. Sie beißt schon wieder von etwas ab und kaut erstmal ausgiebig, bevor sie noch mit vollem Mund antwortet: „Keine karierte Hemden aber weiße Hemden. Und das in einem Kochkurs."

„Du meinst, die weißen Hemdträger waren nicht wirklich am Kochen interessiert, sondern eher an den Köchinnen?"

„Richtig, sagt sie knapp.

„Aber Sue. Das ist doch gut. Deswegen warst du doch dort. Oder geht es dir um Karotten und Sellerie?" Ich schaue auf meine Brotzeitbox, in der sich trockene lange Karottenstücke befinden, die Laura gestern übriggelassen hat. Ich richte den Mädchen noch immer ihre Pausenboxen her, auch wenn Anja das völlig übertrieben findet. Susanne unterbricht meine Gedanken und jammert: „Klar, aber ich stehe halt einfach nicht auf diese Anzugtypen. Sieht ja gut aus, so ein weißes Hemd. Aber für eine Wald-Frau wie mich ist das halt nichts."

„Verstehe. Du brauchst eher einen Naturburschen, der mit dir vor dem Kochen erstmal zum Pilze sammeln geht, anstatt schick einen auf Mikroküche zu machen." Automatisch muss ich an Tom denken. Er würde schon gut zu Sue passen. Diesen Gedanken verdränge ich ganz schnell wieder und als ob sie Gedanken lesen kann, fragt Susanne: „Was war denn jetzt mit deinem Tom? Er war doch letzten Samstag da, oder?"

„Ja, und er kommt wieder", höre ich mich und bereue es im gleichen Moment.

Susanne ertappt mich und sagt: „Das heißt, der Typ lässt dich also doch nicht ganz kalt?!"

Ich nestle nervös an meinem Handgelenk herum, an dem sich mein Armband befunden hat, das ich immer noch nicht wieder gefunden habe. „Er ist echt nett. Er gefällt mir. Aber das ist auch alles ganz egal. Was will so ein Mann schon von einer geschiedenen Frau mit zwei Kindern wissen?"

Susanne lacht auf: „Das ist nicht dein Ernst. Was meinst du damit Süße?"

„Na, er ist nicht an mir interessiert und außerdem geht es um die Bienen!"

„Natürlich", sagt Susanne und zieht das „Ü" in die Länge. „Es geht NUR um die Bienen. Warum soll ein Mann kein Interesse an einer geschiedenen Frau wie dich haben? Dann gäbe es doch keine Patchworkfamilien." Susanne beißt wieder von etwas ab.

„Mag sein", überlege ich. „Jedenfalls bin ich aber noch nicht so weit. Dass ich wieder eine Beziehung haben möchte, meine ich."

„Wer redet denn von Beziehung? Du musst doch nicht gleich wieder heiraten. Genieße das Leben, Tina!"

Ich runzle die Stirn. „Das kann ich doch auch so genießen."

Susanne sagt kauend: „Mit einem süßen Typen wäre es aber vielleicht noch genießbarer?"

„Ich glaube, du bist von deinem Obst beeinflusst, das du gerade isst", lache ich.

„Kein Obst, ist ein Schokoriegel."

„Du und Schokoriegel? Dass ich nicht lache", ziehe ich sie auf.

„Haben wir im Kochkurs gemacht. Aus Datteln und veganer Bitterschokolade."

„Wusste ich es doch." Ich grinse in mich hinein. Susanne ist echt eine Marke! Hoffentlich findet sie bald mal wieder jemanden, der zu ihr passt.

„Okay, verstehe. Dann warten wir eben noch auf deinen Traumprinzen", schließt Susanne das Thema glücklicherweise ab.

Ich lache. „Und auf deinen", sage ich.

Meine Mittagspause ist bald zu Ende und wir verabschieden uns. Auf meinem Handy blinkt eine Nachricht von Laura.

Hab so Bauchweh. Bin daheim!

Normalerweise hätte Laura heute Nachmittagsunterricht gehabt. Anscheinend wurde sie nach Hause geschickt. Ich schreibe zurück und verspreche Laura, dass ich früher Schluss mache. Erst muss ich aber leider noch die doofen Anträge abarbeiten, die auf meinem Schreibtisch liegen.

Früher als sonst flitze ich nach Hause, um nach Laura zu sehen. Sie sitzt munter vor dem Fernseher - vor ihr eine Tüte Chips.

„Laura-Schatz! Wie geht es dir? Ich dachte, du bist krank?"

Laura steckt die Hand in die Chipstüte und greift sich eine Hand voll heraus: „Geht schon wieder. Darf ich morgen auch noch zu Hause bleiben?"

Ich setze mich neben Laura auf die Couch. „Na hör mal, wenn du sogar Chips essen kannst, kann dein Bauchweh nicht so schlimm sein."

Laura erstarrt und sieht mich augenblicklich an. Ihre Augen füllen sich mit Tränen. „Das weißt du gar nicht. Warum glaubst du mir nie? Ich bin dir eh egal." Die übertriebene Reaktion überrascht mich und ich weiß erst gar nicht, was ich antworten soll.

„Natürlich glaube ich dir. Aber wenn du Bauchweh hast, musst du was anderes essen. Deine Karotten zum Beispiel." Ich denke an die vertrockneten Dinger in meiner Box, die ich heute Mittag gegessen habe, weil Laura sie gestern verschmäht hat. Überhaupt wird Lauras Süßigkeiten- und Chips-Konsum momentan immer mehr und auch an ihrer Körperform kann man das schon erkennen. Auch wenn sich Mädchen in diesem Alter körperlich ständig verändern, sollte man trotzdem das Gewicht nicht ganz aus dem Blick lassen.

Ich nehme die Chipstüte und trage sie in die Küche.

„Ich mache dir was Anständiges zum Essen", sage ich und öffne die Kühlschranktüre, um mich inspirieren zu lassen.

Laura bleibt auf der Couch sitzen und sieht mir nach. „Ich bin dir eh egal", wiederholt sie nochmal.

Ich habe keine Ahnung, was sie meint. Ich sehe Laura von der Küche aus fragend an. „Was meinst du denn? Warum solltest du mir egal sein?"

Laura springt auf und schreit: „Du kannst allein essen. Ich gehe in mein Zimmer!" Jetzt fängt die auch noch an, denke ich mir und lege seufzend die Packung Spätzle wieder in den Kühlschrank zurück. Ich fühle mich wieder so allein gelassen – zwei pubertierende Mädchen. Beide haben ihre Schwierigkeiten und ich versuche ständig, allen gerecht zu werden.

Anjas Vorwürfe fallen mir ein. Müsste ich mich mehr um die Mädchen kümmern? Ach was, die Bienen nehmen bestimmt nicht so viel Zeit in Anspruch, wie Anja behauptet. Und Laura wird sich schon wieder beruhigen.

***

Ich greife zum Handy und tippe eine Nachricht an Tom:

Gibt es wieder einen Preis zu gewinnen? Freu mich auf Samstag!

Ich schicke die Nachricht ab, bevor ich es mir anders überlegen kann und mir wird augenblicklich heiß und kalt gleichzeitig.

Keine Antwort!

Ich starre auf mein Handy, als ob ich Tom dadurch telepathisch beeinflussen und dazu bringen könnte, zurückzuschreiben.

Leider tut sich auch in den nächsten Stunden nichts, obwohl ich es inzwischen nicht nur gedanklich telepathisch zu beeinflussen versuche, sondern ihn auch mit verschiedenen lauten Beschwörungsformeln, wie z.b. „Melde dich JETZT" dazu bringen möchte, endlich eine Nachricht zu schicken. Nachdem ich gefühlt ein ganzes Zauberbuch voller Beschwörungsformeln an mein Handy gerichtet habe, zwinge ich mich, es in meine Jackentasche zu stecken und nehme mir vor, mindestens vier Stunden nicht mehr drauf zu sehen.

Als ich es kurz vor dem zu-Bett-Gehen aus der Tasche nehme und nachsehe, ist immer noch keine Antwort von Tom angekommen.

Enttäuscht gehe ich schlafen. Dass er sich jetzt noch meldet, kann ich wahrscheinlich knicken. Immerhin sind es nur noch zwei Tage, dann sehe ich ihn wieder. Aber wie wird er dann auf mich reagieren? Plötzlich kommt mir der Gedanke, dass ihn meine Nachricht so abgeschreckt haben könnte, dass er gar nicht mehr kommt. Schon habe ich das Handy wieder in der Hand und bin versucht, eine Nachricht hinterher zu schicken, lasse es dann aber doch. Aus dem einfachen Grund, dass mir einfach nichts einfällt, was meinen kleinen Flirt in der Nachricht abmildern hätte können. Auch in den nächsten beiden Tagen kreisen meine Gedanken ständig darum, was Tom über meine Nachricht denken könnte und warum er nicht antwortet.

***

Dann ist es endlich soweit und es ist Samstag!
Heute ist kein Christian-Wochenende. Die Mädchen sind also zu Hause und deshalb wird Tom sie wahrscheinlich sehen. Dann ist ihm klar, dass ich eine verzweifelte, alleinerziehende, geschiedene Frau bin, und er wird es bereuen, mir jemals geholfen zu haben.

Schon beim Frühstück zanken sich die Mädchen um alles und nichts. Ich habe jetzt schon Kopfweh und keine Lust, mich einzumischen. Der Schuss geht ohnehin immer nach hinten los, weil sich dann entweder Laura oder Sarah benachteiligt fühlen. Also halte ich mich raus und höre mir das Geschrei eine Weile an. Dann ist plötzlich Ruhe, als Sarah türenknallend die Küche verlässt und nach oben in ihr Zimmer stapft. Laura verkündet mir, dass sie heute – wie immer – nichts vorhat und den Tag in ihrem Zimmer verbringen wird.

„Laura-Schatz, frage doch jemanden aus deiner Klasse. Vielleicht hat heute eine Freundin Zeit?", versuche ich, Laura zu ermuntern.

Laura steht vom Esstisch auf. „Du weißt, dass ich keine Freundin in der Klasse habe." Sie schiebt den Stuhl so fest an den Tisch zurück, dass die Stuhllehne an der Tischplatte mit einem lauten Geräusch anstößt.

Ich schlucke meinen Ärger darüber hinunter, stelle meine Kaffeetasse ab und lächle Laura aufmunternd zu. „Es muss ja nicht gleich eine Freundin sein. Du kannst einfach mal ein Mädchen fragen, das du nett findest."

Meine Versuche scheitern. Laura stöhnt auf, dreht sich um und geht wortlos in ihr Zimmer. Seufzend räume ich den Esstisch ab. Laura macht mir wirklich Sorgen. Seit der Scheidung von Christian zieht sie sich immer mehr zurück und hat kein Interesse, unter Menschen zu gehen. Nach der Schule sitzt sie den ganzen Tag in ihrem Zimmer. Bis vor Kurzem hat sie sich wenigstens noch mit Hamster Rudi beschäftigt.

Ich sehe durch das Wohnzimmerfenster zum Schneeballstrauch, der schon im schönsten Weiß blüht. Das Bleistiftkreuz auf Rudis Grab ist schon von den frischen Blättern etwas eingewachsen. Noch während ich überlege, ob ich für Laura doch einen neuen Hamster kaufen soll, klingelt es. Ich werfe einen Blick auf die Uhr und wundere mich, wer um diese Zeit klingelt und bin schon auf dem Weg zur Haustüre.

Vor mir steht Tom. Ich bin sprachlos und weiß gar nicht, was ich sagen soll. Wie ein begossener Pudel halte ich die Klinke in der Hand und schaue erst Tom an und dann an mir herunter. Leider habe ich mich am Morgen in mein Wochenend-Outfit geschmissen und mir vorgenommen, mich später noch umzuziehen. Die graue Jogginghose wollte ich auf alle Fälle austauschen. Später, bevor Tom kommt. Tja, er ist jetzt schon da.

„Äh, jetzt schon?", stammle ich und merke, wie mir die Röte ins Gesicht steigt. Ich stelle schnell wenigstens ein Bein hinter die offene Haustüre, damit Tom nicht so viel von der Jogginghose sieht.

Tom hat die Hände in die Hosentaschen gesteckt und wirkt ebenfalls etwas verlegen. Auf dem Rücken trägt er seinen Rucksack, was vermuten lässt, dass er wieder mit dem Fahrrad gekommen ist. Allerdings müsste er aber dann durch den Garten gekommen sein. Warum habe ich ihn eben vom Wohnzimmer aus nicht bemerkt?

Er grinst mich etwas schief an. „Sorry, bin einfach durch den Garten", sagt er. „Hab mich nicht getraut, an die Terassentür zu klopfen." Also doch!

„Da hätte ich auch einen Schock bekommen", antworte ich und ärgere mich gleichzeitig über meine doofe Antwort. Ich benutze immer noch die Haustüre als Sichtschutz vor meiner ausgeleierten Jogginghose. Tom fragt sich wahrscheinlich, warum ich so komisch wie eine kaputte Marionette vor ihm herumhample.

Tom nimmt die Hände aus der Hosentasche und seinen Rucksack vom Rücken. Er stellt ihn vor sich ab und wühlt darin herum.

„Dabei dachte ich, du willst heute noch einen Preis gewinnen?" Er zieht einen kleinen schwarzen Kasten aus dem Rucksack, an dem zwei Kabel baumeln und hält mir den vor die Nase. „Hier, bitteschön! Der Trafolöter. Wenn du herausfindest, wie man mit dem da die Wachsplatten in die Rähmchen einlötet – dann bekommst du einen

Preis." Tom lächelt schelmisch und ich stehe erstarrt vor ihm, bis mir klar wird, dass er auf meine Nachricht anspielt.

„Äh, okay. Die Wette gilt", sage ich und fühle mich gleich etwas besser. So schlimm kann er meine Nachricht also doch nicht gefunden haben. Zumindest hat er sie bekommen und gelesen. Aber warum hat er dann nicht geantwortet?

„Ich ziehe mir kurz was anderes an", sage ich und lasse Tom einfach an der Haustüre stehen, während ich die Treppe zum Kleiderschrank hochlaufe und die Jogginghose in Windeseile gegen eine Jeans tausche.

Als ich wieder etwas entspannter die Treppe herunterkomme, steht Tom nicht mehr an der Haustür. Ich schlüpfe in meine Sneakers und gehe ums Haus herum, wo er tatsächlich ohne Imkeranzug an den Bienenstöcken steht und vorsichtig die Deckel anhebt.

„Okay, es wird Zeit", sagt er, ohne mich eines Blickes zu würdigen. Dass ich mich gerade extra für ihn umgezogen haben, scheint ihm ziemlich egal zu sein. Aus seinem Dutt hat sich eine dünne Haarsträhne gelöst, die ihm ins Gesicht hängt. Er schiebt sie hinter sein Ohr und dabei fallen mir seine Hände auf. Sie wirken einerseits männlich, aber auch vorsichtig und zart. Wie gerne würde ich seine Hand berühren. Nur ganz kurz.

„Für was wird es Zeit?", frage ich und versuche, mich jetzt wieder auf die Bienen zu besinnen.

Tom schließt den dritten Deckel und sagt: „Zeit, dass wir den zweiten Brutraum aufsetzen. Die Bienen brauchen Platz und mehr Rähmchen. Ich würde sagen, wir setzen uns da oben mit etwas Sicherheitsabstand hin und du rätselst mal, wie die Wachsplatten in den Rahmen kommen."

Er deutet auf den Tisch, der auf meiner Terrasse steht. Dabei zwinkert er mir zu und ich antworte schnell: „Äh ja gut, gehen wir auf die Terrasse."

Kurze Zeit später sitzen wir am Tisch und Tom breitet vor mir verschiedene Dinge aus: Den Trafolöter, eine Art Zange, dünne Wachsplatten und Holzrähmchen, in denen dünner Draht wie eine Wäscheleine hin und her gespannt ist. Ich begutachte die Dinge genau und Tom grinst.

„Na, jetzt versuche mal dein Glück", sagt er.

Ich grinse zurück. „Erst will ich wissen, was der Preis ist? Die Anstrengungen sollen sich ja lohnen."

Tom zuckt die Schulter. „Auf alle Fälle ein prickelndes Erlebnis."

Ich werde schon wieder rot und versuche, in diese Antwort nichts hineinzuinterpretieren. Schnell antworte ich: „Das hört sich vielversprechend an", und mache mich daran, die Gegenstände auf dem Tisch weiter genau zu untersuchen.

Der kleine schwarze Kasten mit den beiden Kabeln heißt „Trafolöter". Soviel hat Tom ja schon verraten. Ich schaue mir die Kabelenden genauer an. Ein rotes Ende an jedem Kabel bedeutet wohl, dass die rot markieren Kabelenden an etwas drangehalten werden, das gelötet wird.

Aber warum löten? Ich nehme den Holzrahmen in die Hand und begutachte die dünnen Drähte, die darin hin und her gespannt sind. Das ist das einzige Material, das hier aus Metall ist. Die komische grüne Plastikzange sagt mir gar nichts. An deren Ende befinden sich allerdings auch zwei metallische Endstücke. Im Augenwinkel sehe ich Tom mit verschränkten Armen zurückgelehnt auf dem Stuhl sitzen. Er beobachtet mich und ist anscheinend sicher, dass ich das Rätsel nicht lösen werde, was mir noch mehr Ansporn gibt herauszufinden, was ich mit dem Lötgerät anfangen soll.

Ich nehme eine dünne Wachsplatte in die Hand und rieche daran. Schon beim Auspacken aus dem Rucksack haben die Platten einen angenehmen Duft nach Bienenwachs versprüht. Die Platten sind nicht dicker als Pappe und in deren Oberfläche sind lauter kleine Sechsecke geprägt.

Ich streiche über die Wachsplatte. Tom beugt sich nach vorn und nimmt mir vorsichtig die Platte aus der Hand. Dabei berühren sich unsere Hände für eine Sekunde und ich zucke zusammen. Schnell ziehe ich meine Hand weg und um die ruckartige Bewegung zu überspielen, sage ich schnell: „Dieser Wachsgeruch erinnert mich an Weihnachten!"

Tom lächelt mich an und riecht ebenfalls an der Wachsplatte. Unsere Blicke treffen sich für einen Moment und wir sehen uns verlegen an. Meine Hände werden ganz schwitzig.

„Ich liebe diesen Geruch auch", sagt Tom. „Früher, als ich noch mit meinem Onkel geimkert habe, hat sein ganzes Haus danach gerochen. Das erinnert mich immer daran. An das Haus meines Onkels."

Ich finde es schön, dass Tom etwas Privates von sich erzählt und lächle ihn an. Gerne würde ich mehr über ihn wissen, aber ich habe das Gefühl, dass ich mich mit meiner Neugier zurückhalten sollte. Deshalb erwidere ich ersatzweise: „Zurück zum Rätselraten. Wie kriege ich diese Platte in den Rahmen?" Tom grinst wieder überlegen und legt die Wachsplatte zurück auf den Tisch.

Ich nehme sie wieder und lege sie in den Holzrahmen hinein auf die Drähte. Die dünnen Drähte halten zwar die Platte, aber wenn ich den Rahmen aufstelle, fällt sie heraus. Da kommt mir plötzlich die Idee und ich entdecke die kleinen Ösen, die an der Seite des Holzrahmens herausragen. Schnell suche ich die Steckdose auf der Terrasse, die sonst für den Elektrogrill gedacht ist und stecke das Lötgerät ein. Dann halte ich die beiden roten Kabelenden an die metallischen Ösen und schon wird der Draht im Rahmen warm. Durch die Wärme schmilzt die Wachsplatte an die Drähte und hält so im Rahmen. Ich juble innerlich, beschließe aber, cool zu bleiben und mir meinen Triumph nicht anmerken zu lassen. Ohne ein Wort schiebe ich Tom den Rahmen hin und sage mit Pokerface: „Na, jetzt habe ich den Preis aber gewonnen, stimmts?"

Tom nimmt den Rahmen und dreht ihn hin und her, um zu prüfen, ob die Wachsplatte hält. Dann sagt er: „Respekt! Meine Hochachtung, Frau Imkerin! Damit haben Sie sich den Preis redlich verdient."

Er holt aus seinem Rucksack eine Flasche und stellt sie auf den Tisch. Es ist die gleiche Prosecco-Flasche wie die, die ich nach meinem Geburtstag aus dem Kühlschrank geholt habe, um ihm ein Glas anzubieten! Damals hatte ich nicht den Eindruck, dass er ein Prosecco-Liebhaber ist und außerdem ist er nach dem Anstoßen ziemlich schnell verschwunden.

Während ich nachdenke, mache ich wahrscheinlich so ein erstauntes Gesicht, dass Tom hastig beginnt, die Flasche zu öffnen und dabei erklärt: „Ich dachte, die Tradition der Beutentaufen sollten wir beibehalten!" Er öffnet die Flasche und tatsächlich springt auch diesmal der Sektkorken in die Höhe und landet in der Nähe des Schneeballstrauches. Tom lacht und rennt dem Korken hinterher.

Mein Herz pocht mir bis zum Hals. Er hat mir tatsächlich eine Flasche Prosecco mitgebracht! Und nicht irgendeine, sondern genau die gleiche, mit der wir auf das „Du" angestoßen haben! Was geht in ihm denn vor? Ich kann sein Verhalten nicht deuten. Mag er mich oder nicht? Dass er genau diese Flasche gekauft hat, kann doch kein Zufall sein. Meine Gefühle fahren Achterbahn und ich sehe Tom wie in Zeitlupe im Gebüsch herumsuchen. Anscheinend legt er großen Wert darauf, dass der Plastiksektkorken nicht die Umwelt verschmutzt. Jetzt scheint er etwas gefunden zu haben. Zumindest steckt er irgendwas in die Tasche, aber sucht dann weiter. Seltsam. Schließlich hält er das doch noch das Plastikding hoch und ruft zu mir rüber: „Hab ihn!"

Ich laufe ins Haus und komme mit zwei Sektgläsern zurück. Wir stoßen noch einmal an - diesmal auf den Frühling und die Bienen – und Tom erklärt mir noch, wozu dieses Ding da ist, das aussieht wie eine Zange. Man nennt es „Drahtspanner". Damit werden die dünnen Drähte in dem Rahmen fester gespannt, bevor die Wachsplatte eingeschmolzen wird.

So sitzen wir am Tisch und arbeiten gemeinsam, was sich richtig gut anfühlt. Ich spanne die Drähte und Tom schmilzt die Wachsplatten ein. Die Rähmchen mit den Platten hängen wir in einen weiteren Holzkasten und setzen diesen auf die Beute mit den Bienen auf.

„Jetzt hat die Königin mehr Platz zum Legen. Schließlich brauchen wir unbedingt Flugbienen, die den Honig bringen." Tom erledigt den Handgriff ohne Imkeranzug. Dabei wirkt er geschickt und hat gar keine Angst, gestochen zu werden. Ich wage mich vorsichtig in seine Nähe und schaue ihm über die Schulter.

Tom dreht sich um und wir stehen ganz nah voreinander. Ich kann ihn riechen. Sein Geruch, der in mir gleich eine Glückswoge hinterlässt, weil ich ihn so atemberaubend finde. Ich blicke ihm ganz kurz in die Augen und muss dafür meinen Kopf etwas nach oben recken. Mir wird bewusst, wie groß er ist und am liebsten würde ich sofort meinen Kopf an seine Brust legen, ihn zu mir ran ziehen, meine Lippen auf seine drücken und ihm gestehen, dass ich mich unsterblich in ihn verliebt habe. Stattdessen räuspere ich mich, drehe mich um und gehe ein paar Schritte in Richtung Terrasse. Ich versuche mich wieder einzukriegen und mir in Erinnerung zu rufen, dass ich schließlich kein Teenager mehr bin. Dabei sehe ich, dass Laura oben aus ihrem Fenster heraus in den Garten sieht. Als sie merkt, dass ich sie entdeckt habe, geht sie sofort vom Fenster weg und zieht den Vorhang zu. Tom folgt mir und wir gehen ein paar Schritte in Richtung Terrasse zurück.

„Tina, nächste Woche schaust du bitte selbst die Rahmen durch. Die Königin soll Eier legen. Das erkennst du daran, dass im oberen Kasten die gleiche Brut zu sehen ist wie unten im Brutraum. Einfach mit dem Stockmeißel die Rahmen rausziehen und nachsehen. Okay?"

Ich überlege, ob das bedeutet, dass Tom nächsten Samstag nicht kommen wird. Ich traue mich aber nicht, ihn zu fragen und nicke nur stumm.

Tom packt seinen Rucksack und sagt: „Okay dann … werde ich mich mal für Sardinien vorbereiten." Mist! Da war ja noch was! Kommt er vielleicht deshalb nicht nächsten Samstag? Weil er nach Sardinien fährt? War das schon für jetzt geplant? Ich kann keinen klaren Gedanken fassen und nehme Toms Hand, die er mir zum Abschied entgegenstreckt. „Bis dann", sage ich nur und schon ist er wieder weg.

Tom

Ich ziehe das Armband aus der Hosentasche. Es lag unter dem Strauch bei Tina im Garten. Als ich den Sektkorken gesucht habe, habe ich es gefunden. Ich weiß nicht, warum ich es eingesteckt habe. Vermutlich gehört es Tina. Warum sollte sonst ein Armband einfach so im Garten herum liegen? Ob sie es vermisst? Ich hätte es ihr einfach geben können. Habe ich aber nicht. Ich wollte es erst noch in Ruhe anschauen.

Ich betrachte das silberne Armkettchen mit den kleinen Anhängern daran genauer. Was diese wohl bedeuten? Das Kleeblatt steht wohl für Glück, nehme ich an. Aber was soll das Buch bedeuten? Liest sie vielleicht gerne? Und der Bär? Vielleicht mag Tina Tiere sehr gerne. Allerdings habe ich außer den Bienen keine Tiere gesehen. Einen Hund hat sie jedenfalls nicht. Ich drehe das Armband zwischen meinen Fingern hin und her und lege es schließlich in die leere Dose für die Kaffeemaschinenpads. Ich werde es ihr bei Gelegenheit zurückgeben. Sie weiß ja nicht, dass ich das Armband gefunden habe.

Den restlichen Tag nutze ich, um Dinge, die ich nicht häufig brauche, in Kisten zu verpacken. Die Kisten kann ich glücklicherweise im Haus meines Onkels zwischenlagern. Im Keller, wo er früher die Beuten aufbewahrt hat, ist der Raum inzwischen leer. Mein Onkel hat die Imkerei aufgegeben. Als ich damit begonnen habe, hat er sich immer mehr davon zurückgezogen. Irgendwann standen nur noch meine Beuten auf seiner Wiese.

Sämtliche Küchenutensilien wie Schöpflöffel, Teigschaber und Messbecher landen im Umzugskarton. Für mich allein lohnt sich die Kocherei ohnehin nicht. Meistens bestelle ich. Die Plastikschüsseln, die ich damals von meiner

Mutter bekommen habe, werfe ich, ohne zu überlegen in den Müll. Ich habe sie niemals benutzt. Damals, bei meinem Auszug in die Studentenbude drückte sie mir die Dinger in die Hand. Schon damals musste ich würgen. Meine Mutter benutze die Schüsseln oft als Spuckschüsseln. Ich weiß nicht, was in ihrem Kopf vorgegangen ist, als sie mir die Dinger als Haushaltsausstattung mitgegeben hat. Ob sie damals selbst daran gedacht hat, für was sie diese Schüsseln benutzte, als ich ein Kind war?

Ich kann mich genau daran erinnern, auch heute noch. An die Tage und Nächte, in denen sie getrunken hatte, als sie völlig benommen im Wohnzimmer lag, auf dem Boden, auf dem Sofa …

Ich möchte nicht daran denken, nehme den Plastikbeutel aus dem Mülleimer und trage den Beutel samt den Schüsseln raus zur großen Tonne vor dem Haus. Ein befreiendes Gefühl überkommt mich, als ich den Müllsack in die Tonne schleudere und das weitere Ausmisten fällt mir nicht schwer. Ich suche italienische Musik auf meinem Handy, komme gleich wieder in gute Stimmung und summe vor mich hin, als ich die Fotos von der Kühlschranktüre abnehme und ordentlich in eine Mappe lege. Das Foto mit mir und meinem geliebten Bulli in Andalusien betrachte ich etwas länger. Mein Bus geht mir ab. Ich bin sonst ständig damit unterwegs. Jetzt braucht Ralf ihn aber nötiger. Bald ist es so weit, und er holt mich ab. Dann habe ich auch meinen Bulli wieder. Nur noch ein guter Monat, dann genieße auch ich die sardische Sonne. Nach ein paar Stunden ist meine Wohnung bis auf wenige Gegenstände, die ich jeden Tag benötige, ausgeräumt.

Beinahe hätte ich im Packstress die leere Dose der Kaffeemaschinenpads weggeworfen. Zum Glück hat mich das

Scheppern des Armbandes daran erinnert, diese Dose noch stehen zu lassen. Nach getaner Arbeit lasse ich mich auf meine kleine Couch fallen und wähle Ralfs Nummer.

Er geht gleich ran.

Ich begrüße ihn: „Hey Kumpel! Alles klar?"

Ralf atmet schwer, als ob er gerade etwas Anstrengendes tut. „Alles paletti. Hier sieht es aus. Das kannst du dir nicht vorstellen."

Ich lege meine Beine auf meinen Sofatisch. „Wie weit bist du mit der Renovierung?"

Ralfs Stimme entfernt sich kurz, ist dann aber wieder näher da. „Das ist es ja. Absoluter Stillstand. Die Handwerker lassen sich schon seit Tagen nicht mehr blicken. Ich bin jetzt allein am Streichen. Die Zimmer müssen fertig werden. Ohne Wandanstrich kein Boden. Und ohne Boden keine Möbel."

„Du streichst gerade?", frage ich.

„Ja logo! Jeden Tag schuften von früh bis spät. Muss ja fertig werden. Abends falle ich todmüde ins Bett." Ich höre das Geräusch des Farbrollers auf der Wand.

Ich versuche, Ralf bei Laune zu halten und sage: „Ich komme dir ja bald helfen."

„Zeit wird es! Bin froh, wenn du kommst. Hier auf dem Grundstück ist es schon einsam. Kein Kumpel, der Abends mit mir was trinken geht."

Bei dem Stichwort fällt mir ein: „Apropos Trinken! Weißt du, dass ich vor kurzem sogar Prosecco getrunken habe?"

„Du und Prosecco? Bist du jetzt doch ein Prinz?", lacht Ralf und verstellt dabei wieder seine Stimme mädchenhaft. Unser Running Gag passt immer wieder.

Ich nehme einen großen Schluck aus der Wasserflasche und antworte: „Hab eine Frau kennengelernt. Beim Imkerkurs."

Ralf unterbricht mich: „Eine Frau kennengelernt? Du?"

„Jetzt lass mich doch mal aussprechen. Nicht so wie du denkst. Einfach nur kennen gelernt. Ich bin jetzt ihr Imkerpate und wir haben angestoßen. Deshalb musste ich Prosecco trinken." Ralf weiß, dass ich dieses Sprudelzeug nicht mag. Irgendwie riecht er wohl den Braten und fragt skeptisch: „Warum erzählst du mir das?"

„Naja, ist mir gerade nur eingefallen – zum Thema „Trinken gehen"", versuche ich schnell abzulenken.

„Ach so. Naja gut …"

Ich halte den Atem an und hoffe, dass Ralf nicht weiter fragt. Dann sagt er plötzlich in die Stille. „Imkerpate? Du kommst aber schon im Juni hierher, oder?"

„Ja klar", antworte ich schnell. „Ich mache das nur vorübergehend. Freundschaftsdienst für Klaus. Er löst mich dann ab."

„Ah, gut. Du weißt ja, dass ich die Einsamkeit so gar nicht mag. Freu mich, wenn wir zu zweit sind. Jetzt muss ich aber weiter machen, sonst trocknet mir die Farbe ein. Wir hören uns."

Erleichtert, dass Ralf mich nicht weiter löchert, beende ich das Telefonat und kehre zum Sofa zurück. Ralf ist ein sensibler Typ. Er hat ein feines Gespür für Menschen. Ich schätze ihn als Freund sehr und freue mich darauf, ihm helfen zu können.

Ich lege die Füße hoch und denke an Tina und daran, ob sie es schaffen wird, die nächsten Bienenarbeiten zu erledigen. Ohne meine Hilfe. Sie muss die Weichselzellen brechen, damit die Bienen nicht in Schwarmstimmung kommen und die Rähmchen kontrollieren. Das müsste sie schaffen, sie weiß jetzt, wie es geht. Einen kurzen Moment ertappe ich mich dabei, dass ich überlege, ob ich doch nächste Woche vorbeifahren sollte. Das Ausmisten meiner

Wohnung ist doch schneller gegangen als gedacht. Trotzdem beschließe ich schließlich, nicht zu Tina zu fahren. Sie soll nicht denken, dass ich nichts Besseres zu tun habe, als meine Freizeit mit ihr zu verbringen.

Tina

„Mama, ich glaub, die Bienen schwärmen!" Meine Tochter versucht schon zu x-ten Mal, mich in der Arbeit anzurufen. Leider war ich ständig am Telefon und konnte somit auch nicht an mein Handy gehen. Jetzt erwischt sie mich doch in einer Pause zwischen zwei Telefonaten.

Ich frage nochmal nach, um sicherzugehen, ob ich richtig gehört habe. Aber Sarah lässt keinen Zweifel offen.

„Wenn ich es dir doch sage, Mama! Ich dachte erst, es ist irgendwas kaputt. Das Summen ist so verdammt laut. Und dann sehe ich diese schwarze Wolke vor meinem Fenster. Echt krass."

Sarah hört sich ziemlich aufgeregt an und das will was heißen. Normalerweise tut man sich schwer, ihren Chill-Modus zu unterbrechen und sie überhaupt zu einer Gefühläußerung zu bringen. Geschweige denn, sie dazu zu bringen, in ganzen Sätzen zu sprechen. Daher weiß ich: Es ist ernst!

Noch während ich mit Sarah spreche, ziehe ich meine Jacke an und gebe den Kolleginnen ein Zeichen, dass ich mich spontan früher verabschieden muss. „Ich nehme Überstunden", zische ich ins Nachbarbüro hinein und noch bevor mich jemand aufhalten kann, sitze ich im Auto und fahre etwas zu schnell nach Hause. Ich stürme ins Haus und greife mir den Imkeranzug, den ich mir glücklicherweise endlich in dem Imkerladen gekauft habe und laufe in den Garten. Ich sehe es auf den ersten Blick: Eine riesige schwarze Bienentraube hängt am Apfelbaum. Ich sehe meine 120 Euro schon wegfliegen und bekomme Panik.

Meine Hände zittern und ich tippe eine Nachricht an Tom, gleichzeitig ziehe ich mir den Anzug und den Imkerhut über. *Die Bienen schwärmen. Was soll ich tun?*

Die Antwort kommt glücklicherweise sofort zurück: *Versuche, sie einzufangen.*

Na prima, du Held! Und wie soll ich das anstellen? Ich tippe: *Und wie genau?*

Kiste drunter stellen, Bienen nass sprühen, Bienen samt Ast in die Kiste, Deckel drauf, antwortet er.

Der macht es sich leicht. Eigentlich hatte ich gehofft, dass Tom unter diesen dramatischen Umständen mal eine Ausnahme macht und außerhalb der Samstage hierherkommt, um mir zu helfen. Da fällt mir ein, dass er wahrscheinlich in der Arbeit ist und ich gar nicht weiß, wo er arbeitet. Der Gedanke tröstet mich etwas und ich beschließe, nicht so selbstgerecht zu sein. Schließlich muss ich mich selbst um meine Angelegenheiten kümmern, um die Bienen sind nun mal meine Angelegenheit. Gut, Tina, reiß dich zusammen und überlege dir, was jetzt zu tun ist. Kiste drunter stellen, hat Tom geschrieben. Okay. Ich hole aus dem Schuppen eine der leeren Holzkästen, die später wohl als dritter Honigraum aufgesetzt werden sollen. Jetzt haben sie noch keine Verwendung, sind aber übrig, um darin die Bienen zu fangen. Ich finde noch ein altes Brett, das als Boden oder besser Untersetzer für die Beute dienen soll, die ja keinen Boden hat. Währenddessen steht meine liebe Tochter auf der Terrasse, die Arme in die Seite gestützt. Sie ruft über den Garten zu mir rüber: „Beeil dich! Die Mistviecher fliegen sonst noch ins Haus!"

„Quatsch", schreie ich zu Sarah. „Warum sollen sie ins Haus fliegen?"

Ich versuche, mir meine eigene Aufregung nicht anmerken zu lassen, um zumindest Sarah nicht in unnötige Panik zu versetzen. Ich pirsche mich unter den Apfelbaum. Ein lautes Summen von tausenden Bienen schwebt über mir. Ich stelle die Beute direkt unter die Bienentraube, die zwei Meter über mir an dem Ast hängt. Unter die Beute schiebe ich das Holzbrett, das wie ein Boden darunter liegt. Mir fällt ein, dass ich auch noch einen Deckel brauche und laufe zurück in den Schuppen. Im Dunkeln suche ich herum und stolpere fast über den Rechen. Ich kann mich gerade noch an der Wand abstützen und fluche: „Verdammte Scheiße! Alles muss man allein machen", bis mir wieder einfällt, dass ich das ja selbst so wollte und im gleichen Moment bereue ich, mir Bienen zugelegt zu haben. Alles nur wegen Tom. Hätte er mich nicht von dem Foto aus so süß angelächelt und wäre er nicht beim Praxiskurs gewesen, hätte ich mich von diesem Klaus niemals dazu überreden lassen, Bienen zu nehmen. Ich bin den Tränen nahe und bekämpfe sie wieder, als ich aus dem Schuppen heraus in die warme Maisonne trete, die mich gleich blendet und mir sagt: Ätsch! Hättest du mal besser nachgedacht!

Mit dem Holzbrett bewaffnet gehe ich zum Apfelbaum zurück und lehne das Brett an den Baumstamm an. Sobald die Bienen im Kasten sind, werde ich sie einsperren. Jawohl! Die brauchen gar nicht zu glauben, dass sie sich einfach so aus dem Staub machen können.

Ich klopfe ein paar Spinnweben ab, die auf der Suche nach dem Brett an meinem Imkeranzug hängen geblieben sind und überlege. Wie ging es weiter? Bienen nass sprühen? Warum das? Da fällt mir ein, dass Bienen nicht fliegen können, wenn ihre Flügel nass sind. Das ist auch der Grund, warum sie bei Regen in der Beute bleiben. Okay. Nass sprühen aber wie? Ich rufe zu Sarah, die inzwischen doch wieder etwas von ihrer Coolness zurückgewonnen hat und es sich inzwischen einigermaßen gechillt auf der Liege gemütlich gemacht hat zu: „Hol mal den Sprüher her. Du weißt schon, den, der neben den Kakteen steht!". Natürlich versteht Sarah nicht gleich was ich meine und ich muss es ihr noch ein paar Mal erklären. Sie hat noch nie in ihrem Leben einen Kaktus mit einem feinen Wasserne-bel besprüht. Dieser Gegenstand ist ihr also völlig unbe-kannt. Ich rolle mit den Augen und nach einigem Hin und Her bringt mir Sarah die Sprühflasche und hat netterweise auch noch Wasser eingefüllt. Wow, mitgedacht! Sie ver-zieht sich sofort wieder auf den Liegestuhl, um das Schau-spiel von der Ferne aus zu betrachten.

Etwas ratlos sehe ich zu den Bienen nach oben. Wie soll ich da drankommen? Ich drücke auf den Sprüher, aber der feine Wassernebel fällt nach ein paar Zentimetern in der Luft wieder zurück auf mein Gesicht. Ich fluche und sehe meine 120 Euro doch davonfliegen. Ich weiß, dass die Bie-nen irgendwann weg sein werden – wenn sie sich geeinigt haben, wo sie in Zukunft wohnen wollen. Also kann ich nicht ewig hier herumstehen und in die Luft schauen. Ich muss es anders versuchen und hole mir einen Gartenstuhl von der Terrasse. Sarah sieht mir wortlos zu, als ich den Stuhl in den Garten schleppe und unter dem Apfelbaum nah am Stamm platziere. Von dort aus kann ich hochstei-gen und auf den untersten Ast klettern.

Wann bin ich das letzte Mal auf Bäume geklettert? Ich kann mich nicht erinnern, nur einmal, als ich mit meinem Bruder genau hier, in diesem Apfelbaum saß ... der Ge-danke an meinen Bruder schmerzt mich und ich verdränge ihn gleich wieder, stecke die Sprühflasche in die große Ho-sentasche des Imkeranzugs und konzentriere mich darauf, den Ast über mir zu fassen zu kriegen.

Ich höre, dass Sarah von ihrem Liegestuhl aus irgend-welche verächtlichen Kommentare abgibt, die ich glückli-cherweise nicht genau verstehe. Aber ich weiß, dass sie den Anblick ihrer Mutter im Imkeranzug, die gerade ver-sucht, sich mit aller Kraft an einem Apfelbaumast hochzu-ziehen, äußerst lächerlich findet. Ich versuche nicht darauf zu achten. So ein Multitasking-Talent bin ich nun auch wieder nicht, dass ich jetzt auch noch gleichzeitig eine Diskussion über Hilfsbereitschaft mit meiner Tochter ausfechten könnte. Ich schaffe es, mich auf den Ast zu wuchten und bin nun ganz in der Nähe des Bienenschwarms, der links von mir am Ast hängt. Mit beiden Händen kralle ich mich an den Ästen über mir fest.

Im Augenwinkel sehe ich Sarah, die sich aus dem Liegestuhl hievt und ins Haus geht. „Ich gehe in die Stadt", ruft sie mir zu. Wahrscheinlich hat sie einen günstigen Moment abgepasst, um sich aus dem Staub zu machen. Denn unter normalen Umständen hätte ich sie heute nicht aus dem Haus gelassen. Sarah war heute nicht in der Schule, weil sie sich krank fühlte. Und jetzt will sie in die Stadt? Leider hänge ich im Baum fest und kann sie weder festhalten noch ihr irgendetwas hinterherrufen, was sie aufhalten würde. Ich kann nur hoffen, dass bei dem schönen Wetter keine ihrer Lehrerinnen auf die Idee kommt, einen Stadtbummel zu unternehmen.

Laura ist heute lange in der Schule. Ich konnte sie überreden, bei dem Projekt für den Tag der offenen Tür mitzumachen, in der Hoffnung, dass Laura hier vielleicht Anschluss oder zumindest eine Aufgabe findet. Laura kann ich also auch nicht beauftragen, Sarah am Hosenbein festzuhalten und sie am Gehen zu hindern, abgesehen davon, dass das wahrscheinlich zu größeren Kollateralschäden führen würde, als wenn Sarah von einer ihrer Lehrerinnen in der Stadt beim Rauchen erwischt werden würde.

Ich wende mich also den Bienen zu und löse eine Hand vorsichtig vom Ast, um damit die Sprühflasche aus der Hosentasche zu ziehen. Die Flasche hat sich etwas im Stoff verhakt und ich schaffe es, sie mit einem Ruck herauszuziehen. Durch den Ruck gerate ich etwas ins Wanken, kann mich aber schnell wieder mit der anderen Hand am Ast festhalten. Vorsichtig sprühe ich einen Wassernebel auf die Bienen. Gut, sie wirken nicht aufgescheucht und können anscheinend wirklich nicht mehr fliegen, wenn sich Wasser an ihren kleinen Flügelchen befindet. Ich sprühe nochmal und beobachte, dass sich aber ständig weitere Bienen, die noch in der Luft sind, an die große Traube am Ast andocken. Ich sprühe nochmal und recke mich etwas nach links, um auch an die Rückseite der schwarzen Bienentraube heranzukommen.

„Jetzt haben wir das Schlamassel ja komplett", kreischt eine Stimme vom Nachbarszaun herüber. Die Stimme der blöden Frau Kranz erkenne ich auch, ohne dass ich sie sehe. Ich versuche, sie zu ignorieren. Wie gesagt, so ein Multitasking-Talent bin ich auch wieder nicht, dass ich nebenbei nun auch noch mit Frau Kranz streiten könnte. Anscheinend hilft es, mich tot zu stellen. Frau Kranz sagt nichts mehr. Wahrscheinlich wartet sie hinter der Gardine darauf, dass mich die Bienen anfallen und zu Tode stechen. Diesen Anblick werde ich ihr nicht bieten!

Ich überlege, wie es nun weiter geht und denke an die nächste Textstelle in Toms Nachricht. Bienen samt Ast in die Kiste! Wie soll ich das nun anstellen? Unter mir steht die offene Beute, genau platziert unter der Traube von tausenden Bienen. Aber wie den Ast abschneiden? Mir fällt ein, dass ich die Astschere nicht mit hochgenommen habe. Mist! Jetzt wieder runter klettern, in den Schuppen und die Astschere holen. Also mache ich mich daran, die Sprühflasche zwischen zwei kleine Äste zu stellen, ohne dass sie herunterfällt, und mich auf den Rückweg zu begeben. Dazu muss ich mich nur umdrehen und mich rückwärts am Stamm entlang wieder zum Stuhl gleiten lassen. Ich ziehe ein Knie ran, um diesen Fuß auf dem Ast abzustellen.

Jetzt drehe ich mich um und muss nun nur noch den anderen Fuß ... im gleichen Moment verliere ich plötzlich das Gleichgewicht, schwanke, rutsche mit der Hand ab und kriege den Ast nicht mehr zu fassen, erschrecke mich und rutsche mit dem Fuß ab.

Das passiert so schnell, dass ich gar nicht reagieren kann. Im nächsten Moment rausche ich am Stamm entlang nach unten, mit den Füßen auf die Stuhllehne drauf, der Stuhl kippt um, ich liege auf dem Boden und spüre nur einen unbändigen Schmerz im linken Bein.

Ich krümme mich zusammen und versuche, mein schmerzendes Bein zu fassen zu kriegen. Es tut noch mehr weh und ich befürchte das Schlimmste. Die Bienen summen unbeirrt von meinem Baumabsturz weiter und mir fällt Frau Kranz ein, die sich hinter der Gardine die Hände reibt und sich ins Fäustchen lacht. „Frau Kranz", rufe ich mit meiner freundlichsten Stimme in der Hoffnung, dass sie genau jetzt in diesem Moment von der alten Hexe zur umsorgenden Frau Holle wird. Nichts passiert, Frau Kranz antwortet nicht – weder als Hexe noch als Frau Holle.

Ich versuche aufzustehen und mich mit meinen zittrigen Händen im Gras abzustützen, schaffe es aber nicht, auf die Beine zu kommen. Ein stechender Schmerz lässt mich zurück plumpsen. Mein Handy fällt mir ein, das sich in meiner Hosentasche in der Jeans unter dem Anzug befindet. Bestimmt ist das nun auch kaputt, schießt es mir in den Kopf. Ich lege mich auf den Rücken, ziehe den Reißverschluss des Anzugs auf und fasse in die hintere Hosentasche, um das Handy zu erwischen. Meine Pölsterchen am Hintern haben das Display anscheinend gut geschützt – es ist unbeschadet. Ich drücke Toms Nummer. Es hilft nichts. Er muss jetzt kommen. Das Telefon klingelt, klingelt und klingelt. Tom geht nicht ran. Ich lege auf und versuche es nochmal. Er muss doch merken, dass es dringend ist, wenn ich Sturm läute! Nichts passiert. Ich versuche nochmal, mich aufzurappeln. Gleiches Ergebnis, ich sacke zurück auf die Wiese. Der Schmerz in meinem Bein macht es mir unmöglich aufzustehen. Schmerztränen steigen mir in die Augen und die Bienen hängen bedrohlich über mir. Was, wenn Frau Kranz inzwischen die Voodoo Puppe rausgeholt hat und die Bienen beschwört, mich doch anzu-fallen?

Ich wähle mit zittrigen Fingern die Nummer von Susanne und zum Glück geht sie ran: „Sue, ich habe mir glaube ich das Bein gebrochen. Ich kann nicht aufstehen und niemand ist da", jammere ich ins Telefon.

„Hey Süße! Langsam! Was ist los?"

„Ich liege im Garten. Die Bienen schwärmen und ich bin vom Baum gefallen. Bitte komm und hilf mir. Ich glaube, ich muss ins Krankenhaus." Ich komme mir vor wie ein kleines hilfloses Kind, als ich wie ein Käfer am Bo-den liege und fühle mich völlig verzweifelt.

„Ich komme sofort!", sagt Susanne und ich spüre eine Welle der Erleichterung in mir. Gleich wird sie da sein. Ich muss nur warten. Sollen die Bienen halt wegfliegen. Mir ist gerade alles egal.

Ich versuche, mich von meinem schmerzenden Bein ab-zulenken und blinzle mit meinen tränengefüllten Augen in die Sonne. Wie lange wird es dauern, bis Susanne da ist? Ich werfe einen Blick auf mein Handy. Susanne wird zwanzig Minuten brauchen, bis sie hier ist. Wahrscheinlich kommt sie direkt aus der Arbeit hierher. Zum Glück wur-den die Kinder in Susannes Waldkindergartengruppe ge-rade abgeholt. Der Bienenschwarm über mir verändert sich ständig. Viele Bienen sind in der Luft, setzen sich aber dann irgendwann auf die Traube. Andere Bienen fliegen los und schwirren um die Bienenkugel herum. Sie schei-nen in Aufruhr zu sein. Auf dem Weg zu ihrem neuen

Heim. Unsicher, wohin der Weg sie führt. Sie haben immer ihre Gemeinschaft.

Plötzlich erscheint ein Schatten auf meinem Gesicht. Ich höre es hinter mir rascheln und erschrecke mich. Ruckartig drehe ich meinen Kopf nach hinten und blicke an langen Beinen in Jeans nach oben. Das ist doch nicht Susanne, denke ich noch, bis mein Blick weiter nach oben wandert und direkt in das Gesicht von Tom fällt. Der schaut auf mich herab wie auf ein heruntergefallenes Cent-Stück. Sein Gesichtsausdruck wirkt erschrocken, besorgt. So ganz kann ich das aus dieser Perspektive nicht deuten. Schnell wische ich mir ein paar Tränen aus dem Gesicht und versuche ein schiefes tapferes Lächeln.

Tom beugt sich schon zu mir herab und schiebt seine Hand unter meinen Rücken. „Oh nein, wie konnte denn das passieren?", sagt er und versucht mich auf die Beine zu bringen. Ich beiße die Zähne zusammen und spiele mit, auch wenn ich mich am liebsten am Gras festgekrallt hätte und einfach hier liegen geblieben wäre. Ich rapple mich auf und belaste das Bein, das nicht weh tut. Tom stützt mich und murmelt vor sich hin: „Meine Güte. Wie konnte das passieren?" Mein Schmerz fühlt sich gleich nicht mehr so schmerzhaft an. Toms Hände scheinen eine heilende Wirkung auf mich zu haben. „Ich bin von diesem Scheiß Baum gefallen. Warum bist du überhaupt hier?", schimpfe ich und versuche, mich auch auf mein anderes Bein zu stellen. Leider durchzuckt mich der gleiche stechende Schmerz wie vorhin und ich sacke zusammen.

„Tina, ich halte dich. Nicht auftreten. Ganz vorsichtig!" Tom gibt mir Anweisungen und ich genieße sie, trotz meiner Verletzung. „Bist du auf den Baum gestiegen, um die Bienen einzufangen?", fragt er und ich komme mir irgendwie schuldig vor.

„Ja, du hast doch geschrieben, ich soll die Bienen besprühen und den Ast abschneiden, an dem sie hängen."

„Ich dachte mir schon, dass du Hilfe brauchst. Deshalb bin ich auch gekommen. Normalerweise hängen sich die Bienen weiter unten hin. An einen Busch oder so. Vor allem, wenn sie mit der alten Königin fliegen. Wenn ich das gewusst hätte!"

Ich habe mich wieder aufgerappelt und mein rechter Arm stützt sich auf Toms Schulter ab. Mein Bein halte ich jetzt lieber in der Luft. Tom greift nach dem Stuhl, der im Gras liegt und stellt ihn auf.

„Hier, setz dich hin. Ich untersuche dein Bein", sagt er und macht sich schon an meinem Hosenbein zu schaffen. Leider stecke ich nicht nur in einer ziemlich engen Jeans, sondern auch noch in dem Imkeranzug fest. Tom versucht, das Hosenbein des Imkeranzugs vorsichtig nach oben zu rollen.

„Die Bienen ...", sage ich und werfe einen besorgten Blick auf die Traube über uns, die scheinbar unruhiger wird.

„Wir haben noch Zeit. Die Kundschafterinnen suchen erst einen neuen Platz. Erst bist du dran, das ist jetzt wichtiger."

Seine Worte sind wie Balsam. Ich fühle mich so versorgt. Schon lange hat sich niemand mehr in dieser Art und Weise um mich gekümmert. Ich würde die Schmerzen noch stundenlang in Kauf nehmen, wenn ich die Garantie hätte, dass sich Tom stundenlang weiter um mich sorgen würde.

„Es hilft nichts. Du muss den Anzug ausziehen. Ich helfe dir", sagt Tom und schon greift er mit seinen Armen unter meine Arme und zieht mich nach oben. Als er mich in den Stand zieht ist sein Kopf ganz nah bei mir und mit einer Hand zieht er mir den Anzug von meinen Armen.

Ich erinnere mich an die Situation, als ich früher die Mädchen auf diese Art und Weise ausgezogen habe, als sie noch nicht richtig stehen konnten. Auf der Wickelkommode stehend, als ich ihnen geholfen habe, die Arme aus dem Body zu ziehen und sie sich an meinen Schultern festgehalten haben. Vielleicht kommt daher mein wohliges Gefühl des Umsorgtwerdens. Ich riskiere es nicht nochmal, auf den verletzten Fuß aufzutreten und stehe daher wackelig an Toms Schulter gelehnt. Vor ein paar Tagen hätte ich mir nicht träumen lassen, ihm auf diese Weise so schnell so nah zu kommen.

Tom rollt den Anzug über meinen Hintern und setzt mich sanft auf den Stuhl zurück. Dann krempelt er die Hosenbeine des Anzugs nach unten und zieht ihn schließlich von meinen Beinen. Jetzt sitze ich in Jeans und Shirt vor ihm und etwas Blut ist auf dem Jeansstoff meiner Hose zum Vorschein gekommen.

„Da ist Blut", stellt Tom fest. Ich hoffe, er kommt nicht auf die Idee, mir auch noch die Jeans auszuziehen. Obwohl die Vorstellung durchaus seinen Reiz hat. Meine Gedanken malen sich blitzartig die Szene aus, wie Tom mich mit sanften Händen weiter entkleidet und mit ärztlichem Geschick meine Wunde versorgt. Wie durch eine wundersame Heilung hätte ich keine Schmerzen mehr und Tom würde mir zuflüstern, dass er mich schon von Anfang an begehrt. Und dann würden wir direkt vom Garten ins Schlafzimmer wechseln …

Meine Fantasie geht mit mir durch. Natürlich zieht mich Tom nicht mitten im Garten aus. Stattdessen höre ich eine mir vertraute Stimme, die schnell näherkommt. Susanne läuft vom Gartentor nach unten in den Garten als ob es brennt und bremst schwer atmend vor meinem Stuhl ab. Sie starrt Tom mit offenem Mund an und ich kann ihre Gedanken förmlich lesen. Das ist der schöne Imker, von dem mir Tina erzählt hat. Der gefällt mir! Den muss ich haben. Susanne scheint sich aber auf ihre eigentliche Mission zu besinnen, schließt den Mund wieder, schaut zu mir und sagt: „Hey Süße! Was machst du denn für Sachen?" Sie umarmt mich und streichelt mir über die Backe und ich werde das Gefühl nicht los, heute wirklich wie ein kleines Kind behandelt zu werden. Noch bevor ich antworten kann, wendet sich Susanne Tom zu. „Hallo, ich bin übrigens die Susanne." Sie setzt ihr charmantestes Lächeln auf und wirkt in ihren Waldklamotten, als ob sie gerade die Outdoor-Abteilung leer gekauft hätte. Eine wasserdichte grüne Hose mit Lederflicken auf den Knien, eine Allwetter-Jacke über einer Softshelljacke, unter der sie noch einen dünnen Fleece-Rollkragenpullover trägt. Auf ihren zusammengetürmten Haaren, die aussehen, als hätte sie versucht, ein Osternest auf ihrem Kopf zu bauen, trägt sie eine Sonnenbrille. Zumindest hat sie heute keine Ökogegenstände wie ihre Filzsachen an sich. In dem Outdoor-Outfit könnte sie auch als Gärtnerin durchgehen. Oder als Parkplatzeinweiserin in einem Skigebiet. Ich beobachte Toms Blick, als er ihr die Hand schüttelt. Was er sich wohl über Sue denkt?

„Tom, Tinas Imkerpate", stellt er sich vor und lächelt Susanne an. Einen Moment habe ich Sorge, er könnte Gefallen an Susanne finden und schäme mich gleich für meine egoistischen Gedanken. Wenn er Gefallen an Susanne finden würde, müsste ich ihr das gönnen. Sie ist schon so lange auf der Suche nach einem Freund. Ich will ja eigentlich gar keine Beziehung. Also kann ich Tom auch nicht für mich beanspruchen.

„Ich weiß", antwortet Susanne zu meinem Entsetzen. Jetzt weiß er, dass wir über ihn gesprochen haben, was ihn vermuten lassen könnte, dass ich Interesse an ihm habe.

„Ich habe Tina den Imkerkurs zum Geburtstag geschenkt. Eigentlich wollte ich selbst imkern, aber dann war ich leider krank und konnte zum Praxiskurs nicht mehr mitkommen", sprudelt sie los. Bestimmt will sie Tom damit signalisieren, dass sie Interesse an seinem Hobby hat. Das ist ihre übliche Männer-Strategie. Susanne hatte schon an vielen Hobbys Interesse – vom Fallschirmspringen bis zum Schachspielen – je nachdem, an welchem Hobby ihr aktueller Schwarm Interesse hatte.

„Sie waren also auf dem Theoriekurs, aber nicht im Praxiskurs?", fragt Tom. Ich wundere mich, dass ich plötzlich so abgeschrieben bin. Hallo, ich bin verletzt! Die beiden scheinen das vergessen zu haben, denn Susanne sprudelt weiter:

„Ja genau. Tina wollte erst gar nicht zum Kurs. Stimmts, Tina? Aber dann hat es ihr doch so viel Spaß gemacht, dass sie ohne mich zum Praxiskurs gegangen ist, wo sie ja dann das Glück hatte, Sie zu treffen." Jetzt geht Susanne eindeutig zu weit. Erstens fühle ich mich noch mehr wie ein Kind beim Elternsprechtag, wenn die Lehrerin mit der Mutter vor dem Kind ÜBER das Kind spricht. Und zweitens flirtet sie nun doch ein wenig. Glück, Sie zu treffen! Sue!

Ich unterbreche die Situation schnell mit einem leisen „Aua". Das wirkt und beide besinnen sich wieder auf mich. Susanne beugt sich zu mir runter und sagt: „Ich fahre dich ins Krankenhaus und Sie kümmern sich hier am besten um die Bienen!"

Tom fährt sich durch seinen Dreitagebart und überlegt: „Anderer Vorschlag. Ich hole schnell die Bienen vom Baum. Sie kühlen derweil das Bein und helfen Ihrer Freundin am besten in eine andere Hose. Und wenn ich das erledigt habe, fahre ich sie ins Krankenhaus. Ich habe gerade den Kombi meines Onkels ausgeliehen. Darin hat Tina viel

Platz, das Bein hochzulegen." „Na gut", murmle ich in mich hinein, auch wenn ich von dem Vorschlag, gleich ins Krankenhaus zu fahren nicht begeistert bin. Ich sehe Susannes faszinierten Blick, mit dem sie Tom ansieht. Natürlich widerspricht sie ihm nicht. „Okay", sagt sie nur und stützt mich wie eine Betrunkene. Ich humple mit Susanne ins Haus und lasse mich von ihr in die graue Sonntagsjogginghose stecken. Leider sieht mich Tom nun doch noch in dieser Hose. Das mit dem Styling funktioniert einfach nicht optimal. Mein Bein schmerzt immer noch, aber wir schaffen es schnell, die Hosen zu tauschen, setzen uns anschließend auf die Terrasse und sehen Tom von dort aus zu, wie er verschiedene Dinge in den Garten schleppt: eine lange Holzstange mit einem Stoffsäckchen am Ende, seinen Anzug und einen Boden und einen Deckel für die Beute. Anscheinend fängt er nicht zum ersten Mal einen Bienenschwarm ein. Seine Bewegungen sind routiniert. Er hält den Stoffbeutel unter die Bienentraube und schüttelt den Schwarm mit einem Ruck hinein. Danach schüttet er die Bienen wie eine zähe Masse in die Beute, unter die er zuvor den Boden gelegt hat. Meinem dafür angedachten Holzbrett schenkt er keine Beachtung. Die Prozedur wiederholt er noch ein paar Mal, bis sich der Baum geleert hat und nur noch wenige Bienen in der Luft herumschwirren. Tom legt den Deckel auf die Beute und jede seiner Bewegungen sieht routiniert aus.

„Die Rähmchen mit den Mittelwänden setzen wir später noch dazu!", ruft er mir zu und ich nicke und fühle mich gleich gut, weil ich mit ihm einen gemeinsamen Wortschatz habe. Ich weiß nun ja, was Mittelwände und Rähmchen sind und es fühlt sich gut an, mit Tom auf diese Art verbunden zu sein.

Susanne fragt: „Tina, wo sind eigentlich die Mädchen?"

Ach ja, die Mädchen, schießt es mir in den Kopf. „Laura kommt erst in einer Stunde nach Hause und Sarah hat sich mal wieder aus dem Staub gemacht, als sie Gefahr gelaufen ist, mir helfen zu müssen!"

„Solche Gören!", lacht Susanne und zwinkert mir zu. „Ich schreibe ihnen einen Zettel, dass sie sich keine Sorgen machen sollen und ich dich ins Krankenhaus bringe." Schon ist sie dabei, Kugelschreiber und einen Notizzettel vom Telefontischchen zu holen.

„Aber Tom fährt doch", rufe ich mit einem Blick über die Schulter hinter ihr her. Die Vorstellung, dass Tom mich ins Krankenhaus fährt, beruhigt mich irgendwie. Ich brauche jetzt einen starken Mann an meiner Seite. Einen, der sich um mich kümmern kann. Susanne ist lieb und tut alles für mich. Aber in so einer Situation kann ich sie einfach nicht brauchen.

Sie kommt zurück und sagt: „Tom fährt und ich fahre mit!"

Tom

Das war echt ein skurriler Tag! Ich stehe vor dem Kühlschrank und lasse den Kronkorken der Bierflasche, die ich
gerade geöffnet habe, mit einem „Bling" in die Spüle fallen. Jahrelang habe ich Alkohol vermieden. Und jetzt – erst
bei Tina der Sekt, und nun das Bier. Nach dem Tag brauche
ich aber ein kühles Bier. Ich gehe ins Wohnzimmer und
lasse mich auf die Couch fallen, bevor ich einen großen
Schluck nehme. Erst dieser Stress in der Arbeit – sämtliche
Projekte müssen noch abgeschlossen und übergeben werden, bevor ich nach Sardinien gehe. Dann Tinas Nachricht,
die mitten in einer wichtigen Besprechung aufgeploppt ist,
sodass ich nur schnell ein paar knappe Anweisungen in
mein Handy tippen konnte. Ich habe das Smartphone aus-
geschaltet, nachdem mir mein Chef ermahnende Blicke zugeworfen hat. Als ich es nach der Besprechung wieder an-
geschaltet habe, habe ich die vielen verpassten Anrufe von
Tina gesehen. Dass sie mich nicht anruft, um einfach mit
mir zu plaudern, wusste ich gleich, aber dass sie bei dem
Versuch, die Bienen einzufangen vom Baum fällt, konnte
ich schließlich nicht ahnen.

Glücklicherweise habe ich nicht lange überlegt und bin
einfach hingefahren. Als ich Tina so im Gras liegen sah wie
einen hilflosen Käfer, hatte ich auf einmal das Gefühl, für
sie verantwortlich zu sein. Das ist ein seltsames Gefühl. Ich
kenne sie kaum. Klar, sie ist doch netter als ich zuerst
dachte. Wir verstehen uns und sie scheint an der Imkerei
Gefallen zu finden. Aber trotzdem hätte ich ihre Anrufe ignorieren können. Warum bin ich zu ihr gefahren? Weil ich
ihr Imkerpate bin? Das war natürlich der Grund. Zum Teil!
Ich finde sie sympathisch. Ich fühle mich wohl in ihrer
Nähe und will mehr über sie erfahren. Naja, ihre komische

Freundin ist dann ja noch aufgetaucht und hat mich gleich angebaggert und nur von sich geredet, anstatt sich um ihre verletzte Freundin zu kümmern. An Tinas Stelle hätte ich mich über das Verhalten meiner Freundin geärgert!

Eine Sache war jedoch wirklich seltsam. Anscheinend hätte diese Susanne damals mit in den Praxiskurs gehen sollen. Wer war dann die andere Frau an Tinas Seite? Die beiden wirkten auf mich wie Freundinnen. Und wenn Susanne gemeinsam mit Tina im Theoriekurs war, bedeutet das ja, dass die beiden Frauen, die Johann belauscht hat, Tina und Susanne waren! Und das wiederrum muss bedeuten, dass nicht Tina, sondern Susanne auf Männerfang ist – denn Tina wollte laut Susanne gar nicht in den Imkerkurs! Was auch zu Susannes aufdringlichem Verhalten durchaus passen würde. Und das wiederrum wirft ein positives Licht auf Tina. Ich habe Tina die ganze Zeit unterstellt, dass sie die Imkerei nur angefangen hat, um sich an einen Mann ranzumachen. Ich habe ihr Unrecht damit getan! Mir fällt ein, dass ich absichtlich nicht auf Tinas Nachricht geantwortet habe. Um ihr nicht das Gefühl zu geben, ich wäre interessiert an ihr.

Susanne wollte gestern unbedingt mit ins Krankenhaus. Ich wäre viel lieber allein mit Tina gefahren. Aber nein, ihre seltsame Freundin, die aussah wie ein Gartenzwerg musste sich ja auch noch hineinquetschen und mich die ganze Fahrt über mit Fragen löchern. Ich hatte gar keine Lust mir ihr zu reden. Ich kenne ja jetzt ihr wahres Motiv und habe keine Lust darauf, ihr nächstes Opfer zu sein. Wer weiß, wie viele Männer diese Frau abschleppt! Sie sieht nicht schlecht aus. Sie hat langes rotes lockiges Haar. Eigentlich hübsch. Aber ihre anbiedernde Art gefällt mir nicht. Tina dagegen saß die ganze Fahrt über schweigend auf der Rückbank und hat kein einziges Wort gesprochen. Warum wohl? Sie wirkte irgendwie in sich gekehrt.

Als wir im Krankenhaus angekommen sind, haben wir beide Tina gestützt – Susanne auf der einen Seite, ich auf der anderen. Es war ein gutes Gefühl, Tina so im Arm zu haben und ihr so nahe zu sein. Einen ähnlichen Moment hatten wir schon zuvor im Garten – als ich ihr geholfen habe, den Imkeranzug auszuziehen. Wir waren uns so nah. Ich konnte einen dezenten Parfum-Geruch riechen. Nicht viel, nur ein Hauch. So wie ich es mag. Ich kann diese überschminkten Frauen nicht leiden, die sich mit einer Wolke aus Parfum umhüllen. Bei Tina war es anders. Der Geruch war anziehend. Richtig anziehend. Als ich ihr hochgeholfen habe, hat eine Strähne ihres dunklen langen Haares meine Wange gestreift. Ein angenehmer Blitz durchfuhr mich in diesem Moment. Ein schönes Gefühl. Ich mag ihre schüchterne Art. Aber sie ist auch witzig. Sie hat einen trockenen Humor. Auch das mag ich.

Ich nehme nochmal einen Schluck aus der Bierflasche und überlege, wann eine Frau zum letzten Mal solche Gefühle bei mir ausgelöst hat. Es ist lange her – genauso wie eine lange Beziehung, die ich seit Jahren nicht mehr eingegangen bin. Ich ertappe mich, dass ich an Beziehung denke und erschrecke mich vor mir selbst. Reizt mich Tina so sehr, dass mir der Gedanke an eine feste Partnerschaft in den Kopf schießt? Ich nehme nochmal einen Schluck und merke, wie ich damit meinen eigenen Gedanken aus dem Weg gehen will. Ich muss es mir eingestehen. Ja, sie reizt mich. Ich mag sie – sehr sogar. Sie hat sich in mein Herz geschlichen. Und gerne würde ich mit ihr…

Die Bierflasche ist leer. Ich stelle sie auf den Tisch und gehe in die Küche, wo ich das silberne Armbändchen aus der Kaffeepad-Dose hole und zwischen meinen Händen hin und her drehe. Ich sehe es mir noch einmal genauer an. Die vielen kleinen Anhänger, die daran mit kleinen Karabinerhaken befestigt sind. Das Buch, der Bär … ich drehe das Band weiter und halte einen winzigen Ring zwischen den Fingern. Mir schießt sofort der eine Gedanke in den Kopf – der Gedanke, dass der Ring für Hochzeit stehen könnte. Aber Tina ist doch alleinstehend. Sie ist sicherlich nicht verheiratet. Vielleicht war sie es einmal? Davon hat sie nichts erwähnt bisher. Jedenfalls wohnt aktuell kein Mann in dem Haus, soviel ist sicher. Welcher Mann hätte sich nicht blicken lassen, wenn seine Frau imkert und einen männlichen Imkerpaten zu Besuch hat? Außerdem hätte der doch geholfen, als Tina vom Baum gefallen ist. Sie hätte ihn angerufen. Ich bin mir sicher, dass der kleine Ring an Tinas Armband nicht bedeutet, dass Tina verheiratet ist. Vielleicht hat sie ihn von jemand anderem bekommen – als Zeichen für ewige Verbundenheit? Aber von wem? Könnte es sein, dass Tina vergeben ist? Schließlich ist es nicht ausgeschlossen, dass sie einen Freund hat, auch wenn der nicht bei ihr wohnt. Ich will nicht weiter darüber nachdenken. Vielleicht hat sie diesen kleinen Ring auch von einer Freundin bekommen. Von dieser Schnatterfreundin? Genug gegrübelt, Herr Heigl, denke ich mir, lege das Armband in die Dose zurück und drücke den Deckel darauf.

Tina

Wenn mich jemand fragen würde, ob ich mich auf den ersten Blick verliebt habe, müsste ich es zugeben. Ja, ich habe mich in Tom verliebt. Nämlich als ich den Flyer vom Bienenkurs aufgeschlagen habe und in seine wundervollen Augen geblickt habe. Auch wenn die auf dem Bild nur zwei Millimeter groß waren – eher nur einen Millimeter. Geht das überhaupt? Sich in Augen zu verlieben, die so groß sind, wie ein Punkt? Anscheinend schon. Ich bin verliebt und liege auf der Couch und träume. Mein verstauchtes Bein habe ich hochgelegt, meine große „Mami, ich hab dich lieb"-Kaffeetasse, die mir Laura vor 3 Jahren zum Muttertag selbst bemalt hat, steht neben mir auf dem Tisch und meine Gedanken schweifen.

Ich gehe noch einmal die Szene durch, als Tom gestern in den Garten gekommen ist und mich im Gras liegen sah. Ich versuche, im Nachhinein seinen Blick zu deuten. Gestern konnte ich das nicht, ich war zu sehr mit mir selbst beschäftigt. Mit meinen Schmerzen im Bein und meinem Selbstmitleid. Aber heute glaube ich zu wissen, dass sein Blick etwas sagen wollte. Dass er mir nahe war in diesem Moment. Nicht körperlich, sondern seelisch. Später, als er mir aufgeholfen hat, mich aus dem Imkeranzug geschält hat und auf dem Weg ins Krankenhaus gestützt hat – da waren wir uns auch körperlich nah. Ich schließe die Augen und versuche, mich ganz an seinen wunderbaren Geruch zu erinnern. Er hat aufregend gerochen. Fremd, aber aufregend. Ich ziehe die Wolldecke etwas weiter nach oben, mit der ich mich zugedeckt habe und kuschle mich fester in mein Kissen. Gut, dass mich der Arzt ein paar Tage krankgeschrieben hat, auch wenn ich natürlich mit den Krücken schon irgendwie in die Arbeit gekommen wäre.

Glücklicherweise ist das Bein ja nur gestaucht. Den Gedanken an die Aktenberge, die in der Arbeit auf mich warten, schiebe ich schnell auf die Seite und versuche, mich wieder auf Tom zu konzentrieren. Ich stelle mir vor, wie ich am Bienenstock stehe, routiniert die Handgriffe vollziehe, die Tom mir beigebracht hat. Er steht hinter mir und umschlingt meine Taille. Dabei sieht er mir über die Schulter und sagt: „Tina, du bist eine super Imkerin und Wahnsinns Frau!" Und dann drehe ich mich zu ihm um und küsse ihn leidenschaftlich. Wir reißen uns gegenseitig die Imkeranzüge vom Leib und lieben uns im Garten.

Okay, träumen darf man ja. Ich fühle mich wie sechzehn. Ob Sarah mit ihren fast sechzehn Jahren einen Freund hat? Die Typen, mit denen sie ständig rumhängt sind jedenfalls nicht meine erste Schwiegersohn-Wahl. Ich setze mich auf und nehme einen Schluck aus meiner Tasse. Diese beschissene Realität stört meine Tagträume und lässt mich nicht einfach mal ein verliebter Teenager sein. Seit der Trennung von Christian hatte ich nie das Bedürfnis, mich neu zu verlieben. Ich wusste noch nicht einmal mehr, wie sich das anfühlt. Sicherlich war die Ehe mit Christian zum damaligen Zeitpunkt die richtige Entscheidung. Außerdem hat mein Kinderwunsch ebenfalls dafür gesorgt, nicht daran zu zweifeln, dass Christian der Vater meiner Kinder werden soll.

„Christian ist der perfekte Ehemann!", hat meine Mutter damals gesagt und sich schnell eine Träne aus den Augen gewischt. Ich habe meinen Eltern beim Abendessen erzählt, dass wir heiraten werden. Mit Anfang zwanzig war es zwar früh, aber für meine Eltern gerade richtig. Christian hatte einen soliden Beruf – er hatte seine Banklehre gerade abgeschlossen und ich die Ausbildung zur Verwaltungsfachangestellten. Mit Christian war ich seit unserer

Schulzeit zusammen und meine Eltern hatten das Heirats-
thema immer wieder angesprochen und insgeheim schon
darauf gewartet.

Mein Vater legte einen kurzen Moment liebevoll seine
Hand auf die Hand meiner Mutter und ich merkte, dass es
auch ihn berührte, obwohl ich von meinem Vater sonst
kaum Gefühle sah. Dann zog er die Hand schnell wieder
weg.

„Herzlichen Glückwunsch Tina zu eurer Verlobung",
sagte er daraufhin ganz offiziell und streckte mir die Hand
hin. Ich wunderte mich über die Geste aber griff dann nach
seiner Hand, damit er sie mir schütteln konnte.

„Danke Papa!" Ich konnte mich nicht mehr erinnern,
meine Eltern beide gleichzeitig lächeln gesehen zu haben.
Seit dem Tod meines kleinen Bruders war die Fröhlichkeit
im Haus wie weggeblasen und es schien so, als ob eine
große dunkle Wolke im Haus herumschwebte, die lautlos
jedes Lachen und jeden glücklichen Moment aufsog und
im Keim erstickte.

Ich streiche über mein Handgelenk, an dem sich bis vor
kurzem mein Armband befunden hatte. Der Herzanhänger daran erinnert mich an ihn, auch wenn es eine
schmerzhafte Erinnerung ist. Sie gehört zu meinem Leben
dazu. Ich seufze und schäle mich so schnell wie es mit dem
schmerzenden Fuß geht, aus der Decke, um zum Telefon
zu humpeln, das penetrant klingelt. Wer wird das denn
sein? Ich brauche eine gefühlte halbe Stunde bis zum Telefontischchen.

„Ja?", ächze ich ins Telefon.

„Spreche ich mit Frau Krämer?"

„Bin dran!"

„Carl Spitzweg Realschule. Mager am Apparat. Ich unterrichte Ihre Tochter in Geschichte. Sie war gestern krankgemeldet."

„Das stimmt", antworte ich und bin noch nicht ganz bei der Sache.

„Sie wurde in der Stadt gesehen. Beim Rauchen!"

„Äh…" Mir fehlen die Worte. Ja, meine Erinnerungen an gestern fügen sich wieder zusammen. Sarah ist vor meinem Absturz aus dem Apfelbaum verschwunden. Als ich vom Krankenhaus nach Hause kam, waren beide Mädchen in ihren Zimmern. Ich habe mit Sarah nicht mehr über ihren unerlaubten Stadtbesuch gesprochen.

„Sie bekommt einen Verweis wegen Schule schwänzen. Wir haben mit Ihrer Tochter ein sehr ernstes Gespräch geführt. Sarah hat zugegeben, dass sie gestern gesund zu Hause geblieben ist."

Ich spüre, die Löwenmutter in mir und sage: „Das stimmt nicht. Meine Tochter war nach dem Aufstehen tatsächlich nicht richtig fit. Sie hat sich im Laufe des Vormittags erholt."

Frau Mager zieht am anderen Ende des Hörers zischend die Luft ein. „Das hat Ihre Tochter anders berichtet. Es ist jetzt auch egal. Sie bekommt den Verweis aus pädagogischen Gründen. Ich bitte Sie, das Schriftstück zu unterschreiben und Sarah wieder mitzugeben."

Ihr selbstgefälliger Tonfall stört mich gewaltig. Warum nur meint diese Frau Mager, die wahrscheinlich auch noch so aussieht wie sie heißt, eigentlich, über meine Tochter so urteilen zu können? Ja, Sarah ist kein Lämmchen. Und ich hätte ihr nicht erlaubt, in die Stadt zu gehen. Nicht an einem Tag, an dem sie krankgemeldet war. Trotzdem ist es doch möglich, im Laufe eines Tages gesund zu werden?!

„Wissen Sie was, Frau Mager", sage ich und betone den Nachnamen bewusst langgezogen. Soll sie wenigstens merken, wie lächerlich ich sie finde. „Auch wenn ich alleinerziehend bin und meine Tochter die Pubertät mit allen Mitteln der Kunst auskostet, ist es immer noch meine Angelegenheit, solche Dinge zu regeln und gibt Ihnen nicht das Recht, in der Schule Polizeiverhör zu spielen! Ich werde einen Anwalt einschalten und prüfen lassen, ob das rechtens ist, was sie hier machen!" Ich nehme den Hörer in die linke Hand, weil meine rechte Hand schon ganz feucht und rutschig vor Aufregung geworden ist. Einen kurzen Moment warte ich noch, ob Frau Mager noch etwas antwortet, aber ich höre nur ein Seufzen und nutze die Gesprächspause, um mit aller Kraft ein bestimmtes „Wiederhören", herauszuquetschen. Ich habe gar keinen Anwalt und werden auch keinen einschalten. Natürlich nicht. Trotzdem bin ich stolz auf mich, dass ich mich so resolut gegen diese Ungerechtigkeit gewehrt habe.

Nach einer gefühlten halben Stunde habe ich es geschafft, mich über heruntergefallene Couchkissen und Schulbuchstapel wieder zur Couch zurückzukämpfen. Ich habe jetzt keine Kraft, mir Sarah vorzuknöpfen und sie bezüglich des Verhörs von Frau Mager zu befragen. Die Sonne scheint angenehm warm ins Wohnzimmer und ich nehme noch einmal einen Schluck von meinem inzwischen kalten Kaffee. Ich schließe die Augen und versuche mich wieder ganz auf Toms Gesicht zu konzentrieren. Seinen Dreitagebart, sein Lächeln, seine verschmitzten gold-braunen Augen.

Als ob Gedankenübertragung funktioniert, kommt gerade in diesem Moment eine Nachricht von ihm an. Das Handy blinkt auf und ich lese. *Hoffe, das Bein ruht sich aus*? Zwinkersmiley. *Wenn es geht, komme ich am Samstag?*

Ich kann es nicht fassen. Er schreibt mir. Die Nachricht hört sich sehr nett an. Mein Zeigefinger schwebt vor dem

Buchstabenfeld auf meinem Handy und ich verharre ein paar Sekunden und überlege, welche Antwort am besten passen könnte. Einerseits möchte ich ihm nicht das Gefühl geben, nichts anderes zu tun, als auf seine Nachricht zu warten. Andererseits kann er davon ausgehen, dass ich zu Hause liege und mein Bein hochlege und daher folglich Zeit habe, sofort auf seine Nachricht zu antworten. Allerdings fällt mir zuerst keine passende Antwort ein. Natürlich könnte ich schlicht, kurz und bündig antworten. Aber das ist langweilig. Oder schreiben, wie es ist. Nämlich, dass ich schon die Sekunden zähle, bis endlich wieder Samstag ist und dass ich gar nicht erwarten kann, ihn wieder zu sehen. Allerdings würde Tom dann schreiend die Flucht ergreifen und sich nie wieder blicken lassen. Ich überlege weiter und dann fällt mir eine passende Antwort ein.

Ich humple noch einmal in die Küche, hole die leere Prosecco Flasche aus dem Altglas unter der Spüle, die Tom mitgebracht hat und stelle sie auf den Wohnzimmertisch. Daneben stelle ich ein Sektglas, das ich mit einem Schluck Apfelsaft befülle, so dass es aussieht, als hätte ich gerade ein Glas Sekt fast leer getrunken. Dann lege ich mich auf die Couch und fotografiere mein hochgelegtes verbundenes Bein neben der Flasche und dem Sektglas.

Bein entspannt sich gerade bei einem Prosecco! Zwinkersmiley. *Samstag passt gut. Freu mich!* Dahinter füge ich noch einen Smiley mit roten Wangen ein. Eine Mini-Andeutung schadet ja nicht. Anscheinend nimmt Tom meinen Zweifel am Imkern gar nicht ernst. Eigentlich habe ich ihm gesagt, dass mir das Imkern zu teuer wird. „Wir finden eine Lösung", war seine Antwort darauf. Wie die genau aussehen soll, hat er aber nicht gesagt. Ich starre auf mein Handy und warte, ob eine Antwort folgt. Ich sehe, dass Tom die Nachricht liest. Eine Antwort kommt aber nicht mehr.

Schon ärgere ich mich über meine Aktion. Ich hätte doch nüchtern antworten sollen. Eine einfache Antwort auf eine einfache Frage. Ja!

***

Die kommenden Tage vergehen zäh wie Kaugummi. Je näher der Samstag rückt, desto mehr wünsche ich mir, ich hätte Tom nicht dieses lächerliche Sekt-Foto geschickt. Was muss er sich über mich denken? Dass ich nicht nur eine tollpatschige und arme Frau bin, sondern auch noch eine, die ihren Schmerz schon am Vormittag mit Alkohol betäubt. Derweil wollte ich damit doch nur unseren Insider-Witz anbringen – Beutentaufe mit Sekt!

Am Samstag folgt das übliche Abholritual. Die Mädchen rumpeln mit lautem Getöse die Treppe herunter. Die Reisetaschen sind für eine Nacht gepackt. Laura sammelt schnell noch ein paar Schulbücher im Wohnzimmer ein, die sie zumindest in die Tasche packt. Sarah lässt ihre Bücher liegen. Wahrscheinlich hängt sie das ganze Wochenende am Handy, da Christian sie am Papa Wochenende nicht in die Stadt gehen lässt. Ich drücke Laura ein schnelles Küsschen auf die Wange, Sarah dreht sich nur halb um und zischt mir ein kurzes „Ciao" über die Schulter zu. Als ich die Haustüre öffne und die Mädchen an mir vorbei zum Auto gehen, sehe ich Christian wie immer geradeaus schauend am Steuer sitzen. Schnell schließe ich die Türe und humple so gut wie es geht ins Badezimmer.

Immerhin hatte ich von Tag zu Tag weniger Schmerzen und das Gehen mit Krücken funktioniert etwas schneller. Heute möchte ich mich richtig hübsch machen, was nicht heißt, dass ich mich übertrieben schminken möchte. Ich glaube, Tom steht nicht auf Tussis. Zum Glück scheint er aber auch nicht auf allzu natürliche Frauen zu stehen. An

Susanne hatte er scheinbar nämlich kein Interesse. Ich trage etwas dezenten Lidschatten in Erdtönen auf und benutze den Lipgloss, der seit vielen Jahren unbenutzt im Badschrank steht. Anschließend warte ich auf eine Eingebung, die mir sagt, welches meiner grauen Longsleeves und welche meiner Blue-Jeans ich anziehen soll. Ich brauche dringend neue Klamotten! Leider taucht kein Flaschengeist auf, der mir den Wunsch nach neuer sexy Kleidung erfüllt und ich ziehe notgedrungen das an, was ich immer trage: Jeans und Shirt. Zur Abwechslung binde ich mir heute mal nicht die Haare zusammen, sondern lasse sie offen. Vielleicht fällt Tom wenigstens dieser Unterschied auf.

Als Tom an die Terrassentüre klopft stehe ich zumindest frisch gestriegelt bereit, auch wenn ich mich seit einer gefühlten halben Stunde im Eingangsbereich herumtreibe, nur damit ich mit den Krücken schnell an der Türe bin, wenn Tom klingelt. Ich möchte vermeiden, dass Tom denkt, ich sei nicht zu Hause und dass er wieder fährt, wenn ich nicht öffne – und das nur, weil ich mit den Dingern einfach viel zu langsam unterwegs bin. Leider muss ich jetzt zur Terrassentüre humpeln, weil ich natürlich nicht damit gerechnet habe, dass Tom auch diesmal mit dem Fahrrad kommt und wieder durch den Garten zum Haus kommt.

Als ich an der Fensterscheibe ankomme und Tom davor winken sehe, wird mir nicht nur wegen der Krückenhumplerei ganz warm, sondern auch, weil mich seine wunderschönen Augen anstrahlen. Ich glaube, dass ich ihn noch nie so strahlen gesehen habe. Ich kenne seinen konzentrierten Blick – wenn er die Beuten durchsieht, ich kenne seinen sorgenvollen Blick – als er mich ins Krankenhaus gebracht hat und ich kenne den abweisenden Blick, den Tom hatte, als ihn Klaus dazu genötigt hat, mein Imkerpate zu werden.

Das alles scheint hundert Jahre zurückzuliegen, als ich die Türe öffne und mich dabei umständlich mit den Krücken aufstütze. Tom hält seine rechte Hand hinter seinem Rücken und zaubert einen kleinen Wiesenblumenstrauß hervor, als ich vor ihm stehe. „Für die verwundete Imkerin ein paar Genesungsblümchen!", sagt er und hält mir grinsend den Strauß vor die Nase. Um die Stängel hat er eine Serviette befestigt, was dafür spricht, dass er den Strauß zwar selbst gepflückt, diesen aber zu Hause noch optimiert hat. Ich bin sprachlos. Wann hat mir ein Mann schon einmal Blumen geschenkt? Ich kann mich nicht erinnern und vermute fast, dass das noch nie vorgekommen ist. Christian hielt Blumen für „Geldverschwendung". Sein Argument war immer, dass die Blumen ohnehin am dritten Tag die Köpfe hängen lassen und dass er lieber in andere Geschenke investieren würde. Allerdings sind diese sehr spärlich ausgefallen. Der kleine Muffin-Anhänger für mein Bettelarmband zum 30. Geburtstag war damals schon eine große Ausnahme. Meistens hatte Christian nämlich nichts besorgt und mich dann spontan zum Essen eingeladen. Deshalb bin ich so überwältigt, dass mir jetzt ein fremder Mann Blumen schenkt. Naja, fremd ist er ja nicht mehr. Aber trotzdem noch nicht mein Freund. Habe ich gerade „noch" gedacht?

Tom reißt mich aus meinen Gedanken und ich merke, dass ich immer noch sprachlos vor ihm stehe, als sein Gesichtsausdruck wieder besorgt wirkt und er „Alles okay?" sagt.

„Jaja, natürlich. Ich bin nur so … sprachlos … weil, mir hat schon lange kein Mann mehr Blumen geschenkt!" Besser gesagt, nie, aber das erwähne ich mal lieber nicht.

„Dann wird es aber höchste Zeit", sagt er und hält mir den Strauß noch etwas weiter unter die Nase, bis ich ihm den endlich abnehme und sage: „Ich stelle ihn noch schnell ins Wasser."

Tom lacht. „Kurz ist aber sehr optimistisch gedacht. So wie es aussieht, bist du mit diesen Dingern nicht sehr zügig unterwegs." Er deutet auf meine Krücken. „Ist es okay für dich, wenn ich das für dich erledige?"

Ich bin froh, meinen eigenen Gesichtsausdruck nicht zu sehen, denn wahrscheinlich schaue ich komplett belämmert aus der Wäsche. „Na klar, da ist die Küche", stammle ich und ärgere mich schon wieder über mich selbst. Natürlich weiß er, wo die Küche ist. Tom drückt sich auch schon geradewegs an mir durch das Wohnzimmer in die offene Küche, wo er sich kurz suchend umsieht und sofort die leere Vase entdeckt, die dort steht, seit ich die völlig vertrockneten Tulpen vom Telefontischchen entfernt habe.

Er füllt Wasser ein und stellt den Strauß hinein. Sämtliche Frühlingsblumen, die um diese Jahreszeit wachsen, hat Tom zusammengesucht. Bestimmt hatte er Mühe, um diese Jahreszeit so viel zu finden.

„Kennst du die japanische Scheinquitte?" Er deutet auf einen Zweig mit mehreren roten Blüten. Ich schüttle den Kopf. „Wie der Name schon sagt, kommt die Pflanze aus Japan. Mein Onkel hat sie im Garten. Wir haben damals versucht, einen möglichst bienenfreundlichen Garten anzulegen."

Ich humple in die Küche neben Tom und sehe mir den Strauß genauer aus der Nähe an. „Das heißt, das ist ein komplett bienenfreundlicher Blumenstrauß?" Ich zupfe an ein paar Blütenblättern herum, die ich noch nie gesehen habe.

Er stupst mich in die Seite. „Richtig! Alles Blüten für die Bienchen - und fürs Tinchen natürlich!" Ich werde rot und weiche aus Verlegenheit etwas zurück. Dabei stolpere ich mit meinem eigenen Fuß über die Krücke und gerate plötzlich ins Wanken. Ich will mich an der Arbeitsplatte festhalten, kriege sie aber nicht zu fassen und strauchle herum. Da fängt Tom mich auf, bevor ich zu Boden gehe. Er hält mich mit der einen Hand am Arm, die andere schiebt er mir schnell unter den Rücken und sagt: „Vorsicht, Vorsicht, die Bienen brauchen dich noch. Mit zwei verstauchten Beinen wird das allerdings schwierig!" Dann zieht er mich nach oben und hebt meine heruntergefallene Krücke auf. Als er nach oben kommt, sind sich unsere Gesichter plötzlich sehr nah.

Ich schlucke und meine Hände werden ganz feucht. „Dann lass uns mal loslegen", flüstere ich und sehe in Toms Augen, die direkt vor meinen sind. Einen Moment wirkt es fast so, als würden sich seine Lippen meinen nähern wollen, dann aber richtet er sich schnell auf und sagt: „An die Arbeit". Er reibt die Hände ineinander, als Zeichen, dass es los geht, hakt mich wie selbstverständlich unter und führt mich auf die Terrasse. Dort liegt mein Imkeranzug, den ich schon vor Stunden dort bereitgelegt habe. Immerhin gelingt es mir wie in Trance, selbst in den Anzug zu steigen. Die Situation gerade eben hat mir vollständig den Atem geraubt. Fast hätten wir uns geküsst! Glaube ich zumindest. Tom war mir so nah und wie gerne hätte ich es getan. Warum nur hat er sich abgewendet? Ich mustere ihn aus dem Augenwinkel. Er wirkt nicht so, als wäre ihm die Situation unangenehm. Er schlüpft doppelt so schnell wie ich in seinen Imkeranzug und hat den Schleier schon auf, als ich noch damit beschäftigt bin, in den zweiten Ärmel zu kommen.

„Heute lassen wir den Schwarm wieder in die Freiheit", beginnt er mit der Erklärung und ist schon wieder ganz in seiner Imkerpaten-Rolle. Schnell konzentriere ich mich darauf, fertig zu werden, damit wir an der Beute starten können. Mein Herz klopft mir immer noch bis zum Hals und ich bin froh, mein Gesicht hinter dem Schleier etwas verstecken zu können.

Ich deute auf die neue Beute, die mit zugeklebtem Flugloch neben den anderen Beuten steht. „Das heißt, der Bienenschwarm hat sich nach drei Tagen in der Beute soweit gefunden, dass er jetzt wieder in diese Beute zurückfliegen wird und nicht in die alte?"

Ich schlüpfe in die Gummistiefel, die mir Tom hingeschoben hat. Es sind seine und deshalb passt mein verbundener Fuß hinein. Tom hat vermutlich Schuhgröße 49, so locker, wie der Stiefel an meinem Fuß hängt. Ich lache, als ich damit wie eine Ente mit viel zu großen Füßen zu Tom watschle und mich an der Krücke aufstütze. Tom lacht auch bei dem Anblick und sagt: „Richtig, die Bienen nehmen jetzt diese Beute als ihre an. Wir nehmen heute die Äste raus, hängen ihnen noch mehr Rahmen mit Mittelwänden rein, damit sie schön bauen können und wenn wir Glück haben und die Bienen fleißig sind, können wir dieses Jahr trotzdem noch Honig ernten. Obwohl das Volk natürlich jetzt noch sehr klein ist."

Gemeinsam gehen wir zu der Beute, in der sich der eingefangene Bienenschwarm befindet. Tom hat Klebeband auf das Flugloch geklebt, das er jetzt abzieht. Sofort quellen die Bienen wie ein überkochender Brei nach draußen und heben ab in die Lüfte. Tom nimmt den Deckel ab und begutachtet das Innere des Holzkastens. Die Blätter an den abgeschnittenen Zweigen sind schon verwelkt. Tom schüttelt die Bienen von den Ästen und wirft die welken Zweige unter den Apfelbaum auf einen Haufen. Jetzt schwirren die Bienen aufgeregt in der Beute herum und suchen nach

Halt. Manche steigen nach oben und fliegen um unsere Köpfe.

Tom legt den Deckel wieder auf die Beute. „Tina, wo hast du denn die eingelöteten Wachsplatten hin, die wir letztes Mal vorbereitet haben?"

Ich deute auf den Schuppen. „Da hinten. Im Regal ganz oben." Und wieder macht sich Tom auf den Weg, da es für mich einfach zu beschwerlich ist, bis zum Schuppen zu humpeln. Langsam habe ich ein schlechtes Gewissen. Tom macht eigentlich die ganze Arbeit allein. Ich seufze und fühle mich schlecht. Was hat er sich nur angetan mit mir? Sein Einsatz geht über eine Imkerpatenschaft hinaus. Auch wenn ich nicht weiß, wie viel Einsatz andere Imkerpaten zeigen. Tom kehrt mit einem Stapel Rähmchen zurück, in denen sich die eingelöteten Wachsplatten befinden. Mein Herz klopft schneller, als ich ihn beobachte, wie er vom Schuppen zurück auf mich zu kommt.

„Hast du eigentlich noch mehr Haustiere?", fragt er eigenartigerweise, als er die Rähmchen in die Beute einsetzt. Ich schüttle den Kopf und beschließe, das Meerschweinchen zu verschweigen. Denn dann hätte ich ihm von Laura und Sara erzählen müssen. Ich habe das Gefühl, das dafür nicht der richtige Zeitpunkt ist und schüttle den Kopf. Es ist ja nur eine halbe Lüge, denn wir haben ja gerade kein anderes lebendiges Haustier. Dann fällt mein Blick auf das Bleistiftkreuz unter dem Schneeballbusch. Ob er es gesehen hat, als er bei seinem letzten Besuch den Sektkorken gesucht hat? Aber während Engelchen und Teufelchen noch miteinander streiten, ob ein totes Haustier auch als Haustier zählt, stellt er schon die nächste Frage: „Was hast du eigentlich für Hobbys, Tina? Machst du Sport, oder liest du gerne…?" Seltsam! Wie kommt Tom denn jetzt darauf?

„Auf alle Fälle imkere ich gerne!", antworte ich und setze mein charmantestes Lächeln auf.

„Was du nicht sagst! Wirklich?", tut Tom überrascht. „Aber da du dieses Hobby noch nicht sehr lange hast, würde mich interessieren, wie du sonst deine Freizeit verbringst?" Er lässt nicht locker. Ich schlucke und denke wieder an die Mädchen. Na gut, sie sind kein Hobby in dem Sinn, auch wenn ich einen großen Teil meiner Freizeit den Mädchen widme. Aber das meint er ja nicht. „Du hast es schon erraten. Ich lese gerne", antworte ich schnell und könnte mich für meine langweilige Antwort ohrfeigen. Hätte ich ihm nicht was von Bungee-Jumping, Freeclimbing oder Segelflugzeugfliegen erzählen können? „Ich auch", antwortet er zu meiner Überraschung und ich bin wieder etwas ruhiger. Unser Gespräch gerät ins Stocken. Tom wirkt nachdenklich und ich überlege, was in seinem Kopf vor sich geht.

Tom hat alle Rähmchen in die Beute eingesetzt. Die ersten Bienen haben sich daran gemacht, die Mittelwände weiter zu bauen und bald mit Pollen und Honig zu füllen. Tom legt den Deckel auf den Holzkasten und setzt die Edelstahlabdeckung darauf. Dann schiebt er die Beute vorsichtig entlang auf der Holzpalette zurecht, sodass die neue Beute exakt neben der anderen steht. „Zu weit darf man nicht verschieben. Sonst finden sie das Flugloch nicht mehr", sagt er mehr zu sich selbst als zu mir. Als die Beute an der richtigen Stelle steht, richtet er sich auf und klopft die Hände an der Hose ab.

„Geschafft! Lust auf einen Kaffee?", frage ich schnell und meine Stimme zittert etwas.

Tom überlegt kurz. „Von meiner Imkerschülerin immer gerne." Dann bietet er mir seinen Arm an, hakt mich unter und führt mich zur Terrasse zurück. Oben angekommen stütze ich mich ächzend am Gartentisch ab und ziehe mir den Imkerschleier vom Kopf. Tom legt seinen ebenfalls auf den Tisch und steht wieder neben mir. Plötzlich sehen wir uns wieder in die Augen. Die lockere Stimmung von eben ist wie weggeblasen. Ich wage nicht zu atmen und beschließe, dieses Mal nichts zu sagen. Tom sagt auch nichts. Er blickt mir nur tief in die Augen und mein Herz rutscht augenblicklich in die Hose. Dann nimmt er nach einer gefühlten Ewigkeit mein Gesicht ganz vorsichtig in seine Hände. Seine Hände fühlen sich zart und weich an. Mein Herz bleibt stehen und ich zwinge mich, seinem Blick Stand zu halten. Ich versinke in seinen Augen, als Tom sich langsam nähert und mir einen sanften Kuss gibt. Erst nur kurz, dann küssen wir uns nochmal intensiver. Mir zieht es den Boden unter den Füßen weg. Die Terrasse, der Garten, die Nachbarn, der ganze Ort – alles um mich herum verschwindet und löst sich in Luft auf. Nur noch wir beide bleiben übrig. Als sich Tom von meinen Lippen löst, habe ich das Zeitgefühl verloren. Wir blicken uns wieder tief in die Augen. Dann flüstert Tom: „Ich sage Klaus, dass ich die Patenschaft weiter übernehmen werde." Mein Herz klopft bis zum Hals und ich strahle übers ganze Gesicht vor Glück! Und dann fügt Tom noch in kindlicher Sprache hinzu: „Meine Imkerschülerin teile ich nämlich nicht mit dem!", dabei verschränkt er die Arme und setzt ein trotziges Gesicht auf.

Ich lache und fühle mich großartig. Wenn Tom wüsste, dass dieser Klaus nicht die geringste Gefahr darstellt. Und dass ich von Anfang an nur ein Auge auf ihn geworfen habe. Dann fällt mir etwas ein und ich sage es, auch wenn es unromantisch ist: „Aber, du musst doch nach Sardinien!"

Tom löst die Arme wieder und blickt etwas traurig drein. Er malt auf dem Gartentisch imaginäre Kringel mit dem Finger. „Ja, im Juni geht es los. Ich baue dort mit meinem Freund Ralf ein Yogazentrum auf." Ich schlucke meine Enttäuschung herunter und versuche mich interessiert zu zeigen. „Cool!", sage ich. „Das heißt, du gibst dann Yogastunden?"

Tom lacht und sieht mich an. „Nein. Ich plane den ganzen Außenbereich. Das Ganze ist ein Riesenprojekt. Ralf ist ein sehr guter Freund von mir. Ich möchte ihm helfen."

„Ach so. Und wie lange bleibst du dann dort?"

Mich trifft fast der Schlag, als Tom antwortet. „Ein Jahr. Wenn es länger dauert auch länger."

Wie gewonnen, so zerronnen, heißt es doch so schön. Ich drehe mich schnell zu meinen Krücken, damit mir Tom die Enttäuschung nicht ansieht. Dann humple ich in die Küche und drücke auf die Kaffeemaschine. Ich versuche, alle Besitzansprüche und unberechtigten Erwartungen, die sich melden, in eine Kiste zu packen und ein gelbes „Gefahrengut"-Klebeband darauf zu kleben. Du kennst Tom doch gar nicht, rede ich mir ein. Warum soll er wegen dir hier bleiben? Trotzdem regt sich diese Hoffnung in mir und lässt mir keine Ruhe.

Da steht Tom wieder hinter mir und umfasst meine Taille. Mich durchfährt ein wunderbares Gefühl und ich erinnere mich an meinen Tagtraum. Und als ob dieser Wirklichkeit wird, drehe ich mich zu ihm um und küsse ihn nochmal. Diesmal leidenschaftlich und intensiv.

Dann löse ich mich von ihm und verschränke die Arme. „Und jetzt, lieber Imkerpate erklärst du mir mal, wie du mir bitteschön von Sardinien aus beim Imkern helfen willst? Da muss ich wohl doch auf den netten Klaus zurückgreifen."

Ich zwinkere Tom zu und er kitzelt mich kurz an den Seiten. „Das wirst du schön bleiben lassen."

Dann nimmt er mich fest in die Arme und zieht mich zu sich: „Zur Not gibt es eine Einweisung per Skype oder Videoanruf. Nein, Spaß beiseite. Wir werden das schon hinkriegen. Ich komme immer zwischendurch mal nach Deutschland. Auch, um im Büro nach dem Rechten zu sehen." Dann küsst er mich nochmal.

Auch wenn mich die Vorstellung nicht gerade beruhigt, Tom nur ab und zu zu sehen, genieße ich den Kuss und die Nähe zu einem Mann, von dem ich bis vor ein paar Wochen noch nicht einmal gedacht hätte, dass sich so einer jemals für eine Frau wie mich interessieren könnte.

In dem Moment klingelt das Telefon und ich denke nicht einmal daran, ranzugehen. Soll doch der Anrufbeantworter auch mal etwas zu tun haben. Der Anrufer spricht aufs Band und als wir uns voneinander lösen, höre ich vom Telefontischchen die Stimme meiner Mutter auf dem Anrufbeantworter: „Tina. Ich habe gehört, du hast dich verletzt? Warum meldest du dich denn nicht bei mir? Geht es dir gut? Melde dich! Melde dich!" Das zweite „Melde dich" spricht sie so eindringlich darauf, als würde es sich um eine Beschwörungsformel handeln, die nur ihre Wirkung entfaltet, wenn sie auf diese Art und Weise ausgesprochen wird. Ich stöhne und verdrehe die Augen. „Meine Mutter!", sage ich entschuldigend und zucke mit den Achseln.

„Sie macht sich Sorgen um dich. Das ist doch gut."

„Gut? Wie meinst du das?"

Tom schaut zu Boden und geht einen kleinen Schritt zurück: „Ich wünschte, ich hätte auch eine Mutter, die sich um mich sorgen würde." Ich spüre, dass nicht der richtige Zeitpunkt ist, um nachzufragen, wie er das meint. Dafür streiche ich ihm über die Wange und schenke ihm ein aufmunterndes Lächeln. Dann drücke ich ihm die Kaffeetasse in die Hand und sage mit verstellter Stimme: „Einmal kalter Kaffee. Die Barkeeperin war leider zwischenzeitlich verhindert. Aber kalter Kaffee ist unsere Spezialität, soviel müssen Sie wissen"

Tom nimmt mir die Tasse ab. „Und ich dachte, Prosecco wäre Ihre Spezialität, Frau Imkerin?"

„Nur bei Beutentaufen!", kontere ich und wir prusten beide los.

Den restlichen Nachmittag verbringen wir in der warmen Frühlingssonne in den Liegestühlen. Tom erzählt mir noch etwas mehr von Sardinien und seinem Freund Ralf und auch von seiner Arbeit als Landschaftsarchitekt. Ich erzähle ihm von meiner langweiligen Arbeit im Bauamt und schmücke die Geschichte mit den skurrilsten Begebenheiten der letzten sechs Jahre aus. Ansonsten wäre der Bericht ziemlich einschläfernd gewesen. Aber Tom amüsiert sich über meine Ausschmückungen über verstopfe Gullideckel und umgekippte Weihnachtsbäume.

Dann berichte ich ihm im Gegenzug zu seinem Bericht über seinen Freund Ralf von meiner Freundin Susanne und merke, dass Tom Vorbehalte gegen sie hat, die ich wettzumachen versuche, indem ich erzähle, was Susanne für eine fürsorgliche Freundin ist. Als Beispiel dafür müssen der Smoothie und die Schokokekse beim Imkerkurs herhalten, die Susanne extra für mich besorgt hatte, weil ich im Gegensatz zu ihr auf richtig zuckrige Schokolade stehe. Ich glaube, dass ich Susannes Eindruck bei Tom wieder etwas aufbessern konnte. Über Sarah und Laura erzähle ich allerdings nichts. Irgendwie ist nie der richtige Moment. Wahrscheinlich habe ich Angst, dass Tom sofort das Weite sucht, wenn er erfährt, dass ich eine alleinerziehende Frau mit Kindern bin. Noch dazu mit pubertierenden!

Ich nestle bei dem Gedanken daran nervös an meinem Handgelenk herum, ohne dass ich es merke. Tom sieht die

Geste und spricht mich prompt darauf an. Ich erzähle ihm von meinem Armband. Davon, dass es mir sehr wichtig ist, weil die Anhänger daran mit wichtigen Stationen meines Lebens verbunden sind. Und dass ich es leider vor einiger Zeit verloren habe. Glücklicherweise fragt Tom nicht nach, welche wichtigen Stationen meines Lebens es gab. Er hört zu und nickt verständnisvoll und ich fühle mich geborgen bei ihm!

Tom

Allmählich finde ich Gefallen an den bisher so öden Samstagen und merke, dass ich mich schon die ganze Woche darauf freue, Tina wieder zu sehen. Ich lehne mein Fahrrad an den Gartenzaun und öffne das kleine Holztürchen am Fahrradweg zu Tinas Garten. Sie erwartet mich schon freudestrahlend an der Terassentür. Diesmal küssen wir uns schon zur Begrüßung leidenschaftlich und am liebsten würde ich heute mit Tina – statt in den Garten – lieber auf ihre Wohnzimmercouch wechseln und ihr ganz nah sein. Aber es ist noch nicht so weit. Sie ist mir wichtig und ich will nichts überstürzen. Sie soll sich nicht überrumpelt fühlen. Ich habe den Eindruck, dass Tina eine verletzliche Frau ist. Ich muss vorsichtig sein. Dass es eine Frau schafft, sich nach so langer Zeit wieder in mein Herz zu schleichen verwundert mich selbst.

Ich habe ja versucht, mich dagegen zu wehren – als Tina bei unserem letzten Treffen in der Küche beinahe gestürzt wäre und ich sie gerade noch gehalten habe. In diesem Moment waren sich unsere Gesichter so nah. Am liebsten hätte ich sie damals sofort geküsst, habe mich aber gerade noch zurückgehalten. Gefühlschaos zum jetzigen Zeitpunkt ist das, was ich gerade am wenigsten gebrauchen kann. Gerade jetzt – wo Sardinien vor der Tür steht. Naja, leider haben meine guten Vorsätze nicht besonders lange angehalten. Als Tina dann etwas später den Imkerschleier abgenommen hat und ihre langen Haare auf ihre Schultern fielen, war es um mich geschehen. Ich musste sie einfach küssen.

„Hallo du faszinierende Frau", flüstere ich ihr nach unserem heutigen Begrüßungskuss ins Ohr und schiebe ihre langen dunklen Haare hinter ihre Ohren. Seit unserem letzten Treffen trägt sie sie offen. Bestimmt hat sie bemerkt, dass ich auf ihre Haare stehe.

Tina macht meine Geste nach und schiebt mir ebenfalls eine Strähne, die sich gelöst hat, hinter das Ohr. Dann hält sie mein Gesicht in ihren Händen. Ich fühle mich wunderbar mit ihr. „Hallo du schöner Imker", antwortet sie und küsst mich nochmal.

Ich nehme meinen Rucksack vom Rücken und hole das Buch raus, das ich für Tina gekauft habe. „Du bist doch eine Leseratte?", sage ich und überreiche ihr das Buch. „Ein geniales Bienenbuch. Eines der Besten!"

Tina nimmt das Buch in die Hände, als würde sie etwas sehr Zerbrechliches halten. Sie sieht mich an und in ihren Augen glänzen Tränen.

„Schon wieder ein Geschenk für mich?", flüstert sie und blättert vorsichtig in dem Buch, als wäre es sehr wertvoll. Mit so viel Dankbarkeit hätte ich gar nicht gerechnet. Ich glaube, Tina versteht, dass ich gut zugehört habe und mir ihr Hobby „Lesen" gemerkt habe.

Sie klappt das Buch zu und umarmt mich. „Dankeschön", flüstert sie. Es scheint so, als hätte ich mit meinem Geschenk ins Schwarze getroffen. Lesen ist also wirklich ihr Hobby. Ich muss wieder an das Armband denken. Der Ring und die kleine Babyflasche daran machen mir immer noch Kopfzerbrechen. Tina hat mir erzählt, dass sie eines verloren hat. Somit ist es jetzt sicher – das Armband, das ich in Tinas Garten gefunden habe, ist ihres! Ich wollte es ihr sagen. Ihr sagen, dass ich es habe. Aber in dem Moment erzählte sie mir etwas von „wichtigen Stationen in ihrem Leben". Da traute ich mich nicht mehr sagen, dass ich das Armband in einer Dose in meiner Küche aufbewahre. Außerdem muss ich erst herausfinden, was das für wichtige Stationen sind.

Ich löse mich aus ihrer Umarmung und versuche, sie neugierig zu machen: „Rate mal, was wir beide heute vorhaben?"

Tina kratzt sich nachdenklich am Kinn. „Hmmm, die Völker durchschauen? Die junge Königin markieren?"

Wir haben bereits zweimal versucht, die junge Königin in der alten Beute zu finden, um ihr einen Farbpunkt aufzumalen, haben sie aber im Gewimmel des Volkes nicht entdecken können. Immerhin hatte ich so eine gute Gelegenheit, Tina einen Kurzbesuch abzustatten und sie zu sehen.

„Genau! Die junge Dame müssen wir heute einfach finden. Dann setzen wir dem neuen Volk auch noch einen Honigraum auf. So wie es aussieht, sind die Bienen recht eifrig am Honig sammeln."

Tina zieht die Terrassentüre hinter sich etwas zu und humpelt in Richtung Liege, um ihren Imkeranzug anzuziehen. Ich werde das Gefühl nicht los, dass es ihr nicht recht ist, wenn ich in ihr Wohnzimmer sehe. Ob ihr irgendetwas peinlich ist? Schon als ich die Vase geholt habe, um den Blumenstrauß ins Wasser zu stellen, ist sie zusammengezuckt. Oder interpretiere ich zu viel hinein? Vielleicht war sie nur verwundert, dass ich einfach so in ihr Reich hineinplatze.

Sie lässt sich auf die Liege plumpsen und stöhnt: „Bin ich froh, dass ich inzwischen wenigstens ohne Krücken vorwärtskomme."

„Schade. Ich hätte dir gerne wieder in den Anzug geholfen", sage ich, gehe zu ihr und küsse sie auf die Haare.

Tina hält inne und sieht nach oben in meine Augen. „Wann musst du nach Sardinien?"

„Im Juni", antworte ich kurz und weiche ihrem Blick aus. Verdammt! Ich will nicht drüber nachdenken!

„Juni? Das ist ja schon in einer Woche!", sagt sie und ihre Stimme hört sich verzweifelt an. Der Tonfall stört mich etwas. Wir kennen uns noch nicht lange aber Tinas Stimmlage sagt: Gehe nicht, verlass mich nicht. Ich höre das. Mir fällt wieder ein, warum ich nicht auf Tinas Nachrichten antworten wollte. Warum ich auf ihr nettes Foto mit meiner Sektflasche neben ihrem verbundenen Fuß nicht reagiert habe. Genau aus dem Grund. Weil wir uns jetzt verliebt haben! Weil Liebe auch immer Verpflichtung bedeutet. Und weil wir uns jetzt nicht trennen wollen. Und das behindert mich – bei den Plänen mit Ralf. Bei meinem Vorhaben, mich auszuklinken. Auf Sardinien ganz abzuschalten. Ich bin nicht bereit, mich richtig in Tina zu verlieben.

„Wie gesagt, ich bin ja nicht aus der Welt. Und Klaus kann dir auch beim Honig schleudern helfen!", sage ich laut. Mein Kloß im Hals verändert meine Stimmlage. Ich schlucke und versuche, mich auf meine Pläne zu konzentrieren und Tinas enttäuschten Blick nicht an mich ranzulassen. Tina scheint meinen barschen Ton zu hören. Sie blickt mich irritiert an, kämpft sich dann wortlos von der Liege hoch und humpelt in Richtung Beute. Meine Aussage hat sie getroffen. Das merke ich. Ich kann ihr nicht mehr geben. Mein Plan, nach Sardinien zu gehen, stand bereits fest, als ich sie kennengelernt habe.

Tina hat sich angezogen und humpelt zu den Bienen. Ich folge ihr und versuche, Tina mit Erklärungen zu den Bienen abzulenken. Mir gelingt es ja nicht mal selbst, mich abzulenken. Mein Herz klopft und ich weiß, dass mein Verhalten nicht in Ordnung ist. Ich sehe, dass Tina leidet.

„Erzähl mir mehr von dir!", versuche ich versöhnlich sie aus der Reserve zu locken, als wir mit der Durchsicht der Völker fertig sind und den Honigraum aufgesetzt haben. Die Königin haben wir wieder nicht entdeckt. Dafür aber frische Brut, was ein sicheres Zeichen ist, dass mit Sicherheit eine Königin im Volk ist.

Tina hat mir heute noch keinen Kaffee oder Prosecco angeboten und ich werde das Gefühl nicht los, dass der Wurm, der heute drin ist, nicht mehr verschwinden wird. „Was willst du wissen?", antwortet sie kühl.

„Alles über die schönste Imkerin der Welt!" Ich nehme sie in die Arme und ziehe sie zu mir ran. Tinas Gesicht hellt sich etwas auf.

„Und wenn ich mehr über den schönsten Imker der Welt erfahren will?", weicht sie mir aus und tippt mir auf die Nasenspitze. Ich sehe mich um und zeige auf den Schuppen im hinteren Teil von Tinas Garten. „Wofür wurde früher eigentlich dieser Schuppen verwendet?" Ich weiß, dass Tinas Haus ziemlich alt ist. Vielleicht kann ich so mehr über sie erfahren. Zum Beispiel, ob sie das Haus gekauft hat, um gemeinsam mit einem Mann darin zu wohnen? Ich kann mir immer noch keinen Reim darauf machen, warum eine alleinstehende Frau in so einem Haus wohnt. Aber Tina erzählt mir, dass es sich bei dem Schuppen um ein Backhaus gehandelt hat und früher ihre Oma in dem Haus gewohnt hat. Sie hat es geerbt und renoviert. Kein Wort von einem Ehemann oder Kindern. Aber was bedeutet dann die Babyflasche und der Ring an Tinas Armband?

Heute verabschiede ich mich schneller als sonst und lege mich nicht fest, wann wir uns wieder sehen werden.

Tina

Wir sitzen zum ersten Mal in diesem Jahr auf den Stühlen unseres Lieblingscafés in der Innenstadt im Freien. Wir haben beide unsere Sonnenbrillen auf, weil uns die Maisonne heute blendet.

„Ich kann es kaum erwarten, Tina." Susanne blättert in der kleinen ledergebundenen Speisekarte des Cafés wie wild hin und her und scheint sich gar nicht auf die anstehende Bestellung konzentrieren zu können, so gespannt ist sie auf meinen Tom-Bericht. Seit dem Krankenhausbesuch habe ich Susanne nicht mehr gesehen. Erst war sie auf Fortbildung und dann im Urlaub – irgendeine Gruppenreise für Singles. Das muss sie mir aber auch noch genauer berichten.

Unsere Kurznachrichten haben sich darauf beschränkt, dass ich Susanne zwar verraten habe, dass „spannende Dinge" passiert sind, sie aber mit genaueren Informationen auf die Folter gespannt habe. „Das erzähle ich dir, wenn wir uns treffen", war meine letzte Aussage zu Tom. Susanne hat mir umgekehrt berichtet, dass auch diesmal keine potenziellen Männer auf ihrer Single-Reise zu finden waren. Wohin sie überhaupt verreist war, hat sie aber mit keinem Wort erwähnt.

Sie summt, während sie überlegt, was sie nehmen wird und klappt plötzlich die Speisekarte zu. „Ich weiß es."

„Sue, wo warst du überhaupt? Ich meine, du hast mir zwar erzählt, dass Gerald was von dir wollte aber leider ein absoluter Nerd ist, dass Heiko gut gebaut und sportlich war aber dumme Bemerkungen über Kinder gemacht hat und damit für dich aus dem Rennen war. Und dann hast du mir noch von diesem Mark erzählt. Was war mit dem nochmal?"

Susanne grinst und sagt: „Der hatte so einen starken Speichelfluss beim Sprechen!" Wir prusten beide los, kriegen uns vor Lachen gar nicht mehr ein und wischen uns die Tränen aus den Augen, bis die Bedienung kommt und wir gerade noch so bestellen können. „Außerdem war ich auf Malta. Wanderreise!", ergänzt Susanne immer noch kichernd meine Nachfrage, als die Bedienung unsere Bestellung notiert hat und leicht kopfschüttelnd zum nächsten Tisch weiterzieht.

Susanne legt ihre Hände auf meine und beugt sich etwas nach vorne.

„Jetzt du, Tina! Was war mit Tom? Und denk dran: ich will alles wissen!"

Ich ziehe die Hände unter ihren heraus und lehne mich nach hinten. Ein wenig möchte ich sie noch auf die Folter spannen aber mein Gesicht verrät mich. „Nicht wirklich spektakulär …", beginne ich meinen Bericht und als mich Susanne ansieht, als wäre ich nicht ganz bei Trost ergänze ich schnell: „Okay … wir haben uns geküsst!"

„Geküsst?!" Susanne wiederholt das Wort so laut, dass sich ein paar Leute an den Tischen nebenan zu uns umdrehen.

„Pssst, Sue! Nicht so laut", zische ich und beuge mich wieder nach vorne, um Susanne zu signalisieren, dass nicht unbedingt die Frau, die ein paar Stühle weiter sitzt und verdächtig nach Frau Mager aussieht, unser Gespräch mithören soll. Nach dem Anruf wegen Sarahs Verweis habe ich in ihren Schuljahresberichten Frau Mager auf den Fotos ausfindig gemacht. Sie sieht tatsächlich so aus, wie sie heißt. Und das wäre schließlich das Letzte, was ich jetzt noch gebrauchen könnte – eine Lehrerin, die sich auch noch ein Urteil über Sarahs frischverliebte Mutter bildet.

Susanne verfolgt meinen Blick in Richtung Frau Mager. „Sitzt ER etwa hier?"

172

„Nein, diese doofe Frau Mager. Sarahs Lehrerin, die mich am Telefon so blöd angeschnauzt hat", flüstere ich, noch mit Blick zu ihr.

„Ach so, die!", sagt Susanne und dreht sich schulterzuckend wieder zu mir. „Was ist jetzt mit Tom?", fragt sie etwas leiser als vorhin.

Ich seufze. „Es war so schön. Und so romantisch. Er hat mir Blumen mitgebracht. Lauter bienenfreundliche Blumen, selbstgepflückt!" Ich weiß gar nicht, wo ich anfangen soll mit meinem Bericht. Susanne seufzt bei dem Wort „Blumen" laut auf und hat ihr Gesicht auf die Hände gestützt.

Kurz werden wir unterbrochen, weil uns die Bedienung unsere Latte macchiato vor die Nase stellt. Dann erzähle ich weiter: „Ich bin gestolpert und Tom hat mich irgendwie aufgefangen. Da hätten wir uns schon fast geküsst. Es war richtig romantisch."

„Und dann?" Susanne kann es kaum erwarten und rührt wie wild in ihrem Latte macchiato herum.

„Dann haben wir die Bienen durchgesehen. Und danach sind wir uns plötzlich ganz nah gegenübergestanden und dann hat er mich geküsst." Susanne grinst über beide Ohren und ich merke, dass mein Bericht etwas knapp ist, bin mir aber sicher, dass mich Susanne wie eine Zitrone ausquetschen wird, bis ich alles bis ins kleinste Detail erzählt habe. So kommt es auch. Nach einer gefühlten halben Stunde, in der ich alles haarklein nacherzählt habe, gibt sich Susanne endlich zufrieden und nimmt einen Schluck aus ihrem Glas.

„Aber?", sagt sie. Mist, sie merkt es doch. Sie kennt mich einfach zu gut.

Ich stütze meinen Kopf auf und rühre jetzt auch in meinem Kaffee rum. „Ach Sue, ich weiß auch nicht. Erst war alles so schön. Er war so zuvorkommend, so romantisch und sexy. Aber dann … als wir uns wiedergesehen haben …"

„Was war dann?"

„Er war anders. Abweisend und komisch. Erst hat es gut angefangen. Er hat mir wieder ein Geschenk mitgebracht."

„Wow! Und was?" Susanne macht große Augen.

„Ein Buch. Über Bienen", sage ich und versuche, mit meiner Stimme keine Wertung auszudrücken. Ich will erst wissen, was Susanne dazu sagt.

„Ein Buch?" Ihr Tonfall spricht Bände. Das Geschenk scheint sie ebenso zu irritieren wie mich.

Dann beginnt sie, zu analysieren: „Also, grundsätzlich ist es ja schön, wenn er dir Geschenke macht. Allerdings finde ich ein Buch komisch. Wie kommt er darauf, dir ein Buch zu schenken? Oder wollte er damit eure Gemeinsamkeit – die Bienen – etwas … na sagen wir, hervorheben?"

Ich mustere Susanne, während sie meine Gedanken laut ausspricht und bin froh, dass auch sie so denkt.

„Das Komische ist, dass er danach so seltsam war. Es war, als ob sich ein Schalter umgelegt hätte. Wir haben an den Bienen weitergemacht, den neuen Honigraum aufgesetzt und danach war alles anders."

„Aber irgendwas muss doch passiert sein?"

Ich versuche mich an die Situation zu erinnern. „Ja, er hat mir gesagt, dass er im Juni nach Sardinien geht. Um seinem Freund dort beim Aufbau eines Yogahotels zu helfen. Für ein Jahr!"

„Für ein Jahr? Das heißt: „Wie gewonnen, so zerronnen."" Susanne runzelt die Stirn. Witzig, genau das habe ich mir auch gedacht, als Tom zum ersten Mal von seinen Plänen, nach Sardinien zu gehen, erzählt hat.

Ich schlage mir die Hände vors Gesicht. „Bitte, ich will gar nicht dran denken. Sue, ich habe mich verliebt. Ich kann es dir gar nicht beschreiben, weil ich es selbst gar nicht glauben kann. Ich kenne ihn doch noch gar nicht. Aber der Gedanke daran, dass er bald weit weg sein wird und wir uns dann nicht mehr sehen werden, macht mich ganz krank."

Susanne streicht mir über den Tisch hinweg einmal über die Wange. „Aber was denkt er denn darüber? Meinst du nicht, dass er selbst auch nicht mehr nach Sardinien will?"

Ich schüttle den Kopf. „Nein, das glaube ich nicht. Für ihn steht sein Plan fest."

Susanne überlegt kurz und fragt dann weiter: „Du sagtest, er war seltsam?"

Ich erinnere mich an das, was ich Susanne unbedingt noch erzählen wollte. „Er hat mir komische Fragen gestellt. Wofür der Schuppen im Garten gebaut wurde zum Beispiel. Und letztes Mal wollte er eben unbedingt wissen, ob ich gerne lese und ob ich Haustiere habe."

Susanne kichert laut. „Vielleicht solltest du ihm ein Freundebuch von dir geben – du weißt schon, wie diese Bücher, die man früher in der Schule verteilt hat und in die man reinschreiben musste, welche Hobbys, Lieblingsspeisen und Lieblingsfarbe man hat."

„Doofi!", sage ich und tue beleidigt.

„Gar nicht doofi. Er interessiert sich wahrscheinlich nur für dich und dein Leben. Ist doch schön! Ich wünschte mir, ein Mann würde mich nach meinen Haustieren fragen." Susanne zieht einen Schmollmund und verschränkt die Arme.

„Und wie steht er eigentlich zu den Mädchen?", schiebt sie dann völlig unvermittelt nach.

Ich zucke etwas zusammen und gestehe dann: „Ich habe ihm gar nichts von den Mädchen erzählt."

Susanne beugt sich ruckartig nach vorne und stiert mich an, als ob sie mich gleich hypnotisieren wird und sagt langsam: „Du hast ihm nichts von den Kindern erzählt? Er denkt also, dass du Single bist? Dass du gemütlich vor dich hin imkerst und keine erwähnenswerte Vergangenheit hast, die du ihm vielleicht mitteilen solltest?" Manche Sachen versteht Susanne einfach nicht. Ich versuche mich zu erklären. „Sue, du kennst doch die Männer. Meinst du, er würde sich noch mit mir treffen wollen, wenn er wüsste, dass ich eine zwölf- und eine fünfzehnjährige Tochter habe, einen geschiedenen Mann, einen langweiligen Beruf und auch sonst nichts vorzuweisen habe, das für ihn annähernd interessant sein könnte?"

Susanne verschlägt es kurz die Sprache, bevor sie sich wieder sammelt. „Tina. Du weißt so gut wie ich, dass du nur mit Ehrlichkeit eine neue Beziehung beginnen kannst. Das ist doch keine Basis, wenn du ihm solche wichtigen Dinge verschweigst."

„Du hörst dich schon an wie Anja", murmle ich und verschränke meine Arme.

„Vergleich mich ja nicht mit dieser Pseudopsychologin", warnt sie mich scherzhaft und hält einen Zeigefinger in die Höhe.

Ich habe ihr vom Streit mit Anja berichtet und ich glaube, dass Susanne ganz froh ist, dass Anja vorerst weniger Kontakt zu mir haben wird. Insgeheim sind wir manchmal nämlich keine erwachsenen Frauen, sondern immer noch junge Mädchen, die um die beste Freundin buhlen und sich freuen, wenn die andere aus dem Rennen ist. Zumindest ist das zwischen Anja, Susanne und mir so.

Ich umarme Susanne über den Tisch hinweg. „Danke, meine Ratgeberin. Ich bin so froh, dich zu haben."

Susanne drückt mich zurück. „Jetzt, wo du verliebt bist, habe ich immer einen guten Rat für dich. In Liebesdingen habe ich, denke ich, einen kleinen Wissensvorsprung!" Ich gönne ihr, dass sie wenigstens einen Wissensvorsprung auf diesem Gebiet hat, auch wenn sie ihre wahre Liebe noch nicht gefunden hat, und nicke zustimmend.

Tom

„Ich habe mich gestern Abend schon heimlich in deinen Garten geschlichen", sage ich zu Tina, als sie die Haustüre öffnet. Tina wirkt irritiert, weil ich nicht wie gewohnt durch den Garten komme, sondern heute mit dem Auto da bin. Sie reißt die Augen auf und wird rot. „Was? Warum schleichst du heimlich in meinem Garten herum?", sagt sie und es hört sich tatsächlich etwas empört an.

Ich lehne mich an den Türstock und freue mich auf meine Ankündigung, die ich mir zurechtgelegt habe. „Ich musste die Bienenfluchten einsetzen – damit wir beide heute das tun können, was dein junges Imkerin-Herz höher schlagen lassen wird. Wir schleudern heute deinen ersten Blütenhonig!"

Tinas empörter Gesichtsausdruck wechselt augenblicklich zu einem Strahlen und sie umarmt mich. „Ehrlich? Wow! Mein erster eigener Honig?"

Ich lege meine Arme um ihre Taille. „Heute ist ein guter Zeitpunkt. Der Blütenhonig muss bis Ende Juni geschleudert sein. Wir haben nicht mehr lange Zeit und heute ist es warm und sonnig. Ideales Schleuderwetter!" Tina zieht die Haustüre hinter sich etwas zu. Ich werde das Gefühl nicht los, dass sie etwas vor mir verbergen möchte.

„Ich hole schnell meine Imkersachen. Dann können wir loslegen", sagt sie uns schon ist sie im Haus verschwunden. Aus dem oberen Stockwerk dringt gedämpfte Musik. Interessanter Musikgeschmack, Tina! denke ich, denn die Musik klingt gar nicht nach ihr. Als sie im Imkeranzug vor mir erscheint, frage ich: „Du hast noch Musik an?!", und deute nach oben. Sie zieht die Haustüre hinter sich zu und schüttelt den Kopf.

„Muss von den Nachbarn sein", dann drückt sie mir schnell einen Kuss auf den Mund. Wir gehen gemeinsam ums Haus herum zu den Beuten. Ich öffne die Deckel und zeige Tina, dass der Honigraum nun fast leer ist. Die Bienen sind durch die eingesetzten Bienenfluchten aus dem Honigraum herausgekrabbelt, können aber nicht mehr zurück, weil der Rückweg versperrt ist.

„Eine geniale Erfindung!" Tina inspiziert den speziellen Deckel, in den eine gelbe Plastikscheibe mit Löchern – die sogenannte Bienenflucht – eingesetzt ist. „Das heißt, wir stressen die Bienen jetzt nicht so sehr, während wir ihnen den Honig wegnehmen?"

„Ganz genau, allerdings müssen wir schnell arbeiten. Die Bienen riechen den Honig und werden in die Honigkiste fliegen." Ich deute auf die drei großen Transportbehälter für die Honigwaben, die ich aus meinem Kofferraum ausgeladen und mit hierher genommen habe. „In diese Boxen legen wir die Honigwaben, die wir zum Schleudern mitnehmen wollen." Tina lächelt durch das Netz ihres Schleiers hindurch. Ich lächle zurück.

„Hier zeige ich dir noch was Spannendes!" Ich hole mein Refraktometer aus der Hosentasche meines Imkeranzugs und schaue in das Röhrchen, das aussieht wie ein Fernrohr.

„Was ist das denn?" Tina nimmt mir das Refraktometer aus der Hand und sieht ebenfalls durch das kleine Loch am Ende der Röhre.

„Damit müssen wir zuerst prüfen, ob der Wassergehalt des Honigs stimmt. Wenn er noch nicht ideal ist, lassen wir ihn lieber noch länger reifen." Ich nehme zwei Waben aus dem Honigraum und streiche mit einem Holzstäbchen etwas Honig auf die glatte Fläche des Refraktometers. Tina verfolgt mein Tun mit konzentriertem Blick und am liebsten würde ich das Gerät fallen lassen und mich nur noch um sie kümmern. Allerdings genieße ich es auch, wenn

Tina mir diese bewundernden Blicke zuwirft, als ob ich etwas Einmaliges könnte, das kein anderer Mensch auf dieser Welt beherrscht. Ich muss zugeben, dass mir ihre Bewunderung gefällt. Ich sehe etwas länger als notwendig durch das Röhrchen und erkenne an der Anzeige im Inneren des Refraktometers, dass der Wassergehalt nicht zu hoch ist.

„Optimal! Der Honig kann geschleudert werden. Das heißt, die Waben müssten größtenteils auch verdeckelt sein."

Tina stöhnt. „Puh, jedes Mal bringst du mir so viele neue Dinge übers Imkern bei. Ob ich das jemals allein schaffen kann?"

„Na klar", antworte ich und meine es auch so. „Aber vorerst hast du zum Glück ja noch mich!" Eine kurze Stille erinnert uns daran, das Thema nicht weiter zu vertiefen. Ich erkläre Tina schnell, dass der größte Teil der Honigwaben von den Bienen mit einem dünnen Wachsdeckel überzogen ist und man daran erkennen kann, dass der Honig nun reif genug ist. Dann drücke ich Tina schnell die Waben in die Hand, die genügend Honig und keine Brut enthalten.

„Alles nehmen wir ihnen nicht weg. Sie brauchen noch etwas Futter, wenn das Wetter mal schlecht ist." Tina legt die Waben in die Plastikkisten und verschließt sie sofort, sodass keine Biene hineinfliegen kann. Wir arbeiten Hand in Hand und sind schnell fertig. Gemeinsam tragen wir die mit vollen Waben gefüllten Kisten zu Klaus´ Auto, das ich mir heute glücklicherweise ausleihen konnte. Die Kisten sind schwer, aber zu zweit funktioniert es gut.

„Geschafft! Ich laufe nur mal eben ins Haus und ziehe mir andere Sachen an", sagt Tina und ist schon wieder durch die Haustüre verschwunden, während ich am Auto zurückbleibe und meinen Anzug in den Kofferraum werfe.

Heute ist es warm und ich trage zum ersten Mal eine kurze beige Hose und ein weißes kurzärmliges Leinenhemd. Tina kommt nach einer gefühlten Ewigkeit endlich aus dem Haus kommt. Sie sieht sexy aus in ihrer kurzen Hose und dem engen T-Shirt, das etwas Haut am Bauch durchblitzen lässt. Die Haare trägt sie wieder offen. Bevor sie ins Auto einsteigt, ziehe ich sie nochmal schnell zu mir her und küsse sie. Vor lauter Imkerarbeiten hatten wir heute noch gar nicht viel Zeit für uns. Im Augenwinkel sehe ich, dass sich hinter dem Fenster im ersten Stock etwas bewegt.

„Hast du Besuch?", sage ich und deute auf das Fenster. Tina windet sich schnell aus meinen Armen und sieht ebenfalls nach oben.

„Nein, eigentlich nicht …", sagt sie langsam und schaut eine Weile nach oben. Alles ist ruhig und ich bin mir plötzlich nicht mehr sicher, ob ich richtig gesehen habe.

Wir steigen ins Auto und fahren zum Lehrbienenstand, wo meine Honigschleuder steht. Ich habe sie Johann zur Verfügung gestellt, der sie für den Honigkurs ausleihen möchte, solange ich nicht da bin. Heute werde ich sie doch noch einmal holen. Tina kennt sich im Lehrbienenstand schon ein wenig aus.

Ich sperre die Eingangstüre auf und sie folgt mir in den leeren Schulungsraum, in dem einsam und verlassen fünfzig Stühle stehen. Im Eck neben dem Laptop am Rednerpult vorne steht meine Honigschleuder.

Tina sieht sich um, als ich das Neonlicht einschalte und die Röhren flackernd anspringen und den Raum in ein unangenehmes grelles Licht tauchen. „Hier schleudern wir jetzt den Honig?", fragt sie und steht etwas verloren im Raum. Ich lache, hebe die Honigschleuder an und schleppe sie zum Auto.

„Natürlich nicht. Wir brauchen einen Raum mit Wasseranschluss, weil das Ganze eine ganz schön klebrige Angelegenheit wird. Meine Küche ist ideal. Sie ist eh schon fast leer, aber das Wasser läuft noch!"

„Zu dir?" Tina wirkt erstaunt, als sie hinter mir her geht und die Türen schließt. Wir sperren den Lehrbienenstand ab und schleppen die Honigschleuder das restliche Stück gemeinsam zum Auto. Auf dem Rücksitz liegend hat sie noch Platz, da der Kofferraum voller Waben in Plastikkisten ist. „Komm! Erst zeige ich dir noch etwas anderes", sage ich zu Tina, nehme sie an der Hand und ziehe sie hinter den Lehrbienenstand auf die weite Wiese, die voller kleiner Apfelbäume steht.

Die Bäume sind Teil eines Lehrbetriebs für Obstbau. Meine Bienenstöcke stehen inmitten einer Gruppe von acht kleinen Apfelbäumen auf der riesigen grünen Wiese voller weiterer Obstbäume. Die Mittagsonne scheint durch die Zweige der Apfelbäume, die gerade die schönsten Blüten tragen. Nur das Vogelgezwitscher unterbricht die Stille. Weit und breit ist niemand, nur Wiese, Apfelbäume, meine Bienen und wir. Ich beobachte Tinas Blick, als wir auf der Wiese stehen bleiben.

„Das ist ja ein Paradies", schwärmt sie und streckt die Arme nach oben, als wollte sie das kleine Stück Land hier umarmen.

„Und das sind meine Bienen!", sage ich, nehme Tina an der Hand und gehe mit ihr ein paar Schritte näher zu meinen Bienenbeuten.

„Früher hieß es immer: „Willst du meine Briefmarkensammlung sehen?" und heute heißt es wohl: „Willst du meine Bienen sehen?"", lacht sie und rückt etwas näher an mich heran. „Dieser Ort ist wunderschön!", flüstert sie und streicht mir über die Brust.

„Finde ich auch", flüstere ich ebenfalls und blicke Tina in ihre wunderschönen Augen. Ich finde ihre Augen faszinierend. In ihnen spiegelt sich ihr ehrliches Staunen und ihr manchmal schon fast naives Interesse für die Dinge. Diese Eigenschaft mag ich sehr. Ich möchte ihr aber kein Kompliment für ihre Augen machen. Das finde ich abgedroschen. Abgedroschene Komplimente hat Tina nicht verdient.

Irgendwie scheine ich mich einen Moment in Tinas Augen verloren zu haben, als ich ihre Lippen plötzlich auf meinen spüre. In nehme Tinas Gesicht in meine Hände und sie schließt die Augen. Mein Pulsschlag erhöht sich und ich nehme ihre schnellere Atmung wahr. Unsere Zungen finden sich. Wir küssen uns lange und leidenschaftlich und können uns nicht voneinander lösen. Wie ein Magnet ziehen sich unsere Lippen immer und immer wieder an. Ich spüre, wie sich das Blut in meiner Körpermitte staut und habe ein großes Verlangen nach Nähe, nach Vereinigung mit dieser Frau. Meine Hände streicheln langsam an Tinas perfekten Körper bis zur Taille hinunter und bleiben auf ihren Hüften liegen. Tina lächelt mich an. Wie eine stille Übereinkunft lassen wir uns in die Wiese gleiten. Ich liege nun ganz nah bei Tina im hohen Gras. Meine Hände tasten sich über ihren warmen Körper und suchen den Weg zu dem Stückchen Haut am unteren Rand ihres T-Shirts. Wie zart und geschmeidig sie sich anfühlt, fast wie warme Seide, glatt und makellos. Langsam gleiten meine Hände weiter rauf zu ihren Brüsten. Wir küssen uns, wir spüren uns und ich verliere das Zeitgefühl. Schon lange war ich keiner Frau mehr so nah.

Sanft drückt mich Tina mit dem Rücken auf den Boden. Sie schlingt ihr Bein um meines und schmiegt ihr Becken ganz nah an mich. Langsam öffnet Tina die Knöpfe meines

Hemdes. Ich spüre meine Erregung und ihr leichtes Zittern, als Tina mein Hemd abstreift. Ich fahre mit beiden Händen unter ihr enges Shirt und ziehe es aus. Einen Moment blicken wir uns in die Augen und ich bin sicher, dass Tina das gleiche Verlangen hat wie ich. Etwas ungeschickt helfen wir uns gegenseitig, auch noch die letzten Kleidungsstücke auszuziehen und unser Begehren steigert sich bis ins Unermessliche. Ich fühle mich schon fast wie bei meinem ersten Mal – nervös und erhitzt – und hoffe, dass Tina meine Nervosität nicht merkt.

Als sich unsere nackten Körper berühren, wirken sie fast elektrisierend, aufgeladen, voller Lust. Ich spüre ihre harten Brustwarzen und ihre Sehnsucht, endlich in sie einzudringen. Sachte vereinigen wir uns, dabei stöhnt sie leise auf. Wir finden unseren Rhythmus, ich höre, wie ihr Verlangen wächst und schließlich völlig aus ihr herausbricht. Kurz darauf löst sich auch in mir ein Feuerwerk aus all der angestauten Energie und ich fühle mich so glücklich wie schon lange nicht mehr.

Danach liegt Tina lange in meinen Armen, ihre Hand auf meiner Brust. Ich streichle ihr über den Rücken und lausche auf ihren Atem. Heimlich zähle ich die kleinen Muttermale auf Tinas Arm, die sich wie kleine Sternchen am Nachthimmel verteilen.

„Weißt du, dass du den Großen Wagen auf deinem Arm hast?", sage ich. Tina blickt mich erstaunt an. „Na hier", erwidere ich und zeichne mit meiner Fingerspitze das Muttermal-Sternbild nach. „Ein, zwei, drei … sieben Sterne. In exakt der richtigen Anordnung", sage ich und tippe noch einmal auf jedes Muttermal.

Tina lacht. „Du hast ja viel Fantasie", sagt sie und kitzelt mich am Bauch.

Ein paar Regentropfen holen uns zurück in die Realität. Wir lösen uns aus unserer Umarmung und rappeln uns etwas verschwitzt wieder auf die Beine. Ein Blick in den Himmel verrät uns, dass es plötzlich zugezogen hat und ein Gewitter im Anmarsch ist. Wir lachen und ziehen uns schnell wieder an. Auf dem Weg zum Auto setzt plötzlich der Regen sintflutartig ein und wir werden patschnass. Triefend kommen wir am Auto an und lassen und auf die Sitze fallen. Ich stelle die Autoheizung auf Vollgas und beeile mich, schnell zu meiner Wohnung zu kommen.

Tina zittert. „Mir ist jetzt so kalt", sagt sie und pustet in ihre Hände.

„Ich gebe dir was Trockenes zum Anziehen", sage ich und verschwinde ins Schlafzimmer, nachdem wir die Honigschleuder gemeinsam in die Küche geschleppt und dort abgestellt haben. Tina steht noch etwas unsicher in der Küche herum und ich beeile mich, aus meinem Schrank ein großes T-Shirt rauszusuchen, das ich Tina geben kann. Außerdem finde ich noch eine Jogginghose, die Tina passen könnte, wenn sie das Band am Bauch eng zuzieht. Beim Gedanken daran, wie ich Tina gleich aus den nassen Klamotten heraushelfen werde und sie wieder nackt vor mir steht, wird mir ganz heiß. Mit den Sachen in der Hand nehme ich Tina an der Hand und ziehe sie ins Badezimmer. Das T-Shirt und die Jogginghose für Tina lege ich über den Badewannenrand. Tina spürt meine Erregung.

„Herr Heigl, Sie wollten doch mit mir den Honig schleudern!", ermahnt sie mich scherzhaft und tippt mir wieder auf die Nase.

Ich ziehe ihr das durchnässte T-Shirt über den Kopf. „Erst das Vergnügen, dann die Arbeit Frau Imkerin."

„Ach so! Dieses Motto gefällt mir!", lacht sie und küsst mich. Ich helfe ihr aus der nassen Hose, bedecke dabei ihren Körper mit Küssen und wickle sie anschließend in ein großes trockenes Handtuch.

„Wenn du möchtest, kannst du auch noch ein heißes Bad zum Aufwärmen nehmen", sage ich und wünsche mir insgeheim, dass sie mich gleich einlädt, mit ihr in die Badewanne zu steigen. Ich möchte aber lieber nichts überstürzen und Tina lehnt mein Angebot ab.

„Lieber ziehe ich dein Must-Have des Sommers an", sagt sie und hält das viel zu große T-Shirt hoch, das ich ihr rausgesucht habe. Schon ist sie in meinen Klamotten drin und sieht darin trotzdem verboten sexy aus. Ich versuche, mich auf den Honig zu konzentrieren und gehe mit Tina in die Küche, wo schon die Honigschleuder, die Kisten mit den Honigwaben und mehrere Honigeimer bereitstehen. Wir arbeiten Hand in Hand und es fühlt sich gut an. Ich zeige Tina, wie man den Wachsdeckel von den Waben kratzt, um diese anschließend in die Honigschleuder zu stellen.

Tina strengt sich an, mit der Entdeckelungsgabel nicht zu tief in die Honigwaben hineinzukommen.

„Dieses Entdeckeln ist gar nicht so leicht wie es aussieht", seufzt sie und schabt eine kleine Schicht ab, die klebrig in die Wanne unter dem Entdeckelungsgeschirr hineinfällt.

Ich deute auf den Behälter, in den die abgekratzte Wachsschicht fällt. „Die Arbeit lohnt sich! Das Entdeckelungswachs ist super sauberes Bienenwachs. Das wird später eingeschmolzen. Und wenn du willst, kannst du dein eigenes Bienenwachs später wieder zu Mittelwänden verarbeiten lassen. Dann hast du so deine eigenen Mittelwände erzeugt."

Tina nickt und kratzt angestrengt weiter, bis die ganze Schicht Wachs entfernt ist. So geht es weiter, bis vier Waben in der Honigschleuder stehen. Ich schließe den Deckel und lasse die Schleuder langsam anlaufen. Der Dreheinsatz im Inneren der Edelstahltonne beginnt sich zu drehen und katapultiert den Honig aus den Waben. Der fließt an der Innenwand entlang nach unten und läuft durch ein Sieb in den Honigeimer, den ich unter den Hahn gestellt habe.

Tina jubelt. „Mein erster Honig! Ich fasse es nicht. So viel!" Sie geht in die Knie, um den Honig ganz aus der Nähe zu betrachten, der schwerfällig in den Eimer hineinfließt. Wabe für Wabe arbeiten wir uns voran und stehen schließlich mit klebrigen Händen vor einem vollen Eimer Honig.

„Das ist dein erster Blütenhonig. Den haben die Bienen aus den Frühjahrsblüten geholt. Allerdings hat er einen hohen Zuckergehalt. Wenn du ihn so stehen lassen würdest, wäre er irgendwann so fest, dass du ihn nicht mehr auf dein Brot streichen kannst."

„Bestimmt hast du jetzt wieder einen Geheimtipp für mich auf Lager!", stellt Tina fest und grinst mich an.

Ich hole den Edelstahlrührer von der Arbeitsplatte und zeige ihn ihr. Tina macht ein skeptisches Gesicht. „Heißt das, ich soll den Honig mit diesem Ding durchrühren?"

„Gut kombiniert, Sherlock Holmes!"

„Und in welches Rührgerät soll dieser Aufsatz bitteschön passen?" Tina nimmt die lange Edelstahlstange in die Hand, die am Ende eine Art Spiralwindung hat und begutachtet sie genau.

Ich zeige ihr den Akku-Schrauber, den ich für diesen Zweck extra bereitgestellt habe und zeige ihr, wie sie den Edelstahlrührer darin befestigt und den Honig im Eimer durchrühren kann.

„Okay. Das ist wie beim Kuchen backen, nur eben in größeren Dimensionen", stellt Tina fest. Fast bin ich traurig, als wir die Geräte gereinigt haben und Tina in ihre noch nassen Schuhe schlüpft. Auf der Fahrt zu ihr nach Hause reden wir kaum, werfen uns aber verliebte Blicke zu. Ich schleppe den schweren Honigeimer zur Haustüre und drücke Tina den Edelstahlrührer und den Akkuschrauber in die Hand.

„Denk dran. Erst ein paar Tage stehen lassen, die obere Schicht mit einem Teigschaber abnehmen und dann jeden Tag ein wenig rühren."

Tina verstellt die Stimme und antwortet: „Aye aye, wird gemacht Chef!"

Ich küsse sie zum Abschied und fahre mit einem seltsamen Gefühl nach Hause, das sich mit jedem Kilometer verstärkt, je näher ich meiner Wohnung komme. So schön wie dieser Tag war, so sehr wird mir bewusst, dass es ein großer Fehler war, mit Tina zu schlafen. Und ein noch größerer Fehler, mich in Tina zu verlieben.

Tina

Seit unserem Streit vor fünf Wochen habe ich nichts mehr von Anja gehört. Ich vermisse sie und habe das Bedürfnis, ihr von Tom und den Bienen zu erzählen. Leider kam es dazu nicht mehr, weil wir bei unserem letzten Treffen in eine Grundsatzdiskussion über das Thema „Zeit für die Kinder" verfallen sind. Und das, bevor ich überhaupt die Gelegenheit hatte, Anja zu erzählen, dass Tom mein Imkerpate ist. Dass Tom inzwischen mehr als das ist und wir – sagen wir – ein Paar sind, ahnt Anja nicht im Geringsten.

Susanne dagegen habe ich in einem ausführlichen Telefonat noch am selben Abend detailliert von meinem Überraschungsdate mit Tom berichtet. An der Stelle, an der Tom und ich in der Wiese unter den Apfelbäumen gelandet sind, hat Susanne so viele Seufzer und „Ahs" und „Ohs" von sich gegeben, dass ich schon das Gefühl hatte, Susanne würde mit Tom in der Wiese liegen. Meine Unsicherheit, was Toms seltsame Fragen und sein abweisendes Verhalten betrifft, ist wie weggeblasen. Ich bin mir sicher, dass Tom und ich jetzt zusammen sind und hatte beim Erzählen so starkes Herzklopfen, dass ich Angst hatte, Susanne könnte es durchs Telefon hören. Die letzten drei Tage sind wie im Traum an mir vorbeigezogen. Ständig bin ich mit meinen Gedanken bei Tom, seinen Worten und Berührungen.

Meine Wut Anja gegenüber ist verraucht und ich glaube, dass sich Anja für mich freuen wird, wenn sie erfährt, dass ich mit Tom zusammen bin. Schließlich ist Anja nichts heiliger als glückliche Beziehungen und das möchte ich ihr jetzt gerne erzählen.

Ich verabrede mich mit Anja am Mittwoch nach der Arbeit in meinem Lieblingscafé, in dem ich mich vor kurzem schon mit Susanne getroffen habe und Anja ist glaube ich froh, dass ich unseren Streit mit keinem Wort erwähne. Sie willigt gleich in meinen Vorschlag ein, was ungewöhnlich ist. Normalerweise muss Anja erst ihren Kalender checken, fünf Termine umlegen und ein Zeitfenster freischaufeln, bevor sie sich mit jemandem verabreden kann. Aber dann beende ich tatsächlich etwas früher als sonst meine Arbeit, um mit klopfendem Herz im Café auf Anja zu warten, die wie immer mit wehenden Haaren ein paar Minuten zu spät herbeieilt.

„Und ich dachte schon, du hast heute mal keinen Stress", begrüße ich sie und stehe auf. Eine Sekunde stehen wir unentschlossen voreinander, dann umarmen wir uns schnell und setzen uns wieder. Die Stimmung, mit der wir auseinander gegangen sind, ist noch zu spüren. Anja wirkt unterkühlt. Ich bin mir aber sicher, dass sie insgeheim froh ist, dass ich den ersten Schritt unternommen habe.

Anja kramt in ihrer Handtasche herum und schaut mich gar nicht an. „Ich habe tatsächlich heute etwas länger Zeit. Raimund ist mit Finn und Mara beim Eisessen. Vaterzeit sozusagen." Dann nimmt sie ihr Handy raus und steckt es gleich wieder in die Tasche zurück.

Ich hake nach. „Vaterzeit? Das kommt aber selten vor, oder? Um diese Zeit ist Raimund normalerweise noch in der Arbeit, oder nicht?"

Anja rümpft die Nase und überlegt einen Moment, bevor sie antwortet. „Momentan teilen wir uns die Erziehungsaufgaben etwas gerechter auf."

Ich werde nicht schlau aus Anja. „Alles okay bei dir?", frage ich. Anja ist zwar immer in Eile, heute wirkt sie aber extrem angespannt und nicht ganz bei der Sache.

Sie schaut durch mich hindurch und nickt dann schnell. „Ja klar. Alles gut. Bei dir?" Ganz glaub ich ihr nicht, lasse es aber so stehen und freue mich, dass ich nun an der Reihe bin.

Ich berichte von dem Tag, an dem die Bienen geschwärmt sind, davon, dass mich Tom ins Krankenhaus gebracht und mir anschließend geholfen hat, mit den Bienenvölkern weiter klarzukommen. Von unserem ersten Kuss im Garten und unserer letzten Begegnung, als wir uns so nah gekommen sind. Ich wähle meine Worte bedacht aus, um Anja klarzumachen, dass mir Tom wichtig ist. Ich möchte nicht, dass Anja den Eindruck hat, Tom sei nur irgendeine Affäre.

Anja hört stillschweigend zu, nickt nur ab und zu und lächelt mal kurz. Am Ende meines Berichts zieht sie hörbar die Luft ein und überlegt noch einen Moment, bevor sie sagt: „Ich freue mich für dich. Ich hoffe, dass dich dieser Mann glücklich macht!"

Wie sie das Wort „dieser" betont, gefällt mir nicht.

„Wie meinst du das genau?", frage ich und versuche, nicht allzu streitlustig zu klingen.

Anja schiebt die Kaffeetasse zur Seite und sieht mich eindringlich an. „Tina, du hast Verantwortung für die Kinder und kannst nicht irgendeinen dahergelaufenen Typen zum Freund haben. Ich hoffe wirklich für dich, dass dieser Tom eure Beziehung ernst nimmt." *Nicht schon wieder!* Augenblicklich vergeht mir die Lust, Anja noch ein Wort von Tom zu erzählen. Warum muss ich mich in letzter Zeit immer rechtfertigen?

„Er nimmt unsere Beziehung ernst!", antworte ich und höre mich an wie ein trotziges Kind. Ich überlege, ob ich von Toms Plänen, nach Sardinien zu gehen überhaupt etwas erzählen soll, verschweige es aber vorerst.

Anja lehnt sich zurück und stellt die Frage, auf die ich nicht vorbereitet war: „Was ist denn seitdem passiert? Seit eurem Treffen, bei dem ihr Sex hattet?"

Ich versuche, einen selbstbewussten Ton in meine Stimme zu legen und mir nicht anmerken zu lassen, dass mich diese Frage, beziehungsweise die Antwort darauf selbst verunsichert. „Seit Sonntag haben wir uns nicht gehört", antworte ich knapp und trinke schnell einen Schluck aus meiner Tasse.

Anja übertreibt etwas mit ihrer Lautstärke. „Wie bitte? Er hat sich nicht mehr bei dir gemeldet? Schwach!" Übertrieben mitleidig sieht sie mich an und schiebt sich das Pony auf die Seite. „Und du? Warum meldest du dich nicht bei ihm?"

„Ich will ihn nicht bedrängen. Wir lassen es langsam angehen. Außerdem haben wir die Samstage. Wir sehen uns jeden Samstag. Schon allein wegen den Bienen. Das reicht vorerst." Ich beschließe, von Sardinien nichts zu erzählen und das Treffen mit Anja kurz zu halten. Mir ist die Lust bereits vergangen, Anja weiter von meinen Gefühlen zu Tom zu berichten und davon, dass ich Tom am liebsten sofort sehen würden. Dass ich jede Sekunde nur an ihn denke, ihn vermisse und so verliebt bin, wie ich wahrscheinlich in meinem ganzen Leben noch nicht verliebt war. Und dass ich mich selbst frage, warum sich Tom seit Sonntag nicht bei mir gemeldet hat.

Tom

„Steig ein, Prinzessin!" Ralf spielt auf meinen rosa Haargummi an, den er aus den Untiefen seines Geldbeutels gekramt hat, um mir damit auszuhelfen. Auf dem Rastplatz war mein Haargummi dann plötzlich weg und ich bei dem Gedanken gestresst, mit offenen Haaren die Reise fortzusetzen. Ich liebe meine Haare, aber offen trage ich sie nie. Zum Glück hängt Ralf an Gegenständen mit Bedeutung und trägt den rosa Haargummi seiner Tochter seit mehr als zehn Jahren in seiner Geldbörse mit sich rum. Wahrscheinlich einfach als Relikt aus besseren Zeiten, als er noch verheiratet war. Jetzt hat er wenigstens wieder einen Grund, mich „Prinzessin" zu nennen.

Ich boxe ihn in die Seite und prüfe, ob mein Fahrrad im hinteren Teil des Busses immer noch gut befestigt ist. Dann springe ich auf den Fahrersitz und ziehe die Autotür hinter mir zu. Wir wechseln uns mit dem Fahren ab und Ralf ist nun an der Reihe, es sich auf dem Beifahrersitz bequem zu machen. Er zieht seine Barfußschuhe aus und setzt sich in den Schneidersitz, bevor er sich anschnallt. Ich werfe ihm einen skeptischen Blick zu, bevor ich meinen Bulli anlasse. Die nächsten zweihundert Kilometer werde ich fahren. Am Autospiegel baumelt der kleine Stier, den ich aus meiner Andalusien-Reise mitgebracht habe und unwillkürlich muss ich an Tinas Armband denken. Die Kaffeedose mit dem Armband drin habe ich als letztes eingepackt. Sie liegt in meiner Reisetasche obenauf und ich werde gut auf sie aufpassen.

Ralf scheint Gedanken lesen zu können. „Was ist jetzt mit dieser Frau, von der du mir erzählt hast?"

Er nimmt einen Schluck aus der Wasserflasche und sieht mich an.

Ich versuche noch, mich unwissend zu stellen. „Welche Frau meinst du?", frage ich, obwohl ich ganz genau weiß, welche Frau er meint.

„Na die, bei der du die Imkerpatenschaft übernommen hast! Mit der du Prosecco getrunken hast." Ralf schraubt die Flasche zu.

Ich stiere aus dem Fenster nach vorne und versuche, mir nicht anmerken zu lassen, dass mein Herz plötzlich stark zu klopfen beginnt. „Ach Tina", tue ich überrascht. „Die ist ganz nett. Wir hatten kurz was. Aber es war von Anfang an klar, dass ich nach Sardinien gehe."

Ralf lässt sich nicht so einfach abspeisen. „Ihr hattet was? Seit Jahren bist du Single, dann lässt du dich einmal auf eine Frau ein und tust so, als ob es dir nichts bedeutet hat? Tom, das glaube ich dir nicht!"

Ich werfe Ralf einen kurzen Seitenblick zu und richte meinen Blick wieder auf die Straße. „Okay. Du hast recht. Sie hat mir schon mehr bedeutet. Aber es ist jetzt aus."

„Und was sagt sie dazu?"

„Wir haben es nicht direkt besprochen. Es ist halt jetzt aus. Ich kann keine Beziehung haben und schon gar nicht jetzt. Ich war ihr Imkerpate und damit genug. Mehr hätte gar nicht entstehen dürfen."

Ralf seufzt und überlegt kurz. Wahrscheinlich rekonstruiert er in seinen Gedanken meinen Abschied, beziehungsweise nicht-Abschied von Tina und spricht es dann aus. „Du willst mir nicht erzählen, dass du einfach abgehauen bist?" Als ich nicht reagiere, redet er weiter auf mich ein. „Tom, wie alt bist du? Du kannst doch nicht mit einer Frau was anfangen und dann einfach so verschwinden?"

Ich lege eine Vollbremsung hin, weil sich der Idiot von der rechten Spur plötzlich zwischen einem LKW und mir in die mittlere Spur reindrückt. „Pass doch auf!", schimpfe ich zu dem Fahrer im Auto vor mir. Eine Zeitlang ist es still, bevor ich Ralf antworte. „Ich weiß, es ist nicht die feinste Art. Ich musste es beenden. Eine Beziehung passt mir jetzt gar nicht in den Plan."

„Du kannst doch nicht nur nach deinem Kopf entscheiden! Was sagt denn dein Herz?" Ralf legt seine Hand auf seine Brust, um seine eindringlichen Worte noch mehr zu unterstreichen.

Ich zucke mit den Schultern. „Keine Ahnung. In einem Moment fasziniert sie mich. Wir hatten wunderschöne Momente …"

„Und im anderen?"

„Im anderen Moment denke ich mir, dass ich keine feste Beziehung will. Diese Verpflichtungen. Du kennst das ja. Frauen wollen keine lockere Beziehung. Sie wollen dich schon ganz."

Ralf löst seinen Schneidersitz und streckt sich so gut wie es geht auf dem Sitz aus. „Und wenn schon? Was spricht denn gegen eine feste Beziehung? Ich an deiner Stelle wäre froh, nicht mehr allein zu sein. Ich finde das wirklich öde."

Ich schaue zu Ralf. „Du sehnst dich nach einer Freundin. Gib´s zu!"

Ralf blickt leer auf die Straße. Sein Blick wirkt traurig. „Ja. Ich hätte gerne wieder eine Freundin. Eine, die mit mir durch dick und dünn geht. Weißt du, seit der Scheidung gab es keine Frau, die mir wirklich den Kopf verdreht hat."

„Versteh ich!", antworte ich und eine ganze Weile sagt niemand mehr was.

Dann greife ich freiwillig das Thema „Tina" nochmal auf. Ein Gedanke lässt mir einfach keine Ruhe und ich möchte Ralfs Meinung dazu wissen.

„Ralf, weißt du, was komisch ist?"

„Hmmm" Ralf ist gerade am Einnicken und liegt mit verschränkten Armen und geschlossenen Augen halb im Sitz.

„Tina hat ein Armband mit Anhängern dran. Ich habe es gefunden und behalten. Tina weiß nichts davon."

Urplötzlich ist Ralf wieder wach. „Wie? Behalten?"

Ralfs Reaktion ist Futter für mein schlechtes Gewissen, das ich bisher erfolgreich verdrängt habe. Schnell sage ich: „Ich gebe es ihr ja wieder zurück. Irgendwann. Erst muss ich noch herausfinden, was diese Anhänger bedeuten."

Ralf setzt sich aufrecht hin. „Meinst du diese kleinen Baumeldinger, die die Frauen an die Armbänder klipsen?"

„Genau die!"

„Und was genau interessiert dich daran?"

Ich überlege. „Ich glaube, am meisten interessiert mich, was die kleine Babyflasche bedeutet und der Ring. Das Seltsame ist, dass sie sicherlich keine Kinder und keinen Mann hat. Aber was bedeutet das dann?"

Ralf zieht die Augenbrauen hoch. „Ich glaube, die Frau hat Geheimnisse!"

Ich nicke und lächle. „Geheimnisvoll ist sie!"

„Und ich weiß, was kein Geheimnis mehr ist. Du liebst sie, Tom! Und du solltest versuchen, ihre Geheimnisse herauszufinden!"

Tina

Ich fühle mich krank. Todkrank! Obwohl mein Fuß soweit wieder funktioniert und ich ohne humpeln vorwärts komme. Die Couch ist mein bester Freund. Ich habe mich krankschreiben lassen. Hab dem Hausarzt was vorgelogen. Von Bauchschmerzen und starken Kopfschmerzen. Wenigstens konnte ich die letzten drei Tage zu Hause liegen bleiben.

Und jetzt habe ich noch das Wochenende für mich. Der zweite Samstag ohne Tom. Ich kuschle mich in die Decke ein und bin froh, dass ich mich ganz meinem Liebeskummer hingeben kann. Die Mädchen sind bei Christian. Die Bienen fliegen munter in der warmen Junisonne herum. Es ist schönstes Wetter und ich liege hier im Wohnzimmer und habe keine Lust, mich zu bewegen. Ich habe nicht mal Lust, nach den Bienen zu schauen. Sie erinnern mich zu stark an Tom und ich versuche, den Gedanken an ihn zu verdrängen. Ihn abzuhaken als riesengroße Enttäuschung!

Susanne meinte zwar, dass es sich bestimmt um ein Missverständnis handelt. Dass ich irgendwas gesagt oder gemacht haben muss, was Tom vertrieben hat. Und dass sich ein Missverständnis immer aus der Welt räumen lässt. Ich bin mir aber keiner Schuld bewusst. Alles war gut. Wir waren uns so nah und haben sogar miteinander geschlafen! Es war wunderschön und es gab kein Missverständnis! Dass Tom nach Sardinien gehen wird, stand nur kurz zwischen uns. Wir haben kaum darüber gesprochen.

Zum hundertsten Mal gehe ich Minute für Minute den Tag nochmal durch, an dem Tom freudestrahlend vor meiner Haustüre stand und mir verkündet hat, dass heute der richtige Tag sei, um Honig zu schleudern. Seufzend werfe ich einen Blick auf das Glas Blütenhonig in der Küche, das ich aus dem großen Eimer abgefüllt habe und das mich mit jedem Mal mit Stolz erfüllt, wenn ich es ansehe. Es sieht richtig professionell aus! Ein Glas Honig von meinen eigenen Bienen.

Tom bemerkte an dem Tag auch die Musik aus Sarahs Zimmer. Er hat mich darauf angesprochen. Ob er mitbekommen habe, dass ich Kinder habe? Liegt es daran, dass er sich nicht mehr meldet? Dass er wie vom Erdboden verschluckt ist und scheinbar nichts mehr von mir wissen will? Ich hätte es ihm sagen müssen. Schon längst. Aber irgendwie war nie der richtige Zeitpunkt.

Ich ärgere mich über mich selbst. Spätestens als Tom am Fenster von Lauras Zimmer eine Bewegung gesehen hat, wäre eine Gelegenheit gewesen, es ihm zu sagen. Schließlich hat er gefragt, ob ich Besuch habe. Und ich habe ihn wieder angelogen und wie schon auf die Frage nach der lauten Musik aus Sarahs Zimmer so getan, als wüsste ich gar nicht, wovon er spricht. Ich hätte einfach nur sagen müssen: „Nein, das sind meine zwei pubertierenden Töchter. Die eine verkriecht sich ständig in ihrem Zimmer und beobachtet uns hinter dem Vorhang und die andere treibt sich nur herum, raucht und zickt und hat die Musik auf volle Lautstärke gedreht. Ist doch kein Problem für dich, oder?" Wahrscheinlich hätte mich Tom hochkant aus dem Auto geworfen und wäre mit quietschenden Reifen davongefahren. Nein, ich hätte es ihm schon am Anfang erzählen müssen. Bei seinem ersten Besuch im Garten. Dann wäre es vielleicht gar nicht so weit gekommen mit uns. Vielleicht wäre das eh besser gewesen. Als ich mich von Laura und Sarah verabschiedet habe und ihnen mitgeteilt habe, dass mich Tom zum Honig Schleudern abholt, hat mir Laura einen bösen Blick zugeworfen und mich mit den Worten verabschiedet: „Das wird aber jetzt nicht dein

Freund, oder?" „Nein! Natürlich nicht! Tom hilft mir nur mit den Bienen", habe ich mich schnell herausgeredet und empört getan. Wahrscheinlich wäre eh alles viel zu schwierig. Die Mädchen und Tom, der wahrscheinlich noch nie ein Kind aus der Nähe gesehen hat.

Ich lege mir das Kissen auf den Kopf und drücke die Tränen weg, die wieder in meine Augen steigen. „Ruf ihn nochmal an", hatte mir Susanne geraten, als ich nach vier Tagen immer noch nichts von Tom gehört habe.

„Er hat schon mindestens zweihundertelf unbeantwortete Anrufe auf seinem Handy", habe ich geheult. „Er geht einfach nicht ran. Er schreibt auch nicht. Wenn er wenigstens sagen würde, was los ist." Susanne konnte nichts für mich tun, als immer neue Theorien zu konstruieren, warum bestimmt alles nur ein riesengroßes Missverständnis ist. „Vielleicht hat er sein Handy verloren?", vermutete sie. Diese Möglichkeit haben wir dann aber ausgeschlossen. Selbst wenn er sein Handy verloren hätte, hätte er schließlich vorbeikommen können.

„Vielleicht ist ihm was zugestoßen?", war Susannes nächste Vermutung.

Nachdem sie aber dann etwas später am gleichen Nachmittag rein zufällig an Toms Wohnung vorbeigefahren ist, fuhr gerade in diesem Moment ein VW-Bus vor. Susanne bezog hinter einem Baum heimlich Position und konnte beobachten, dass Tom und ein anderer Mann mit Kappe Toms Fahrrad, ein paar Kisten und eine Reisetasche einluden. Damit war nicht nur Susanne, sondern auch mir sofort klar, dass Tom abgereist ist. Sang- und klanglos nach Sardinien.

Ohne sich zu verabschieden. Ohne mir zu sagen, wie er unseren wunderbaren Tag bei der Obstbaumwiese empfunden hat. Ohne mir zu sagen, dass er mich liebt, dass er mich vermisst und dass er mich unbedingt wieder sehen will.

Tom

Die Wellen schlagen gegen die Felsen und das Meer glitzert in der Abendsonne. Sardinien ist wunderbar.

Vom Flughafen aus fahren die zukünftigen Touristen nur eine Stunde in Richtung Santa Teresa. Etwas abseits vom Ort liegt das Grundstück, zu dem das Gebäude, ein etwas heruntergekommener Pavillon und eine weitläufige sandige Fläche gehört, die sich fast bis zum Strand runter erstreckt. Vom Haus aus kann man über ein paar schmale Pfade zu Fuß zum fast weißen Sandstrand gehen. Das Wasser ist türkisblau und kleinere flache Felsen ragen ins Meer.

Als wir letzten Sommer zum ersten Mal hier waren, um uns einen Eindruck vom Grundstück zu verschaffen, hat Ralf die Felsen gleich auf Yogatauglichkeit getestet. Natürlich sind auch Yoga-Einheiten am Meer geplant. Auf den flachen Felsen finden locker zehn Kursteilnehmer Platz. Tagelang haben wir damals jedes Detail fotografiert, geplant, getüftelt und Ideen geschmiedet. Meine Hilfe ist jetzt vor allem im Bereich der Außenanlagen gefragt. Ralf möchte natürlich veganes Essen und Smoothies zum Frühstück anbieten. Was halt die Yoga-Community so wünscht. Deshalb wollen wir Obst und Gemüse anpflanzen, das aufgrund der heißen Temperaturen natürlich eine Bewässerungsanlage benötigt.

Seit unserer Ankunft arbeiten wir gemeinsam an Ralfs großem Traum.

Das Yoga-Hostel nimmt langsam Gestalt an und auch die Pläne für die Außenanlage werden inzwischen realisierbarer. Ein paar Einheimische unterstützen Ralf mit guten Kontakten und fleißiger Arbeit. In spätestens einem halben Jahr sollen die ersten Gäste einziehen.

„Auf geht's!" Ralf kommt mit dem Bike den sandigen Weg heruntergefahren und bremst knapp vor mir ab.

Ich schwinge mich ebenfalls auf mein Fahrrad, das ich an einen Baum angelehnt habe und schnalle den Helm unter meinem Kinn zu. „Wohin fahren wir heute?"

Ralf steigt ab und nimmt einen Schluck aus seiner Trinkflasche, die an dem Rahmen seines Bikes befestigt ist. „Ich zeige dir den Trail, den ich als „Einsteiger-Erkundungstour" anbieten will. Für die Gäste, die mit dem Biken in der Natur noch wenig oder keine Erfahrung haben. Für uns beide also eher eine Spazierfahrt." Er zwinkert mir zu.

Wir unternehmen jeden Tag nach Feierabend kurze Ausflüge in die Umgebung. Dabei entdecken wir immer wieder neue kleine Buchten mit türkisblauem Wasser und weißen Sandstränden, die sich meist hinter groben Felsformationen versteckt halten. Manchmal denke ich dabei an Tina und stelle mir vor, wie es wäre, mit ihr hier zu sein. Meist versuche ich aber, den Gedanken an sie zu verdrängen.

Wir schwingen uns auf die Bikes und fahren über sandige Wege und an trockenen Wiesen vorbei immer die Küste entlang. Immer mit Blick auf das Meer, das ruhig und glitzernd unter uns liegt. An einem Aussichtspunkt angekommen, halten wir und lehnen unsere Bikes an einen Baum. Wir werden mit einem filmreifen Sonnenuntergang belohnt. Wie hypnotisiert starren wir beide auf die rote Sonne, die noch ein paar Sekunden über dem Horizont hängen wird, bevor sie im Meer verschwindet.

„Wäre jetzt schöner, wenn du mit deiner Tina hier wärst, oder?" Ralfs Bemerkung trifft mich wie ein Hammerschlag. Ich habe erfolgreich versucht, gerade jetzt nicht an Tina zu denken. Da spricht er diese Gedanken laut aus.

Ich werfe Ralf einen wütenden Blick zu, gebe ihm aber keine Antwort.

„Ach kommt schon, Kumpel. Ich merke doch, dass du an sie denkst. Gib dir einen Ruck und ruf sie wenigstens an", schiebt Ralf nach.

„Und was soll das bringen?" Ich starre in die Ferne auf die rote Sonne, die gerade ins Meer eintaucht und das Wasser um sich herum in ein intensives Rot färbt.

Ralf legt mir kumpelhaft seinen Arm um die Schultern. „Tom, wir kennen uns jetzt schon eine Weile. Und dein Engagement für mich in Ehren. Aber ich sehe, dass du leidest. Diese Frau muss dir wirklich was bedeuten. Also tu es nicht nur für mich, sondern auch für dich. Ruf sie an und rede wenigstens mit ihr."

Ich starre weiter aufs Meer hinaus. „Ich weiß, worauf es hinauslaufen würde. Ich würde sie nur enttäuschen. Eine Frau wie Tina weiß, was sie will. Sie hat einfach so mit der Imkerei angefangen. Sie ist mutig. Und bodenständig. Ich meine, sie wohnt sogar in einem Haus."

Ralf lacht. „Und das ist natürlich ein Ausschlusskriterium für den freiheitsliebenden Tom, der schon seit Jahren an seinem ungebundenen Singleleben festhält?!"

Ralf hat den Nagel auf den Kopf getroffen. „Genau!", gebe ich in einem trotzigen Ton zur Antwort.

„Du bist fünfundvierzig Jahre alt. Irgendwann wirst auch du mal das Bedürfnis nach Bodenständigkeit haben. Glaub mir, so schlimm ist das gar nicht." Ralf verstummt und ich ahne, dass er an seine Familie denkt, die zerbrochen ist, als seine Kinder gerade mal aus dem Gröbsten raus waren. Ralf ist ein Familientyp. Er sehnt sich nach einer Frau und findet keine. Und ich will keine und finde eine. Das Leben ist ungerecht.

Wir stehen beide da und keiner sagt mehr was. Als die Sonne vollständig im Meer versunken ist, fahren wir zurück zum Hostel, in dem wir uns in zwei Zimmern notdürftig eingerichtet habe. Meistens schlafe ich ohnehin im Bus und hänge meinen Gedanken nach. Vielleicht hat Ralf ja recht und ich sollte sie anrufen. Aber was würde sie dazu sagen, dass ich mich nicht mal von ihr verabschiedet habe? Ich weiß, dass das nicht die feine Art ist. Ich würde mir das jedenfalls selbst nicht verzeihen. Dennoch … ich hatte nicht die richtigen Worte. „Tina, ich könnte keine bessere Frau als dich finden. Dass ich trotzdem verschwinde, hat nichts mit dir zu tun"? Oder aber: „Ich habe mich Hals über Kopf in dich verliebt. Noch ein Grund mehr für mich zu gehen"? Mir fehlen die Worte, um das zu beschreiben, was in mir vorgeht. Ich kann sie nicht anrufen. Besser wäre, ich würde mit ihr sprechen – live! Dann hätte ich die Möglichkeit, sie in den Arm zu nehmen und ihr zu erklären, dass ich kein Beziehungsmensch bin. Und schon gar keiner für solche großartigen Frauen wir Tina, die ihr Leben im Griff haben und wissen, was sie wollen.

***

Nach einer schlaflosen Nacht im Bulli steht mein Entschluss fest. Ich werde zurückfahren und Tina am Samstag besuchen. Ich werde nach den Bienen sehen. Schließlich habe ich ihr versprochen, hin und wieder vorbeizukommen und ihr mit den Völkern zu helfen. Zumindest könnten wir nachsehen, ob die Bienen in den letzten drei Wochen die leergeschleuderten Waben wieder mit Honig befüllt haben. Wir könnten überlegen, wann wir Ende Juli den Waldhonig schleudern wollen. Ich muss an den Tag denken, an dem wir den Blütenhonig geschleudert haben und an das, was davor passiert ist. Ich denke an Tinas weiche Haut, die ich gespürt habe, als wir in der Wiese lagen und uns leidenschaftlich gegenseitig die T-Shirts ausgezogen haben, an das plötzlich einsetzende Gewitter, das uns völlig durchnässt hat und daran, wie Tina in meinem übergroßen T-Shirt in meiner Küche stand und mit mir gemeinsam den Honig geschleudert hat. Wir beide zusammen. Fast mein ganzes Leben lang habe ich nur für mich selbst gesorgt. Die kurze und einzige Beziehung nach dem Studium mit Claudia hat mich leider zu keinem besseren Menschen gemacht.

Seufzend richte ich mich auf meiner Pritsche auf. Mein Blick fällt auf die Kaffeedose, die in meiner offenen Reisetasche obenauf liegt. Ich öffne die Dose und sehe mir zum hundertsten Mal die kleinen Anhänger an. Ich kenne jeden – das Kleeblatt, den Bär, die kleine Babyflasche und den Ring. Außerdem ein Buch, ein Kuchen und ein Herz. Mir wird bewusst, dass ich nichts von Tina weiß. Ich kann mir auf keinen einzigen Anhänger einen Reim machen – außer darauf, dass das Buch wahrscheinlich bedeutet, dass Tina gerne liest. Ich weiß, ich muss mich entscheiden. Ob ich Tina kennenlernen will oder sie für immer aus meinen Gedanken streichen möchte.

***

Zwei Tage später sitze ich im Bus und fahre Vollgas auf der Autobahn zurück nach Deutschland. Auch die Nacht auf der Fähre wurde zur schlaflosen Nacht. Meine Gedanken drehen sich nur um Tina. Sie weiß nicht, dass ich komme. Ich möchte sie überraschen. Einfach klingeln, sie die Haustüre öffnen sehen und ihren Blick deuten. Wie wird sie reagieren?

Das Armband liegt in der Kaffeepad Dose neben mir auf dem Beifahrersitz. Vielleicht gebe ich es ihr? Ich öffne das Handschuhfach und werfe die Dose hinein. Ich bin noch nicht sicher, wie und wann ich ihr das Armband zurückgeben soll. Und auch nicht, was ich dazu sagen soll. *Tina, ich habe dein Armband gefunden. Ich weiß, es ist dir sehr wichtig und du vermisst es schon. Ich habe dich trotzdem im Glauben gelassen, du hättest es verloren, nur um es bei mir zu haben. Um dir damit näher zu sein.* Was soll sie dazu sagen? Tina hat keinen Grund, mir die Chance zu geben, mich zu erklären.

Dieser Gedanke schießt mir durch den Kopf, als ich am frühen Nachmittag vor Tinas Haustüre stehe und wie in meiner kühnsten Vorstellung auf den Klingelknopf drücke.

Zuerst höre ich nichts und befürchte schon, Tina könnte nicht zu Hause sein. Dann höre ich doch etwas näherkommen und sie öffnet die Tür. Trotz Jogginghose und T-Shirt sieht sie bezaubernd aus. Die Haare hat sie auf dem Kopf zu einem verwurstelten Vogelnest aufgetürmt und mit einem Haarband wild zusammengeknotet. An den Händen trägt sie Gartenhandschuhe. Wahrscheinlich war sie gerade im Garten beschäftigt.

Wir stehen uns wortlos gegenüber und ich überlege, was ich sagen soll. Tina zieht sich langsam die Gartenhandschuhe aus und sieht mir dabei in die Augen. Ich kann ihren Blick nicht deuten.

„Ich hole dich ab. Zu einem Wochenendtrip an den Gardasee", höre ich mich sagen und wundere mich selbst über meine spontane Idee.

Sie zieht die Augenbrauen nach oben. „Zum Gardasee? Interessant! Tja, leider bin ich gerade mit den Bienen beschäftigt, Herr Heigl. Mein Imkerpate ist mir kurzfristig abhandengekommen, so musste ich mir einen neuen besorgen!" Im Hintergrund höre ich eine männliche Stimme und noch bevor ich grübeln kann, wer das sein könnte, taucht hinter Tina Klaus auf.

„Hey Tom, was machst du denn da? Ich dachte, dich hat´s nach Sardinien verschlagen", sagt er und drückt sich an Tina vorbei, um mich mit Handschlag zu begrüßen.

Ich schlage ein und wende meinen Blick nicht von Tina. Die verschränkt die Arme und scheint sich über den Triumpf zu freuen.

„Ich äh … ich wollte Tina mit den Bienen helfen", stottere ich herum und werde rot. Am liebsten würde ich mich auf der Stelle umdrehen und das Weite suchen. Warum ist er bei ihr im Haus und warum bewegt er sich scheinbar selbstverständlich darin? Ist Tina jetzt mit Klaus zusammen?

„Und ich dachte schon, du lässt so eine wunderschöne Frau und begabte Imkerin einfach hängen", sagt er und zwinkert Tina zu. Die schenkt ihm ihr schönstes Lächeln und antwortet: „Danke für das Kompliment! Ich gebe mein Bestes!"

Jetzt reicht es mir aber! Ich drängle mich an Klaus vorbei, gehe einen Schritt auf Tina zu und sage: „Ich möchte dir die Imkerei meines Cousins zeigen. Wenn du willst, fahren wir gleich los!" Tina und Klaus werfen sich einen verwunderten Blick zu.

„Ist das dein Ernst?", fragt Tina und schaut mich ungläubig an. „Du tauchst hier einfach wieder auf, nachdem du dich drei ganze Wochen nicht gemeldet hast, und willst mit mir zum Gardasee fahren? Einfach so?" Klaus und Tina sehen mich an, als ob ich eine Reise auf den Mond vorgeschlagen hätte. Anscheinend begreift Tina gerade, dass mein Angebot ernst gemeint war. Sie steht immer noch mit verschränkten Armen an der Haustüre und ich wie ein begossener Pudel davor. Klaus fasst sich als Erster. „Ich gehe wohl besser", sagt er und zieht seinen Auto-schlüssel aus der Hose. „Anscheinend werde ich jetzt doch nicht mehr gebraucht!"

Klaus der alte Bock! Was hatte der hier überhaupt zu suchen.

Erst überredet er Tina mit seinem charmanten Lächeln dazu, sich Völker zuzulegen, dann zwingt er mich, ihr als Imkerpate zu helfen und jetzt will er sich doch reindrän-gen und macht mit Tina auf schön Wetter. Jetzt, wo ihn kein Mensch mehr hier braucht! Wahrscheinlich sehe ich Klaus so wütend an, dass er fragend die Augenbrauen hochzieht und mit den Schultern zuckt. Dann dreht er sich um und sagt über die Schulter, ohne sich nochmal richtig umzudrehen: „Typisch Heigl. Kommt und geht, wann er will!" Ich ignoriere seinen Kommentar und wende mich Tina zu. Die tritt von einem Bein auf das andere und wirkt nervös und unsicher. Ich gehe noch einen Schritt auf sie zu und Tina weicht nicht zurück. Wir stehen jetzt ganz nah voreinander.

„Wo warst du?" flüstert sie und Tränen glitzern in ih-ren Augen.

„Es tut mir leid, Tina. Ich konnte nicht anders. Aber ich habe so viel an dich gedacht. Ich musste dich einfach se-hen. Wenn du magst, fahren wir jetzt sofort zum Gardasee. Und auf dem Weg dahin erzähle ich dir von Sardinien. Und von mir."

Tina

Oh Gott! Er ist es! Nein! Jede Nacht in den letzten drei Wochen bin ich wachgelegen und habe verschiedene Varianten unseres Wiedersehens durchgespielt. Aber nie endete die Szene so. Einmal läuft er mir beim Einkaufen über den Weg, ein anderes Mal besuche ich einen Imkerkurs, auf dem ich ihn wiedersehe, weil er für Klaus eingesprungen ist. Ein anderes Mal mache ich rein zufällig Urlaub auf Sardinien und treffe im Wasser beim Tauchen auf ihn. Es wäre möglich. Ich meine, ich hätte das Internet nur nach neuen Yoga-Hostels auf Sardinien absuchen und rein zufällig einen Urlaub dort buchen müssen. Aber dass er einfach vor meiner Haustüre steht, damit hätte ich im Leben nicht gerechnet! Für jede andere Situation habe ich mir die passenden Worte zurechtgelegt. Aber nicht für diese! Und schon gar nicht für eine Einladung an den Gardasee.

Komm schon, Tina! Knall ihm die Türe vor der Nase zu. Du willst ihn doch gar nicht mehr sehen. Oder doch? Aber dann war da dieses Wörtchen „wir". Tom sagte, dass *wir* gemeinsam zum Gardasee fahren, wenn ich das möchte. Ich komme mir augenblicklich so umsorgt und begehrt vor, als Tom so vor mir steht und mich mit bettelnden Augen ansieht. Ich kann es in seinen Augen lesen. Dass ihm sein Verhalten wirklich leidtut. Ich möchte ihm eine Chance gebe. Und mehr über ihn erfahren und am ihn liebsten noch hier an Ort und Stelle zu Boden küssen. Stattdessen tue ich so, als müsste ich mich überwinden und merke, dass mein inneres Engelchen noch gegen das Teufelchen kämpft, das jubelt und Freudentänze vollführt, weil ich gleich mit Tom im Bus an den Gardasee fahren werde. Das Engelchen in mir protestiert immer noch und versucht, an meine Vernunft zu appellieren. Komm schon Tina, erst verzupft er sich sang- und klanglos, dann taucht er plötzlich ohne eine vernünftige Erklärung wieder auf und du springst gleich? Hat man dir denn kein bisschen Emanzipation beigebracht?

Ich beschließe, dass Engelchen in dem Fall verliert und flitze ins Schlafzimmer, um meine Tasche zu packen. Wir haben nur bis morgen Abend Zeit – bis Sarah und Laura wieder heimgebracht werden. Und es ist schon Samstagnachmittag! Als ich am Spiegel vorbeikomme, bemerke ich erst, dass ich schon wieder mein Wochenendoutfit anhabe. Bei Klaus war mir das egal. Für den habe ich die Jogginghose nicht gewechselt. Jetzt ziehe ich mir ein sommerliches Kleid über und schmeiße wahllos meine besten Outfits in die Reisetasche. So könnte ich locker eine Woche verreisen. Egal, Tom steht an der Haustüre und ich möchte vermeiden, dass er ins Haus kommt und am Ende noch die Zimmer der Mädchen entdeckt. Oder die Schulbücher, die mal wieder im Wohnzimmer herumliegen.

„Habs gleich", flöte ich die Treppe hinunter, während ich ins Badezimmer laufe und aus dem Badschrank noch schnell die Zahnbürste und das Deo hole.

Als ich völlig außer Atem unten an der Treppe ankomme, ist Tom weg. Nicht schon wieder! schießt es mir in den Kopf, als ich sehe, dass sein Bus noch dasteht.

Da höre ich hinter mir ein Räuspern. Ich schieße herum und sehe Tom hinter mir am Telefontischchen stehen. In der Hand hält er die „Mama, ich hab dich lieb!"-Tasse. Ich habe sie dort abgestellt, als Tom geklingelt hat und ich die Haustüre öffnen musste. Eigentlich hatte ich vor, für Klaus und mich einen Kaffee zu machen. Tja, dazu kam es dann ja nicht mehr. Ich schlucke schwer und meine Kehle fühlt sich ganz trocken an. „Ich bin … Mama!", stammle ich. „Ich wollte es dir die ganze Zeit sagen. Aber ich …". Mir fällt keine richtige Begründung ein, außer die Wahrheit, die ich ihm aber nicht sagen will. Tom steht einen Moment wie erstarrt. Dann runzelt er die Stirn. „Moment. Wie viele Kinder hast du?"

„Zwei Töchter. Wir sind getrennt. Mein Ex-Mann und ich. Die Tasse hat mir meine jüngere Tochter zum Muttertag geschenkt. Sie ist zwölf. Meine ältere Tochter ist fast sechzehn." Ich komme mir vor wie bei der Beichte in der dritten Klasse vor der Erstkommunion. Schade nur, dass es hier keinen Vorhang und keine Fensterscheibe gibt, die mich davor bewahren, Tom in die Augen schauen zu müssen. Überraschend huscht wider Erwarten ein Lächeln über Toms Gesicht. Kaum hörbar flüstert er zwei Worte, die ich nicht richtig verstehe.

„Wie bitte?", frage ich nach und senke dann den Kopf. Ich warte darauf, dass sich Tom umdreht und geht. Wer will schon mit einer Lügnerin an den Gardasee fahren? Aber Tom macht keine Anstalten zu gehen. Er geht auf mich zu und legt mir die Arme auf meine Schulter. Ich wage nicht, den Kopf zu heben und ihn anzusehen.

„Tina, wir waren beide nicht ganz ehrlich zueinander. Du hast mir nicht von deinen Töchtern erzählt und ich habe dir nicht erzählt, was in mir vorgeht. Bitte lass es uns noch einmal versuchen. Diesmal ehrlich! Versprochen! Versprochen?" Tom hebt mein Kinn, so dass ich ihm in die Augen blicken muss. Dann küsst er mich lange und zärtlich. Ich ziehe die Haustüre hinter mir zu.

Tom

„Babyflasche und Bär", ist mir rausgerutscht, als mir Tina gestanden hat, dass sie zwei Töchter hat. Zum Glück hat sie das nicht so genau gehört, denn dann hätte sie vielleicht doch darauf schließen können, dass ich ihr geliebtes Armband habe. Meine Erleichterung darüber, zumindest für zwei der sechs Anhänger auf ihrem Armband eine Erklärung zu haben, war größer als der Schock darüber, dass Tina Kinder hat. Ich hatte noch nie eine Freundin mit Kindern. Okay, ich hatte kaum längere Beziehungen. Meistens waren es einmalige Bettgeschichten. One-Night-Stands wie man so schön sagt. Jedenfalls habe ich mit Kindern so gar keine Erfahrung. Gleichzeitig bin ich froh, dass Tinas Kinder nicht mehr klein sind. Ich kann davon ausgehen, dass sie nicht das Bedürfnis haben, mit dem Freund der Mutter Fangen oder Verstecken zu spielen. Ich werde mich also nicht als guter Stiefvater präsentieren müssen. Denn ich weiß leider gar nicht, wie es überhaupt geht, ein guter Vater zu sein, da ich selbst keinen hatte.

Meiner hat das Weite gesucht, als es ernst wurde. Ernst mit mir, mit Familie und Verantwortung. Und meine Mutter, die hat versucht, sich mit Alkohol wenigstens ein gutes Gefühl zu verschaffen. Ich kann es selbst nicht glauben, dass ich das alles Tina erzähle.

„Ich habe das noch nie jemandem erzählt, das mit meinen Eltern, meine ich", sage ich, als wir im offenen Kofferraum meines Bulli sitzen und auf den Gardasee hinausschauen. In fast den gleichen Sonnenuntergang, wie der, den ich auf Sardinien mit Ralf gesehen habe. Nur dass die Sonne heute nicht im Meer, sondern in der Weite des Gardasees versinkt. Tina streicht mir über die Backe.

„Danke, dass du es mir erzählt hast. Das erklärt für mich einiges."

Ich schaue sie fragend an. „Wie meinst du das?"

„Na, dass du einfach verschwunden bist, als es mit uns ernst wurde. Alles, was wir als Kind erleben, prägt uns schließlich auch als Erwachsene. Manchmal verhalten wir uns genauso wie unsere Eltern. Auch wenn wir als Kinder gedacht haben, dass wir das niemals tun würden." Ich sage nichts und schaue Tina von der Seite an.

„Und du? Durch welche Erlebnisse bist du geprägt, Tina?" Die meiste Zeit der Autofahrt in Richtung Gardasee habe ich geredet. Habe Tina von Sardinien erzählt und wie weit die Baustelle fortgeschritten ist, von meiner Leidenschaft, dem Imkern, und von meiner Arbeit im Architekturbüro. Tinas Bericht war nicht ganz so ausführlich. Nur von ihren Töchtern hat sie einiges erzählt. Und von ihrem Ex-Mann Christian, der ein ziemlicher Lahm-Arsch sein muss. Ich sehe Tina an, die noch immer in die untergehende Sonne blickt. Ich denke erst, sie hätte meine Frage nicht gehört. Dann sehe ich eine Träne über ihre Wange laufen. Ich erschrecke und lege schnell meinen Arm um ihre Schulter. „Hey, nicht weinen. Du musst nichts sagen, wenn du nicht willst."

Ich spüre, wie ein tiefes Schluchzen aus Tina dringt. Dann schmiegt sie sich enger an meine Schulter. „Mein Herz", sagt sie. „Mein Bruder war mein Herz. Herzbruder. Er ist tot." Tinas Stimme verstummt. Ich frage nicht weiter nach und lasse Tina weinen. Ich bin etwas überrascht von Tinas plötzlichem Gefühlsausbruch. Gleichzeitig spüre ich, dass Tina mir etwas erzählt, was für sie unglaublich belastend sein muss. Dann erzählt sie mit stockender Stimme weiter. „Jan, mein Bruder. Er war damals 6 Jahre alt. Es ging alles ganz schnell. Ich war nur zwei Jahre älter, aber wenn ich an den Tag denke als es passiert ist, ziehen die Bilder wie in Zeitlupe an mir vorbei." Ich streichle Tina über den Kopf und warte, bis sie weiterspricht.

„Das Fahrrad auf der Straße. Das sah aus, als ob es ein Riese zwischen den Fingern einfach zusammengedrückt hätte. Der LKW, der ein paar Meter weiter vorne in der Straße mit blinkenden Lichtern seitlich am Straßenrand stand. In unserer kleinen Straße, in der normalerweise nie so ein großes Auto durchfuhr. Meine Mutter stand schreiend auf dem Gehweg und rührte sich nicht von der Stelle. Sie schrie und schrie immer nur. Und ich. Ich kam gerade aus der Haustüre, als die Nachbarin zu mir gestürmt kam und mir schnell die Augen zuhielt." Tina hält inne und kramt in ihrer Handtasche. Ich finde in der Tasche neben mir eine Packung Taschentücher und halte sie ihr hin. Tina schnäuzt und erzählt weiter.

„Danach habe ich keine Erinnerung mehr, was genau an diesem Tag weiter passiert ist. Meinen Bruder habe ich nie mehr gesehen. Ein paar Erinnerungsfetzen von der Beerdigung habe ich noch, von der man mich am liebsten ferngehalten hätte. Ich durfte nur dabei sein, weil sich meine damalige Klassenlehrerin dafür eingesetzt hat und meiner Mutter erklärt hat, dass Abschiednehmen wichtig ist für Kinder."

Ich traue mich kaum zu atmen. Noch nie hat mir jemand so etwas persönliches anvertraut. Tina schweigt ein paar Minuten und scheint völlig in Gedanken versunken, ehe sie weiter erzählt. „Seitdem gab es bei uns nur noch eine große dunkle Wolke und keinen Platz für ehrliche Gefühle. Ich habe immer versucht, es meinen Eltern recht zu machen und sie wieder zum Lachen zu bringen." Tina schnäuzt nochmal und lächelt mich mit feuchten roten Augen an.

Mir wird augenblicklich heiß und kalt gleichzeitig. Mir fällt der Herzanhänger an Tinas Armband ein und mir wird klar, dass das Herz eine Erinnerung an ihren Bruder Jan ist. Sie hat „Herzbruder" gesagt. Ich bin immer noch nicht ehrlich zu Tina und ich komme mir plötzlich unglaublich schlecht vor. Ich habe ihr Armband mit all ihren Erinnerungen. Und ich muss es ihr zurückgeben. Ich schlucke den großen Kloß in meinem Hals herunter. Ich werde ihr das Armband geben. Bald. Ich weiß nur noch nicht wann und wie.

Am nächsten Tag wachen wir eng umschlungen auf der provisorischen Matratze im hinteren Teil meines Bullis auf. Damals, auf meiner Andalusienreise war der Bulli meine zweite Heimat. Heute fühlt es sich mehr als nur eine zweite Heimat an. Eher wie Heimat. Richtige Heimat. Ich fühle mich angekommen und vermute, dass es an der wunderbaren Frau liegt, die neben mir mit ihren verstrubbelten Haaren liegt und mich anlächelt.

„Guten Morgen, Bienenkönigin", begrüße ich sie mit einem langen Kuss.

Tina schmiegt sich an meine Brust. „Guten Morgen, König der Imker!"

Ich lache. „So hat mich noch niemand genannt!"

„Ich brauche einen Kaffee", gähnt Tina und rappelt sich auf der Matratze auf. Die letzte Nacht war für uns beide sehr intensiv. Wir haben noch stundenlang geredet und kaum geschlafen. Mit jeder persönlichen Geschichte von Tina fühle ich mich mehr mit ihr verbunden.

Ich ziehe mir mein T-Shirt über. „Ich kenne ein Café. Ein richtiges Italienisches. Der Kaffee wird dich umhauen! Komm, ich lade dich ein, hübsche Frau", sage ich.

Kurze Zeit später sitzen wir im „Punta Lido" und schlürfen aus den kleinen weißen Espressotassen leckeren Espresso. Der Gardasee glitzert in der Junisonne und am gegenüberliegenden Ufer ragen noch die letzten Ausläufer der Alpen in den See hinein. Tina blinzelt mich durch die Sonne an.

„Du hast mich so überrascht mit deinem Italien-Trip, dass ich nicht mal an eine Sonnenbrille gedacht habe."

Ich rühre in meinem Espresso. „So sehe ich besser in deine wunderschönen Augen", sage ich und mir fällt ein, dass ich mir ein Kompliment zu Tinas Augen eigentlich verkneifen wollte. Tina grinst schief und findet es wohl tatsächlich abgedroschen.

„Weißt du, wovon ich schon immer geträumt habe?", fragt sie.

„Bestimmt verrätst du es mir gleich", sage ich und lehne mich nach vorne zu ihr.

Tina sticht mit dem Löffel ein Stück von dem Tiramisu ab, das sie für uns beide bestellt hat und schiebt mir ein Stück davon in den Mund. „Von einem Café", sagt sie. „Ich träume schon immer davon, ein eigenes Café zu haben."

„Und warum hast du keines?", frage ich mit halbvollem Mund und denke an den Muffin-Anhänger an ihrem Armband. Ob der wohl dafür steht? Für ihren Traum von einem Café?

Tina schaut mich entgeistert an. „Na, weil meine Eltern wollten, dass ich etwas Vernünftiges lerne. Naja, und dann habe ich geheiratet und die Kinder kamen. Wann hätte ich ein Café eröffnen sollen? Und das habe ich nun davon. Einen stinklangweiligen Job! Und kein eigenes Café!" Tina verzieht ihr Gesicht zu einer Grimasse.

Ich nehme ihre Hand und sehe sie eindringlich an. „Verwirkliche deine Träume, Tina! Dafür ist es nie zu spät. Für diesen Mut bewundere ich meinen Freund Ralf. Er hat auch schon lange von seinem Yoga-Hostel geträumt. Jetzt hat er sich diesen Traum erfüllt und lässt sich von nichts abschrecken."

Tina legt ihre andere Hand auf meine und seufzt. „Vielleicht hast du recht. Manchmal braucht man einfach nur Mut."

„Du bist eine mutige Frau. Sonst hättest du nicht einfach so mit dem Imkern begonnen und hättest dir hunderttausende weitere hungrige Mitbewohner in deinen Garten geholt."

Sie lächelt mich an. „Danke. Du bist süß! Aber jetzt verrate mir doch endlich mal, warum wir überhaupt an den Gardasee gefahren sind. Du sagtest irgendetwas von der Imkerei deines Cousins?"

Ich lehne mich zurück und merke, dass ich mich freue, diese Geschichte zu erzählen. „Mein Onkel hat mich zur Imkerei gebracht. Schon als kleiner Junge durfte ich immer zusehen, wenn er und mein Cousin Enno an den Bienenstöcken gearbeitet haben. Später hat mein Cousin eine Italienerin kennen gelernt - Francesca. Sie sind hierher gezogen – ganz in die Nähe von Limone – und betreiben etwas weiter oben in den Bergen eine kleine Imkerei. Enno ist ein paar Jahre älter als ich. Als ich etwas älter war, habe ich ihn und seine Frau Francesca öfter mal besucht. Vor allem später, während der Semesterferien war ich oft in der Imkerei, um den beiden zur Hand zu gehen."

Tina nickt interessiert und lächelt, als ich meinen Bericht abschließe und sage: „Ich möchte, dass du sie kennenlernst. Meine Familie."

***

Kurze Zeit später führt uns der mir so vertraute Weg hinauf in die Berge, vorbei an den bunten Häusern und Zypressen unten am See, über kurvige trockene Wege hinauf in den kleinen Ort Vesio, bis wir etwas außerhalb des Ortskernes neben dem kleinen Natursteinhaus halten, das Enno in liebevoller Arbeit gemeinsam mit seiner Frau vor Jahren wieder hergerichtet hat. Im Sommer beherbergen die beiden manchmal Feriengäste. Heute scheint außer uns aber niemand hier zu sein. Alles wirkt verlassen und vollkommen ruhig, als wir aus dem Bus steigen.

„Hörst du das?", sagt Tina und bleibt wie angewurzelt stehen, als sie die Autotür hinter sich zugeworfen hat.

„Was?", frage ich und bleibe ebenso wie versteinert stehen.

Tina deutet mit dem Zeigefinger in den Himmel. „Ich kann sie schon hören. Die Bienen! Es scheinen Tausende von ihnen unterwegs zu sein." Dann geht sie in die Hocke und betrachtet eine Blume, die am Rande der Kiesfläche wächst. Auf der Blüte sitzt eine Biene.

„Das ist der Grund, warum ich so gerne hier bin. Hier kann man die Natur noch hören", sage ich und wir lauschen beide einen Moment dem Summen der Bienen, das tatsächlich in der Luft liegt.

In diesem Moment höre ich Enno die schwere Holzhaustüre öffnen und rufen. „Was für eine Überraschung! Tom! Wie lange haben wir uns nicht mehr gesehen!"

Enno kommt strahlend auf uns zu und streckt seine Arme dabei aus, als würde er uns gleich beide gleichzeitig umarmen wollen. „Und wen hast du denn da mitgebracht? Herzlich Willkommen bei uns in der Imkerei „L ápe d´oro""

Während ich mit Tina an der Hand Enno entgegengehe, erkläre ich ihr: „„L ´ape d´oro" bedeutet „Die goldene Biene" und ist ein Honigpreis, der in Italien an die besten italienischen Honige vergeben wird. Als Enno vor Jahren den Preis gewonnen hatte, nannte er seine Imkerei danach."

Enno lacht über meine Erklärung, die er gehört hat und wir fallen uns in die Arme. Unser Wiedersehen ist genauso herzlich, wie ich es mir vorgestellt habe. Enno und

Francesca, die nach Enno ebenfalls aus dem Haus herauskommt, begrüßen Tina wie eine alte Freundin. Wir werden von den beiden mit Limoncello und Keksen verwöhnt.

Anschließend führt Enno Tina und mich zu den Bienenstöcken, die seit meinem letzten Aufenthalt an eine andere Stelle umgezogen sind. „Der Standort scheint besser zu sein. Das Flugloch ist jetzt gegen Norden gerichtet. So bleiben sie länger ungestört in den Beuten", erklärt Enno und führt uns im neuen Bienenareal herum. Auf der Lichtung zwischen Zypressen und Pinien stehen um die zwanzig buntbemalten Beuten.

Tina hängt Enno förmlich an den Lippen, als dieser berichtet, dass die Bienen am alten Standort im Frühling zu früh ausgeflogen sind und deshalb starke Flugvolkverluste erlitten haben. Die Sonne habe zu stark aufs Flugloch geschienen und den Bienen das Signal gegeben, es sei schon warm genug. Fast schon werde ich etwas eifersüchtig auf Enno, aber dann nimmt mich Tina an der Hand und ich sehe das Glitzern in ihren Augen.

„Danke, dass du mich an diesen wunderbaren Ort gebracht hast, Tom", flüstert sie mir ins Ohr und drückt meine Hand, als wir auf einem anderen Weg Hand in Hand zum Haus zurück gehen, wo Francesca auf uns wartet. „Danke, dass ich mit dir hier sein darf", flüstere ich zurück und wir bleiben gleichzeitig stehen, weil sich uns plötzlich nach einer Kurve ein atemberaubender Ausblick bietet. Unter uns glitzert der Gardasee in tiefem Blau. Kleine weiße Segelschiffe sind wie weiße Punkte darauf zu sehen. Um uns herum hören wir das Summen der Bienen, das Zirpen der Grillen in der Mittagssonne und das Zwitschern der Vögel. Enno bleibt neben uns stehen und mustert uns beide. Dann sagt er: „Ihr seid ein schönes Paar. Das wird gut, mit euch beiden!"

Tina

„Die Kekse sind einfach lecker", schwärme ich, als ich schon zum fünften Mal in den Keksteller greife, den Francesca auf den Tisch gestellt hat. Nach jedem Keks nehme ich mir vor, mich zusammenzureißen und ermahne mich innerlich, dass es nun der Letzte war. Aber das hilft nichts. Denn Francesca erscheint auf der Terrasse und serviert schon das nächste Tablett, auf dem wieder allerhand Köstlichkeiten stehen.

Francesca stellt das Tablett auf den Tisch und balanciert in der anderen Hand noch eine Espressotasse, die sie mir vor die Nase stellt. „Buon appetito! Lascia che ti assagi!", sagt sie.

„Guten Appetit! Lasst es euch schmecken!", übersetzt Enno für uns und reibt sich mit Blick auf die reichlich gefüllten Teller auf dem Tablett die Hände. „Leckeres Honig-Zitronen-Eis! Das ist Francescas Spezialität. Und die Honigwaffeln habe ich heute Morgen gebacken. Das ist meine Spezialität. Damit verwöhne ich meinen Schatz jeden Morgen. Greift zu." Enno streicht Francesca liebevoll über den Rücken. Wir lassen uns das nicht zweimal sagen und greifen zu. Als alle Teller leer sind, fühle ich mich wie einer der Felsbrocken, die hier in höherer Lage in der Landschaft herum liegen. Ich habe mich schon lange nicht mehr so zufrieden und glücklich gefühlt. Mit Tom an meiner Seite, in so einer malerischen Landschaft, mit netten Menschen und leckerem Essen. Ein perfekter Moment! Den Gedanken, dass in ein paar Stunden die Mädchen nach Hause gebracht werden und wir deshalb unbedingt aufbrechen sollten, möchte ich am liebsten verbannen, die Zeit anhalten und mit Tom hier bleiben. Seit wir hier am Gardasee sind, fühlt sich alles so leicht und unbeschwert an.

Nachdem ich mir ein letztes Stückchen von der Honig-waffel in den Mund schiebe, frage ich Francesca nach dem Rezept. Sie versteht mich nicht richtig und Enno übersetzt. Francesca verschwindet im Haus und kommt kurze Zeit später mit einem kleinen Notizzettel wieder heraus.

„Waffle di miele", sagt sie, als sie mir den Zettel über-reicht.

„Was bestimmt „Honigwaffel" heißt!", kombiniere ich richtig und alle lachen.

Als wir wieder im Bus sitzen und in Richtung Heimat auf der Autobahn dahinfahren, kommt mir plötzlich eine Idee. Ich hadere ein paar Minuten, ob ich sie laut ausspre-chen möchte und überlege erst, ob es sich nicht gerade nur einfach um eine Laune handelt. Ein Urlaubsgefühl, das man hat, wenn man völlig losgelöst vom Alltag auf die dümmsten Gedanken kommt. Dann entschließe ich mich doch, es Tom zu sagen.

„Du, Tom?"

„Hmmm?" Tom zieht die Augenbrauen nach oben und sieht mich fragend an. Ich hole tief Luft und sage es dann schnell, damit ich es mir nicht wieder anders überlegen kann.

„Wie wäre es, wenn wir beide gemeinsam auch solche leckeren Honigwaffel backen? Und Honig Eis? Aus unse-rem eigenen Honig! Honigwaffeln, Honigeis, vielleicht auch Kuchen ... So wie Francesca und Enno. Sie wirken so glücklich, die beiden."

Toms Gesicht bleibt unverändert und ich kann seinen Blick nicht deuten. Ein paar Sekunden ist er still, dann sagt er: „Du meinst, die Liebe geht durch den Magen?"

„Oder umgekehrt? Der Magen spürt, wieviel Liebe im Kuchen steckt?"

„Und von dieser Zutat haben wir beiden ja ganz viel – zusätzlich zum Honig, stimmts?" Tom lächelt mich an und in seinen Augen spiegelt sich unendlich viel Ehrlichkeit.

Ich nicke und wir werfen uns einen tiefen sehnsuchtsvollen Blick zu. Tom hat das Wort „Liebe" benutzt. Mir wird ganz warm ums Herz und ich vermisse ihn jetzt schon, wenn ich daran denke, dass sich unsere Wege wahrscheinlich bald wieder trennen müssen. Tom muss bestimmt wieder nach Sardinien zurück. Und ich in den Alltag. Ohne Tom. Wir schweigen. Ich sehe mir das Rezept von Francesca genau an und streiche mir über mein Handgelenk, an dem einmal mein geliebtes Armband war. Der Muffin daran sollte damals der Beginn meines Traumes von einem eigenen Café sein.

Als mir Christian den Muffin zu meinem 30. Geburtstag geschenkt hat, habe ich ihm meinen Traum erzählt. Ich habe meinen ganzen Mut zusammengenommen, tief Luft geholt und bin rausgerückt mit meiner Idee. Damals hätte ich die Chance gehabt, mein Lieblings Café in der Stadt zu mieten und von der Verwaltungsfachangestellten zur Cafébesitzerin zu werden. Ich hätte von heute auf morgen meinen Job im Bauamt gekündigt und hätte den Schreibtisch gegen die Kuchentheke eingetauscht. Die Idee stand genau eine Stunde im Raum, bis mir Christian eine DINA4-Seite voll Zahlen vorgelegt hat, die beweisen sollten, dass das Ganze ein Minusgeschäft sein würde und damit eine völlige Schnapsidee ist. Seitdem begnüge ich mich damit, mir hin und wieder in genau diesem Café nach der Arbeit mit einer meiner Freundinnen einen Cappuccino zu gönnen. Dort hat inzwischen eine andere Cafébesitzerin ihr Glück gefunden. Holly nennt sie sich. Mehr weiß ich nicht über sie, außer dass sie sehr viel lacht und immer eine

kleine schwarze Schürze trägt, auf der „Chefin der Kuchen" steht.

Ich seufze und schaue aus dem Fenster. Die blau-wei-
ßen Autobahnschilder flitzen vorbei und ziehen blau-
weiße Schlieren in den Abendhimmel dahinter.

Das Waffelrezept von Francesca … ein einfaches Waffelrezept mit Honigbeigabe. Gar nicht schwer. Ich schließe
die Augen und lasse noch einmal die letzten beiden Tage
Revue passieren. Es ist so viel passiert, dass ich mich anstrengen muss, die Ereignisse zu rekonstruieren und darüber nachzudenken.

Ich habe zumindest noch gar nicht bewusst entschieden, ob ich Tom eine Chance geben will oder nicht. Mein
Herz hat es einfach für mich entschieden. Gestern. Als er
vor meiner Türe stand und gefragt hat, ob *wir* zum Gardasee fahren wollen. Ich glaube, ich bin süchtig nach dem
Wörtchen *wir*.

Bei Christian und mir gab es das nie. Wir hatten keine
Gemeinsamkeiten und auch so gut wie nie was zusammen
unternommen. Mit Tom dagegen habe ich jetzt schon mehr
zusammen gemacht als mit Christian in den letzten Jahren
unserer Ehe. Ich kann nicht glauben, dass ich mich Tom so
nah fühle, obwohl wir uns noch gar nicht lange kennen.

Gestern stand ich noch von Liebeskummer gebeutelt im
Garten und hab mit Imker Klaus Vorlieb genommen, der
mir glücklicherweise geholfen hat, die Waben zu prüfen.
Wir mussten schauen, ob die Bienen die leergeschleuderten Waben bereits wieder mit Honig befüllt haben. Kurz
nach dem Schleudern des Blütenhonigs bei Tom hat es
nicht danach ausgesehen, als ob die Bienen ihre Arbeit
wieder aufnehmen wollen. Kurzzeitig hatte ich schon be-

fürchtet, ich hätte sie mit meinem Liebeskummer angesteckt und sie würden genauso untätig und lustlos herumsitzen wie ich. Dann aber habe ich mir doch ein Herz gefasst und Klaus angerufen, der sofort zur Stelle war. Klaus hat mir erklärt, dass ich Waben aus dem Brutraum in den Honigraum hochhängen soll, um die Bienen so nach oben zu locken. Dann haben wir sogar noch frische Brut entdeckt und konnten deshalb sicher sein, dass die Königin fleißig Eier legt. Klaus meinte, das sei ein gutes Zeichen, dass mit dem Volk alles okay ist. Warum Tom verschwunden ist, ohne sich zu verabschieden, konnte ich Klaus allerdings auch nicht erklären. Die Bemerkung von ihm, als Tom plötzlich wieder vor meiner Türe stand, ist mir aber nicht entgangen. „Typisch Heigl! Kommt und geht, wann er will!", hat Klaus gesagt. Beständigkeit scheint nicht gerade Toms zweiter Vorname zu sein.

Ich seufze und kuschle mich weiter in den gemütlichen Beifahrersitz des Bullis. Den Kopf habe ich an der Seitenscheibe angelehnt. Dazwischen die zusammengeknüllte Jacke von Tom, die meiner Jacke sehr ähnlich sieht und die er mir als Kopfkissen bereitgestellt hat. Lustig, dass wir anscheinend auch den gleichen Jacken-Geschmack haben. Ich falle in einen Traum, der irgendwo zwischen Tagtraum und richtigen Traum herum schwebt. Gemeinsam stehen Tom und ich dabei in meiner Küche und backen Honigkuchen, Honigwaffeln und füttern uns gegenseitig mit Honigeis. Plötzlich bin ich wieder hellwach, schlage die Augen auf und sage:

„Du sagtest doch, man solle seine Träume verwirklichen, stimmts?"

Tom lacht. „Ich dachte, du schläfst. Dabei schmiedest du Pläne."

„Was hältst du davon, wenn wir beide nicht nur Honig-produkte herstellen, sondern auch verkaufen? In einem fahrenden Café." Ich fühle mich voller Energie und finde gar nicht so schnell die Worte, um Tom von meiner Idee zu berichten.

„Fahrendes Café?", sagt er. „Was meinst du damit?"

„Damals habe ich das Café in der Stadt nicht gemietet, obwohl ich die Möglichkeit dazu gehabt hätte. Seit der Scheidung habe ich leider kein Geld übrig, um allein ein Café zu pachten. Aber wenn ich einen Imbisswagen mie-ten würde, und auf unserem Wochenmarkt im Ort meine Honigkuchen verkaufen, dann könnte ich zumindest ein-mal in der Woche meinen Traum ein wenig verwirklichen. Du weißt schon – ein fahrendes Café. Der Imbisswagen und ein paar Stehtische, an dem die Wochenmarktbesu-cher die Kuchen essen können."

Tom kratzt sich am Kopf und sieht mich stirnrunzelnd. „Du grinst auch schon wie so ein Honigkuchenpferd! Ich glaube, du meinst es echt ernst?"

„Francesca und Enno haben es richtig gemacht. Sie ha-ben einfach die alte Mühle renoviert, ihre Imkerei ausge-baut und haben mit den Sommergästen ein regelmäßiges Einkommen. Sie haben vielleicht nicht das große Geld, aber sie sind glücklich. Und das ist das Wichtigste. Du hast völlig recht. Manchmal muss man etwas wagen im Leben." Ich höre meine eigene Begeisterung in der Stimme und kann mich gar nicht halten vor Energie und neuen Plänen. Tom steigt mit ein und gemeinsam überlegen wir hin und her, wie ich diese Idee verwirklichen könnte.

„Tina, ich weiß was Besseres als diesen Imbisswagen. Schau dich doch mal um!", sagt Tom plötzlich. Ich weiß nicht, was er meint und blicke mich suchend im Bus um.

„Was meinst du, Tom?", frage ich.

„Na, der Bus! Der Bus wäre doch ein viel besseres Café als so ein hässlicher weißer Imbisswagen. Ich habe damals für meine Auszeit im Bus alles eingebaut, was du für dein Wochenmarktcafé benötigen wirst. Wenn die Seitentüre offen ist, lässt sich hier locker noch eine Art Theke einplanen, an der du den Kuchen ausgibst." Toms Stimme hört sich an, wie die eines Kindes, das vor einem glitzernden Weihnachtsbaum steht. Ich höre die Begeisterung darin und mir wird ganz warm ums Herz, dass er sich so für meine Ideen und Träume begeistern kann. Und dass er gerade vorschlägt, seinen Bus dafür zu nehmen! Auch wenn ich Tom noch nicht lange kenne, so weiß ich, wie viel ihm sein VW Bus bedeutet, mit dem er anscheinend schon einiges erlebt hat. Aber ich weiß nicht, wie ich diesen Liebesbeweis angemessen würdigen kann. Mein Herz kribbelt und am liebsten würde ich ihn auf der Stelle fest umarmen und ihn küssen.

„Tom, das ist jetzt aber nicht dein Ernst? Dein geliebter Bus! Du würdest ihn mir leihen? Damit ich auf dem Wochenmarkt Kuchen verkaufen kann?", frage ich stattdessen und sehe ihn ungläubig an.

Tom sieht nicht so aus, als würde er seinen Vorschlag schon wieder bereuen. Im Gegenteil. Er scheint noch genauso überzeugt von der Idee. „Der Bulli hat mich in so vielen Lebenslagen begleitet und jetzt durfte ich dieses einmalige Wochenende mit dir hier drin verbringen. Es wird Zeit, dass mein Bulli noch ein paar andere Erfahrungen macht. Zum Beispiel das Dasein als Wochenmarkt-Verkaufsstand." Wir lachen und ich stelle mir Toms Bus mit rot-weiß gestreiften Stoffdach vor, das oben an seiner Seitentüre befestigt ist. Dann fällt mir aber wieder ein, warum diese Idee niemals Realität werden kann, so schön sie auch ist.

„Tom, du fährst wieder nach Sardinien zurück. Zu Ralf. Er wartet doch auf dich. Wie soll ich da mit deinem Bus auf Wochenmärkten verkaufen?" Plötzlich ist es ganz still im Auto. Tom blickt geradeaus auf die Autobahn und mit jeder Sekunde, in der es still ist, bin ich mir sicherer, dass alles nur ein Traum war. Ein Wochenend-Urlaubs-Traum von Honigwaffeln auf Wochenmärkten. Aber eben nur ein Traum.

Tom

Am nächsten Rasthof fahre ich raus. Tinas Feststellung, dass ich nach Sardinien zurück muss, hat mich wie ein Schlag getroffen. Wir haben seitdem nichts mehr gesprochen. Das Thema hängt wie ein Damoklesschwert zwischen uns.

Ich spüre Tinas Blick in meinem Rücken, als ich aus dem Bulli steige und in den Rasthof hinein gehe. Es ist windig und kühl hier oben in den Bergen. Der Wind fährt mir unter mein T-Shirt. Tina hat meine Jacke als Kopfkissen. Ich brauche einen Kaffee. Ich muss nachdenken und einen Moment allein sein. Die letzten beiden Tage haben etwas verändert in mir. Plötzlich habe ich das Gefühl, ich bräuchte eine Zigarette. Mein Blick fällt auf die Zigarettenpackungen an der Kasse und ich verwerfe den Gedanken und bestelle nur zwei Kaffee. Ich habe schon seit meinen Studienzeiten nicht mehr geraucht. Irgendetwas bringt diese Frau in mir gewaltig durcheinander. Ich nehme die heißen Plastikbecher in die Hände und verbrenne mich an dem überschwappenden Kaffee, als ich sie zu einem der Stehtische balanciere. Ich brauche noch einen Moment, ehe ich zum Auto zurückkehre.

Vorsichtig werfe ich einen Blick aus dem Fenster des Rasthofes zum Bus. Tina sitzt wie versteinert auf dem Beifahrersitz. Sie musste jetzt schon so viele meiner Launen ertragen. Wie soll das erst werden, wenn wir ein richtiges Paar sind? Mir fällt ein, dass ich gar nicht weiß, was ich unter einem richtigen Paar verstehe. Aber irgendwie hat es etwas mit Verantwortung füreinander zu tun. Der Gedanke macht mir weniger Angst als noch vor ein paar Wochen. Ich nehme einen Schluck aus einem der Kaffeebecher und verbrenne mir augenblicklich die Zungenspitze. „Mist", murmle ich und stelle den Becher wieder ab.

Eine Familie betritt die Tankstelle – Frau, Mann und zwei jugendliche Kinder im Schlepptau, die ihren Blick nicht von ihren Smartphones abwenden, während sich die Schiebetüre der Tankstelle öffnet und sie eintreten. Die Frau und der Mann wirken glücklich. Ich stelle mir vor, ebenso mit Tina und ihren Mädchen unterwegs zu sein. Ich weiß noch nicht einmal, wie sie aussehen. Bestimmt sind sie ebenso hübsch wie ihre Mutter. Ich überlege, wie ich die beiden begrüßen würde. Eher kumpelhaft? Oder höflich? Ich habe keine Ahnung, was Jugendliche in dem Alter gut finden und denke an Ralf, der mir in der Hinsicht bestimmt ein guter Ratgeber wäre. Über solche Dinge habe ich noch nie mit ihm gesprochen.

Tina sitzt immer noch im Auto und ich kann sie nicht ewig warten lassen. Sie merkt, dass etwas nicht in Ordnung ist. Sie wirkt traurig und irritiert. Das sehe ich von hier aus. Mit ihrem Kopf lehnt sie am Seitenfenster. Meine Jacke benutzt sie als Kopfkissen. Plötzlich wird mir klar, dass ich eine Entscheidung treffen muss. Jetzt! In diesem Moment!

Ich ziehe mein Telefon aus der hinteren Hosentasche und suche Ralfs Nummer in den Kontakten. Es dauert ein paar Sekunden, bis Ralf ran geht.

„Ja, Tom?" Den Hintergrundgeräuschen nach zu urteilen, steht er inmitten von Baustaub. Hinter ihm heult eine Flex oder so etwas ähnliches. Ein paar männliche Stimmen. Wahrscheinlich Handwerker. Ich höre ihn kaum.

„Ralf! Ich verstehe dich total schlecht!", rufe ich lauter als normalerweise ins Telefon.

„Warte, ich gehe raus", sagt Ralf und dann wird es leiser im Hintergrund. Anscheinend ist er nach draußen gegangen. Ich merke, dass ich nervös bin. Ich habe Angst, es ihm zu sagen. Ich muss es aber tun. „Jetzt ist es leiser", stellt Ralf fest und dann „Bist du noch dran, Tom?", als ich nichts sage.

„Jaja. Bin dran. Du Ralf. Ich habe gerade das schönste Wochenende meines Lebens verbracht. Mit Tina." Ich warte und am anderen Ende der Leitung ist es still.

„Ja und?", sagt Ralf und an der Art und Weise wie er es sagt merke ich, dass er ahnt, worauf es hinausläuft.

„Ich muss hier bleiben. Bei ihr. Ich kann jetzt nicht für ein Jahr nach Sardinien gehen, Ralf. Du hattest Recht. Sie ist mir so wichtig, wie es schon lange keine Frau mehr für mich war." Schweigen am anderen Ende der Leitung. Ich höre Ralf atmen.

„Ralf?"

„Hmmm." Ralf klingt enttäuscht. Verständlich. Was würde ich sagen, wenn mich mein bester Freund hängen lässt. In so einer wichtigen Sache. Wegen einer Frau.

Ich versuche, die richtigen Worte zu finden. Meine Stimme hört sich schon fast bettelnd an. „Ralf, bitte. Ich werde dich weiter unterstützen. Schick mir einfach Fotos. Wir planen weiter. Ich schau mir die Sachen auf den Bildern an. Aber bitte versteh mich." Eine Reisegruppe betritt die Tankstelle und es wird eng um mich herum. Ein Rucksack streift mich, laute Stimmen sind um mich herum. Ich halte mir mein anderes Ohr zu, um Ralf besser zu verstehen.

Aber Ralf sagt immer noch nichts. Ich höre, dass er tief Luft holt. „Okay Kumpel. Diese Frau scheint wirklich wichtig für dich zu sein. Ich verstehe das. Ich hoffe sie ist es wert und du verkackst es nicht. Gib dir Mühe mit ihr!"

Ich bin erleichtert und dankbar, dass mir Ralf seinen Segen gegeben hat. Auch wenn ich weiß, dass es ihn Überwindung gekostet haben muss, das zu sagen. „Danke Kumpel", rufe ich laut ins Telefon, denn die Reisegruppe um mich herum wird immer lauter. „Ich melde mich bei dir."

Ich lege auf und recke mich auf Zehenspitzen, um nach Tina zu schauen. Sie ist weg. Ich kann sie nicht mehr sehen. Der Bulli steht einsam auf dem Parkplatz. Mein Herz klopft schneller. Was ist, wenn Tina weg ist? Aber wo ist sie hin? Ich drängle mich durch die Reisegruppe, die gerade dabei ist, auf der Anzeigentafel zu lesen, welche Getränke es hier zu kaufen gibt. Ich komme kaum durch und schiebe die Leute etwas deutlich auf die Seite, um mich aus dieser Gruppe heraus zu kämpfen.

Dann stehe ich im Freien vor der Tankstelle. Suchend blicke ich mich nach Tina um. Wo kann sie nur sein? Wenn sie auf die Toilette gegangen wäre, hätte sie an mir vorbeikommen müssen. Ich streiche mir durch die Haare nach hinten, die sich aus meinem Dutt gelöst haben. Mist! Wo ist sie? In etwas weiterer Entfernung steht die Familie mit den zwei Jugendlichen. Sie essen alle vier einen Burger. Mein Blick bleibt einen Moment bei der Familie hängen. Dann starte ich los und suche Tina. Irgendwo muss sie doch sein. Ich gehe um die Tankstelle herum und sehe in einiger Entfernung eine Sitzgruppe aus Holz. Eine Frau mit dunklen Haaren und blauer Softshell-Jacke sitzt dort. Sie sieht aus wie Tina. Es regnet leicht. Tina hat sich wohl aus dem Grund meine Jacke angezogen. Ich laufe los und komme atemlos an.

„Tina?", rufe ich schon, als ich noch ein paar Schritte entfernt bin.

Sie dreht sich um und Tränen glitzern in ihren Augen.

„Alles okay?" Ich lasse mich neben ihr auf die Bank plumpsen. Tina nickt stumm. Mir fällt ein, dass ich die Kaffeebecher immer noch auf dem Stehtisch in der Tankstelle stehen. Egal! Ich muss es ihr sagen. Ich lege meinen Arm um Tina und ziehe sie zu mir her. Ich vermute, dass sie wegen mir Tränen in ihren Augen hat und frage lieber nicht nach. Ich weiß jetzt, was ich will und das möchte ich ihr sofort sagen.

„Tina, ich bleibe hier. Ich fahre nicht nach Sardinien zurück!"

Sie sieht mich mit großen Augen an. Fast schon erschrocken.

„Wie meinst du das? Du fährst nicht nach Sardinien zurück?", fragt sie mit belegter Stimme. Ich schlucke und streichle über ihre Wange. „Na ganz einfach. Ich bleibe hier. Bei dir!" Bei Tina löst sich die Träne, die in ihren Augen hing und rollt ihr über die Backe. Ich glaube, es ist eine Freudenträne. Sie strahlt über das ganze Gesicht.

„Ich habe nur ein Problem", sage ich, als es mir in diesem Augenblick einfällt. „Ich habe meine Wohnung schon vermietet."

„Wir finden eine Lösung", antwortet Tina und küsst mich.

Tina

„Das darf doch nicht wahr sein! Das gibt es nicht!" Ich stehe vor meinen Beuten und schlage die Hände über den Kopf zusammen. Die Sonne brennt heiß herunter und in meinem Imkeranzug läuft mir der Schweiß herunter.

Im Nachbarhaus öffnet sich das Fenster und Frau Kranz streckt den Kopf heraus. „Es ist Wochenende! Wochenende! Auch gestern war auch schon Wochenende!" Das „gestern" betont sie besonders, indem sie das Wort in die Länge zieht. Wahrscheinlich hat sie schon hinter dem Fenster gelauert. Sie hat gewartet, bis ich es bemerke. Die Verwüstung! Die absolute Katastrophe!

Meine drei Beuten sind zerstört. Alle kaputt. Es sieht aus wie ein Schlachtfeld. Ich kann es mir nicht erklären. Ich weiß nicht, wie das passieren konnte. Der oberste Holzkasten – der Honigraum – liegt am Boden. Die Rähmchen mit den honiggefüllten Waben sind der Sonne ausgesetzt und halten sich nur durch das Propolis, mit dem die Bienen alles verkitten, in der Beute. Andere Rähmchen liegen offensichtlich zertreten in der Wiese. Eine Wabe ist herausgerutscht und hängt halb in der Beute, halb in der Wiese. Der Honigraum darunter ist ohne Deckel der Luft und der Sonne ausgesetzt.

Regungslos stehe ich vor dem Schlamassel und überlege krampfhaft, wie das passieren konnte. Gestern Nachmittag war noch alles in Ordnung. Ich bin am Flugloch gesessen und habe sie beobachtet. Wie sie den Pollen, der an ihren kleinen Beinchen klebt, in die Beute reingetragen haben. Ich habe versucht, einzelne Bienen mit den Augen zu verfolgen. Sie sind so schnell, dass es kaum möglich ist. Es ist ein Gewusel, ein Kommen und Gehen … am Flugloch herrscht gerade Hochbetrieb. Wenn ich mit Tom an der Beute sitze, erklärt er mir, welche Pollenfarbe auf welche

Blüte hinweist. Gestern haben die Bienen sogar lila Pollen eingetragen und haben ausgesehen wie Gogo-Tänzerinnen mit Fellpuscheln an den Füßen. Bei der Vorstellung musste ich lachen.

Tom hat mich gestern Abend abgeholt. Unsere Samstagstreffen haben sich ausgeweitet. Zu Freitagstreffen, Mittwochstreffen und Montagstreffen. Tom bleibt manchmal über Nacht bei mir. Es fühlt sich so gut an. Und es fühlt sich richtig an.

Gestern Abend hat mich Tom zu einem Konzert eingeladen. Ein Kumpel von ihm spielt schon seit Jahren Gitarre in einer Zweierband. Sie hatten einen Auftritt in so einer Bar, in der alles etwas abgewetzt aussieht und man immer aufpassen muss, dass man keine klebrigen Finger bekommt, wenn man mit den Händen irgendwo hin fasst. Aber die Musik war mitreißend und die selbstgeschriebenen Texte hatten Tiefgang. Tom hat mich als „seine Freundin" vorgestellt. Während dem Konzert stand ich die ganze Zeit vor ihm. Tom hatte seine Hände um meine Hüften gelegt und gemeinsam haben wir uns mit den anderen Mittvierzigern im Takt gewogen, getanzt. Es hätte nicht schöner sein können.

Kurz bevor ich mich auf den Weg gemacht habe, hat mich Sarah gefragt, ob ich etwas dagegen habe, wenn ein paar „Leute" kommen. Auf die Frage, wer diese „Leute" sind, hat sie nur mit den Schultern gezuckt und mir keine nähere Auskunft gegeben. Immerhin hat sie mich vorher gefragt, habe ich mir gedacht und es ihr deshalb erlaubt. Sie hätte ohnehin jemanden einladen können. Auch ohne zu fragen. Als ich um Mitternacht mit Tom nach Hause gekommen bin, war es ruhig im Haus. Ich habe nur einen kurzen Blick in Sarahs Zimmer geworfen und im Dunklen

Sarah im Bett liegen sehen. Die „Leute" waren anscheinend schon weg.

Jetzt wird mir klar, dass es gestern Abend passiert sein muss. Irgendwelche „Leute" haben sich in meinem Garten herumgetrieben und die Bienenstöcke zerstört. Der Kommentar von Frau Kranz erklärt sich. *Gestern Abend war auch schon Wochenende!* Ich rufe Sarah so laut ich kann und denke keine Sekunde an meine liebe Frau Nachbarin, die inzwischen hinter der Hecke steht und durch das Dickicht lugt. Ich nehme das Rascheln wahr, drehe aber nicht meinen Kopf zu ihr. Ich tu so, als bemerke ich sie gar nicht. Ist mir doch egal, was sie denkt. Sarah gibt keine Antwort. War eigentlich klar.

Ich hebe erstmal den Honigraum auf und stelle ihn vorsichtig auf den unteren Honigraum. Den Deckel, der ebenfalls in der Wiese liegt, lege ich auf den oberen Honigraum. Etliche Bienen liegen tot im Gras. Beim Aufsetzen des Deckels wische ich über den Rand der Beute, auf den ich den Deckel lege. Aber es nützt nichts. Die überlebenden Bienen sind so in Aufruhr, dass sie ständig über den Rand des Holzkastens krabbeln. Orientierungslos. Völlig aufgelöst darüber, dass ihr sicheres Zuhause einfach zerstört wurde. Durcheinander, weil es in der Beute jetzt hell und kalt ist, obwohl es sonst dunkel und kuschelig warm ist. Trotz der Hitze ist die Wärme im Inneren der Beute aufgebrochen. Es zieht Luft herein und es ist hell. Für die Bienen ein absolutes Alarmsignal.

Ich wische und wische. Aber bis ich eine Biene weggewischt habe, krabbelt die nächste schon drüber und irgendwann geht es nicht anders und ein paar Bienen werden beim Aufsetzen des Deckels qualvoll zerquetscht. Tom sagt immer, dass das ganz normal ist. Es sind ja nur ein paar wenige von ein paar Tausenden. Mir tun sie aber trotzdem immer leid und ich tröste mich damit, dass die

Flugbiene ohnehin nur 30 Tage lebt. Und da der Pollenflug die letzte Station des Lebens ist, rede ich mir ein, dass sie den Großteil ihres Lebens ja schon verlebt hat. Trotzdem traurig. Ich wische die toten Bienen vom Rand des aufgesetzten Deckels und richte die anderen zwei Beuten ebenfalls wieder auf.

Manche Handgriffe fühlen sich schon vertraut an. Das Anziehen des Imkeranzugs zum Beispiel. Tom arbeitet häufig auch ohne Anzug. Er hat aber natürlich auch Übung, im Gegensatz zu mir, bei der die Bienen sogar in Scharen auf dem Anzug sitzen, wenn ich an den Beuten arbeite. Die Beuten sind schwer, was ein gutes Zeichen ist. Das bedeutet, die Waben sind mit Honig gefüllt. Als alle drei Beuten wieder einigermaßen aufgetürmt vor mir stehen, bemerke ich den seitlichen Riss im Holz. Ich habe mich schon gewundert, warum die Beute so schwierig aufzusetzen war. Jetzt bin ich richtig sauer auf Sarah und mir sicher, dass die „Leute" die Beuten zerstört haben.

Ich stapfe ins Haus und brülle so laut ich kann „Sarah!" in Richtung Treppenhaus. Oben rührt sich etwas und langsam schlurft Sarah noch im Schlafanzug auf die Treppe. Ich warte, bis sie Stufe für Stufe unten angekommen ist und stemme die Hände in die Hüften. Der Schweiß rinnt mir im Imkeranzug herunter und ich schiebe den Schleier nach hinten, so dass Sarah mein Gesicht sehen kann. Sie steht etwas schuldbewusst auf dem untersten Treppenabsatz herum und hält sich am Geländer fest.

Anscheinend weiß sie, worauf es rausläuft.

„Sarah, wer hat die Beuten zerstört? Es ist alles kaputt!" Meine Stimme klingt schrill und mir fällt ein, dass alle Pläne, die ich mit Tom geschmiedet habe, vielleicht dahin sind. Denn woher soll mein Honig für das Café kommen, wenn die Bienenvölker so geschwächt sind, dass sie keinen

Honig mehr holen können oder der Honig, der in den Beuten war, jetzt vielleicht zerstört ist?

Sarah lässt den Kopf hängen und wirkt in ihrem Schlafanzug auf einmal ziemlich hilflos. „Tut mir leid, Mama. Diese Scheiß-Typen. Ich wollte sie rausschmeißen, aber sie sind nicht gegangen. Ich habe gehört, dass sie noch im Garten sind. Die waren das bestimmt!"

„Und warum wolltest du sie rausschmeißen?", frage ich und versuche, ruhig zu bleiben.

Sarah hebt den Kopf. „Sie haben gekifft. Ich dachte, du würdest das Riechen und mich beschuldigen. Ich habe ihnen gesagt, sie sollen gehen. Aber anscheinend sind sie nicht gegangen." Sarah sieht mich an und in ihrem Blick liegt etwas Kindliches. Plötzlich ist sie nicht mehr die Coole, die alle um sich schart und keinen so richtig an sich ranlässt. Ich gehe auf Sarah zu und sie bleibt wider Erwarten wie angewurzelt stehen. Als ich ganz nah vor ihr stehe, wage ich es und umarme sie. Sie rührt sich immer noch nicht, also ziehe ich meine große Tochter zu mir her. „Es tut mir leid, dass deine Party etwas aus dem Ruder gelaufen ist", höre ich mich sagen. Ich glaube, meine Verliebtheitsgefühle Tom gegenüber führen auch dazu, dass ich gelassener bin. In der letzten Zeit laufe ich ohnehin mit einer rosaroten Brille herum und lasse mich kaum noch reizen. Ob es nun die Anrufer in der Arbeit sind, die sich über nicht geleerte Mülltonnen beschweren, die schlechten Noten von Laura oder die aggressiven Ansagen von Sarah – nichts kann mich wirklich in Rage bringen.

Schon wieder denke ich an Tom und seine warmen Hände, die mir über den Rücken streichen, wenn er mich so umarmt. Ich merke, dass ich Sarah über den Rücken streiche und dass sie es geschehen lässt. Dann windet sie sich doch aus der Umarmung und macht sich wieder steif.

Ich versuche, die Gedanken zu verdrängen, die mir einfallen, wenn ich Sarah ansehe. Die Gedanken an ihre schlechten Noten, daran, dass sie immer noch keinen Plan hat, wie es nach der Schule weitergehen soll. Ich drücke ihr schnell einen Kuss auf die Backe und sie grinst schief. „Mama, das mit den Beuten ist übrigens nicht tragisch. Ich habe Tom Bescheid gesagt. Er bringt neue Beuten."

Ich kann es nicht glauben, was sie da eben gesagt hat. Sarah hat Kontakt mit Tom aufgenommen! Und das, obwohl die erste Begegnung der beiden mehr als herzlos war. „Hi, ich bin der Tom!", hat er gesagt und Sarah etwas unbeholfen die Hand hingestreckt, als wir von dem Kurztrip an den Gardasee zurückgekommen sind und Sarah die Tür geöffnet hat. Wortlos hatte sie sich umgedreht und „Mutterficker!" gemurmelt. Allerdings so laut, dass wir beide zeitgleich zusammengezuckt sind. Die Begegnung mit Laura war auch nicht besser, weil Laura sogleich verkündet hat, dass sie uns ohnehin bereits beobachtet hätte, als Tom mich damals zum Honigschleudern abgeholt hätte und ich stundenlang nicht wieder nach Hause gekommen sei. Sie hätte auf mich gewartet und wäre mutterseelenallein gewesen. Mein schlechtes Gewissen den Mädchen gegenüber hatte sich an diesem Tag sowieso gemeldet und dass ich mit Tom geschlafen habe, hat es nicht besser gemacht. Natürlich habe ich darüber nachgedacht, wie alles weiter gehen soll. Aber dass Laura ihn mit schuldzuweisenden Blicken bestraft, hätte nicht sein müssen. Meine Lippe war bereits taub vom darauf rum kauen, als sich beide Mädchen bei Tom vorgestellt haben und wir versucht hatten, die Stimmung mit Spagettikochen noch Sonntag spätabends aufzubessern. Seitdem gehen sie Tom lieber aus dem Weg, als ihm auf der Treppe oder in der Küche zu begegnen. „Wenn ich nicht wüsste, dass du Kinder hast, würde ich es kaum merken", sagte Tom einmal

und ich glaubte, aus seiner Aussage auch etwas Enttäuschung darüber herauszuhören.

„Du hast Tom angerufen?" spreche ich schließlich
meine Gedanken laut aus.

Sarah geht einen Schritt zurück und ist schon wieder
unterwegs in Richtung Türe. „Ja klar. Nur Tom kann dir
helfen, glaube ich", sagt sie und im Umdrehen fügt sie
noch dazu: „Sein Onkel hat angeblich noch leere Beuten".
Und schon ist sie verschwunden. Ob sie das wohl eher all-
gemein meinte? Nur Tom kann mir helfen? Tom tut mir
wirklich gut und beim Gedanken an ihn kribbelt es. Ein
richtig schönes Verliebtheitsgefühl, das ich schon seit Jahr-
zehnten nicht mehr spürte.

Seit seinem Entschluss, nicht mehr nach Sardinien zu
gehen, wohnt Tom vorübergehend im Haus seines Onkels.
Heute steht noch „Honig-Kosmetik" auf unserem Nach-
mittagsprogramm. Tom meint, solche Produkte würden
sich in unserem Honig-Café bestimmt gut verkaufen. Ich
habe mir die kleine Handcreme noch einmal genauer angesehen, die mir Anja zum Geburtstag geschenkt hat und
die Vorstellung, bald selbst solche Dinge herzustellen –
aus meinem eigenen Honig und meinem eigenen Bienenwachs - weckt in mir eine richtige Vorfreude und ich kann
es kaum erwarten, heute von Tom die Rezepte dafür zu
lernen. Laura hat Interesse angemeldet, bei der Produk-
tion der Bienenwachscremes und Honigsalben und Seifen
dabei zu sein. Sarah möchte „so ein Zeug" zumindest mal
ausprobieren. Vielleicht könnte das ein Anfang sein, hoffe
ich. Vielleicht zeigen sich die Mädchen mal von ihrer netten Seite und Tom gewinnt einen positiveren Eindruck von
ihnen als bisher. Aber als Tom endlich in der Tür steht,
sehe ich ihn zuerst gar nicht. Eine Beute verdeckt sein Gesicht, die er in beiden Händen vor sich hält.

„Hier! Neue Kästen. Deine Tochter hat mich angerufen und mir von den zerstörten Beuten erzählt", ächzt Tom hinter dem Holzkasten. Mein Herz hüpft vor Freude – nicht nur über den neuen Bienenkasten, sondern auch darüber, dass sich Tom um mich kümmert.

„Und wie soll ich dich jetzt küssen?", sage ich und stemme die Hände in die Hüften. Tom stellt die nagelneue Beute vor sich ab, nimmt mein Gesicht in seine Hände und drückt mir einen langen Kuss auf den Mund. „Ganz einfach, Bienenkönigin!", sagt er. „Wow, ich bin schon von der Arbeiterin zur Bienenkönigin aufgestiegen?", sage ich und knuffe ihn in die Seite. Tom ist extrem kitzelig und krümmt sich gleich zusammen. „Na warte!", ruft er, packt mich und wirft mich kurzerhand über seine Schulter. Er trägt mich zum Sofa, wo er mich vorsichtig runterlässt und sich sogleich auf mich legt. Wir küssen und umarmen uns ausgiebig, bis plötzlich Laura neben dem Sofa steht. Gleichzeitig schrecken wir beide hoch und setzen und kerzengerade hin, wie zwei ertappte Teenager.

Laura wirft mir einen vorwurfsvollen Blick zu und fast schon befürchte ich, die Tom-Laura-Annäherung beim Seifensieden würde heute doch nicht zustande kommen. Aber Laura lässt sich nur neben mich auf das Sofa plumpsen und verschränkt die Arme, was wohl ein eindeutiges Signal dafür sein soll, dass wir nun mit der Kosmetik-Produktion beginnen.

Aber erst betrachten wir gemeinsam die Bescherung im Garten. Tom geht in die Knie und begutachtet die toten Bienen im Gras.

„Die Beute lag die ganze Nacht offen, oder?", fragt er und sieht mich stirnrunzelnd an.

Ich nicke. „Im Winter wäre das eine Katastrophe gewesen. Da wäre das Volk sofort erfroren. Du weißt ja, dass sich die Bienen im Winter zu einer Traube um die Rähm-chen herumsetzen und sich gegenseitig wärmen?"

Ich nicke wieder. „Ihre einzige Aufgabe im Winter, ich weiß", sage ich.

Tom richtet sich auf und geht mit besorgtem Blick zur gebrochenen Beute, wo er den Riss im Holz genauer in Augenschein nimmt.

„Ich befürchte, die Brut ist trotzdem erfroren. Wir müssen sehen, ob die überlebenden Bienen diesen Schock überstehen und wenigstens hier bleiben. Das hängt auch davon ab, ob die Königin noch lebt. Falls nicht, ist dieses Volk verloren."

Ich schlucke und wieder zweifle ich an der Entscheidung, mir jemals Bienen zugelegt zu haben. Bisher hatte ich noch keine großen Erfolgserlebnisse mit der Imkerei. Erst gebe ich einen Haufen Geld für die ganzen Dinge aus, dann schwärmen die Bienen davon und ich verstauche mir ein Bein. Und zu guter Letzt jetzt auch noch das – meine Investition ist auch noch umsonst gewesen. Vielleicht ist das ein Zeichen und ich sollte die Imkerei einfach Tom überlassen. Der weiß wenigstens was zu tun ist.

„Der Schock der Bienen und die Verluste werden so groß sein, dass es mit der Honigernte in diesem Jahr nichts mehr wird – falls wir sie überhaupt noch retten können", sagt er auch noch wie zur Bestätigung meiner Gedanken.

„Und was ist dann mit dem Honig für das Café? Woher soll ich den Honig für das Gebäck nehmen? Ich kann ja noch nicht einmal damit werben, dass der Honig aus eigener Imkerei ist", jammere ich verzweifelt.

Tom kommt mit großen Schritten auf mich zu und nimmt mich in den Arm. „Natürlich kannst du sagen, dass der Honig aus eigener Imkerei ist. Erstens hast du noch den selbst geernteten Blütenhonig. Erinnerst du dich?"

Tom zwinkert mir zu und ich werde rot. Natürlich erinnere ich mich an den Tag, an dem wir in seiner Küche Blütenhonig geschleudert haben und uns zuvor am Lehrbienenstand im hohen Gras geliebt haben.

„Klar", sage ich und grinse schief.

Tom drückt mich fester und zieht mich noch etwas enger zu sich her. „Außerdem helfe ich dir natürlich mit Honig aus. Ich habe doch genug Honig vom letzten Jahr übrig. Und da wir das Café ja gemeinsam betreiben, bin ich sozusagen ja auch irgendwie beteiligt."

Ich lache. „Natürlich bist du beteiligt. Du stellst schließlich deinen Bulli zur Verfügung – und jetzt auch noch die Zutaten für das Gebäck – deinen Honig."

„Na also! Und jetzt hilf mir mal, die kaputte Beute auszutauschen!", sagt er und bringt mich mit seinem Optimismus dazu, mir nicht weiter über das fahrende Honigcafé Sorgen zu machen.

Bald darauf stehen wir in der Küche und befüllen die Seifenformen mit einer Mischung aus Bienenwachs und neutraler Seife. Im Schmelztiegel lösen sich die festen gelben und weißen Stücke des Wachses und der Seife zu einer cremigen Masse auf, die Tom mit einem Schaschlikstäbchen verrührt und anschließend in die Seifenform füllt. Es geht erstaunlich schnell. In Nullkommanichts sind die Förmchen befüllt.

„Jetzt bist du dran", sagt Tom und drückt Laura den leeren Schmelztiegel in die Hand. Laura blickt ihn mit großen Augen an. „Ich? Ich weiß doch gar nicht, wie das geht!"

Tom lacht. „Doch, du kannst das. Schau, ganz einfach. Lass es uns zusammen versuchen, du wirst sehen, es ist gar nicht schwer." Mein Herz hüpft bei diesem Satz! Wie kann ein Mann, der selbst keine Kinder hat und auch sonst bisher ein reines Singleleben geführt hat, so freundlich mit

Kindern sprechen? Laura, die sich sonst sofort zurückzieht, wenn es etwas schwieriger wird und sich lieber stundenlang in ihrem Zimmer einschließt, hört bereitwillig zu, als ihr Tom noch einmal das Zerteilen und Einfüllen der Kerzenmasse in den Schmelztiegel zeigt. „Das Bienenwachs ist tatsächlich etwas hart. Das Zerteilen in Stücke übernehme lieber ich", sagt er fürsorglich und beginnt, mit dem Messer kleine Stücke von dem großen Wachsblock abzuschneiden, die er wieder in das Gefäß füllt.

Ich beobachte die Szene und genieße einfach die erste Annäherung von Laura und Tom. Natürlich erwarte ich nicht, dass Tom ein Ersatzvater für die Mädchen wird. Ich erwarte auch nicht, dass Laura und Sarah Luftsprünge vor Freude machen, wenn Tom zu Besuch ist. Aber wenn die Begegnung zumindest ohne Spannungen verläuft, bin ich schon froh. Heute scheint ein guter Anfang dafür zu sein. Tom übergibt Laura die „Seifen-Verantwortung" und zeigt mir als nächstes, wie man eine Handcreme aus Bienenwachs und Sheabutter, Arganöl und verschiedenen anderen Ölen herstellt, die Tom nach und nach alle aus seiner Tasche zieht. Ich staune nicht schlecht, als ich mir diese Zutaten genauer ansehe.

Auf dem Fläschchen des Arganöls entdecke ich arabische Schriftzeichen. Tom erkennt meinen fragenden Blick. „Das habe ich aus Marokko mitgebracht. Sogar in der Wüste war ich schon mit meinem Bulli."

„Mit dem Bulli? In Marokko? Wie geht denn das?", frage ich, denn die Vorstellung von Marokko weckt bei mir nur Bilder von Kamelen in der Sandwüste, orientalischen Lampen und Glitzerkissen, wie es sie manchmal als Wohn-Deko zu kaufen gibt.

„Ganz einfach. Mit dem Schiff von Spanien aus übers Meer nach Marokko. Im Winter hat es dort angenehme 20

Grad. Ein paar Jahre lang bin ich jedes Weihnachten dorthin geflohen. Wollte einfach nicht bei meiner Familie sein." Tom verstummt und sein Blick haftet auf dem Arganöl, das er inzwischen in die Hände genommen hat. Ich frage ihn nicht nach den Erinnerungen an seine Familie, die wohl gerade wieder wach werden. Nach allem, was Tom auf unserem Gardasee-Ausflug erzählt hat, bin ich sicher, dass sein Verhältnis zu seiner Mutter nicht gerade das Beste ist.

Tom schüttelt den Kopf und fährt mit der Erklärung zu der Herstellung der Handcreme fort. Wir füllen die Creme zwar nicht in Tuben wie die meiner Lieblingshandcreme, sondern in kleine Aludöschen, die aber ebenso nett aussehen. Diese desinfizieren wir erst in kochendem Wasser und füllen dann die warme Masse ein. Als wir 20 Dosen gefüllt haben, wird die Creme mit dem Auskühlen schon etwas fester.

„Die Leute werden am Ende mehr Interesse an den Kosmetikprodukten zeigen, als an unserem Honig-Gebäck!", stelle ich beim Anblick der ansehnlichen Seifen und Cremedosen fest.

Laura bestätigt mich. „Ich würde auch lieber eine Seife kaufen als einen Kuchen."

Tom schüttelt den Kopf. „Nein, die Leute werden an allem interessiert sein. Die Zusatzprodukte hat man nur dabei, um den Leuten zu zeigen, was man aus Honig alles machen kann. Darüber kommt man dann gut ins Gespräch und zeigt den Kunden auch, dass alles reine Naturprodukte sind."

In dem Moment kommt Sarah mit schuldbewusstem Blick in die Küche. Ich beiße mir auf die Lippe und hoffe, dass Tom nicht allzu sehr mit ihr schimpft. Mein Ärger über Sarahs Gäste ist inzwischen verflogen und ihr betretener Gesichtsausdruck zeigt mir zumindest, dass sie immer noch ein schlechtes Gewissen zu haben scheint. Tom sieht Sarah einen Moment wortlos an, dann sehen sich die beiden in die Augen. „Danke, dass du gleich angerufen hast, Sarah", sagt Tom. „So konnten wir zumindest noch Schadensbegrenzung betreiben." Ich bin sicher, dass Tom trotzdem ziemlich sauer auf Sarah ist, bin aber gleichzeitig froh, dass er taktisch klug reagiert und ihr keine Vorwürfe macht. Sarah zuckt die Schultern und schleicht auf ihren Kuschelsocken zur Küchenzeile. Sie nimmt den großen runden Wachsblock in die Hände, von dem Tom bereits einige Stücke für die Seifen und Cremes abgeschnitten hat. „Woher bekommt man das?", fragt sie und legt den schweren Block wieder auf der Arbeitsplatte ab. Tom geht um die Küchenzeile herum und stellt sich neben Sarah. Er nimmt den Wachsblock in die Hände und hält ihn Sarah unter die Nase. „Riech mal dran!" Sarah schnüffelt und sagt zu meiner Verwunderung: „Oha, wie das riecht!" Sie schnüffelt nochmal an dem Wachs. „Natürlich kannst du Wachs kaufen. Du kannst deine eigenen Waben aber nach dem Schleudern im Sommer auch einschmelzen und eigene Mittelwände daraus gießen lassen, die du im Frühling den Bienen wieder gereinigt zurück gibst. Oder aber du verwendest es für Cremes oder Salben – so wie wir." Tom zeigt auf die Aludöschen und gefüllten Seifenformen. „Mama ist eh so ein Handcreme-Fanatiker", erwidert Sarah und lächelt mich kurz an. Und plötzlich habe ich das Gefühl, dass trotz allem, was an diesem Tag schief gelaufen ist, heute ein guter Tag ist.

Tom

Der Garten meines Onkels ist längst nicht mehr so ge-
pflegt, wie damals, als dort noch 20 Bienenvölker ein zuhause hatten. Seit mein Onkel die Imkerei aufgab, hatte der
Garten keinen Sinn mehr für ihn. Er ließ ihn mit den Jahren
verlottern und inzwischen steht das Gras dort so hoch,
dass sich ein kleines Kind super darin verstecken könnte.
Ich merke, dass mir in letzter Zeit immer öfter Gedanken
an Kinder in den Sinn kommen. Ob es an Tinas Kindern
liegt, die ich inzwischen kennenlernen durfte? Auch wenn
sie nicht mehr klein sind, merke ich doch, dass sie trotzdem noch ihre Mutter brauchen. Das hat auch Ralf bestätigt. Ein paar Mal habe ich inzwischen mit ihm telefoniert
und mir ein paar Ratschläge abgeholt.

Zum Beispiel, als mich Sarah bei unserer ersten Begegnung „Mutterficker" genannt hat. Die gemeinsame Koch-
aktion, die Tina angeleiert hat, hat leider auch nichts daran
geändert, dass mich ihre Töchter wie Luft behandelten.
Also habe ich Ralfs Rat eingeholt. Zwar war Ralf zuerst
ziemlich kurz angebunden. Wahrscheinlich ist er immer
noch enttäuscht von mir und meiner Entscheidung, hier zu
bleiben. Dann hat er sich aber doch ein Herz gefasst und
mich ausführlich beraten. Ralf kennt sich schließlich aus –
mit Scheidung, Kindern und auch mit den Gefühlen, die
hier eine Rolle spielen. „Gib ihnen Zeit. Du kannst nichts
erzwingen. Tinas Töchter sind immer noch traurig darüber, dass sich ihre Eltern scheiden haben lassen. Das werden sie auch im Inneren ihres Herzens immer sein. Wichtig
ist, dass du weißt, dass ihre Ablehnung nichts mit dir persönlich zu tun hat", hat mir Ralf geraten. Ich war überrascht darüber, wie leicht es war, mit ihm über solche The-
men zu sprechen. Fast schon hatte ich das Gefühl, dass Ralf
richtig aufgeblüht ist bei dem Gedanken, dass wir auch

mal über was anderes quatschen als über Reisen und Projekte aller Art.

Als ich im Keller des Hauses die restlichen Campingtöpfe zusammensuche, die ich erst vor kurzem in Umzugskartons verpackt und hier untergestellt habe, überkommt mich plötzlich ein Gefühl der Vorfreude, wie ich es sonst nur kenne, wenn ich kurz vor einer Reise stehe.

Diesmal hat meine Freude aber nichts mit einer Reise zu tun, sondern damit, dass bald der erste Verkaufstag auf dem Wochenmarkt sein wird. Die Töpfe benötigen wir, um auf der kleinen Küche im Bus Wasser zu erhitzen. Seit Tagen machen Tina und ich nichts anderes, als Rezepte zu planen, Zutaten für die Kuchen zu besorgen, die Kasse einzurichten und den Bulli auf Hochglanz zu bringen. Unser gemeinsames Projekt schweißt uns noch mehr zusammen. Ein wenig zweifle ich noch, dass Tinas Plan wirklich aufgeht und die Wochenmarktbesucher Interesse daran haben, in unserem fahrbaren Honig-Café einen Kuchen zu essen. Tina meint, dass wir ein absolutes Alleinstellungsmerkmal haben. Im Gegensatz zum Metzger- und Bäckerwagen haben wir keine Stehtische, an denen die Leute nur schnell ihre belegten Semmeln essen und dann weiterziehen. Bei uns soll es bunt angestrichene Klappstühle mit gemütlichen Sitzkissen darauf geben, auf denen man sich gerne niederlässt und sich auch Zeit für den Kaffee und die Gespräche nimmt. Tina klickt sich ständig durch Wohn-Blogs und vergleicht die angesagtesten Tischdekorationen und Deko-Möglichkeiten miteinander. „Es ist enorm wichtig, für das richtige Flair zu sorgen", sagt sie immer wieder und bestellt dann haufenweise Teelichtgläser, Girlanden mit bunten Fähnchen und Sonnenschirme aus Bast. Allerdings hat sie ein Händchen für Dekoration und gemütliches Flair und ich bin mir sicher, dass der Bulli mit seinem fahrbaren Honig-Café nachher nicht wiederzuerkennen ist.

Ich packe die Töpfe und die Kaffeemaschine in die Kiste, lade alles in den Bulli und schwinge mich auf den Fahrersitz. Mein Blick fällt auf das Handschuhfach. Ich zögere kurz, öffne es aber und hole die Kaffeepad-Dose heraus. Seit meiner Fahrt von Sardinien nach Deutschland hatte ich das Armband nicht mehr in der Hand. Zeitweise hatte ich sogar vergessen, dass es noch in meiner Obhut ist und ich es irgendwann Tina zurückgeben muss. Unbedingt. Was wird sie sagen, wenn sie erfährt, dass ich ihr geliebtes Armband die ganze Zeit hatte und es ihr nicht gesagt habe? Ob ich es besser heimlich unter den Busch legen sollte, wo ich es gefunden habe? Aber dann ist nicht sicher, dass Tina das Armband jemals wieder findet. Das Armband ist ihr sehr wichtig und ich möchte, dass sie es wieder zurückbekommt. Außerdem wäre es unehrlich von mir so zu tun, als hätte ich das Armband nie gehabt.

Ich drehe das silberne Armband zwischen meinen Fingern und halte jeden Anhänger ein paar Sekunden zwischen Daumen und Zeigefinger fest. Das kleine Herz steht für ihren verstorbenen Bruder. Das traurige Drama um seinen Unfall hat sie mir auf unserer Reise an den Gardasee erzählt. Über die Bedeutung des Muffins bin ich mir nicht sicher. Ich vermute aber, dass dieser ein Hinweis auf ihren Traum ist, den sie seit ihrem 30. Geburtstag träumt. Den Traum von einem eigenen Café, der nie in Erfüllung gegangen ist und jetzt bald – zumindest ein wenig – wahr wird. Auch wenn es sich bei dem Café nicht um ein richtiges Café, sondern nur um meinen Bus handelt. Ich seufze und lasse den nächsten Anhänger in meine Finger gleiten. Der Bär und die Babyflasche. Nach wie vor bin ich ziemlich sicher, dass diese Anhänger zur Geburt von Tinas Töchtern gekauft wurden. Ob Tina sie von ihrem Ex-Mann bekommen hat? Ich spüre einen kleinen Stich im Herzen. Tina hat eine Vergangenheit vor mir. Und ich habe eine Vergangenheit vor Tina. Ob wir jemals die gleiche Nähe erleben werden, die Tina mit ihrem Ex-Mann hatte? Auch wenn sie immer wieder betont, dass die Ehe seit Jahren unterkühlt und so gar nicht von Zuneigung und Wärme geprägt war, denke ich doch, dass gemeinsame Kinder ein Paar für immer verbinden. Eine Verbindung, die wir beide niemals haben werden. Den kleinen Ring überspringe ich ganz schnell. Der steht klar für Christian, ihren Ex-Mann. Die Bedeutung des kleinen Kleeblattes und des Buches habe ich noch nicht erfasst. Allerdings steht ein Kleeblatt eigentlich meistens für Glück. Es muss also irgendeine Situation gegeben haben, als Tina Glück brauchte, oder Glück hatte. Ich vermute immer noch, dass Tina gerne liest und deshalb auch ein kleines Buch am Armband ist, und ich erinnere mich daran, als ich Tina aus diesem Grund ein Buch geschenkt habe und an ihren überraschten Blick. Ich lege das Armband wieder in die Dose zurück und schiebe sie ganz nach hinten in das Handschuhfach.

In diesem Moment fährt der Paketbote vor dem Haus meines Onkels vor und steigt mit einem länglichen Paket aus. Ich weiß sofort, dass es sich nur um den Gegenstand handeln kann, den ich vor ein paar Tagen als Überraschung für Tina bestellt habe. Ich springe aus dem Bus, um den Paketboten abzufangen und nehme das Paket entgegen.

Am nächsten Tag ist es dann so weit. Tina hat sich ab sofort die Freitage frei genommen. Vor Aufregung konnten wir beide nicht richtig schlafen und haben stattdessen die halbe Nacht gekuschelt und stundenlang geredet, was ein äußerst angenehmer Zeitvertreib war. Dafür sind wir jetzt ziemlich unausgeschlafen und laden um 5 Uhr früh, noch bevor die Mädchen aufstehen, die Tortenhauben mit dem Honig-Gebäck und die Honiggläser ins Auto. Tina zieht sich gefühlt zum hundertsten Mal um – sogar um ihr Outfit hat sie sich nämlich einige Gedanken gemacht.

„Hey Bienenkönigin", sage ich und ziehe Tina an der Hand zu mir her, als sie an mir vorbeiflitzt und die letzte Kiste im Bus abstellt. „Ich habe noch eine Überraschung für dich!"

Tina drückt mir einen schnellen Kuss auf den Mund und sagt: „Ich liebe Überraschungen! Was ist es?"

Ich ziehe hinter meinem Rücken das Paket hervor und Tina nimmt es überrascht in die Hände. „Auspacken?", fragt sie und zieht die Augenbrauen hoch.

„Auspacken!", antworte ich und beobachte Tina, wie sie das Paket aufreißt und das Schild herauszieht. Sie hält es in beiden Händen und liest mit feierlichem Tonfall vor: „Tina und Toms Honig-Café! Cool! Unser eigenes Firmenschild!" Sie lächelt und fährt mit dem Finger über den Schriftzug. Ich hoffe, dass Tina bemerkt, dass ich bei der Auswahl der Schriftfarbe darauf geachtet habe, diese passend zur Deko zu bestellen, die hauptsächlich in rot-weiß gehalten ist.

Ich zeige auf das Bild neben dem verspielten roten Schriftzug. „Mit unserem eigenen Logo – eine kleine Biene auf einem Bus!" Tina hält das Schild nach oben in Richtung Bus-Dach, wo die Sonnenmarkise angebracht ist.

„Das ist so cool!", juchzt sie. „Aber wo hat das Schild Platz? Das muss unbedingt sofort an den Bus!"

Gut, dass ich schon an die Vorrichtung für das Schild gedacht habe. Ich befestige das Schild mit vier Kabelbindern neben der Markise. Wir stehen nebeneinander und betrachten das Schild, das sich erstaunlich gut an meinem Bulli macht.

„Schön! Ich liebe unseren Honig-Bus jetzt schon.", sagt Tina.

„Und ich liebe dich!", sage ich und noch während ich es ausspreche, erschrecke ich vor mir selbst. Ich habe das noch nie zu jemandem gesagt. Noch nicht einmal zu meiner damaligen Freundin. Obwohl wir schon einige Zeit zusammen waren. Trotzdem habe ich dieses Gefühl von Liebe niemals verspürt. Ich hätte noch nicht einmal sagen können, dass ich richtig in sie verliebt war. Und Liebe … erst recht nicht.

Weil ich selbst so überrascht von mir bin, merke ich, dass ich rot werde. Tina ist neben mir auch etwas zusammengezuckt, als ich es ausgesprochen habe. Einen Moment ist es ganz still zwischen uns. Ich bin nicht sicher, wie Tina mein Geständnis findet. Dann stellt sie sich vor mich, legt ihre Arme um meine Schultern und küsst mich mit geschlossenen Augen ganz sanft auf den Mund.

„Ich liebe dich auch!", sagt sie dann und blickt mir ganz tief in die Augen. In mir explodiert ein Feuerwerk der Gefühle. So einen Moment habe ich noch nie zuvor erlebt.

Tina

„Mama, zwei Kaffee und zwei Honigschnitten", ruft mir Sarah über die Theke hinweg zu. Ich stehe im Bulli und bin damit beschäftigt, gleichzeitig die Tassen zu spülen, neuen Kaffee aufzusetzen und die Kuchenstücke abzuschneiden. Die Arbeit im Honig-Café macht riesig Spaß.

Seit einer Woche sind Ferien und deshalb hilft Sarah heute mit. Sie wollte das unbedingt und Tom und ich sind froh, sie zur Unterstützung dabei zu haben. Wir hätten beide nicht damit gerechnet, dass es im Honig-Café so viel zu tun gibt. Und Sarah entpuppt sich überraschenderweise als eine große Hilfe. Ohne maulen ist sie heute Morgen um 5 Uhr aufgestanden und hat geholfen, die Honiggläser und Kuchen in den Bus einzuladen. Sogar ihre Zigarettenschachtel hat sie im letzten Moment aus der Hosentasche gezogen und zuhause auf den Küchentisch gelegt.

Jetzt bedient sie wie ein Wiesel die Leute und spricht in den freundlichsten Tönen mit den Kunden – sogar als ihre Lehrerin Frau Mager vorbeischaut, die natürlich heute auch frei hat – sind ja schließlich Ferien. „Ja sieh an, unsere Sarah", säuselt Frau Mager und schiebt ihre Sonnenbrille hoch. Wahrscheinlich traut sie ihren Augen kaum, dass dieses „schwierige Mädchen", wie sie meine Sarah mit Sicherheit in der Lehrerkonferenz bezeichnet, im Stande ist, zu arbeiten. Okay, ich hätte es selbst nicht für möglich gehalten aber bin froh, dass Sarah wenigstens heute eine sinnvolle Ferien-Beschäftigung gefunden hat. Und etwas schadenfroh, dass das Frau Mager sieht.

„Hallo Frau Mager!", sagt Sarah freundlich und zeigt auf einen freien Stuhl. „Meiner Mutter gehört dieses Honig-Café. Und ihrem Freund. Wollen Sie eine Tasse Kaffee?"

Frau Mager zögert einen Moment und begutachtet die weiß angestrichenen Biergartenstühle und die Tafel, auf der ich heute Morgen mit Kreidestift die Kuchen geschrieben habe, die es heute gibt. Dann wirft sie mir einen Blick zu und lächelt mich gnädig an. „Na dann teste ich mal euren Honig-Kuchen", sagt sie und setzt sich.

„Sehr gerne! Es sind ja jetzt Ferien und Sie haben Zeit", sagt Sarah freundlich und verdreht die Augen, als sie sich mir zuwendet und den Teller mit dem Stück Kuchen entgegennimmt, den ich ihr für Frau Mager über die Theke reiche. Ich verdrehe ebenfalls wie zur Bestätigung die Augen und wir grinsen uns verschwörerisch an. Tom flüstert mir von hinten ins Ohr. „Ist das eure Lieblingslehrerin? Die, die Sarah mal den Verweis gegeben hat?"

„Genau die", bestätige ich und verdrehe nochmal die Augen, um Tom zu signalisieren, dass unsere Freundlichkeit nicht echt ist und es sich hier um knallharte und berechnende Neukundengewinnung handelt. Tom grinst, deutet auf Sarah, die soeben den Kuchen vor Frau Mager auf den Tisch stellt und sagt: „Profis seid ihr beiden ja! Immer schön freundlich bleiben!" Er hebt den Zeigefinger und ich strecke ihm die Zunge raus.

„Na Sarah. Wie geht es im September für dich weiter?", höre ich Frau Mager fragen. Sarah zuckt mit den Schultern. Jetzt hat sie sie eiskalt erwischt. Seit Wochen rede ich an Sarah hin, sich nun endlich nach einer Lehrstelle umzusehen. Zumindest habe ich es geschafft, sie zur Berufsberatung zu schleifen. Die hat aber auch nichts gebracht. Sarah ist ratloser aus dem Beratungsgespräch raus gegangen und hat sich von da an geweigert, mit mir weiter über dieses Thema zu sprechen. Ihre Abschlussnoten sind gar nicht mal so schlecht und ich hoffe immer noch, dass sich Sarah auf eine der Zeitungsannoncen bewirbt, die ich ihr wöchentlich kommentarlos auf ihren Schreibtisch lege. Nun ist aber bereits die erste Ferienwoche fast vorbei und ich befürchte, dass Sarah langsam die Zeit davon läuft. Einmal habe ich versucht mit Anja darüber zu sprechen, obwohl ich mir geschworen habe, sie nie wieder nach Erziehungstipps zu fragen. Ihre Meinung zu Sarah hat sie mir in unserem Streitgespräch schließlich deutlich zu verstehen gegeben. Trotzdem war ich dann doch so verzweifelt, dass ich es zumindest versuchen wollte.

„Du musst Sarah deutlich machen, dass es so nicht geht. Sie muss eine Ausbildung anfangen. Oder willst du, dass sie auf der Straße sitzt? Arbeitslos? Ohne Ausbildung?"

„Natürlich nicht. Das ist doch genau das Problem. WIE soll ich ihr das denn noch deutlicher machen? Ich habe alles versucht. Ich kann sie nicht an der Hand zu einem Ausbildungsbetrieb schleifen und für sie vorsprechen."

Im Gespräch mit Anja war ich noch verzweifelter als sonst. Anja hat mich daraufhin sehr einfühlsam getröstet und Verständnis gezeigt. Ohne Therapeutensprüche. Erst als bei ihr die Tränen geflossen sind, habe ich bemerkt, dass diese Tränen nichts mit meiner Situation zu tun haben.

„Anja, was ist denn los?", habe ich sie gefragt, als sie schluchzend auf meinem Sofa zusammengebrochen ist und ihr akkurates Pony in alle Richtungen stand. Ein eindeutiges Zeichen dafür, dass es Anja wirklich nicht gut geht. Ich habe sie selten weinend gesehen. Anja hat sich immer gut im Griff. Vor lauter Schluchzen konnte Anja erst kein Wort herausbringen und ich war so überrascht, dass ich meine Sorgen augenblicklich vergessen habe. Ich habe Anja in den Arm genommen und solange gehalten, bis sie sich etwas beruhigt hat und nur noch leise Schluchz-

Laute aus ihr herauskamen. „Raimund … er … er …" Wieder überkam Anja ein Heulausbruch.

„Was ist mit Raimund? Ist ihm etwas passiert? Ist er krank?"

Anja schüttelte den Kopf und schnäuzte laut in ein Taschentuch. „Nein, es ist anders. Er ist ausgezogen." Obwohl Anja während dem Satz schon wieder in Tränen ausbrach, habe ich es doch noch verstanden. Raimund ausgezogen? Warum das denn? Die beiden waren das absolute Vorzeige-Ehepaar. Auch wenn Anja das Familienleben so ziemlich allein gemanagt hat, war Raimund doch immer für sie da. Oder nicht? „Hat er eine Andere?" Anja schüttelte den Kopf, setzte sich aufrecht hin und rieb sich die verheulten Augen, so dass ihre Wimperntusche über das ganze Gesicht verschmiert war. Dann sah sie mich an und antwortete: „Er ist schwul. Er lebt jetzt mit einem Mann zusammen."

Sarahs Stimme reißt mich aus meinen Gedanken.

„Ich werde wahrscheinlich ins Ausland gehen. Aupair oder so." Wie bitte? Davon weiß ich ja noch nichts! Am liebsten würde ich aus dem Bulli stürmen und Sarah zur Rede stellen. Aber die positive Reaktion von Frau Mager hält mich davon ab.

„Auslandserfahrungen sind immer gut, Sarah. Daran wirst du wachsen!" Sarah nickt höflich und kehrt mit einer leeren Kaffeetasse zur Theke zurück, die sie mir mit genervtem Blick rüber reicht.

„Darüber sprechen wir noch!", sage ich und ziehe die Augenbrauen hoch. „Jaaa!", antwortet Sarah und die gute Stimmung scheint dahin zu sein. In dem Moment traue ich meinen Augen kaum. Anja läuft mit ihren beiden Kindern an der Hand vorbei und bemerkt den Bus nicht. Wegen der ganzen Aufregung um den plötzlich schwulen Raimund habe ich bei unserem letzten Treffen ganz vergessen, Anja vom Honig-Café zu erzählen.

„Anja!", rufe ich über die Straße und ein paar Damen, die gerade am Gemüsestand nebenan stehen, schauen mich fragend an. Ich winke und rufe noch einmal, da dreht sie sich mit suchendem Blick um. „Hier!", rufe ich nochmal und Anja bemerkt mich. Zuerst wirkt sie völlig irritiert und begutachtet den Bus, bevor sie zögerlich zu mir an den Bus kommt.

„Honigprodukte aus eigener Imkerei gefällig?" Ich zeige auf die Tafel und dann auf die Kuchenauswahl, die wir heute dabeihaben. „Ein Stück Kuchen vielleicht? Ihr habt bestimmt Hunger?", frage ich Mara und Finn, die stumm neben ihrer Mama stehen. Anja steht immer noch stumm und mit offenem Mund vor der Theke und wird mit dem Schauen gar nicht mehr fertig.

„Du hast mir gar nicht erzählt, dass du jetzt auf dem Wochenmarkt arbeitest!", sagt sie.

„Anja, ich bin noch gar nicht dazu gekommen. Als wir uns das letzte Mal gesehen haben, waren einfach andere Dinge wichtig …"

Als Sarah neben ihr auftaucht, um mir den leeren Kuchenteller von Frau Mager zur reichen, bleibt ihr Blick an Sarah hängen und als nächstes an Tom, der hinter mir auftaucht und ihr die Hand zur Begrüßung hinstreckt.

„Du bist also Anja?", sagt er und Anja nimmt seine Hand, bevor sie endlich den Mund schließt. Heute sitzt ihr Pony wieder und ihr Gesicht ist perfekt geschminkt. Allerdings erscheint mir ihre Kleidung etwas ungewohnt. Statt wie gewohnt einer weißen Bluse und Stoffhose trägt sie heute ein knallbuntes langes Sommerkleid. Anja trägt sonst nie Kleider. Es steht ihr aber wirklich gut und lässt sie weniger streng erscheinen.

Sie lächelt Tom an und antwortet: „Genau, Anja. Hat Tina schon von mir berichtet?", und ich glaube den besorgten Ton in ihrer Stimme zu hören. Sie vermutet bestimmt, dass ich Tom von ihrem Ehedrama mit Raimund berichtet habe. Dahingehend könnte ich Anja beruhigen. Da ich weiß, wie sehr Anja unter dieser Situation leidet, habe ich noch nicht einmal mit Susanne darüber gesprochen. Schließlich ist alles noch sehr frisch und bevor Anja nicht offiziell von Raimund getrennt ist, werde ich diese Neuigkeit nicht gleich herumerzählen.

Tom nickt aber auf ihre Frage hin und ich hoffe, dass Anja nichts Falsches in dieses nicken hineininterpretiert. Sie setzt sich und Tom übernimmt die Bewirtung von Anja und ihren Kindern, da genau in diesem Moment Frau Mager an die Theke herantritt und einen verschwörerischen Blick aufsetzt.

„Ihre Tochter scheint jetzt auf einem guten Weg zu sein."

Ich nicke und setzte mein Pokerface auf „Jaja. Der Auslandsaufenthalt wird ihr gut tun."

„Das sehe ich auch so. Im Ausland sammeln die jungen Mädchen viel Erfahrungen. Und wenn sie erst Verantwortung für Kinder übernehmen muss …" Ich versuche, ihr nicht zu viel Beachtung zu schenken und nicht darüber nachzudenken, was mir Frau Mager hier sagen möchte. Viel lieber hätte ich mich jetzt zu Anja gesetzt und ihr von unserem Honig-Café erzählt. Aber im Augenwinkel sehe ich, dass sich Tom zu ihr gesetzt hat und die beiden ein Gespräch begonnen haben.

Frau Mager sieht sich neugierig im Innenraum des Busses um. Wahrscheinlich checkt sie unauffällig die hygienischen Verhältnisse, um mir das Ordnungsamt auf den Hals zu hetzen. Aber sie nickt und bemerkt: „Nett haben Sie es hier. Machen Sie das hauptberuflich?"

„Ich mache das an meinem freien Tag. Imkern ist mein Hobby. Und ich betreibe dieses Café gemeinsam mit meinem Lebenspartner." So, damit du es weißt, du neugierige Kuh! Frau Mager zieht die Augenbrauen hoch und sagt: „Respekt. Das als alleinerziehende Mutter!" Ich bin nicht sicher, ob dieses Kompliment ernst gemeint oder ironisch war. Ich versuche, nicht weiter darüber nachzudenken und verabschiede Frau Mager mit meinem gewinnendsten Neukundenlächeln.

Noch ein paar Stücke Kuchen, ein paar Tassen spülen, neuen Kaffee aufsetzen – eigentlich möchte ich mich zu Anja setzen, aber gerade werden drei Tische frei und neue Wochenmarktbesucher setzen sich. Sarah und ich haben alle Hände voll zu tun, um die Leute nicht lange warten zu lassen. Sogar ein paar Gläser Honig habe ich innerhalb der letzten Stunde verkauft.

Da sehe ich, dass Anja aufsteht und Tom das Geld in die Hand drückt. Sie winkt mir, dreht sich um, ohne noch einmal herzukommen und verschwindet zwischen dem Gemüsestand und dem Metzgerwagen.

Tom

Ich zittere und versuche, mir nichts anmerken zu lassen. Tina schickt mich von einem Tisch zu anderen und ich räume wie in Trance die Tassen weg und schneide den Kuchen auf. Aber meine Gedanken drehen sich nur um diesen einen Satz! Diesen Satz, den mir Tinas Freundin Anja vor die Füße geknallt hat, kurz bevor sie ihre beiden Kinder an die Hand genommen hat und weitergezogen ist.

Tina war vorhin so beschäftigt, dass sie keine Zeit für ihre Freundin hatte. Die beiden haben kaum miteinander gesprochen. Dafür hatte ich das Vergnügen mit dieser Anja. Eigentlich wollte ich sie nur kennenlernen. Die gute Freundin meiner Freundin. Bisher habe ich nur Susanne kennengelernt.

Meine Hände sind schwitzig und mir rutscht ein Teller aus der Hand und zerbricht auf dem Boden in 1000 Teile. Ich gehe auf die Knie und kratze die Scherben aus den Pflasterfugen. Meine Gedanken kreisen und ich nehme Tina gar nicht richtig wahr, die in diesem Moment mit Schaufel und Besen ankommt und neben mir ebenfalls versucht, die Scherben auf den Pflastersteinen zusammenzukehren. Auch Sarah sagt im Vorbeigehen irgendwas zu mir, aber ich höre alles nur wie durch Watte.

Dafür schallt Anjas Bemerkung in meinem Ohr: „Tina hat schon immer von einem Café geträumt. Naja, in gewisser Weise ist sie ja schon berechnend."

„Wie meinst du das?", habe ich sie gefragt.

Dann Anjas Schweigen und dazu noch dieser Blick – erst zu meinem Bulli, dann zu mir. „Ohne dein Auto hätte sie niemals ein Café eröffnen können." Und dann ihr Grinsen. Dann das Kopfschütteln. „Vergiss es, war nur so ein Gedanke!"

Mit diesen Worten hat mich Anja stehen gelassen. Hat sich einfach umgedreht, ohne mich noch weiter über die Bedeutung ihrer Worte aufzuklären. Ich überlege krampfhaft, ob etwas dran sein könnte. Und der Gedanke beschleicht mich, dass Tina gar kein ernstes Interesse an mir hat, sondern unsere Liebe nur darauf basiert, dass ich ihr den Bus zur Verfügung stelle. Den Bus, den sie zur Verwirklichung ihres Traumes dringend benötigt. Ist Tina wirklich berechnend? Ich gehe die letzten Wochen unserer Beziehung in Gedanken durch und überlege, seit wann wir „richtig" zusammen sind.

Es war nicht nach dem ersten Sex. Tina hat sich damals nicht mehr bei mir gemeldet. Mir war das damals zwar auch ganz recht. Ich hatte keine Lust auf eine feste Beziehung. Trotzdem kommt es mir jetzt im Nachhinein seltsam vor. Warum hat sich Tina danach nicht ein einziges Mal bei mir gemeldet? Sie hätte es zumindest versuchen können. Schließlich war ich derjenige, der von Sardinien zurückgekehrt ist, um sie wieder zu sehen.

Sie hat mir sogar ihre Kinder verheimlicht. Tut man das, wenn man ein ernsthaftes Interesse an einem Mann hat? Eigentlich hat sie mich getäuscht.

Dann unsere Reise an den Gardasee. Ich denke an die Situation, als wir auf der Heimfahrt im Bulli zum ersten Mal über Tinas Traum gesprochen haben. Sie hatte die Idee mit dem „Fahrenden Café". Ich habe ihr daraufhin den Bulli angeboten. Hätte Tina ihre Idee auch ohne Bulli verwirklichen können? Ich denke nicht. Die Miete für einen Imbisswagen wäre viel zu hoch gewesen. So viele Kuchen kann man gar nicht verkaufen, dass sich das Geschäft lohnen würde. Einen eigenen Imbisswagen hätte sie sich ebenso niemals leisten können. Erst seit die Idee mit dem Bulli-Café fix ist und wir die Formalitäten erledigt haben, um auf dem Wochenmarkt verkaufen zu dürfen, ist unsere Beziehung verbindlich geworden.

„Tom! Ich rufe dich jetzt zum dritten Mal, aber du antwortest nicht?!" Tina legt ihre Hand auf meine Schulter und ich drehe mich erschrocken um und halte die letzte Keramikscherbe in der Hand. Etwas schwerfällig richte ich mich auf und stehe vor Tina. Ich merke, dass ich durch sie hindurchsehe.

„Tom, was ist denn los?", fragt sie und sieht mich besorgt an. „Geht es dir nicht gut?" Tina legt die Hand auf meine Stirn wie bei einem kleinen Kind. Ich drehe den Kopf zur Seite.

„Doch, doch. Alles okay", antworte ich und höre selbst, dass sich meine Stimme belegt anhört. Und kühl. Ich wende mich ab und gehe zum Bulli, wo ich die Scherben in den Müll werfe.

Tina folgt mir und verschränkt die Arme vor der Brust. „Was hat Anja denn erzählt?"

„Warum? Was soll Anja denn erzählt haben?", antworte ich und ziehe die Augenbrauen hoch. Tinas Frage bestätigt meinen Verdacht, dass sie sich Sorgen macht. Weil sie ahnt, was Anja gesagt haben könnte?

Ich bemerke ein älteres Ehepaar, das unschlüssig vor der Tafel steht und damit hadert, einen Kaffee zu trinken. Schnell nutze ich die Gelegenheit, dem Gespräch mit Tina auszukommen und gehe zu den beiden hin.

„Möchten Sie in unserem Honigcafé einen Kaffee genießen? Vielleicht mit einem Stück Honig-Schnitte?", sage ich und mache eine einladende Geste, um die zögerlichen Gäste davon zu überzeugen, Platz zu nehmen. Lieber bin ich beschäftigt, als Tina Rede und Antwort zu stehen. Ich versuche, Tinas verdutzen Blick zu ignorieren, mit dem sie mir hinterher sieht. Tina steht immer noch wie angewurzelt mit verschränkten Armen da und beobachtet mich dabei, wie ich dem älteren Ehepaar die kleine Karte bringe und erkläre, welche Kuchen wir heute zur Auswahl haben.

Sarah hilft mir und bringt gleich den bestellten Kaffee an den Tisch. Danach kehre ich schnell in den Bulli zurück und konzentriere mich auf den Abwasch.

Tina kommt in den Bus und stellt sich hinter mich. Sie sieht mir eine Weile zu und wartet wahrscheinlich auf eine Erklärung für mein Verhalten. Ich sage nichts. Ich habe jetzt keine Lust, mit ihr zu reden. Auf Diskussionen erst recht nicht. Soll sie doch ihre Freundin Anja fragen, über was wir gesprochen haben. Die kann ihr dann berichten, welchen Verdacht sie in mir geschürt hat. Ich höre Sarah nach Tina rufen. Tina dreht sich seufzend weg und geht wieder nach draußen, um die Tische abzuräumen und den nächsten Gästen einen Platz anzubieten.

Mein Entschluss festigt sich in den nächsten Stunden. Ich hätte mich niemals auf diese Geschichte einlassen dürfen. Ich habe meinen besten Freund Ralf für Tina enttäuscht, als ich mich entschlossen habe, hier zu bleiben. Und jetzt zerbricht meine Vorstellung einer glücklichen Beziehung innerhalb weniger Stunden - wie der Teller, der vorhin auf den Boden geknallt ist. Der Teller ist ein Symbol meiner Beziehung mit Tina. Dünnes Porzellan, das bei Erschütterung zerbricht. Nicht für die Ewigkeit gedacht.

Tina

Am Morgen liegt ein Zettel in der Küche. Neben der Seifenform, mit der wir vor ein paar Tagen noch Seifen für den Wochenmarkt hergestellt haben. Ein paar Worte mit Filzstift drauf gekritzelt.

Lebe wohl! Unsere Beziehung hat keine Zukunft und hatte wahrscheinlich auch noch nie eine Basis!

Das ist alles! Fassungslos starre ich darauf. Das Wort *Lebe* ist inzwischen zu einem kleinen Farb-See verlaufen, als eine Träne auf das Blatt getropft ist.

Ich kann nicht aufhören zu weinen. Ich weine vor Wut, vor Verzweiflung und vor Fassungslosigkeit. Sarah sitzt schweigend neben mir uns scheint genauso verwirrt zu sein wie ich. Gestern standen wir noch zu dritt auf dem Wochenmarkt und alles war gut. Dann war Tom plötzlich abweisend. Den Grund dafür hat er mir nicht verraten. Wir waren alle drei sehr beschäftigt und ich habe seine Zurückhaltung mir gegenüber einfach als ein Zeichen von Stress interpretiert.

Zum hundertsten Mal wähle ich seine Nummer aber nur die Mailbox geht ran. Ich spreche nicht mehr drauf. Einmal muss reichen. Er sieht ja, wie oft ich versucht habe, anzurufen. Meine Nachrichten liest er nicht, obwohl er online war. Wie kann er mir das schon wieder antun.

„Es reicht jetzt. Ich fahre zu ihm!", sage ich und laufe in den Flur, um mir den Autoschlüssel zu schnappen. „Meinst du, er ist überhaupt zu Hause?", ruft mir Sarah hinterher.

Ich bleibe mit dem Schlüssel in der Hand stehen und drehe mich zu Sarah um. „Wo soll er denn sonst sein?"

„Naja, entweder ist er wirklich bei seinem Onkel, oder er ist …" Sarah zuckt mit den Schultern.

„Meinst du, dass er nach Sardinien zurückgefahren ist?!" In dem Augenblick wird mir ganz heiß vor Schreck. Wenn Tom wirklich nach Sardinien gefahren wäre, würde das bedeuten, dass er unsere Beziehung mit einem Schlag beendet hätte.

Laura öffnet ihre Zimmertür und bleibt noch verschlafen oben an der Treppe stehen. „Was ist denn los?"

„Mamas Lover ist abgehauen!", sagt Sarah und zieht ihr Handy aus der Hosentasche. „Warte, ich teste mal was."

Sarah tippt eine Nachricht in ihr Handy und starrt dann auf das Display. „Jetzt! Er hats gelesen, antwortet aber nicht", stellt sie fest und steckt das Handy wieder weg.

„Was hast du ihm geschrieben?", frage ich und habe Sorge, dass Sarahs Nachricht alles nur schlimmer macht.

„Na, dass du total fertig bist!", sagt Sarah.

„Ich bin nicht total fertig!", schreie ich und meine Stimme überschlägt sich. „Das hättest du nicht schreiben dürfen. Vielleicht ist es nur ein Missverständnis. Ich weiß ja noch nicht einmal, was los ist."

Sarah scheint schon wieder abwesend zu sein und antwortet gelangweilt. „Ja logisch, Mama!"

Ich bitte Laura schnell, schon mal das Frühstück vorzubereiten und laufe raus zum Auto. Ich werde jetzt zum Haus seines Onkels fahren. Bestimmt ist er dort. Wahrscheinlich hat er gestern irgendwas missverstanden. Was könnte das gewesen sein? War Sarah pampig zu ihm? Mir fällt keine Situation ein. Wahrscheinlich ist er nur beleidigt wegen irgendwas und lässt mich zappeln. Es kann nicht sein, dass Tom einfach so Schluss macht. Es war doch nichts!

Viel haben wir gestern nicht gesprochen. Auf dem Wochenmarkt war einfach einiges los. Dann noch ein paar

Gäste, die ich kannte und mit denen ich kurzen Small Talk halten musste. Frau Mager und … Anja.

Mir fällt ein, dass Anja da war und Tom mit ihr gesprochen hat. Es war nur ein kurzes Gespräch. Anja musste gleich weiter. Sie hat vermutlich viel Stress, seit Raimund ausgezogen ist. Jetzt muss sie sich um alles allein kümmern.

Meine letzten Versuche, mit Anja ein Treffen zu vereinbaren, sind gescheitert. Sie hatte nie Zeit. Derweil hätte ich ihr gerne signalisiert, dass ich für sie da bin. Ich weiß ja, wie man sich nach einer Trennung fühlt und wäre ihr trotz unserer Unstimmigkeiten in letzter Zeit eine Stütze gewesen.

Die Fahrt zum Haus von Toms Onkel nehme ich gar nicht richtig wahr und fühle mich, als hätte mich eine unsichtbare Kraft hingebeamt.

Ich klingle, aber niemand öffnet. Ich warte und drücke nochmal auf die Klingel.

Ich trete ein paar Schritte zurück und sehe nach oben in den 1. Stock, wo Tom ein Zimmer bezogen hat, seit seine Wohnung vermietet wurde. Das Zimmer hat er ohnehin kaum genutzt, weil er die meiste Zeit bei mir verbracht hat. Heute Nacht wollte er aber hier schlafen. Nachdem wir gestern den Bulli geputzt und alles verräumt haben, hat Tom gesagt: „Ich bin total k.o. Hab Kopfweh und brauche etwas Ruhe." Ich habe das verstanden und akzeptiert, auch wenn ich trotzdem etwas enttäuscht war.

Das Zimmer ist dunkel. Es scheint nicht so, als wäre jemand zu Hause. Nach dem dritten Klingeln geht im Erdgeschoss das Licht an und kurz darauf öffnet ein älterer Herr mit grauem Vollbart und ausgebeulter Cordhose die Haustüre.

„Guten Tag. Sie sind bestimmt Toms Onkel", sage ich und strecke die Hand hin. Der ältere Herr nimmt meine Hand nicht, sondern bleibt ungerührt stehen.

„Ich, äh, ich bin Tina. Die Freundin von Tom. Ist er da?", versuche ich es nochmal.

Der Mann antwortet nicht und sieht mich schweigend an. Nach einer gefühlten Ewigkeit sagt er langsam: „Ich weiß nicht, wo Tom ist. Der war schon seit Tagen nicht mehr hier."

Seit Tagen? Dann hat er letzte Nacht nicht hier verbracht?! Ich drehe mich zur Straße um und bemerke erst jetzt, dass auch der Bulli nicht dort steht, wo er stehen müsste. „Entschuldigen Sie die Störung. Dann … rufe ich ihn einfach mal an", sage ich und lächle den Mann höflich an. Doch der schließt die Haustüre, ohne noch einmal etwas zu sagen und ohne zurückzulächeln.

Auf dem Weg zum Auto tippe ich die neunte Nachricht in mein Handy. Wenn er Sarahs Nachricht gelesen hat, kann er zumindest nicht verunglückt sein. Warum liest er meine Nachrichten nicht?

Bitte sag mir einfach wo du bist! Lass uns doch bitte reden! Ich weiß nicht was los ist!

Ich sitze minutenlang in meinem Auto und starre so lange auf mein Handy, bis Tom tatsächlich online, aber auch gleich wieder offline ist. Aber wieder liest er meine Nachricht nicht. Ich werde wütend und schreie das Lenkrad an. „Du verdammter Mistkerl! Ist das deine einzige Lösung, sofort die Flucht zu ergreifen, wenn dir irgendwas nicht passt?!"

Dann heule ich die ganze Autofahrt zurück nach Hause und sehe die Straße nur wie durch einen Regenvorhang.

Als ich den Garten betrete und in Richtung Haustüre gehe, wische ich mir die Tränen aus den Augen und versuche mich zusammenzureißen. Ich möchte vor den Kindern nicht so unkontrolliert wirken. Ich weiß, dass es Laura hasst, wenn ich weine. Es belastet sie sehr und das hat sie nicht verdient. Nicht wegen Tom!

Hinter der Hecke raschelt es. „Ich habe gehört, sie verkaufen auf dem Wochenmarkt?" Frau Kranz quetscht sich zwischen zwei Thujahecken an den Gartenzaun durch.

Ich wische nochmal über mein Gesicht. Das fehlt gerade noch, dass Frau Kranz sieht, dass ich heule. Zu spät, sie hat es schon gesehen und sieht mich stirnrunzelnd an. „Ist was mit Ihnen?"

Fast schon glaube ich ihr, dass sie sich ernsthaft Sorgen um mich macht, schüttle den Kopf und versuche freundlich zu antworten. „Nein, nein. Sie sind heute Morgen schon fleißig im Garten?"

„Man tut was man kann.", sagt sie und wischt sich die erdigen Finger an ihrer Kittelschürze ab. „Ich arbeite ja nur für mich. Und meinen Mann!", sagt sie und ich versuche, den Ton in ihrer Stimme zu überhören. „Schwarzarbeit ist nichts für mich. Ich bin für ehrliche Arbeit." Bums! Da war es wieder! Der Nachbarschaftskrieg geht in die nächste Runde. „Ich arbeite nicht schwarz liebe Frau Nachbarin", antworte ich in betont freundlichem Ton. „Sie können das gerne überprüfen." Dann gehe ich ohne weitere Worte ins Haus.

Nach dem Frühstück mit den Kindern, bei dem ich versuche, mich zusammenzureißen und kurz die Gedanken an Tom zu verdrängen, stehe ich ratlos in der Küche herum. Auf dem Weg zum Geschirrspüler rutscht mir eine Tasse vom Geschirrstapel und zerbricht auf dem Küchenboden. Ich denke an die Situation gestern – als Tom ein Teller heruntergefallen ist und er auf dem Boden kriechend die Scherben eingesammelt hat. Schon da machte er den Eindruck, dass irgendetwas nicht stimmt. Er war so in Gedanken versunken.

Ich grüble und versuche, die Ereignisse des gestrigen Tages noch einmal zu durchdenken. Tom wirkte abwesend, nachdem er mit Anja gesprochen hat. Ich habe Tom daraufhin gefragt, was Anja ihm erzählt hat. Zuerst dachte ich, dass Anja von ihrer Trennung mit Raimund berichtet haben könnte und Tom deshalb anschließend so durch den Wind war. Anja kann plötzlich sehr emotional werden und Tom hätte sich davon mitreißen lassen können. Mit meiner Vermutung lag ich aber wohl falsch, denn Tom hat scheinbar meine Frage gar nicht verstanden. Bestimmt haben die beiden doch nur Small-Talk gehalten – sie kannten sich bisher ja auch noch gar nicht.

Mein Handy gibt einen Signalton ab und ich wische sofort meine Nachrichten her. Hat Tom doch geantwortet? Leider wird meine Hoffnung sofort wieder enttäuscht – Susanne schreibt und fragt: *Geht es dir gut, Süße? Lange nichts gehört …*

Susanne hat recht! In letzter Zeit habe ich unsere Freundschaft tatsächlich vernachlässigt. Als sich Tom und Susanne zum ersten Mal begegnet sind, schien Tom so gar nicht von ihr begeistert gewesen zu sein. Susanne hatte sich an dem Tag, an dem ich vom Baum gestürzt bin, aber auch extrem an Tom rangeschmissen. In der Hinsicht kann ich Tom verstehen, dass ihm das Verhalten von Susanne unangenehm war, und ich habe ihm später – als wir zusammen waren – erklärt, dass Susanne einfach gerne einen festen Freund haben würde. Tom hat diese Erklärung zwar geschluckt, aber leider trotzdem kein großes Interesse gezeigt, Susanne besser kennenzulernen. Sue macht leider immer wieder den Fehler, dass sie mit ihrer aufdringlichen Art die Männer eher verschreckt als sich damit interessant zu machen.

Plötzlich spüre ich eine große Sehnsucht nach meiner Freundin und wünsche sie mir an meine Seite – sofort! Ich brauche seelische Unterstützung, Zuspruch, Verständnis!

Hast du Zeit? Ich brauche dich! tippe ich in mein Handy.

Natürlich Süße! Ist schließlich Wochenende! Im Cafe?

Komm lieber her! Jetzt gleich! Eiskaffee wartet auf dich!

Keine halbe Stunde später sitzt Susanne auf dem Sitzkissen auf den Terrassendielen und versucht anhand vieler Nachfragen das Geschehen der letzten Wochen zu rekonstruieren. Ich sitze neben ihr auf dem Stuhl und berichte noch einmal ausführlich von unserem Kurztrip an den Gardasee, über die Entscheidung, das fahrende Honigcafé auf dem Wochenmarkt zu betreiben und darüber, wie gut es mir seitdem damit geht, an der frischen Luft gemeinsam mit Tom Honigkuchen zu verkaufen, anstatt jeden Tag im Büro zu sitzen.

Susanne hat zwar alles mitbekommen, weil ich sie über Kurznachrichten auf dem Laufenden gehalten habe, aber für einen ausführlichen Bericht hatten wir beide keine Zeit.

Susanne sitzt im Schneidersitz auf dem Kissen hält das Glas mit dem Eiskaffee in beiden Händen, als ob sie sich daran wärmen müsste. Dabei hat es bereits gefühlte 30 Grad und auch der Sonnenschirm kann die Hitze nicht mehr abhalten. „Und wann genau ist Toms Stimmung gekippt?", fragt sie.

„Hmmm, eigentlich erst, nachdem Anja da war."

Susanne runzelt die Stirn. „Anja war da?"

„Ja, ich habe sie zuvor ewig nicht mehr gesehen. Nur mal kurz, aber da haben wir über andere Dinge gesprochen als über das Honig-Café. Plötzlich ist sie mit den Kindern vorbeigelaufen und hat sich einen Kaffee bestellt."

„Und dann?"

„Naja, ich hatte keine Zeit für sie, weil im gleichen Moment Frau Mager da war. Du weißt schon, Sarahs Lehrerin. Also hat sich Tom kurz zu Anja gesetzt und mit ihr gesprochen. Ja … danach war er wie ausgewechselt."

Susanne steht auf und stellt den Eiskaffee auf dem Tisch ab.

„Also hat es was mit Anja zu tun! Ruf sie an! Frag sie, über was sie mit Tom gesprochen hat."

Ich sehe Susanne fragend an. „Meinst du wirklich, dass es was mit Anja zu tun hat? Was soll sie mit Tom denn in so kurzer Zeit besprochen haben? Die beiden kannten sich nicht einmal."

Susanne wischt sich über ihre Stirn, auf der sich kleine Schweißperlen gebildet haben.

„Anja ist so eine Psychotante! Vielleicht hat sie Tom irgendwas erzählt, was ihn aus der Fassung gebracht hat. Vielleicht hat sie irgendein Thema angesprochen. Eines, mit dem es ihm nicht gut geht."

Ich starre durch den Garten auf die kleine Gartentüre im hinteren Teil des Gartens, durch die Tom meistens gekommen ist.

„Hmmm, ich weiß nicht. Was sollte das sein? Und warum ergreift er dann vor mir die Flucht? Dann muss dieses Thema irgendwas mit mir zu tun haben."

Susanne hat sich in der Zwischenzeit eine Zeitschrift vom Stapel genommen, der seit der Schönwetter-Phase auf dem Terrassentisch liegt und benutzt diese als Fächer, um sich Luft zuzuwedeln.

„Ruf sie doch einfach an und frage sie." Susanne merkt wohl, dass ich zögerlich bin. Irgendwas hindert mich daran, bei Anja nachzufragen. Vielleicht die Vermutung, dass sich Anja darin bestätigt fühlen könnte, dass Tom nicht der Richtige für mich ist. Ihre Warnungen klingen mir noch im Ohr, als ich ihr von der Beziehung mit Tom erzählt habe. Als „dahergelaufenen Typen" hat sie ihn bezeichnet. Dabei kannte sie ihn noch nicht einmal.

Noch bevor ich lange darüber nachdenken kann, warum Anja schon damals so skeptisch gegenüber der Beziehung mit Tom war, reicht mit Susanne mein Handy und nickt auffordernd, als ich sie fragend ansehe.

„Jetzt gleich?"

„Natürlich jetzt gleich!", sagt sie. „Dein Tom ist wahrscheinlich nach Sardinien abgehauen, deine Freundin Anja hat wohl irgendwas damit zu tun und du willst warten? Auf was?"

Wie gut, dass es Susanne immer so direkt auf den Punkt bringt.

Mein Herz klopft mir bis zum Hals als es bei Anja anklingelt. Sie geht nicht ran. Ich versuche es auf dem Festnetz. Aber auch hier läutet es nur und nach einiger Zeit geht der Anrufbeantworter ran: *Sie sind mit der therapeutischen Praxis für Paar- und Eheberatung verbunden. Bitte hinterlassen Sie ihre Telefonnummer, dann rufe ich Sie umgehend zurück.* klingt Anjas Stimme auf der Mailbox.

Ich zögere einen Moment, dann spreche ich drauf: *Hi Anja, hier ist Tina. Ich muss dich unbedingt sprechen, erreiche dich leider nicht. Bitte ruf mich zurück. Dringend!*

Unschlüssig lege ich das Handy auf den Tisch und zucke mit den Schultern. „Nicht da. Komisch."

„Schreib ihr noch eine Nachricht aufs Handy", drängelt Susanne. Sie lässt aber auch nie locker. Also tippe ich den gleichen Text, den ich gerade auf den Anrufbeantworter gesprochen habe, als Nachricht und schicke sie ab. Fast im gleichen Moment ist Anja online, liest meine Nachricht aber antwortet nicht. Ich starre aufs Handy und warte darauf, dass es gleich klingelt, aber nichts tut sich.

„Warum ruft sie jetzt nicht an?" Ich sehe Susanne fragend an, aber die steht ebenfalls nur regungslos da und starrt auf das Handy. Dann flitzt sie ins Haus und holt das Telefon. Sie legt den Hörer neben das Handy und gemeinsam sehen wir beschwörend auf die Geräte. Nichts tut sich. Anja ruft nicht an. Langsam kommt mir die Sache komisch vor. Tom antwortet nicht auf meine Anrufe und liest meine Nachrichten nicht. Und Anja liest meine Nachrichten, aber antwortet nicht. Irgendwas muss da im Busch sein! Ich verstehe nur noch nicht, was.

„Kann es was mit den Kindern zu tun haben?", murmelt Susanne vor sich hin.

„Wie meinst du das?", frage ich.

Susanne stützt sich auf dem Tisch ab und beugt sich zu mir runter. „Na, du hast ihm am Anfang doch nicht erzählt, dass du Kinder hast. Vielleicht ist er deshalb gekränkt und zieht sich zurück."

Ich schüttle den Kopf. „Nein, das hätte er doch schon längst gemacht."

Susanne geht auf der Terrasse hin und her und überlegt. „Aber vielleicht fühlt er sich überfordert damit, plötzlich Verantwortung für zwei Kinder zu haben?"

„Sue, Tom hat keinerlei Verantwortung für die Mädchen. Sie haben sich eher von Tom ferngehalten. Seit wir auf dem Wochenmarkt verkaufen, hat sich Sarah sogar sehr freundlich Tom gegenüber verhalten. Das kann nicht der Grund für sein Verschwinden sein."

Langsam merke ich, wie mich wieder die Verzweiflung überkommt. Eine Biene landet auf dem Terrassentisch. Sie hat wahrscheinlich die Orientierung verloren, denn normalerweise werden nur Wespen vom Geruch des Essens angezogen. Bienen fliegen nur dahin, wo die größte Tracht zu finden ist. Ich beobachte die Biene, wie sie auf dem Tisch hin und her krabbelt. An ihren Füßen trägt sie gelbe Pollen. Ich lächle müde bei der Erinnerung daran, als ich mit Tom vor den Kästen stand und wir die Bienen am

Flugloch beobachtet haben. Plötzlich gefriert mein Lächeln und mir fällt siedendheiß etwas ein! Etwas, das die ganze Situation noch viel schlimmer macht, als sie eh schon ist. Etwas, das mich in eine neue Verzweiflung stürzt:

Der Waldhonig muss geschleudert werden. Tom wollte das eigentlich schon letzte Woche machen. Bis Ende Juli sollte der Waldhonig nämlich geschleudert sein. Danach muss man die Bienen für den Winter zufüttern und auch gegen die Varroamilbe behandeln. Jetzt ist es bereits Anfang August! Tom ist weg, der Honig ist noch nicht geschleudert und ich habe keine Ahnung, wie ich das alles schaffen soll!

***

Die Honigschleuder läuft mit einem leisen Geräusch an, das sich mit zunehmender Geschwindigkeit der Drehschleuder steigert und lauter wird. Mein Finger schwebt vor dem grünen Knopf, auf den ich drücken muss, um die Schleuder wieder zu stoppen.

Karl hat mir freundlicherweise seine elektrische Honigschleuder geliehen. Meine einzige Chance darauf, den Honig noch rechtzeitig aus den Waben zu bringen.

Im Imkereibedarf habe ich mir noch auf die Schnelle einen Honigeimer besorgt, der nun unter dem Abfüllhahn steht und sich langsam mit dem goldgelben Honig füllt. Der Honigfluss läuft stetig aus dem silbernen Hahn der Honigschleuder und legt sich zähflüssig auf den bereits abgefüllten Honig im Eimer.

Karl wirkte etwas irritiert, als ich mich bei ihm gemeldet habe und ihn bat, mir seine Schleuder zu leihen. Es hat etwas gedauert, bis er verstanden hat, dass ich bis vor ein paar Tagen noch glücklich mit Tom zusammen war und dieser aber nun schon wieder sang- und klanglos verschwunden ist.

„Typisch Heigl – ich sage es ja. Kommt und geht, wann er will." Ich seufze und muss Karl recht geben. Bereits zum zweiten Mal lässt mich Tom allein.

Ich erinnere mich an das Gefühl, als Tom zum ersten Mal verschwunden ist, ohne sich zu verabschieden. Und daran, als er fast schon reumütig zurückgekehrt ist und plötzlich vor der Haustüre stand, als gerade Karl da war, um mir mit den Bienen zu helfen. Toms Blick wirkte damals schon fast eifersüchtig, als ob er dachte, dass ich mich mit Karl getröstet hätte.

Bei der Erinnerung an diesen Moment muss ich lächeln und spüre gleichzeitig Verbitterung. Es scheint Toms Muster zu sein, bei jedem Konflikt die Flucht zu ergreifen. Doch bei Toms letzter Flucht waren wir noch nicht einmal richtig zusammen. Es hatte sich gerade entwickelt.

Inzwischen haben wir uns sogar gemeinsam etwas aufgebaut – das fahrende Honig-Café. Und eine richtige Beziehung. Heute tut mir Toms Verhalten noch viel mehr weh.

Fast hätte ich vergessen, die Schleuder rechtzeitig auszuschalten und die Waben herauszunehmen. Die Schleuder stoppt und ich nehme die klebrigen leergeschleuderten Rähmchen aus den Halterungen in der runden Edelstahltonne. Die geschleuderten Waben werden im Frühling als Brutwaben wieder in die Beuten gehängt, um den Bienen die Arbeit zu erleichtern.

„Altes dunkles Wachs sollte man aber lieber einschmelzen und es im Imkereibedarf in neue Wachsplatten umtauschen", sage ich leise vor mich hin, als würde mich jemand ausfragen. In Gedanken gehe ich alles durch, was ich bisher über die Imkerei gelernt habe und bin stolz auf mich, dass ich noch so vieles weiß und so gut zurechtkomme.

Anschließend stelle ich das nächste Rähmchen auf die Halterung und löse mit der Entdeckelungsgabel vorsichtig die obere Wachsschicht von den Waben. Ich bin froh darüber, beim Honig-Schleudern mit Tom so gut aufgepasst zu haben und konzentriere mich auf jeden Schritt, um nichts falsch zu machen.

Karl hat angeboten mir zu helfen, aber das Honig-Schleudern wollte ich diesmal allein schaffen. Lediglich beim Entnehmen der vollen Rähmchen aus den Beuten hat mich Karl beraten, denn einige Waben verbleiben in der Beute, damit die Bienen genug Futter für den Winter haben. Unvorstellbar, dass sie den ganzen Winter überleben, ohne neues Futter zu sammeln. Sie leben vom Honig, der in der Beute verbleibt und vom Zuckerwasser, mit dem sie gefüttert werden und das sie zu Futter umarbeiten.

Mit Karl habe ich die Waben begutachtet, welche sich zum Schleudern eignen und welche in der Beute bleiben sollen.

„Nur ein kleiner Teil des Volkes – die sogenannten Winterbienen – sind in der kalten Jahreszeit im Stock. Wenn diese bis zum Frühjahr überleben, vermehren sie sich und brüten die Sommerbienen, die dann wieder ausfliegen", erklärte mir Karl, als wir die vollen Honigwaben in Plastikkisten legten und diese ganz schnell in die Küche trugen, was gar nicht so einfach war, weil die Bienen dem Geruch des Honigs gefolgt sind. Laura und Sarah haben sich mal wieder in ihre Zimmer verzogen und das Geschehen vom Fenster aus beobachtet, um nicht von einer Biene gestochen zu werden. Schließlich haben wir es geschafft, alle Honigwaben zu entnehmen.

Anschließend haben wir den Holzkasten, der als Honigraum diente, entfernt. „Die Bienen müssen sich nun wieder mit einem kleineren Wohnraum zufriedengeben", sagte Karl. Die Bienen taten mir schon fast leid, als sie zu hunderten am Flugbrett saßen und versuchten in der verkleinerten Beute Platz zu finden.

„Das schaffen sie schon", meinte Karl, als er mein besorgtes Gesicht sah. Er erklärte mir noch, wie das Zufüttern der Bienen mit Zuckerwasser funktioniert und was ich in den nächsten Tagen machen soll.

Danach war ich auf mich gestellt und versuche seitdem, die Kontrolle über die klebrigen Honigwaben und den inzwischen schon völlig verklebten Küchenboden zu behalten.

Die zähe Honigmasse läuft unaufhörlich an der inneren Wand der Honigschleuder herunter und durch das Sieb, das auf dem Eimer liegt. Ich arbeite mich voran und werde mit jedem Befüllen der Schleuder sicherer. Rähmchen in die Halterung stellen, entdeckeln, in die Honigschleuder einlegen, schleudern, rausnehmen und in die andere Kiste legen. Immer und immer wieder.

Neben mir liegt mein Handy und ich kann es mir nicht verkneifen, nebenbei ständig drauf zu sehen, ob Tom nicht doch irgendwann schreibt. Schließlich ist er letztes Mal auch zurückgekehrt. Ich hoffe, dass er einfach nur ein paar Tage „Auszeit" braucht und sich dann meldet. Es kann schließlich nicht sein, dass er sich NIE WIEDER meldet!

Auch Anja hat sich seit fünf Tagen nicht gemeldet. Seit ich ihr die Nachricht auf dem Anrufbeantworter der Praxis hinterlassen habe. Morgen werde ich bei ihr vorbeifahren und sie zur Rede stellen, beschließe ich. Eine andere Möglichkeit sehe ich nicht mehr herauszufinden, was auf dem Wochenmarkt passiert sein könnte.

Plötzlich klingelt das Telefon. Meine Hände sind klebrig, meine Füße bleiben bei jedem meiner Schritte am Boden kleben. Einzig der Honiggeruch im ganzen Raum versöhnt mich etwas mit dem Gedanken an den anschließenden Großputz. Ich denke nicht, dass Tom am Festnetz anruft und rufe zu Sarah, dass sie ans Telefon gehen soll.

„Oma ist dran!", schreit Sarah vom Flur in die Küche.

„Sag ihr, dass es gerade nicht geht. Ich bin voller Honig. Ich ruf zurück."

Ein Gespräch mit meiner Mutter fehlt mir jetzt gerade noch. Ich überlege, ob ich ihr überhaupt erzählen werde, dass Tom das Weite gesucht hat. Bestimmt wird sie mich daran erinnern, dass Tom nun schon der zweite Mann ist, den ich „vergrault" habe, auch wenn sie gar nicht davon begeistert war, dass ich schon „so schnell" einen neuen Freund habe.

Sarah antwortet nicht und ich mache mich daran, die Küche aufzuräumen. Es wird noch eine Weile dauern, bis auch der letzte Rest Honig in den Eimer geflossen ist. Am liebsten würde ich den Honig sofort in Gläser abfüllen.

Aber erstens muss ich mir erst im Imkerverein neue Gläser und Etiketten besorgen und zweitens hat mir Tom geraten, den Honig erst abzufüllen, wenn er verkauft wird. Tom! Wo bist du nur?

Tom

Die Anlage ist zum größten Teil fertig. Die letzten Wochen haben wir beide noch viel gearbeitet, um zumindest das Hauptgebäude, die Gemeinschaftsräume und fünf Gästezimmer bezugsfertig zu bekommen. Bis zum November sollten auch noch die letzten Möbel geliefert werden, die Ralf bewusst in Erdfarben bestellt hat. Dann werden die ersten Gäste einziehen. Unter dem frisch gestrichenen Pavillon, den wir wieder auf Vordermann gebracht haben, wird an warmen Tagen in Zukunft das Frühstück serviert.

Ich bin selbst positiv überrascht davon, wie schön die Anlage geworden ist. Bei meinem ersten Besuch auf Sardinien hätte ich nicht daran geglaubt, dass aus der heruntergekommenen Baracke mit dem eingefallenen Dach mal ein gemütliches Yoga-Retreat werden könnte. Sogar der Pool ist rechtzeitig fertig geworden, auch wenn es sogar auf Sardinien im Winter zu kalt ist, um darin zu schwimmen.

„Auch Kaffee?", sagt Ralf und setzt sich neben mich an den Frühstückstisch.

Ich schiebe den Skizzenblock zur Seite. „Gerne."

Ralf lässt sich neben mir nieder und wirft einen Blick auf die Skizze. „Was planst du?"

„Mir macht das Hochbeet immer noch Kopfzerbrechen. Ich bin nicht sicher, ob die Wasserversorgung für die Bewässerung ausreicht."

Ralf lehnt sich zurück und streckt sich. „Ach Tom. Du hast mir so viel geholfen in letzter Zeit. Ich bin sicher, dass deine Pläne aufgehen. Und falls nicht, kaufen wir das Gemüse eben doch auf dem Markt."

Ich schiebe den Skizzenblock wieder zu mir her und starre auf meine Zeichnung. „Ja, regional ist es dann auf jeden Fall. Trotzdem ist die Yoga-Community schon anspruchsvoll was das Essen betrifft. Und du möchtest mit veganer Ernährung werben."

Ralf legt mir die Hand auf die Schulter. „Wie geht es eigentlich deinen Bienen?"

Ich sehe ihn stirnrunzelnd an. „Warum fragst du?"

„Na, weil du sie ja an Johann übergeben hast. Ich habe gehört, dass in Deutschland schon wieder ziemlich viele Bienen sterben. Wegen dieser Milbe – wie heißt sie gleich nochmal?"

„Du meinst Varroa?"

Ralf überlegt. „Ja genau. So hieß sie glaube ich. Die Bienen muss man doch dagegen behandeln, oder?"

Meine Gedanken kreisen momentan um die Bewässerungsanlage des Hochbeetes und nicht um meine Bienen. Ich verlasse mich darauf, dass sich Johann gut kümmert. „Warum willst du das alles wissen?", frage ich skeptisch.

Bilde ich mir das ein oder wird Ralf tatsächlich etwas rot? Er zieht seine Hand weg und räumt die Tasse zur Spüle. „Ich dachte nur, wir könnten auch ein paar Bienenvölker hier aufstellen", sagt er schnell.

Ich blicke auf. Auf die Idee bin ich noch gar nicht gekommen. „Gute Idee!", sage ich überrascht.

Ralf dreht sich um und lehnt sich an der Arbeitsplatte an. „Aber wenn du nicht mehr hier bist, kann ich mit den Bienen nicht umgehen."

„Das lerne ich dir", sage ich.

„Weil wir gerade beim Thema „Bienen" sind …", sagt Ralf zögerlich.

„Ja?" Ich lege den Stift hin und sehe Ralf an.

Der dreht sich zum Geschirrspüler und beginnt das Geschirr auszuräumen. „Der Imkerverein hat vor kurzem angerufen und mich gebeten, dir auszurichten, dass du im

Januar unbedingt nach Deutschland kommen sollst. Sie haben dich wohl nicht erreicht."

Ich bin einen Moment sprachlos. „Was sagst du da? Der Imkerverein hat bei dir angerufen? Wer?"

Ralf nimmt einen Stapel Teller und schleppt ihn zum Regal. Wir haben haufenweise Geschirr bestellt, das wir nach und nach durchspülen und in die Schränke räumen. „Ja, dieser Klaus war es glaube ich", sagt er und stellt den Tellerstapel ab.

„Wie? Das verstehe ich nicht. Warum hat mich Klaus nicht erreicht?"

Ralf klappert mit den Tassen herum, die er gefährlich hoch stapelt und ebenfalls zum Schrank balanciert. „Keine Ahnung. Vielleicht hat er deine Nummer falsch gespeichert?"

„Seltsam!", fällt mir dazu nur ein. „Und woher hat Klaus deine Nummer?", schiebe ich hinterher.

„Na, von Sarah – Tinas Tochter." Ralf räumt mit einer Hand die Tassen in den Schrank und balanciert mit der anderen Hand den hohen Stapel.

„Wie bitte?", frage ich. „Und wie kommt Tinas Tochter an deine Nummer?" Ich verstehe gar nichts mehr und habe das Gefühl, dass hier etwas nicht stimmt.

Ralf zögert und sagt dann: „Ihre Tochter hat sich hier beworben. Für ein Job im Hostel. Ich habe zugesagt."

Ich glaube nicht, was ich da höre. „Was? Sarah? Ich bin nicht einverstanden!" Ich springe vom Tisch auf und stelle meine leere Tasse in die Spüle.

„Tom! Sie ist nur ihre Tochter! Was ist dein Problem?"

„Ich weiß nicht, was das soll! Sie hätte sonst wo jobben können. Aber doch nicht hier!", höre ich mich und bin selbst überrascht von meinem aufbrausenden Tonfall.

Ralf verschränkt die Arme vor der Brust. „Ich erkenne dich nicht wieder, Tom! Sie ist ein junges Mädchen, das nach der Schule ein bisschen jobben möchte. Anscheinend hat sie keinen Ausbildungsplatz bekommen und möchte das Jahr mit einem Job überbrücken. Wir können ihre Hilfe gut gebrauchen und du hast erzählt, dass sie sehr fleißig in eurem Honig-Café gearbeitet hat."

„Das war einmal!", antworte ich verächtlich und verschränke ebenfalls die Arme.

Eine Zeit stehen wir in der Küche herum und keiner sagt ein Wort. „Was steckt wirklich dahinter, Tom? Hast du doch ein Problem damit, dass Tina Kinder hat?"

Wir haben seit meiner Rückkehr nach Sardinien nicht viel über Tina gesprochen. Ralf hat sich mit der Erklärung zufriedengegeben, dass es zwischen uns nicht gepasst hat und auch die Idee mit dem Honig-Café unrentabel war. Den wahren Grund meiner Rückkehr kennt er nicht.

Allerdings empört mich seine Vermutung und ich möchte ihn auf keinen Fall in dem Glauben lassen, dass ich was gegen Tinas Töchter habe. „Das ist nicht der Grund!", antworte ich knapp.

„Kumpel!", sagt Ralf mit sanfterer Stimme. „Mal wieder weiß ich, dass es dir nicht gut geht. Wenn dich die Trennung von Tina so kalt lassen würde, wie du jetzt gerade tust, hättest du kein Problem damit, dass ihre Tochter kommt. Wovor hast du also Angst?"

„Ich habe keine Angst!", sage ich und komme mir vor wie bei einem Verhör.

„Ich brauche frische Luft", sage ich, nehme meine Jacke von der Stuhllehne und gehe nach draußen. Die Sonne steht hoch am Himmel, es ist 24 Grad warm. Eine angenehme Temperatur für eine Radtour beschließe ich. Ich muss den Kopf frei kriegen. Ralfs Worte waren zu viel für mich. Der Anruf von Klaus, dass ich angeblich nach Deutschland kommen soll. Sarah, die hier ein Praktikum machen möchte. Ralf, der zukünftig auch imkern will aber andeutet, dass er das allein nicht schafft. Ich muss meine Gedanken sortieren. Auf dem Weg zum Schuppen, wo unsere Räder stehen, läuft mir Ralf hinterher. Er drückt mir einen Notizzettel in die Hand. „Hier, das hat dieser Klaus übrigens gesagt." Auf den Zettel hat Ralf notiert: *Imkerkurs 21. Januar Thema: Varroa und Oxalsäurebehandlung bei Klaus zusagen*

Tina

Ich schließe die Augen, stütze die Hände hinter mir auf der Picknickdecke ab und hole tief Luft. Ich sauge die frische Waldluft ein und stelle mir vor, dass der Duft von Bäumen und Harz in mein Herz eindringt und es etwas von all dem Schmerz der letzten Wochen heilt.

Einen Moment höre ich nur die Vogelstimmen um mich herum und fühle mich einen kurzen Moment wie Katniss aus „Die Tribute von Panem", die mit Pfeil und Bogen mutterseelenallein im Wald steht und auf die Geräusche um sich herum lauscht, um dem nächsten Feind mutig entgegenzutreten.

„Mama, willst du noch das Ei?", unterbricht Lauras Stimme meine Gedanken. Ich öffne die Augen und werde sofort daran erinnert, dass ich nicht Katniss, die mutige Kriegerin bin.

Laura hält das gekochte Ei in der Hand und sieht mich fragend an, während Sarah und Susanne schmatzend auf der Picknickdecke sitzen und sich weitere Erdbeeren und Gurkenstücke aus den Tupperschüsseln in den Mund schieben. Der Anblick versöhnt mich etwas damit, dass ich nicht Katniss bin, und ich nicke Laura lächelnd zu. „Iss es ruhig", sage ich und versuche noch einmal, meine Augen zu schließen und mich zurück in den einsamen Wald zu träumen.

Aber Susanne unterbricht diesmal meine Gedanken. „Von was träumst du, Süße?"

„Ach nichts", sage ich. „Ich genieße es einfach, mit euch drei Lieblingsmenschen ein Picknick zu machen." Ich öffne die Augen und sehe, dass Sara ihre verdreht.

„Maamaa …", sagt sie vorwurfsvoll mit langgezogenem Ton.

„Ich weiß, dass dich das nervt", antworte ich gelassen. „Trotzdem ist es so. Ich finde es schön, nach der ganzen Aufregung einen gemeinsamen Ausflug mit euch zu machen."

Susanne schmatzt wie gewohnt mit vollem Mund: „Also war es doch eine gute Idee, in meinem Wald zu picknicken!"

„Eine sehr gute Idee!", antwortet Laura brav und lächelt Susanne an, die neben ihr auf der Decke sitzt und ihr zum Dank für die Antwort liebevoll über die Haare streicht.

Susanne hält mir die offene Dose mit den Miniwürstchen hin und nickt auffordernd. Ich nehme ein Würstchen und stecke es mir in den Mund.

„Hast du Anja inzwischen erreicht?", fragt Susanne.

Ich schüttle den Kopf und schlucke runter. „Leider nicht. Ich bin ein paar Mal bei ihr vorbeigefahren, aber sie war nie da. An ihr Handy geht sie nicht und auf die Nachrichten auf dem Anrufbeantworter reagiert sie nicht. Ich habe keine Ahnung, was ich noch tun soll."

„Ach lass sie doch. Wahrscheinlich schämt sie sich, dass ihre ach so heile Welt doch noch eingekracht ist", sagt Susanne schulterzuckend.

„Kann sein", überlege ich. „Trotzdem ist es seltsam. Auch wenn Anja beschäftigt ist – warum schreibt sie nicht wenigstens mal? Ich würde sie doch auch unterstützen. Schließlich weiß ich doch am besten, wie sich eine Scheidung anfühlt."

Ich nehme noch ein Würstchen und einen Moment ist es ganz still um uns vier.

„Mama …", sagt Sarah in die Stille. „Ich muss dir was sagen …"

Susanne räuspert sich und ich habe das Gefühl, dass jetzt irgendwas passiert.

Ich setze mich aufrecht in den Schneidersitz, kaue schneller mein Würstchen und sehe Sarah fragend an.

Sarah sieht mir in die Augen und dann gleich wieder weg. „Ich gehe nach Sardinien und mache dort ein Praktikum", sagt sie schnell.

Das Würstchen bleibt mir fast im Hals stecken. Ich würge es herunter und frage dann: „Wie bitte? Du gehst nach Sardinien? Was soll das denn heißen?" Meine Stimme hört sich aufgeregter an, als ich das in dem Moment möchte. Susanne legt mir beruhigend die Hand auf meine Oberschenkel und tätschelt mich ein bisschen.

„Ja, du hast richtig gehört. Ich werde im Hostel von Toms Freund – diesem Ralf – jobben. Ich habe seine Seite im Internet gesehen und es hört sich richtig gut an. Sonne, Meer. Ich kann dort schnorcheln und biken. Und Geld verdienen. Und wenn ich wieder komme, fange ich eine Ausbildung an."

„Aber du magst doch gar nicht schnorcheln – und biken!", fällt mir nur ein und ich merke, dass mir die Felle davon schwimmen.

Susanne mischt sich ein. „Mensch, Tina. Sarah ist noch so jung. Lass sie doch ein Jahr mal jobben. Sie kann Erfahrungen sammeln. Das wird ihr gut tun." Susanne zwinkert mir zu und lächelt.

„Ja aber …", ich finde keine Worte und vor meinem inneren Auge sehe ich Sarah auf einer kleinen Insel mitten im Meer, daneben Tom und seinen Freund Ralf, von dem ich nicht mal weiß, wie der aussieht. Und irgendwelche komischen Gäste, die dort Urlaub machen. Ich weiß noch nicht einmal, was Tom dort eigentlich zu tun hat. Steht er jetzt als Koch in der Küche? Oder repariert er Boote? Ich denke daran, dass ich unbedingt die Homepage des Hostels googlen muss und dass ich, dass ich, …

Noch bevor ich weiter nachdenken kann, bemerke ich Lauras entsetztes Gesicht. „Heißt das, dass du ein Jahr weg bist?", sagt sie. In ihrer Stimme klingt Panik mit und ich nehme schnell Lauras Hand in meine.

„Jetzt macht doch keinen Aufstand", seufzt Sarah. „Ich bin ja nicht für immer weg. Und wenn ich Urlaub habe oder mal weniger los ist, kann ich ja heimkommen. Oder du besuchst mich." Sarah stupst Laura tröstlich in die Seite, aber Laura sieht Sarah nur grimmig an.

„Wie tröstlich!", seufze ich. „Das heißt, du hast dich dort beworben und schon eine Zusage bekommen?" Sarah nickt und ich schlucke und frage mit erstickter Stimme weiter. „Und wann sollst du dort anfangen?"

„Nächste Woche, zum ersten Oktober. Susanne will mich hinbegleiten."

„Sue! Du wusstest davon?", frage ich entsetzt. Anscheinend verschwört sich gerade die ganze Welt gegen mich. „Sind wir deshalb heute hier? Zu viert? Damit ihr mir eröffnen könnt, dass ihr ohne mein Wissen Pläne schmiedet und ich nicht mal eine Chance habe, nicht einverstanden zu sein?"

Ich springe auf und schmeiße zwei Tupperdosen um. Kleine Cocktailtomaten rollen über die Picknickdecke. Der Saft der Honigmelone läuft aus der anderen Dose langsam auf die Decke. Wütend starre ich auf Sarah und Susanne und fühle mich schon wieder betrogen. Warum redet jetzt nicht mal mehr meine beste Freundin Susanne mit mir? „Beruhige dich!", sagt sie. „Es ist nicht so wie du denkst. Es ging alles ganz schnell. Sarah war letzte Woche bei mir. Sie wollte einen Tag im Waldkindergarten helfen und mal sehen, ob der soziale Bereich was für sie ist."

„Aber das ist nichts für mich", fügt Sarah erklärend dazu.

„Und dann sind wir zusammengesessen und haben überlegt, was Sarah gerne macht", erklärt Susanne weiter. Ich stehe immer noch unschlüssig und wütend auf der Decke und versuche zu fassen, was mir die beiden hier erzählen. Die Frage, warum Sarah und Susanne mir nichts von dem Tag im Waldkindergarten erzählt haben, spare ich mir.

„Und da ich eben gerne bediene – wie ich im Honigcafé gemerkt habe …", sagt Sarah.

„… haben wir beide eben festgestellt, dass ein Praktikum im Hotel vielleicht was für Sarah wäre. Stimmts, Sarah?"

Sarah und Susanne nicken sich gegenseitig zu und ich fühle mich nur noch elendig und klein. Die mutige Katniss hat mich endgültig verlassen. Sogar die Vögel haben aufgehört zu zwitschern.

„Mach dir keine Sorgen, Tina", sagt Susanne beschwichtigend und steht ebenfalls auf. Sie steigt mit dem Fuß auf ihren langen Sommerrock und stolpert den letzten Schritt auf mich zu. „Ich bringe Sarah dorthin und sorge dafür, dass es ihr gut geht. Versprochen!"

Sie umarmt mich und plötzlich muss ich nur noch weinen. Es schüttelt mich und ich finde keine Worte mehr. Laura steht auch auf und umarmt Susanne und mich und zu dritt stehen wir da wie die Bienentraube im Winter, wenn sich die Bienen gegenseitig wärmen. Plötzlich spüre ich einen weiteren Arm an meinem Rücken. Ich drehe mich um und hinter mir steht Sarah. Sie hält zwar etwas Abstand, aber ihre Arme liegen um meinen und Lauras Rücken. Ich ziehe Sarah mit meiner Hand noch enger her und nun stehen wir zu viert auf der Picknickdecke. Ich fühle mich getröstet. Aber leer.

***

Das Summen der Bienen ist leiser geworden. Die letzten warmen Oktober-Sonnenstrahlen locken die Bienen noch einmal ins Freie. Das eingefütterte Zuckerwasser, das ich in große Plastikbehälter eingefüllt und in den Honigraum gehängt habe, haben sie längst aufgefressen.

„Jetzt brauchst du nichts weiter zu tun", hatte Karl gesagt, nachdem wir den leeren Behälter entnommen und die Beute verschlossen haben. „Das Volk ist nun damit beschäftigt, das Zuckerwasser als Wintervorrat umzuarbeiten und die Winterbienen zu brüten."

Über die Winterbienen habe ich schon gelesen – sie haben nur eine Aufgabe: das Volk vor der Kälte zu schützen und bis zum Frühling zu überleben. Dann brüten sie die Sommerbienen und sterben. Sie haben ihre Aufgabe erfüllt.

Mit einer Tasse Kaffee sitze ich neben dem Bienenstock unter dem Apfelbaum und beobachte meine Bienen, für die ich jetzt nichts mehr tun kann, als sie im Dezember noch einmal gegen ihren Erzfeind – die Varroamilbe zu behandeln und sie ansonsten in Ruhe zu lassen. Ich hoffe, dass die Bienen den Winter überleben werden. Diese blöde Milbe hängt sich an die Bienen und saugt sie aus. Wenn es zu viele Milben werden, kann ein ganzes Volk sterben.

Ich denke an den geernteten Honig und daran, dass morgen schon wieder Freitag ist und ich meinen freien Tag dem Gehaltszettel zugunsten wieder aufgegeben habe. Ohne Tom habe ich keinen Bus und damit auch kein Honigcafé mehr. Und ohne Honigcafé ist auch ein freier Tag nicht mehr notwendig.

Ein paar der ersten Kunden im Honigcafé habe ich kürzlich beim Einkaufen getroffen. „Schade, dass Sie mit ihrem Honigcafé nicht mehr auf den Wochenmarkt kommen", haben sie gesagt.

„Ja leider, es war nur ein Versuch, vielleicht bald mal wieder, momentan ist es schwierig, mal sehen …", meine Ausreden konnten sie einigermaßen zufriedenstellen.

Tom hat nicht nur unsere Liebe, sondern auch meinen Traum zerstört. Meinen Traum von einem eigenen Café! Ich seufze und nehme noch einmal einen Schluck Kaffee.

Wenigstens hatte Sarah was von dem kurzen Café-Intermezzo, denke ich. Es scheint ihr gut zu gehen, auf Sardinien. Susanne hat sie dorthin begleitet und seitdem hält mich Sarah mit Nachrichten und kurzen Anrufen auf dem Laufenden. Sie erzählt begeistert und ausgelassen von den Vorbereitungen. Auch wenn noch keine Gäste eingezogen sind, hat sie wohl immer etwas zu tun.

Ich habe es zuerst ausgehalten, Sarah nicht nach Tom zu fragen. Aber dann hat meine Neugier gesiegt und ich habe Sarah doch gefragt, ob sie mit Tom gesprochen hat. Sarah hat behauptet, Tom nur kurz begegnet zu sein. Er sei die meiste Zeit draußen beschäftigt und sie habe mit den anderen Angestellten zu tun, das Hostel für die ersten Gäste herzurichten. Die beiden scheinen sich tatsächlich nicht zu begegnen.

Ich vermute, dass Sarah insgeheim froh ist, dass Tom und ich kein Paar geworden sind. Trotzdem kommt es mir komisch vor, dass Tom und Sarah so wenig Kontakt haben. Vielleicht ist das wieder ein Hinweis darauf, dass Tom doch ein Problem mit meinen Töchtern hatte. Ich denke an das Seifengießen und mir kommt Toms zuvorkommende Art meinen Töchtern gegenüber nur noch unehrlicher vor.

Auch von Susanne konnte ich leider nicht viel über Tom erfahren.

Als sie von Sardinien zurückgekehrt ist, wirkte sie richtig aufgekratzt.

„Was ist mit dir los, Sue?", habe ich sie begrüßt, als sie beschwingt und übers ganze Gesicht grinsend in der Flughafen-Ankunftshalle vor mir stand. Eine kleine Hoffnung flammte in mir auf, dass Tom Sue vielleicht beauftragt haben könnte, mir eine Botschaft zu überbringen. Aber das Gegenteil war der Fall. Der Grund für Susannes gute Stimmung war Ralf.

„Dieser Ralf ist der Wahnsinn!", schwärmte Susanne und stand mit ausgebreiteten Armen vor mir.

„Ralf? Du meinst, Toms Freund?"

„Ja klar, der Besitzer des Yoga-Retreats. Was der alles schafft! Es ist bewundernswert, wie er seinen Traum verwirklicht!", sagte Susanne, ließ ihre Tasche einfach auf den Boden fallen und umarmte mich, als hätten wir uns Wochen nicht gesehen. Dabei war sie nur zwei Nächte weg, um Sarah nach Sardinien zu begleiten. In den zwei Tagen haben mich sowohl Sarah als auch Susanne mit Textnachrichten beruhigt, dass alles gut und schön sei und Sarah dort ein kleines aber schönes Zimmer bezogen habe. Beide haben schon damals kein Wort über Tom verloren. Jetzt hielt ich es nicht mehr aus, befreite mich aus Susannes Umarmung und fragte:

„Und hast du Tom gesehen? Hat er was gesagt?" Susanne schüttelte den Kopf. „Nein, gar nicht. Ralf meinte, er sei unterwegs. Ich habe ihn nicht gesehen."

Ich konnte meine Enttäuschung nicht verbergen. Susanne streichelte mir über die Wange und sagte: „Tina, Kopf hoch. Deine Tochter hat einen Job. Es geht ihr gut. Glaub mir, auch du wirst wieder richtig glücklich werden."

Meine Kaffeetasse ist leergetrunken und ich stelle sie seufzend neben mir ins Gras. Ich strecke mich in meinem Gartenstuhl und dabei fällt mein Blick auf den Schuppen, der im hinteren Teil des Gartens neben der Gartentür, durch die Tom immer hereingekommen ist, schon ganz eingewachsen ist.

Im Schuppen befinden sich nur ein paar Gartengeräte und die leeren Beuten, die ich im Frühling wieder als Brutraum aufsetzen werde. Ich betrachte den Schuppen, der meiner Oma früher sogar manchmal als Backstube gedient hatte. Mein Großvater hatte das Ziegelhäuschen um den Brotbackofen herum gebaut. Ich erinnere mich an Ferien bei meinen Großeltern, als ich meiner Oma beim Backen der Brote geholfen habe. Seit Christian und ich in das Haus gezogen sind, wurde das Ziegelhäuschen nur noch als Lagerplatz für Gartengeräte und den Rasenmäher genutzt.

Ich stehe auf und gehe durch den Garten zum Schuppen. Ich öffne die Türe und als erstes legt sich ein klebriges Spinnennetz auf mein Gesicht. Ich erschrecke und unterdrücke einen Schrei. Ich habe zwar keine Angst vor Spinnen, aber Netze im Gesicht finde ich trotzdem eklig. Ich wische mir das Spinnennetz vom Gesicht und taste nach dem Lichtschalter neben der Türe. Die Neonlampe flackert auf und erhellt den Raum mit kaltem fahlem Licht. Meine Augen wandern an den Wänden entlang, die nicht verputzt sind, sodass die roten Ziegelsteine sichtbar sind. Am Ende des Raumes befindet sich der Brotbackofen, der momentan als Ablage für Insektenschutzmittel und Schneckenkorn verwendet wird. Rechen, Besen und Harken stehen an der Wand angelehnt, zu klein gewordene Fahrräder der Kinder lehnen an der anderen Wand. Daneben stehen die Holzbeuten, die ich nach dem Honig – Schleudern dort abgestellt habe. Der Rasenmäher steht mitten im Raum.

Einen Moment verharre ich und versuche, meine Gedanken zu ordnen, die sich plötzlich wie eine unaufhaltsame Masse in meinem Kopf ausbreiten. Es war erst nur ein blitzartiger Gedanke, der mich jetzt nicht mehr loslässt und mich hier gefangen hält. In dem Backhaus meiner Großmutter. In meinem Garten. Ich fühle mich überrumpelt von meinen eigenen Ideen und gleichzeitig voller Elan und Tatendrang. Wie wäre es, wenn ich hier ein eigenes Honig-Café eröffne? In meinem eigenen Garten? Mit meinen eigenen Honig-Produkten? Mir wird ganz warm, obwohl es in dem Schuppen kühl ist. Ich trete zurück ins Freie und schließe die Türe. Eine Weile stehe ich noch davor und betrachte die alte Türe. Die Büsche, die sich im Laufe der Jahre um den Schuppen gelegt haben und ihn fast vollständig verdecken. Ich betrachte das Dach, das in die Jahre gekommen ist und die kalte Ziegelwand. „Du bist völlig verrückt, Tina", sage ich zu mir selbst und lächle.

***

Der Raum füllt sich mit immer weiteren Neuimkern wie mich, die heute den Honigkurs belegen, um nach einer Saison erfolgreichen Imkerns endlich das Zertifikat des Imkerverbandes zu erhalten. Ich fühle mich schon nicht mehr ganz so unwohl in dem Schulungsraum wie bei meinem ersten Besuch hier. Es kommt mir vor, als wären seitdem hundert Jahre vergangen. So viel ist in der Zwischenzeit passiert.

Ich seufze leise in mich hinein und packe meine Wasserflasche aus, die ich vor mir auf den Tisch stelle. Heute komme ich nicht in den Genuss eines Smoothies, so wie ihn Susanne für mich vorbereitet hatte, als wir gemeinsam den ersten Imkerkurs besucht haben. Heute bin ich allein hier.

Ich lege meinen Notizblock und einen Kugelschreiber auf den Tisch und sehe im Augenwinkel den hübschen Mann, auf den Susanne damals ein Auge geworfen hatte. Auch diesmal ist er wieder mit seiner Frau hier. Ich muss grinsen, als ich mich an unsere entsetzten Gesichter erinnere, die Susanne und ich gemacht haben, als plötzlich die Frau des Mannes aufgetaucht ist. Vorne am Beamer stehen Karl und Klaus und versuchen, die Technik zum Laufen zu bringen.

Ich bin froh, ein paar bekannte Gesichter zu sehen und fühle mich gleich nicht mehr so allein, auch wenn ich mich selbst dabei ertappe, dass ich immer wieder zum Eingang schiele in der Hoffnung, dass Tom durch die Türe tritt. Obwohl ich weiß, dass das nicht passieren wird. Tom ist auf Sardinien, er will nichts mehr von mir wissen und hält sich auch offensichtlich von meiner Tochter fern, mit der er seit Sarahs Ankunft kein Wort gewechselt hat.

Um die Wartezeit zu überbrücken und mich von den Gedanken an Tom abzulenken, blättere ich in meinem Notizbuch herum. Ich habe damals nach ausführlicher Internet-Recherche eine Liste angefertigt, was bis zur Eröffnung des Honigcafés zu tun ist. Das Papier ist inzwischen schon ganz schön verknittert, weil ich die Liste in den letzten Wochen immer und immer wieder gelesen, überprüft und aktualisiert habe. Neben einigen Notizen wie „Businessplan" und „Bescheinigung Gesundheitsamt" steht immerhin schon ein Haken. Auch die restlichen Genehmigungen sind inzwischen alle eingeholt. Ich setze der Vollständigkeit halber noch einen Haken hinter „Sondernutzungserlaubnis". Diese war gar nicht so einfach zu bekommen. Aber da mein Garten glücklicherweise groß genug ist und das Café vorerst nur tagsüber und am Wochenende geöffnet haben soll, habe ich die Genehmigung doch erhalten.

So wurde die Liste durch viele weitere Listen und To-Dos erweitert und zwischenzeitlich war ich immer wieder nah dran, meinen Traum eines eigenen Cafés einfach zu verabschieden, wie einen Gast, mit dem man einen netten Abend verbringt, aber auch wieder froh ist, wenn er nach Hause geht. Am liebsten hätte ich manchmal einfach gesagt: „Nett war es mit Ihnen. Aber jetzt ist es auch wieder Zeit zu gehen", und hätte mich einfach meinem Alltag im Büro gewidmet, wäre nach Hause gegangen und hätte mich nur mit den Dingen beschäftigt, mit denen ich mich auch früher beschäftigt habe. In der Zeit, bevor ich mit dem Imkern angefangen habe und beschlossen habe, ein Café im eigenen Garten zu eröffnen.

Trotzdem hielt mich irgendetwas davon ab, meinen Traum an den Nagel zu hängen.

„Tina, du hast so viel geschafft! Denk doch mal – du hast mit dem Imkern begonnen, obwohl du im letzten Jahr nicht einmal im Traum daran gedacht hättest, dass du das jemals tun wirst. Und jetzt kannst du das machen, was du schon immer wolltest – ein eigenes Café zu besitzen! Warum solltest du das nicht auch noch schaffen?", ermutigte mich Susanne immer wieder. Sie hielt meine positive Grundeinstellung hoch, vor allem wenn ich mal wieder an der ganzen Bürokratie verzweifelt bin und weil meine Urlaubstage inzwischen vollständig aufgebraucht sind, da ich wegen der ganzen Behördengänge ständig frei nehmen musste.

Susanne hat für mich sogar ihre Kontakte zu ihren vielen Männer-Bekanntschaften spielen lassen. Im Kurs „Pizzaofen selbst gebaut" lernte sie letztes Jahr den netten Handwerker Gerd kennen, der zwar keine Beziehung mit

Susanne eingehen wollte, jedoch ein guter Freund geworden ist. Gerd war sofort zur Stelle, als es um den Umbau des Backhauses zu einem kleinen Café ging und brachte weitere Handwerker mit, die Wasser, Elektrik und Heizung ein- und sogar zwei Toiletten und einen winzigen Lagerraum anbauten. Der Umbau ging so schnell, dass innerhalb des letzten Monats der Innenraum fast fertig saniert wurde.

Ich blättere um und schreibe in meiner schönsten Schrift: „Inneneinrichtung" auf die nächste leere Seite ganz oben. Nicht dass ich nicht schon hundert ähnliche Listen verfasst hätte – die Einrichtung des Cafés ist schließlich der schönste Teil der Umbauarbeiten. Die bunten Stühle und Wimpel, die Tom und ich für das fahrende Café auf dem Wochenmarkt genutzt haben, werde ich natürlich wieder verwenden. Aber für den inneren Teil des Cafés möchte ich alles in goldgelb halten, um den „Flair des Honigs" zu versprühen. Mit diesen Worten habe ich damals dem Berater für Existenzgründungen ein kleines Lächeln entlockt.

„Und sie sind sich sicher, dass die Radfahrer auch Honig mögen?"

„Radfahrer sind gesundheitsbewusst und bewegen sich in der freien Natur. Natur und Gesundheit – das sind doch zwei Faktoren, die an dieser Stelle gut zum Honig passen", antwortete ich wie aus der Pistole geschossen und dem Berater fiel vorerst kein weiteres Gegenargument zur „Zielgruppenanalyse" ein, mit dem er testen konnte, ob ich mir genügend Gedanken gemacht hatte.

Nachdem wir die Finanzierungsmodelle durchgesprochen hatten und ich sicher sein konnte, dass meine Idee tatsächlich Realität werden könnte, war das Erste, was ich damals tat, eine Skizze anzufertigen, an welcher Stelle ein Regal, ein Bild, eine Pflanze und ein Café-Tischchen stehen sollte. Auf diesen Teil freue ich mich jetzt am allermeisten

– mein Café endlich einzurichten! Klaus reißt mich aus meinen Gedanken.

„Herzlich Willkommen zum Honigkurs", höre ich seine Begrüßungsworte. Klaus hält heute den Honigkurs. Er nickt mir zu und lächelt und ich spüre große Dankbarkeit, dass er mich in den letzten Monaten so unterstützt hat. Neben Klaus ist vorne im Raum ein großer Tisch aufgebaut, auf dem sich unzählige Gläser mit Honig befinden – jedoch jeder in einer anderen Farbe. Später sollten die Kursteilnehmer die Honigsorten probieren, kündigt Klaus an. Mir war nicht klar, dass es überhaupt so viele Honigsorten und Geschmacksrichtungen gibt.

Klaus erklärt, welche Produktinformationen auf dem Honigetikett vermerkt sein müssen. Auf dem Wochenmarkt haben Tom und ich nur Toms Honig verkauft, weil Tom bereits im Besitz der offiziellen Honigetiketten war. Meinen Honig haben wir für die Herstellung des Honiggebäcks verwendet. Beim Gedanken daran, dass ich bald meine eigenen Honigglas-Etiketten bekommen werde und mein Name darauf stehen wird, wird mir vor Vorfreude ganz kribbelig.

Nach weiteren zwei Stunden ausführlicher Belehrungen zu Hygienevorschriften und Hinweisen zur Vermarktung erhalte ich endlich das Zertifikat und sehe es schon in einem schönen Rahmen an der Wand meines Cafés hängen. Na, wenn das kein Aushängeschild ist!

Nach dem Kurs gehe ich zu Klaus und berichte ihm von meinen Café-Plänen. Klaus ist überrascht und wünscht mir alles Gute. Ich fühle mich so gut wie schon lange nicht mehr!

Tom

Der kalte Wind pfeift und ich ziehe den Kragen meiner Jacke weiter nach oben. An das warme Klima auf Sardinien habe ich mich inzwischen längst gewöhnt und musste für die Fahrt nach Deutschland erst meine dicke Winterjacke aus den Umzugskartons kramen.

Die ganze Fahrt über habe ich es geschafft, nicht in das Handschuhfach des Bullis zu schauen. Dort, wo immer noch Tinas Armband liegt. Ich versuche, mich von dem Gedanken abzulenken, zu ihr zu fahren und ihr das Armband zu geben. Was würde das auch bringen, außer Schmerz und gegenseitige Vorwürfe. Ich weiß, dass mein Verhalten Tina gegenüber alles andere als akzeptabel war. Einfach zu verschwinden – ohne Aussprache, ohne offenen Konflikt. Trotzdem konnte ich es damals nicht. Das Gefühl, das ich schon die ganze Zeit in mir herumgetragen habe, wurde durch Anjas Worte bestätigt.

Nun stehe ich nach zehn Stunden Autofahrt endlich vor dem Haus von Klaus und drücke bereits zum dritten Mal auf die Klingel, bis sich endlich die Haustüre öffnet.

„Der Heigl! Gibt es dich auch noch?", begrüßt er mich und in seiner Stimme schwingt ein Vorwurf mit.

Klaus schlurft in seinen Pantoffeln über die von dünnem Schnee bedeckten Pflastersteine zum Gartentor und öffnet es mir.

„Was verschafft mir die Ehre?", fragt er und hält das Tor auf.

Ich zögere und betrete dann doch seinen Garten. Ich puste mir in die Hände, weil mir die Finger schon einfrieren. „Es ist Januar! Du hast mich gebeten, den Kurs zu halten!"

Klaus scheint einen Moment zu überlegen, dann sagt er: „Jaja, der Kurs. Richtig! Morgen Abend, oder?"

„Du hast mir zumindest diesen Termin durchgegeben", antworte ich und finde es seltsam, dass sich Klaus nicht mal erinnern kann. Schließlich sollte ich dafür extra von Sardinien nach Deutschland kommen.

„Ja, weil äh, ich kann nämlich nicht. Und der Schulungsraum war nur morgen Abend frei. Und keiner kennt sich mit dem Thema besser aus als du", sagt Klaus schnell und fuchtelt mit seinen Händen rum, als müsste er nach den richtigen Worten suchen.

Gemeinsam gehen wir ein paar Schritte nebeneinander zur Haustüre und ich bin unschlüssig, ob ich überhaupt hinein gehen soll.

„Eigentlich brauche ich nur den Schlüssel zum Lehrbienenstand", sage ich und bleibe auf der Fußmatte stehen.

Klaus sieht mich einen Moment verdutzt an, dann fuchtelt er wieder mit seinen Händen herum und sagt: „Ja, äh, natürlich. Hole ich schnell." Schon ist er im Haus verschwunden und taucht kurze Zeit später wieder auf, um ihn mir vor die Nase zu halten.

„Und ich dachte, du fährst jetzt erstmal ins Café?", sagt er und zwinkert mit den Augen.

Ich verstehe nicht, was er meint. „In welches Café meinst du?"

„Natürlich in Tinas Café!", sagt Klaus. Er zieht die Augenbrauen hoch und wartet wohl auf eine Antwort. Ich schaue wahrscheinlich genauso ratlos wie er gerade eben. Klaus merkt, dass ich keine Ahnung habe, wovon er spricht. „Na, weißt du das denn nicht? Tina hat ein Café eröffnet! In ihrem Garten! Sie verkauft Honigprodukte und Gebäck, das sie mit Honig backt. Solche Sachen eben. Scheint richtig gut zu laufen, obwohl sie erst vor ungefähr zwei Monaten eröffnet hat."

„Ich, ich wusste das nicht", murmle ich und drehe mich auf dem Absatz um.

Meine Gedanken fahren plötzlich Achterbahn. Tina hat ein Café eröffnet? Ein eigenes Café? Das heißt, sie hat nach meiner Abreise selbst die Dinge in die Hand genommen und doch noch ihren Traum verwirklicht? Ich merke gar nicht, dass ich langsam zum Gartentor gehe und Klaus zum Gruß meine Hand hebe. Klaus ruft noch irgendwas vom Lehrbienenstand hinterher, aber ich höre gar nicht richtig hin. In meinem Kopf kommen plötzlich tausend Gedanken zusammen. Und alle laufen nur auf eines hinaus: Tina hat mich vielleicht doch nicht ausgenutzt. Ihr ging es gar nicht um den Bulli und meine Unterstützung! Sie hat es auch so geschafft. Ohne mich! Und das wiederrum würde bedeuten, dass Tina mich doch liebt!

Ich brauche nicht lange darüber nachzudenken, was zu tun ist. Ich fahre so schnell wie möglich zu der Adresse, die mein Handy verrät. Zum Glück weiß ich, wie Anja mit Nachnamen heißt und wie sie ungefähr lebt. Tina hat mir damals einiges über Anja erzählt, noch bevor ich sie auf dem Wochenmarkt getroffen habe. Dass sie eine therapeutische Praxis in ihrem Haus hat. Und dass es recht ordentlich bei Anja aussieht. Ich brauche mich nicht anstrengen, um mich an Anjas Worte zu erinnern, die noch in meinen Ohren klingen.

***

Das Haus liegt am Stadtrand und ich erkenne es sofort an dem weißen Plexiglasschild, auf dem „Therapeutische Praxis für Ehe- und Paarberatung" steht. Darunter Anjas Name und Telefonnummer. Na, wenn sie schon Paarberaterin ist, soll sie mir gefälligst jetzt Rede und Antwort stehen, denke ich und drücke auf die Klingel. Es dauert nicht lange und ein Mann Mitte Vierzig öffnet die Türe. Das muss wohl Anjas Ehemann sein, denke ich, denn ich weiß ja, dass Anja auch hier wohnt.

„Entschuldigen Sie die Störung. Ich suche Anja, müsste sie dringend sprechen", rufe ich in Richtung Haustüre. Der Mann wirkt verschlafen, die oberen Knöpfe seines weißen Hemdes sind offen und er hat keine Krawatte umgebunden, obwohl er eine dunkle Anzughose trägt. Er sieht so aus, als wäre er gerade eben aus der Arbeit gekommen und hätte sich aufs Ohr gelegt.

„Bitte kommen Sie zu den Öffnungszeiten vorbei oder vereinbaren einen Termin", sagt er in einem schläfrigen Ton. In dem Moment taucht hinter ihm ein anderer Mann auf, der ihm über die Schulter sieht, um zu sehen, wer am Gartentor steht.

„Nein, nein", sage ich schnell. „Das haben Sie falsch verstanden. Ich bin nicht wegen einer Beratung hier, sondern privat." Vermutlich denkt Anjas Mann, ich bräuchte eine Paarberatung. Obwohl, denke ich, eigentlich bräuchte ich sowas wohl.

Die beiden Männer an der Türe werfen sich einen kurzen Blick zu. Dann sagt der Mann, der hinter dem mit dem weißen Hemd steht, übertrieben laut: „Aha, privat?! Hätte ich nicht gedacht, dass Anja so schnell wieder …"

Ich verstehe diese Andeutung nicht und ignoriere sie.

„Wie kann ich Anja erreichen? Ich muss sie wirklich dringend sprechen!", versuche ich es noch einmal.

„Soso", sagt der Mann mit dem weißen Hemd, von dem ich mir inzwischen nicht mehr sicher bin, ob das wirklich Anjas Mann ist. Denn als er in seine Schuhe schlüpft sehe ich, dass er mit dem anderen Mann die Hand gehalten hat. Langsam kommt er anschließend zum Gartentor geschlendert und wischt auf dem Display seines Handys hin und her, das er mir am Gartentor angekommen unter die Nase hält.

„Buchenstrasse 24", lese ich und zucke mit den Schultern. „Was soll das heißen?"

„Na, ihre neue Adresse. Anja wohnt nicht mehr hier. Sie kommt nur noch in die Praxis, wenn sie Termine hat. Ansonsten wohnt sie jetzt bei ihrer Mutter", sagt er. Dann fügt er mit leiser Stimme hinzu: „Vorübergehend, bis sich bei uns alles geklärt hat, sie wissen schon."

„Raimund, kommst du wieder rein?", ruft der andere Mann ihm vom Haus aus zu und ich verabschiede mich schnell.

Jetzt bin ich ein wenig verwirrt. Wenn ich die Situation richtig deute, war der Mann in dem weißen Hemd tatsächlich Anjas Mann, beziehungsweise ihr Ex-Mann. Anscheinend leben sie getrennt. Ob wohl der andere Mann im Haus der Trennungsgrund war? Ich denke darüber nach, wie ich die Situation einschätzen soll und beschließe, dass ich es grundsätzlich richtig finde, seinem Herzen zu folgen. Wenn der Mann im weißen Hemd in Wirklichkeit schwul ist und ihn die Ehe mit seiner Frau Anja unglücklich gemacht hat, finde ich es besser, dass er nun ehrlich zu sich selbst ist und sich für das Leben mit einem Mann entscheidet.

Warum fällt es mir immer bei allen anderen Menschen leicht, so zu denken? Nur bei mir selbst nicht! Und wann werde ich mich endlich angekommen fühlen? In letzter Zeit habe ich versucht, nicht mehr über Tina nachzudenken. Auch wenn Ralf immer mal wieder mit einem Bier um die Ecke gebogen ist und versucht hat, meine Stimmung zu deuten. Natürlich hat mich Ralf durchschaut und gewusst, dass ich Tina vermisse.

Die Aussage von Klaus hat meine Gedanken an Tina mit einem Mal wieder zum Leben erweckt – so als wären sie nie weg gewesen. Mein Herz klopft, wenn ich an sie denke. Ich möchte sie auf einmal so gerne wieder sehen.

Das weiß ich jetzt. Aber wie soll ich meine plötzliche Abreise nur erklären? Tina würde mir mein Verhalten ohnehin nicht verzeihen. Warum sollte sie auch? Sie schafft sowieso alles allein und braucht keinen unreifen Kindskopf wie mich, der ihr immer wieder Kummer bereitet. Bestimmt sehnt sie sich nach einem verantwortungsvollen Mann. Anscheinend war Tinas Ex-Mann eine ziemliche Memme. Wofür bräuchte sie dann mich? Einen Mann, dem die Freiheit am wichtigsten ist? Ich überlege, ob die Freiheit überhaupt noch das Wichtigste für mich ist … Die langen Abende mit Ralf, an denen er mir oft von seinen Kindern berichtet hat, haben mich nachdenklich gemacht. Ob ich etwas verpassen würde im Leben, ganz ohne Familie?

Mein Navi hat mich in die Buchenstrasse geführt, und ich merke, dass ich den Weg dorthin gar nicht wahrgenommen habe. Plötzlich meldet es: „Sie haben ihr Ziel erreicht. Das Ziel liegt links." Und ich starre auf einen grauen hässlichen Wohnblock und denke an die Frau mit dem langen bunten Sommerkleid auf dem Wochenmarkt. Hier soll Anja jetzt wohnen? Ihre Kinder wirkten wie aus dem Ei gepellt. Sie selbst war akkurat geschminkt. Diese heruntergekommene Hausfassade passt nicht dazu und auch nicht der vereinsamte Einkaufswagen, der neben der Haustüre im Gras steht. Ich steige aus dem Auto und gehe zu dem Eingang. Draußen wird es bereits dämmrig. Ein paar Lichter brennen hinter den Fenstern des Hauses. Ich suche die vielen Klingelschilder nach Anjas Namen ab und werde fündig. In der Sprechanlage meldet sich eine Stimme, die nach Anja klingt.

„Hallo. Hier ist Tom Heigl. Sie sind Anja, oder? Wir haben uns auf dem Wochenmarkt kennen gelernt. Im Sommer. Wissen Sie noch?"

Es kommt keine Antwort, aber der Türöffner surrt und ich lehne mich schnell an die Eingangstüre, um ins Haus zu gelangen. Im dritten Stock lehnt Anja schon mit verschränkten Armen an der offenen Wohnungstüre. Ich strecke ihr zur Begrüßung die Hand hin und bin noch etwas außer Atem vom Treppensteigen. Sie wirkt ganz anders als ich sie in Erinnerung habe. Diesmal trägt sie einen weiten Pullover und Jeans und ihre Haare hat sie zu einem lockeren kleinen Zopf gebunden. Da sie anscheinend ungeschminkt ist, muss ich erst zweimal hinsehen, um mich an die Anja zu erinnern, die ich im Sommer auf dem Markt begrüßt habe.

„Sie wohnen jetzt hier?", frage ich, weil mir nichts anderes einfällt.

„Wir waren schon beim Du", lacht sie, aber es hört sich trotzdem unfreundlich an. Dann zeigt sie mit der Hand in die Wohnung und erklärt: „Ja, in der WG meiner Mutter. Jetzt lebe ich so, wie ich nie leben wollte." In ihrer Stimme schwingt Verbitterung mit.

Ich bin nicht sicher, ob ich darauf eingehen soll und sage dann unsicher: „Sie leben jetzt getrennt von Ihrem Mann? Ich war vorhin bei Ihrer – äh, deiner Wohnung."

Anja zuckt mit den Schultern und schließt kurz die Augen, bevor sie antwortet: „Ja. Raimund hat beschlossen, dass er auf Männer steht. Tja, was kann man da machen!?"

Ich habe das Gefühl, dass Anja innerlich gar nicht so cool ist, wie sie tut und weiß nicht mehr, was ich sagen soll.

„Willst du hereinkommen?", fragt sie in die kurze Stille.

„Nein, danke. Ich bin nur hier, um etwas zu klären." Ich hole Luft. Anja blickt mich erwartungsvoll an.

„Klären? Was willst du klären?"

Ich stecke die Hände in die Hosentaschen. „Es geht um Tina. Ich muss eine Sache wissen."

„Ich habe leider seit einem halben Jahr keinen Kontakt mehr mit Tina", sagt sie leise und blickt zu ihren Füßen hinunter. In ihrem Socken ist ein Loch. Als Anja meinen Blick bemerkt, stellt sie sich schnell mit dem anderen Fuß auf das Loch im Socken.

„Wie? Du hast keinen Kontakt mehr? Seit einem halben Jahr? Warum das denn?"

Anja überlegt, dann sagt sie: „Ach egal. Es passt gerade nicht zwischen uns. Unsere Leben sind glaube ich gerade zu unterschiedlich."

„Zu unterschiedlich?", sage ich und runzle die Stirn. „Das heißt, dass du gar nicht weißt, dass Tina und ich nicht mehr zusammen sind?"

Anja hebt den Kopf und zieht die Augenbrauen hoch.

„Ihr seid nicht mehr zusammen? Das tut mir leid."

Hinter Anja taucht ein kleiner Junge auf, der sie an der Hand in die Wohnung ziehen möchte. „Komm, die Oma will jetzt Abend essen."

Ich blicke auf den Jungen und sehe Anjas unschlüssigen Blick. „Ich gehe gleich", sage ich schnell. „Bitte sag mir nur eine Sache: Wie meintest du diese Bemerkung, die du damals gesagt hast. Dass Tina berechnend ist?"

Anja senkt den Kopf und sagt erst einmal gar nichts. Dann schüttelt sie die Hand des Jungen ab und erklärt ihm, dass sie schon einmal ohne sie mit dem Essen beginnen sollen. Als der Junge in die Küche verschwindet, seufzt sie. „Ich habe es nur so dahingesagt. Tina wollte schon immer ein Café haben und ich war … wohl eifersüchtig. Meine Ehe war am Ende. Und bei Tina – alles in Butter! Neuer Mann, neues Glück, dann auch noch ein Café. Ihr Lebenstraum."

Ich brauche einen Moment, um zu begreifen, was Anja eben gesagt hat.

„Ich kann nicht glauben, was ich da höre!", sage ich dann laut und spüre die Wut in mir aufsteigen. Ich nehme die Hände aus den Hosentaschen und fuchtle wild mit den Armen vor Anja herum. „Weißt du, dass ich mich deshalb von Tina getrennt habe? Wegen dieser Aussage! Dass Tina berechnend ist und nur wegen meinem Bus mit mir zusammen sein möchte!"

Anja runzelt die Stirn und blickt mir geradeaus in die Augen. Dann löst sie die Arme und stellt sich kerzengerade vor mich hin. „Oh nein! Das habe ich so nicht gesagt. Diesen Schuh ziehe ich mir nicht an!", sagt sie und blitzt mich böse an. „Daran bist schon du allein schuld! Ich habe einen Fehler gemacht, ja, das stimmt. Und das tut mir auch unendlich leid. Deshalb habe ich mich auch nicht mehr bei Tina gemeldet." Sie senkt den Blick und fügt hinzu: „Ich schäme mich dafür."

„Das solltest du auch!", sage ich und verschränke die Arme. Wir stehen uns beide gegenüber und blitzen uns warnend in die Augen.

„Dass du deswegen Tina gleich verlässt, war deine Entscheidung", sagt Anja in warnendem Ton. „Warum hast du denn nicht mit Tina darüber gesprochen? Ihr hättet schließlich alles klären können. Und außerdem hast du Tina schon einmal verlassen – darüber bin ich informiert!"

Ich merke, wir mir die Röte ins Gesicht schießt und ärgere mich gleichzeitig darüber. „Das hatte andere Gründe", sage ich und versuche meiner Stimme Nachdruck zu verleihen. Ich sehe mich um und hoffe, dass nicht alle Bewohner dieses Hauses unser Gespräch belauschen. Im Hausgang ist es aber ruhig.

„Es gibt keinen Grund dafür, eine Frau zu verlassen, die man liebt", sagt Anja scharf und ich verstumme, weil ich weiß, dass sie recht hat.

Tina

Endlich habe ich die Vorbereitungen für das Wochenende geschafft und zünde noch die vier Honigwachskerzen in den Teelichtgläsern an, die auf den Cafétischen stehen. Danach lasse ich mich auf einen der abgebeizten Holzstühle sinken, für die ich gemütliche Sitzkissen in Honiggelb gekauft habe. Auf den unterschiedlich großen Tischen, die ebenfalls alle aus Holz sind und einen gebrauchten Shabby-Charme versprühen, liegen in der Mitte kleine bunt gemusterte Blümchenstoffe als Tischdecken.

Ich habe ein neues Schild drucken lassen: „Tinas Honigcafé" steht darauf und eine kleine Biene deutet auf die Honigprodukte hin. Das Schild hängt nun außen am Gartenzaun und lockt die Sonntagsausflügler in mein Café. Im Garten liegt heute eine dünne Schicht Schnee und die Bäume sehen aus, als wäre jemand mit einer Puderzuckersieb darüber gegangen. Ideales Wetter für Wochenend-Spaziergänger und damit potenzielle Kundschaft für mein Café. Der Weg vom Gartentor am Radweg bis zum Café ist nun gepflastert. Brennende Kerzen in Einweckgläsern stehen am Weg entlang und sollen die Spaziergänger hinein locken.

Das Schild, das Tom damals für unseren ersten Wochenmarkttag gekauft und am Bulli angebracht hat, lehnt nun an der Wand hinter meiner kleinen Theke, so dass es die Cafébesucher nicht sehen können. Nur ich kann es sehen, wenn ich hinter der Theke stehe und Cappuccino oder Tee zubereite. Mich erinnert es immer wieder an die schönen Zeiten mit Tom und meine ersten Café-Versuche auf dem Wochenmarkt. Auch wenn ich immer noch keine richtige Erklärung für Toms Verschwinden habe, bin ich trotzdem dankbar für alles, was ich im letzten Jahr erleben durfte.

Ich lasse meinen Blick umherschweifen und denke an das letzte Jahr zurück:

Der Honig-Kurs mit Susanne, auf dem Susanne eigentlich nur auf Männer-Jagd war. Meine ersten eigenen Imker-Versuche, mein Sturz vom Baum, als ich die Bienen einfangen wollte und die ersten Annäherungen zwischen Tom und mir. Ich denke an den Tag, an dem ich mit Tom den Honig geschleudert habe, und wir uns nähergekommen sind, unsere Fahrt an den Gardasee und an das „Fahrende Honigcafé" – all das hat letzten Endes dazu geführt, dass ich heute hier sitze und mich endlich vollkommen fühle. Auch ohne Tom! Ich habe es tatsächlich geschafft! Ich habe meinen Traum verwirklicht – meinen Traum von einem eigenen Café! Ich kann mein Glück immer noch nicht fassen.

Plötzlich schrecke ich zusammen, als sich die Tür hinter mir knarzend öffnet. Ich war so in Gedanken versunken, dass mir erst jetzt wieder das Interview einfällt, als Isa schon den Kopf zur Türe hereinsteckt. Ich habe die Visitenkarte von Isa kürzlich in der Tasche meiner Frühlingsjacke gefunden. Damals hatte mich die kleine Frau aus dem Imkerkurs gebeten, mich zu melden, sobald ich Bienenvölker habe. Als mir ihre Visitenkarte in die Hände gefallen ist, habe ich gleich zum Telefon gegriffen und Isa von den Bienen und vom Café erzählt und sie war sofort ganz scharf auf ein Interview mit mir.

„Komm rein", sage ich schnell, springe auf und gehe ein paar Schritte auf Isa zu, die wie angewurzelt in der Tür stehen bleibt und sich mit offenem Mund umsieht.

„Wow! Respekt! Da hast du nicht zu viel versprochen", sagt sie noch mit der Klinke in der Hand. Die kalte Luft zieht herein und sie schließt schnell die Tür. Wir umarmen uns kurz zur Begrüßung.

Isa zieht die Luft durch die Nase ein. „Wie es hier duftet!"

„Das ist genial, oder?", grinse ich stolz. „Jeden Freitagabend zünde ich die Honigwachskerzen an. Der Duft bleibt das ganze Wochenende im Holz und in den Klinkerwänden hängen", erkläre ich und mustere Isa, die mich schon im Imkerkurs mit ihren Fragen gelöchert hat.

„Magst du einen Tee? Oder ein Stück Honigkuchen?", frage ich und gehe, ohne Isas Antwort abzuwarten, in Richtung Theke.

„Äh gerne", sagt Isa und wickelt sich den langen Schal vom Hals, den sie angesichts der Wärme gleich über eine der Stuhllehnen wirft. „Gemütlich hast du es hier!" Sie setzt sich an einen der Tische und sieht sich im Café um.

Ich stelle den Kuchen und die Tasse Tee auf dem kleinen Holz-Tablett auf den Tisch und setze mich Isa gegenüber.

„Habe ja gar keinen Platz für meinen Block. Na egal, dann nehmen wir das Aufnahmegerät", lacht sie und kramt in ihrer riesigen Handtasche, die sie auf dem Schoß hält. Sie legt ein kleines schwarzes Aufnahmegerät auf den Tisch und beginnt, sich den Kuchen in den Mund zu schieben.

„Kurze Frage", sagt sie kauend, „So wie es aussieht, dauert es hier mit uns doch etwas länger."

„Ja?", frage ich und weiß nicht, was Isas Frage bedeutet.

„Meine Tochter wartet im Auto. Ich habe ihr gesagt, es dauert nur ein paar Minuten. Würde es dir was ausmachen, wenn ich sie schnell hereinhole?"

„Natürlich nicht", antworte ich. „Sie kann doch unmöglich bei dieser Kälte im Auto sitzen bleiben." Isa springt auf, wickelt sich eilig den Schal wieder um den Hals und ist schon zur Türe raus. Als sie mit ihrer Tochter im Schlepptau wieder hereinkommt und diese mir schüchtern die Hand hinstreckt, mit den Worten: „Hallo, ich bin Mia", kommt mir eine Idee.

„Hast du Lust, daweil ins Haus zu gehen? Meine Tochter Laura ist im gleichen Alter wie du. Vielleicht könnt ihr beide ein wenig quatschen, bis deine Mama und ich das Interview gemacht haben?", sage ich, nachdem ich mich auch bei ihr vorgestellt habe.

Mia nickt schüchtern und ich bringe sie zu Laura ins Haus, die sich über den überraschenden Besuch zu freuen scheint.

Als ich ohne Jacke durch den Garten zurück ins Café laufe und mir zitternd die Hände vor den Ofen halte, um mich zu wärmen, schiebt sich Isa die letzten Kuchenkrümel in den Mund.

„Dein Kuchen ist 1A! Stellst du alles mit deinem eigenen Honig her?", fragt sie und deutet auf die Honiggläser, die auf dem langen Regal hinter der Theke stehen.

„Seit ich den Honigkurs gemacht habe und stolze Besitzerin des Honig-Zertifikats bin, ja", antworte ich und setzte mich wieder zu Isa an den Tisch. Sie drückt auf das Aufnahmegerät und stellt mir einige Fragen. Wie ich zum Imkern gekommen bin? Warum ich ein Café eröffnen wollte und was mir dabei besonders wichtig ist?

„Ich finde, es ist etwas ganz Besonderes, auch noch selbst hergestellte und natürliche Produkte zu verkaufen", antworte ich. „Von einem Café habe ich zwar schon immer geträumt, aber dass ich irgendwann einmal sogar meinen eigenen Honig verkaufen werde, hätte ich nicht gedacht."

„Woher wusstest du, dass du im Winter mit deinem Café Erfolg haben wirst?", fragt Isa.

„Ich wusste das nicht. Aber ich wollte mit der Eröffnung auch nicht bis zum Sommer warten. Weißt du, ich hatte einen Traum und auf einmal war mir klar, dass ich ihn verwirklich muss. Jetzt! Es bringt nichts, immer auf einen vermeintlich besseren Zeitpunkt zu warten. Ich hatte so viele ungenutzte Chancen und habe meine Wünsche in den letzten Jahren oft zurückgestellt. Mit dem Imkern und dem Café habe ich meine Erfüllung gefunden."

„Und wie man sieht, war das die richtige Entscheidung", lacht Isa.

„Ja, in den letzten Wochen seit der Eröffnung spricht es sich rum, dass man das Café auch im Winter prima für kleine Geburtstagsfeiern nutzen kann. Die Leute gehen am Wochenende gerne auf den Radweg entlang spazieren."

„Und kehren bei dir ein, wenn es ihnen zu kalt wird", folgert Isa.

Ich nicke. „Am besten kommt gerade der heiße Honig-Met an. Draußen brennt immer ein Feuer in der Feuerschale. Die Gäste können sich dann entweder drinnen im Café aufwärmen oder draußen um das Feuer herumstehen."

„Und wie ich sehe, hast du sogar schon einen Terminkalender!", stellt Isa fest und deutet auf das Reservierungsbuch, das ich mir tatsächlich kürzlich gekauft habe und das am Nebentisch liegt.

Ich lache: „Du bist wirklich eine Spürnase! Ja, ich bekomme inzwischen ständig Anfragen, ob ich kleine Feiern ausrichten könnte. Ich habe sogar schon eine Anfrage für einen Kindergeburtstag im Sommer – die Kinder dürfen dann in die Beuten schauen und mit mir gemeinsam Honigseife herstellen."

„Wahnsinn!", stellt Isa fest und nimmt einen Schluck heißen Tee. „Dein Konzept scheint ins Schwarze getroffen zu haben! Und ich habe endlich einen Artikel über Frauen, die imkern." Isa schaltet das Aufnahmegerät aus und wir reden noch eine ganze Weile über alles, was nach dem Imkerkurs passiert ist.

Isa wirkt sehr interessiert und macht sich zu meiner Geschichte mit Tom noch ein paar Notizen.

„Vielleicht kann ich eure Love-Story noch in den Artikel einbauen?", sagt sie.

„Ich weiß nicht – wir sind ja nicht mehr zusammen", antworte ich zögernd und bereue es schon, Isa von Tom erzählt zu haben.

„Du liebst ihn doch noch, oder?", fragt sie ganz unvermittelt.

Ich bin auf die Frage nicht gefasst. „Ja, nein, ich meine – ich weiß es nicht. Eigentlich bin ich wirklich enttäuscht von ihm. Er hat mich zweimal sitzen lassen und ist ohne eine Erklärung abgehauen. Das allein reicht aus, dass ich ihn nie mehr sehen will", seufze ich.

„Und uneigentlich?", fragt Isa augenzwinkernd und mir fällt auf, dass ich meine Feststellung selbst relativiert habe.

„Uneigentlich spüre ich irgendwie, dass er mich liebt. Es muss irgendetwas vorgefallen sein. Es muss eine Erklärung dafür geben, warum Tom einfach verschwunden ist. Wenn ich das nur wüsste ..." Ich verstumme und denke wieder an den Tag zurück, als Tom einfach weg war.

„Und wenn du das wüsstest?", fragt Isa.

Ich sehe sie an und muss lachen. „Du lässt aber wirklich nicht locker, Frau Journalistin!", sage ich zu ihr und mir wird plötzlich bewusst, dass Isa eine wunderbare Frau ist und ich auch sie nicht kennengelernt hätte, wenn ich damals nicht zum Imkerkurs gegangen wäre.

„Jetzt habe ich mal ein paar Fragen", sage ich schnell und lenke vom Tom-Thema ab.

Isa durchschaut mich: „Du willst nur ablenken!", sagt sie, aber wirkt nicht so, als würde sie das wirklich stören.

Wir unterhalten uns und die Zeit vergeht wie im Flug. Es fühlt sich an, als würden wir uns schon lange kennen. Vielleicht verbindet uns auch unser Leben als alleinerziehende Mütter. Zum Abschied packe ich Isa noch ein Stück Kuchen für ihre Tochter Mia ein. Isa hat mir erzählt, dass ihr Leben als freie Journalistin nicht an feste Arbeitszeiten gebunden ist. Häufig hat sie abends Termine – so wie heute. Mia ist dann oft allein zu Hause und auf sich gestellt. Umso schöner, dass Mia am heutigen Interviewtermin dabei sein konnte.

Wir gehen gemeinsam ins Haus, um nach den Mädchen zu sehen und trauen unseren Augen kaum: Laura und Mia stehen in der Küche und schieben gerade gemeinsam ein Blech mit Kuchenteig in den Ofen. „Mia hat mir ein neues Rezept gezeigt", sagt Laura und dreht sich nur halb zu uns um. Dann schließt sie die Ofentür und strahlt mich an. Sie grinst über das ganze Gesicht. Mia dagegen sieht mich mit einem schuldbewussten Blick an – wahrscheinlich, weil sie nicht sicher ist, was ich über die Backaktion denke. Ich sehe wieder zu Laura und erkenne sie nicht wieder. Diesen Gesichtsausdruck, diese Freude und Begeisterung – das habe ich bei Laura lange nicht mehr gesehen. Ich weiß sofort, dass die letzten beiden Stunden bei Laura eine Veränderung bewirkt haben und dass diese Veränderung an Mia liegt.

„Mia, das ist ganz wunderbar! Laura liebt es zu backen. Und neue Rezepte können wir im Café immer gut brauchen. Stimmts, Laura?!", sage ich und umarme meine Tochter. Dann lege ich den Arm auch vorsichtig um Mias Schultern, denn eigentlich kennen wir uns noch gar nicht. „Mia, Isa, habt ihr Lust morgen wieder zu kommen? Wenn das Café geöffnet ist? Dann probieren wir euren leckeren Kuchen", sage ich und Mia nickt und lächelt nun auch.

Tom

Anja springt in den Bulli auf den Beifahrersitz und wir starten. Es ist Mittag und ich habe noch ein paar Stunden Zeit, bevor der Kurs im Lehrbienenstand beginnt. Anja wirkt angespannt, was nicht verwunderlich ist. Ich bin auf alle Fälle angespannt und habe die Nacht kaum geschlafen. Wir sprechen zuerst kein Wort. Irgendwann sieht sie mich von der Seite an.

„Was sollen wir denn sagen?", fragt Anja stirnrunzelnd und mustert mich von der Seite.

Ich bin selbst ziemlich ratlos und antworte deshalb eher zögernd: „Darüber habe ich mir die ganze Nacht Gedanken gemacht. Ich befürchte, wir müssen es Tina überlassen, wie sie auf uns reagiert."

Meine Antwort gefällt mir selbst nicht. Am liebsten würde ich die Zeit zurückdrehen, auch wenn die letzten Monate auf Sardinien zumindest für Ralf hilfreich waren. Ich dagegen habe jede Erinnerung an Tina verdrängt und an meine eigene Wahrheit geglaubt, so dass es mir jetzt umso schwerer fällt, einen klaren Gedanken zu fassen. Jetzt, wo sich mein Bild von Tina innerhalb ein paar Stunden verändert hat. Was wäre gewesen, wenn ich damals bei Tina geblieben wäre? Wenn ich sie nicht einfach im Stich gelassen hätte? Ich hätte mich auf die Beziehung einlassen können, auf eine feste Bindung mit Kindern, Haus und allem drum und dran…

Sarah hat es mir nicht gerade leicht gemacht, nicht an Tina zu denken. Immer wieder sind wir uns im Hostel kurz begegnet. Trotzdem bin ich froh, dass das Mädchen kein Gespräch gesucht hat. Ich bin Sarah aus dem Weg gegangen und damit erfolgreich einer Konfrontation mit dem WARUM!

Tina

„Verdammter Mist!", fluche ich, als mir das Stück Kuchen vom Teller rutscht und auf dem Boden in kleine
Stückchen zerfällt, die sich über einen Quadratmeter Holz-
boden ausbreiten. Gleich werden die ersten Gäste auftau-
chen und ich habe immer noch tausend Kleinigkeiten zu
erledigen bevor ich Zeit habe, mich um die Leute zu kümmern.

Ich gehe in die Hocke und sammle nervös die Kuchen-
stückchen aus den Holzfugen. Isa geht neben mir auf die
Knie und hilft mir dabei. Eigentlich hatte ich erst am Nachmittag mit Isa und Mia gerechnet. Stattdessen ersetzen die
beiden wohl heute ihr Mittagessen gegen Kuchen und Honigwaffeln. Gerade als ich das Café aufsperren wollte,
standen sie plötzlich im Garten und haben mich freudig
umarmt. Inzwischen hat Isa bereits drei Honigwaffeln ver-
drückt und Mia zwei. Kein Wunder, dass mein Waffeleisen heiß läuft und ich einfach nicht fertig werde.

„Laura, zünde bitte schnell die Kerzen an", rufe ich
meiner Tochter zu, die mit Mia am Tisch sitzt und gerade
einen Lachanfall hat. Schon lange habe ich sie nicht mehr
aus vollem Herzen lachen hören und ärgere mich im gleichen Moment, dass ich sie gerade jetzt mit dem Kerzen an-
zünden ablenke. Laura lässt sich aber nicht beirren, steht
kichernd vom Stuhl auf und beginnt, die Kerzen anzuzün-
den. Sofort verströmt der angenehme Honigduft der
Wachskerzen. Isa und ich richten uns wieder auf und ent-
sorgen die Kuchenbrösel im Mülleimer.

Ich wische meine Hände an der Schürze ab und werfe
einen schnellen Blick auf mein Handy. Eine Nachricht von
Sarah ploppt auf. In letzter Zeit schreibt mir Sarah öfter
und ich freue mich nicht nur darüber, sondern auch über
die Tatsache, dass es ihr richtig gut zu gehen scheint.

„Viel Glück heute und viele Gäste, Mama!", schreibt sie und schickt ein Selfie hinterher, auf dem sie wohl in der Küche des Hostels steht. Sie trägt eine Kochschürze und die Haare streng zurückgebunden. Sie lächelt und wirkt zufrieden.

„Danke Schatz", schreibe ich zurück und schicke einen Kusssmiley mit.

Dann binde ich mir die Schürze ab streiche mir die Bluse glatt. Die ersten Gäste werden bestimmt gleich kommen. Ich räume schnell noch das leere Geschirr von Isas Tisch.

Als ich es gerade in die Kiste stelle, in der ich das schmutzige Geschirr erst sammle, bevor ich es zur Spülmaschine trage, öffnet sich die Tür und Susanne kommt unter einer dicken Wollmütze verborgen ins Café. Dazu trägt sie eine dicke Winterjacke und Schneeschuhe.

„Hi Sue. So kalt ist es heute aber auch wieder nicht, oder?", begrüße ich meine Freundin stirnrunzelnd.

Sue zieht den Rand ihrer Wollmütze etwas nach oben und streift die Handschuhe ab.

„Wenn du mir Streichhölzer gibst, kümmere ich mich ums Feuer!"

„Oh, okay?", antworte ich. Susanne hat mich zwar schon öfter im Café besucht, aber nie zu den Öffnungszeiten, sondern nur unter der Woche meistens nach der Arbeit.

Ich reiche ihr die Streichholzpackung und stelle Isa, Mia und Laura schnell noch eine Tasse Tee hin.

„Heute kommen ein paar neue Gäste, weißt du?!", erklärt Susanne schon wieder im hinaus gehen. „Ich habe ein bisschen Werbung für dein Café gemacht. Die Eltern vom Waldkindergarten machen heute eine Winterwanderung mit den Kids. Als Ziel haben sie sich dein Café ausgesucht. Ist ja logisch, dass ich dann auch da bin."

Ich bekomme bei dem Gedanken daran, dass gleich eine Horde Kinder mit ihren Eltern meinen Garten und mein winziges Café stürmen, einen Anflug von Panik. „Sue! Wo soll ich die vielen Leute denn unterbringen?", sage ich und blicke sorgenvoll auf die vier kleinen Tische.

Susanne ist schon halb draußen und dreht sich auf der Türschwelle nochmal um. „Keine Sorge!", sagt sie. „Ich mache hier draußen die Feuerschale an und du servierst uns heißen Tee und Honig-Met am Feuer. Die Kids gehen gar nicht in dein Café. Aber ich erzähle den Eltern von den Bienen und deinem Kindergeburtstagsangebot. Was meinst du, wie viele neue Kunden du dazu gewinnst!"

„Sue, das hätte ich dir gar nicht zugetraut", sage ich überrascht. „Du bist ja eine richtige Marketing-Expertin!"

Sue hebt den Daumen nach oben, grinst und schließt die Tür. Dann öffnet sich die Tür wieder.

Sue streckt den Kopf nochmal herein und sagt in Richtung Isa: „Sorry. Ich habe mich noch gar nicht vorgestellt. Susanne – oder Sue. Du bist Isa, oder? Habe schon von deinem Artikel gehört. "

Isa nickt und hebt die Hand zum Gruß. „Hi Susanne. Das ist Mia. Meine Tochter." Sie deutet auf Mia, die ebenfalls freundlich zu Susanne grinst.

Dann ist Susanne schon wieder draußen und kümmert sich um das Lagerfeuer.

Ich mache mich weiter daran, frischen Teig in das Waffeleisen zu schöpfen. Die Honigwaffeln kommen sehr gut an. Aber am besten sind sie natürlich, wenn sie frisch sind. Der leckere Duft des Waffelteiges vermischt sich mit dem Honigduft und verbreitet sich im ganzen Café.

Wenn später so viele Kinder kommen, brauche ich unbedingt noch mehr Waffeln, überlege ich und höre plötzlich dumpfe Stimmen im Garten. Das sind aber doch keine Kinderstimmen? Das Waffeleisen zischt beim Schließen des Deckels und der Teig quillt etwas an der Seite heraus. Ich lausche, um zu hören, wer da wohl im Garten spricht. Sind das schon die ersten Besucher? Ein Blick auf die Uhr verrät mir, dass es immer noch ziemlich früh wäre. Eigentlich öffne ich das Café erst um 13.30 Uhr. Der Zeiger auf der Uhr steht erst auf 13.00 Uhr.

Die Stimmen im Garten werden lauter und ich lausche noch einmal angestrengt, wie viele Besucher wohl gleich hereinkommen werden. Natürlich werde ich sie nicht abweisen, sondern trotzdem mit Kaffee und Kuchen versorgen, auch wenn das Café eigentlich noch geschlossen hat.

Da reißt Susanne die Türe auf. Ich drehe mich im gleichen Moment um und blicke in ihr versteinertes Gesicht. Den Ausdruck kann ich nicht deuten. Sie wirkt so, so … schockiert.

Dann taucht ein weiterer Kopf hinter Susanne in der Tür auf.

„Tom", flüstere ich. „Anja". Ich kann es nicht fassen, als ich die beiden neben Susanne stehen sehe. Sie betreten schweigend das Café. Anjas Blick wandert im Café herum. Dann schaut sie wieder zu mir. Toms Blick dagegen bleibt auf mir ruhen und ich weiß nicht mehr, wo ich hinsehen soll oder was ich sagen soll. Mir kommt es vor, als stände ich in der Wüste und würde eine Fata Morgana vor mir sehen.

„Was macht ihr hier?", stammle ich schließlich leise und stehe immer noch wie versteinert da. Auch Tom scheint versteinert zu sein. Jedenfalls rührt er sich nicht vom Fleck. Anja geht ein paar Schritte auf einen der leeren Tische zu und setzt sich. Susanne bleibt an der Türe und nimmt die Wollmütze vom Kopf. Einen Moment ist es mucksmäuschenstill im Raum.

Nur das Zischen des Waffeleisens unterbricht die Stille ein wenig.

Dann bewegt sich Tom endlich und kommt langsam einen Schritt auf mich zu. Ich rieche seinen wunderbaren Geruch, als er nähertritt. Tom-Geruch. Mein Herz klopft schneller. Er sieht mir fest in die Augen und mein Herz bleibt stehen. Tom steht jetzt direkt vor mir. Sein Blick löst sich nicht von meinem. So stehen wir da und ich wage kaum zu atmen. Ich weiß nicht, was ich denken soll, fühlen soll, sagen soll. Mein Kopf ist leer. Tausendmal habe ich mir ausgemalt, was ich sagen würde, wenn ich Tom jemals wieder sehen sollte. Von „Du verdammter Mistkerl" bis „Ich liebe dich!" war alles dabei. Einmal habe ich in meiner Vorstellung mit Fäusten verzweifelt auf seiner Brust getrommelt, ein anderes Mal habe ich ihn leidenschaftlich geküsst. Jetzt weiß ich gar nichts mehr. Meine Pläne, die ich mir für den Fall des Falles bereitgelegt habe, sind wie weggeblasen.

Da beginnt Tom zu sprechen:

„Tina. Ich habe eine Liste gemacht. Von allen Dingen, die ich im letzten Jahr falsch gemacht habe. Und glaube mir, es ist eine lange Liste geworden." Ich senke meine Augen und starre zu Boden. Ich verstehe nicht, was er meint. Was will er mir mit dieser Liste sagen?

Tom holt Luft und spricht gepresst weiter: „Mein erster Fehler war, dass ich misstrauisch war. Misstrauisch, dem Leben und dir gegenüber. Ich habe nur überlegt, was an der Sache nicht stimmen kann. Dass du dich für mich interessierst."

Ich hole ebenfalls Luft und wage es wieder, ihn anzusehen. Tom fährt fort: „Mein zweiter Fehler war, dass ich unserer Liebe nicht vertraut habe und dich allein gelassen habe. Am Tag, als wir unseren ersten Honig geschleudert haben. Nachdem wir …" Tom verstummt und wird rot. Ein Grinsen huscht über mein Gesicht, denn ich denke an den Tag auf der Obstbaumwiese. Ich weiß was Tom meint, auch ohne, dass er es ausspricht.

Ich höre Tom schlucken. Dann fährt er fort. „Und ich habe noch einen dritten Fehler gemacht: Ich habe nicht wirklich an unser fahrendes Café geglaubt. Die Chance, die in Wahrheit darin verborgen lag, habe ich nicht erkannt."

Ich hebe die Augenbrauen und bin nicht sicher, was Tom andeuten möchte. Warum Chance? Meine Gedanken kreisen so schnell in meinem Kopf herum, dass ich sie immer noch nicht ordnen kann. Ich weiß nicht, wie ich auf diese ganze Situation reagieren soll und auf was es hinauslaufen wird. Das Teufelchen in meinem Kopf schreit: „Schmeiß ihn raus! Warum hörst du ihm überhaupt so lange zu?" Das Engelchen hält ihn zurück und ruft: „Lass ihn ausreden. Wer weiß, was er will?"

Tom fährt fort: „Die Chance, die darin verborgen lag war, sich auf etwas einzulassen. Auf etwas, das zwar nicht sicher ist, das noch wachsen muss und auch schief gehen kann. Im Leben kann immer alles schief gehen. Das habe ich jetzt begriffen. Man kann sich nie 100 %ig sicher sein. Aber trotzdem gibt es eine sichere Basis. Eine Basis, auf die ich vertrauen hätte sollen."

Ich bin nicht sicher, ob Tom das Café meint oder unsere Beziehung. Er senkt den Kopf und blickt zu Boden.

„Und trotzdem habe ich noch einen vierten Fehler gemacht", sagt er leise. „Ich habe nicht auf mein Herz gehört, sondern dem Zweifel in meinem Kopf zu viel Raum gegeben. Nur wegen einem lächerlichen Kommentar, der den blöden Zweifel so sehr geschürt hat, dass ich …"

Anja räuspert sich und mir fällt wieder ein, dass sie auch hier ist. Tom verstummt und sieht mich wieder an. Seine Augen sind wässrig. „Ich habe dich noch einmal verlassen und es tut mir so unendlich leid. Bitte glaube mir

Tina, wenn ich die Zeit zurückdrehen könnte, dann würde ich alles ungeschehen machen."

Das Engelchen in meinem Kopf gewinnt die Oberhand. Gib ihm eine Chance, ruft es mir zu und hält dem Teufelchen dem Mund zu.

Tom sieht mich mit bittenden Augen an. Er wirkt irgendwie erschöpft, aber auch in sich ruhend.

Ich suche nach den richtigen Worten und dann antworte ich langsam: „Man kann Dinge nicht ungeschehen machen. Sie sind so, wie sie sind." Ich flüstere diese Worte und zucke mit den Schultern.

Tom kommt auf mich zu, streckt seine Hand aus und streicht mir zärtlich über die Wange. Ich lasse es geschehen und schließe die Augen. Ich weiß, dass das Engelchen in meinem Kopf gewinnen wird. Wie oft habe ich mir genau das gewünscht? Dass Tom zurückkommt und sich dafür entschuldigt, dass er mich allein gelassen hat. Seine zärtliche Berührung fühlt sich so wunderschön an.

Er flüstert nun ebenfalls: „Tina, eines habe ich erst jetzt von den Bienen gelernt. Willst du wissen, was?"

Ich nicke und öffne die Augen wieder. Wir sehen uns an. Dann fährt Tom fort: „Die Bienen sind füreinander da. Sie dienen sich gegenseitig und haben nur eine Aufgabe: Dafür zu sorgen, dass es den anderen gut geht und dass jeder seine Aufgabe im Leben erfüllen kann. Sie funktionieren nur als Volk – eine einzelne Biene allein wäre verloren."

Ich nicke und denke an meine Bienen im Garten. Ich erinnere mich an den Moment, als mir Tom genau erklärt hat, wie das Volk funktioniert und welche Stationen jede Biene im Laufe des Lebens durchläuft.

„Ich habe mich nie wie eine Biene gefühlt. Ich wollte immer ein Einzelgänger sein. Lieber ein … ich weiß nicht. Lieber ein …"

„Lieber ein Tiger?", frage ich und verkneife mir das Grinsen.

„Ja, ein Tiger. Das kommt hin", überlegt Tom stirnrunzelnd. „Meine Freiheit nicht aufgeben. Herumstreunen wie ein Tiger. Frei und ungebunden. Ich wusste nicht, wie es sich anfühlt, umsorgt zu werden und selbst zu umsorgen. Erst mit dir habe ich das zum ersten Mal in meinem Leben gespürt. Und gefühlt, wie schön es ist, umsorgt zu werden. Und zu umsorgen."

Jetzt streiche ich Tom über die Wange und lasse meine Hand darauf liegen. Tom tritt näher an mich heran und nimmt mein Gesicht zärtlich in seine beiden Hände. Unsere Lippen kommen sich näher, finden sich. Wir küssen uns zärtlich und gleichzeitig leidenschaftlich. Mir fällt auf, wie weich seine Lippen sind. Ich habe Toms Küsse so vermisst.

Als sich unsere Lippen voneinander lösen, steigt mir ein Geruch in die Nase. Ich überlege … es ist nicht ein Tom Geruch. Auch nicht der Geruch von Wachskerzen…. Verbrannter Waffelteig!

„Scheiße!", fluche ich, stürme hinter die Theke und reiße den Deckel des Waffeleisens auf. Die kohlrabenschwarze Waffel liegt steinhart im Waffeleisen. Ich stochere mit einer Gabel in der heißen schwarzen Waffel herum und versuche, sie aus dem Waffeleisen zu befördern. Tom kommt von hinten zu mir her und greift meine Hüfte. Dann flüstert er mir ins Ohr:

„Es gibt nur eine!"

„Eine was?" Ich drehe mich zu ihm um und Tom lässt mich nicht los.

„Eine Bienenkönigin! Und du bist meine Bienenkönigin."

Tom greift in seine hintere Hosentasche und zieht eine winzige Schachtel hervor, die er in seiner Hand vor mir hält.

Er öffnet sie und mein Blick löst sich von seinen Augen und wandert zu der Schachtel in seinen Händen. Sie ist mit einem weißen Stoff gefüllt, auf dem eine kleine goldene Biene liegt. Ich sehe genauer hin und erkenne, dass an der Biene eine Öse befestigt ist und dass es sich um einen Anhänger handelt. Einen Anhänger für ein Armband wie das, was ich einmal besessen habe. Ein Armband, das mir sehr wichtig war und das ich leider eines Tages verloren habe. Ich bin verwirrt und weiß nicht, was ich sagen soll.

„Ich habe dein Armband gefunden und konnte es dir nie zurückgeben", erklärt Tom. „Es war irgendwie nie der richtige Moment dafür. Tja, und es hat mich immer an dich erinnert und ich habe mich dir damit so nah gefühlt. Es tut mir so leid, dass ich es dir nicht gesagt habe. Obwohl dir das Armband so wichtig ist. Das war der letzte Fehler auf meiner Liste. Versprochen."

Dann zieht Tom aus der anderen Hosentasche mein Armband. Er nimmt die goldene Biene aus der Schachtel und legt die leere Schachtel auf der Theke ab. Dann befestigt er die Biene mit zittrigen Fingern an dem Armband und legt es um mein Handgelenk.

Einen kurzen Moment lang fühle ich mich getäuscht und verwirrt und überlege, wie zum Teufel Tom an mein Armband gekommen ist. Ich bin noch nicht sicher, was ich davon halten soll, dass mir Tom nicht gesagt hat, dass er mein Armband gefunden hat. Andererseits fällt mir ein, dass ich Tom zuerst auch verschwiegen habe, dass ich Kinder habe und dass auch das ein Fehler war. Naja, jetzt sind wir wenigstens quitt, beschließe ich in Sekundenschnelle und lächle Tom an, als das Armband an meinem Handgelenk baumelt.

„Tina, ich verspreche es dir: es werden keine weiteren Fehler mehr dazu kommen. Ich habe eine neue Liste angefertigt." Tom lächelt.

„Und was steht auf deiner neuen Liste?", flüstere ich.

„Erstens: Bei Tina bleiben. Für immer und ewig. Zweitens: Tina bei allem unterstützen, was sie glücklich macht. Drittens: Mit Tina gemeinsam Honig schleudern – für dein Café. Viertens: Das Leben so zu leben, wie es kommt."

„Das hört sich gut an", flüstere ich, und dann küssen wir uns wieder.

Tina

„Es tut mir so leid, dass ich zu deinem Geburtstag nicht da sein kann, Süße", jammert Susanne am Telefon. Ich stehe neben dem Telefontischchen und sammle nebenbei die abgefallenen Blätter der Tulpen ein.

„Jetzt mach dir keinen Kopf, Sue. Ist doch klar, dass du die Chance nutzen musst und dir nicht einfach so eine zusätzliche Woche Urlaub entgehen lassen kannst", beruhige ich Susannes schlechtes Gewissen.

Susanne kaut schon wieder auf irgendwas herum. „Trotzdem hätte ich gerne wieder mit dir gefeiert, mit meiner herzallerliebsten Freundin", schmatzt sie.

„Dafür kannst du ja mit deinem Schatzi auf mich anstoßen und von der Ferne aus an mich denken", sage ich augenzwinkernd, obwohl mich Susanne ja gar nicht sehen kann.

Seit Sue Ralfs Einladung nach Sardinien angenommen hat, ging alles ganz schnell. Ralf und Sue sind ein Paar geworden. Sue versorgt mich quasi in Echtzeit mit Informationen, so dass ich schon bald selbst das Gefühl habe, mit auf Sardinien dabei zu sein. Susanne und Ralf sind sich gleich am ersten Abend nähergekommen. Scheinbar ist es Liebe auf den ersten Blick.

„Wenn wir morgen im Sonnenuntergang auf den Felsen sitzen, stoßen wir auf dich an. Und es ist auch genial, hier bei Sonnenaufgang gemeinsam Yoga zu machen! Du musst unbedingt bald kommen und es dir ansehen."

„Sarah hat mir schon so viele Fotos geschickt, dass ich bald jeden Stein in der Umgebung kenne", lache ich. „Trotzdem freue ich mich schon darauf, bald Sarahs Arbeitsplatz und dein Urlaubsdomizil live zu sehen."

Einen Moment ist Schweigen am anderen Ende der Leitung. Dann sagt Susanne etwas zögerlich: „Du Tina, was würdest du eigentlich davon halten, wenn ich noch etwas länger bleibe als eine Woche?"

Ich bin nicht sicher, worauf Sue hinaus möchte. „Wie meinst du das Sue?", frage ich und lege die Handvoll Tulpenblätter auf dem Tischchen ab.

„Naja, Ralf überlegt, ob er sein Angebot hier auch noch um ein familienfreundliches Yoga-Retreat erweitert. Es soll dann zum Beispiel auch Yoga-Kurse für Kinder geben. Yoga-Urlaub für die ganze Familie sozusagen. Und deshalb hat er mich gefragt, ob ich mir vorstellen könnte, einfach hier zu bleiben und die Sache mit ihm hier aufzubauen."

„Heißt das, du willst auf Sardinien bleiben?", frage ich entsetzt und ärgere mich im nächsten Moment, dass ich mich so erschrocken anhöre, obwohl ich mich für meine Freundin freuen sollte. Endlich hat sie ihr Glück gefunden. Mit Ralf scheint es etwas Ernstes zu sein. Und dann noch dieses Angebot …

„Vorerst ja. Ich habe hier so viele Möglichkeiten. Weißt du, die Natur ist so wunderschön. Das Wetter – und …"

„Und natürlich Ralf", ergänze ich den Satz.

„Ja, genau", sagt Susanne und wird auf einmal ruhiger. „Ich bin so glücklich, Tina dass wir beide uns gefunden haben. Ich fühle mich hier so vollkommen. Mit Ralf ist es, als hätten wir all die Jahre aufeinander gewartet. Wir sind voll auf einer Wellenlänge. Wir verstehen uns einfach ohne Worte."

„Das klingt wirklich schön, Sue. Von allem was ich über Ralf gehört habe, bin ich auch sicher, dass du den Richtigen gefunden hast. Ich freue mich für dich – ehrlich. Auch wenn ich dich wahnsinnig vermissen werde."

„Ich werde dich auch vermissen, Süße. Vielleicht kann mich Anja so lange vertreten und dir ein bisschen Gesellschaft leisten", sagt Susanne.

Ich lächle und denke daran, dass bis vor nicht allzu langer Zeit immer ein kleiner Konkurrenzkampf zwischen meinen beiden Freundinnen bestanden hat, der jetzt gerade überhaupt nicht mehr spürbar ist.

„Anja kommt morgen vorbei. Sie hat sich Zeit genommen. Ich feiere natürlich im Café", sage ich.

„Ja klar. Wäre auch doof, wenn du woanders feiern würdest – jetzt wo du deine eigene Party-Location hast", lacht Susanne und beißt wieder von irgendetwas ab.

„Tina, stell dir vor, Anja hätte sich nicht dafür entschuldigt, dass sie Tom so einen Mist erzählt hat. Dann wäre eure Freundschaft zerbrochen. Wegen einem Mann."

„Nicht wegen einem Mann", sage ich. „Anja war einfach neidig auf mein Glück und hat nicht erkannt, dass ich ihr helfen hätte können, mit der Scheidung fertig zu werden. Unsere Freundschaft wäre an unausgesprochenen Verletzungen zerbrochen. Nicht wegen Tom. Ich finde, Anja hat eine zweite Chance verdient. Genauso wie Tom." Als ich seinen Namen ausspreche, wird mir ganz warm ums Herz und es kribbelt, wenn ich an ihn denke.

„Sue ...", fahre ich fort.

„Hmmm?"

„Ich werde dir für Ewig dankbar sein!"

„Für was, Süße?"

„Na, das weißt du ganz genau. Wenn du damals nicht bei Ralf angerufen hättest und du und Ralf Tom nicht nach Deutschland zurückgelockt hättet ..."

„... hätte Tom nie gesehen, dass du auch ohne ihn ein Café eröffnen kannst", ergänzt Susanne.

„Und dass ich nicht nur wegen dem Bulli mit ihm zusammen war", ergänze ich.

„Stimmt. Ralf und ich waren beide der Meinung, dass ihr euch nur unglücklich macht, wenn ihr getrennte Wege geht", sagt Susanne verschmitzt.

„Wer von euch beiden hatte damals eigentlich die glorreiche Idee so zu tun, als müsse Tom in Deutschland einen Imkerkurs halten?", frage ich.

„Ralf", antwortet Susanne wie aus der Pistole geschossen. „Tom wirkte so niedergeschlagen und in sich gekehrt. Ralf hat gespürt, dass Tom nur an dich denkt und unglücklich ist."

„Und da hat er einfach bei Klaus angerufen und mit ihm den Plan ausgeheckt, Tom mitten im Winter nach Deutschland zu locken?"

Susanne lacht. „Die Bienen waren wohl ein gutes Argument für ihn. Hat ja auch funktioniert!"

„Dein Ralf ist wirklich ein Schatz", seufze ich und denke darüber nach, welche Wege das Schicksal manchmal geht.

„Stell dir vor – sogar meine Mutter kommt morgen ins Café. Sie hat noch nicht einmal herumgemeckert, als ich gesagt habe, dass wir erst abends nach dem Cafébetrieb feiern."

„Du willst morgen wirklich arbeiten?", fragt Sue erstaunt. „An deinem Geburtstag?"

„Das ist ja das Schöne, Sue", erkläre ich. „Es ist zwar meine Arbeit, aber es macht mir so einen Riesenspaß, so dass ich das Café morgen gar nicht schließen will. Wir feiern doch trotzdem noch meinen Geburtstag. Und stoßen auch auf euch an – auf dich und Ralf."

***

Es wird schon dämmrig, als ich die Honigwachskerzen durch neue ersetze, während Tom das schmutzige Geschirr vom Nachmittag ins Haus trägt, um es in die Spülmaschine zu stecken.

„Hey, mein Lieblingsimker", rufe ich ihm hinterher.

„Ja, meine Königin?", scherzt Tom und dreht sich zu mir um. Seit er mir den goldenen Bienenanhänger geschenkt hat, nennt er mich so. Eigentlich sagt er „Bienenkönigin" zu mir, aber meistens kürzt er den Kosenamen mit „Königin" ab.

„Bitte richte den Mädchen aus, dass sie mal eine Pause machen sollen", rufe ich durch die Türe des Cafés in den Garten hinaus, wo Tom mit der Geschirrkiste auf dem Weg zur Terrasse ist. Er wirft einen Blick durch die Terrassentüre in die Küche, wo die beiden Mädchen schon wieder zugange sind.

„So wie es aussieht, denken die beiden nicht daran, eine Pause einzulegen", sagt Tom lachend. Ich seufze bei der Vorstellung, dass Laura und Mia seit Stunden einen Kuchen nach dem anderen backen. Nicht nur die Café-Gäste haben sie versorgt - jetzt bereiten sie auch noch etwas für meine Geburtstagsfeier vor.

Mein Handy vibriert in meiner Schürzentasche und ich schaue auf das Display. „Mama, Happy Birthday", schreibt Sarah. „Ruf dich nachher noch an. Ich muss dir was erzählen!"

Oje, denke ich und habe gleich eine Vermutung. Nach Susannes Nachricht gestern liegt es nahe, dass auch Sarah auf Sardinien bleiben möchte. Bestimmt kann Ralf auch Sarahs Hilfe weiterhin gebrauchten. Auch wenn ich ihr das Jahr im Ausland gönne, würde ich meine große Tochter doch lieber wieder in meiner Nähe wissen.

Ich versuche, den Gedanken daran erst einmal zu verdrängen und mich auf die Vorbereitungen für meine Geburtstagsfeier zu konzentrieren.

Zwei Stunden später ist mein kleines Honigcafé voll mit meinen Gästen.

Anja und Isa scheinen sich gut zu verstehen. Sie quatschen und kichern schon den ganzen Abend und als ich mich zu ihnen setze, verraten sie mir eine Neuigkeit:

„Tina, heben wir das Glas", sagt Anja. „Nicht nur auf deinen Geburtstag, sondern auch auf uns beide – dass du mir verziehen hast und wir immer noch Freundinnen sind!" Sie drückt mir einen schnellen Kuss auf die Wange. Völlig untypisch für Anja. Ich werde ein wenig rot, aber bevor ich etwas dazu sagen kann, hebt Isa ihr Glas und sagt: „Ich stoße auch an – nicht nur auf dich sondern auch auf Anja und mich. Weil …" Anja und Isa sehen sich verschwörerisch an.

„Wir gründen eine WG!", verkündet Anja lachend.

Ich sehe die beiden verdutzt an. „Wie? Wir gründen eine WG? Wer ist wir?", frage ich.

„Na wir!", sagt Isa und deutet auf sich und Anja. „Ich habe dir doch erzählt, dass es mir immer schwerfällt, Mia abends allein zu lassen, wenn ich Termine habe. Oder frühmorgens, wenn ich in die Redaktion muss. Na, und da sind wir beiden draufgekommen, dass Anja ja eine Wohnung sucht."

„Ich habe einfach keine Lust, weiter bei meiner Mutter zu wohnen!", stöhnt Anja.

Ich schiele mit einem Seitenblick zu dem Nachbartisch, an dem meine Mutter mit Laura und Mia sitzt.

„Kann ich gut verstehen", flüstere ich und nicke in Richtung meiner Mutter. Anja und Isa grinsen. „Und deshalb habt ihr euch gedacht, ihr zieht gleich zusammen in eine WG?"

„Macht doch Sinn", sagt Isa. „Anja kann sich ihre Termine für die Therapiestunden so legen, wie sie möchte. Dann bin ich für ihre Kinder da."

„Und wenn Isa einen Termin hat und abends unterwegs ist, bin ich für alle Kinder da."

Ich nicke den beiden bewundernd zu. „Das macht wirklich Sinn. So eine Frauen-WG stelle ich mir außerdem ziemlich lustig vor", sage ich.

„Wir auch!", lacht Anja und dann fährt sie fort: „Ich freue mich für dich, Tina. Dass du wieder mit Tom zusammen bist und das alles hier geschafft hast."

Ich umarme meine Freundin und weiß, dass sie es aus ganzem Herzen ehrlich meint. Wir lassen unsere Gläser noch einmal zusammen klirren und kichern, als der Sekt oben aus den Gläsern schwappt.

„Na, die Damen", sagt Tom und kommt an unseren Tisch dazu. „Noch ein Gläschen Sekt gefällig?"

Tom hat mich angewiesen, mich heute um nichts zu kümmern. Schon den ganzen Abend ist er damit beschäftigt, Sekt nachzugießen, Kuchen zu verteilen und schmutziges Geschirr wegzuräumen.

Als ich gerade antworten will, läutet mein Handy. Auf dem Display erscheint Susannes Bild und ich gehe ran. „Hey Süße", ruft Susanne ins Telefon. „Wir drei wollen dir herzlich gratulieren." Dann gibt sie das Handy an Ralf weiter, der mir ebenfalls gratuliert und betont, wie sehr er sich darauf freut, wenn Tom und ich bald nach Sardinien kommen.

„Und du bist meine Imkerpatin!", stellt er zum Abschluss fest. „Ich? Deine Imkerpatin?", frage ich erstaunt nach. „Tom hat mir verraten, dass du ein Naturtalent im Imkern bist und ein gutes Gespür für die Bienen hast. Deshalb lasse ich mir das Imkern lieber von dir zeigen als von Tom", frotzelt Ralf.

Ich zwinkere Tom zu und bin froh, dass er nicht hört, was Ralf gerade gesagt hat, auch wenn ich natürlich weiß, dass es Spaß war. „Und jetzt gebe ich dich an deine Tochter weiter!", sagt Ralf und gleich darauf ist Sarah am Telefon.

„Hey Mum! Ich habe eine Geburtstagsüberraschung für dich: Ich habe eine Lehrstelle gefunden! Im September geht es los. In Deutschland. Ganz in der Nähe in einem super Hotel. Stell dir vor …"

Sarah redet wie ein Wasserfall und ich verstehe nur die Hälfte. Irgendein Urlauber war ganz begeistert von Sarahs zuvorkommender Art und Hilfsbereitschaft. Dann hat sich herausgestellt, dass der Urlauber selbst Hotelinhaber ist und eine Auszubildende im Restaurantbereich sucht. Er hat Sarah eine Lehrstelle angeboten und Sarah scheint nun zu wissen, was sie will. Auch wenn ich jetzt nicht alle Details fragen kann, habe ich die wichtigste Botschaft verstanden: Sarah kommt nach Deutschland zurück und sie weiß jetzt, was sie will!

***

Inzwischen warten alle darauf, dass ich endlich meine Geschenke öffne.

Isa überreicht mir eine in Geschenkpapier verpackte Rolle. Neugierig stiert sie auf das Geschenk, als ich es vorsichtig öffne. Es befindet sich eine Zeitschrift darin, die Isa eingerollt verpackt hat. „Seite 15/16!", sagt sie knapp.

Ich blättere auf die genannten Seiten und traue meinen Augen kaum. Oben auf der Doppelseite steht: „Bienenliebe und Honigcafé" und im Untertitel „Der Traum vom eigenen Honig-Café – für Imkerin Tina wurde er wahr!"

Ich überfliege den Artikel und betrachte das Foto, das Isa an unserem Interview-Termin gemacht hat – ich mit einem Kuchen neben den Bienenstöcken im Garten. Im Hintergrund ist mein Honigcafé zu sehen.

„Isa, das ist ja …", stammle ich und bin vor Stolz ganz sprachlos.

Isa ergänzt: „Dein Café! Und es kommt noch besser. Den nächsten Artikel schreibe ich über den „Preis für nachhaltige Gastronomie". Und jetzt rat mal, wer dafür nominiert ist?", fragt sie. Alle haben sich um meinen Tisch versammelt und starren Isa an, die geheimnisvoll in die Runde blickt. „Na du, Tina!", ruft sie laut und klatscht in die Hände, ohne eine Vermutung abzuwarten. Dann umarmt sie mich so heftig, dass wir beide fast mit dem Stuhl nach hinten kippen. Der Preis für „Nachhaltige Gastronomie" ist noch den ganzen restlichen Abend Gesprächsthema. Sogar meine Mutter wirkt richtig stolz auf mich und plant sogar einen Honigcafébesuch mit ihrer Damenrunde, um denen zu zeigen „was meine Tochter hier Großartiges macht!", sagt sie.

Als alle Gäste nach Hause gegangen sind und auch Laura endlich in ihrem Zimmer verschwunden ist, sitze ich mit Tom in eine dicke Decke eingehüllt auf der Terrasse. Tom holt zwei Sektgläser und „unseren" Prosecco aus der Küche. Die Nacht ist sternenklar und kalt, aber Toms Wärme unter der Decke lässt mich kein bisschen frieren. Er kuschelt sich wieder zu mir unter die Decke und öffnet den Korken der Prosecco-Flasche. Der ploppt mit einem Mal von der Flasche und fliegt durch den ganzen Garten, bis er mit einem „Kling" auf dem Dach einer Bienenbeute landet. „Beutentaufe", kreischen wir gleichzeitig und kringeln uns anschließend vor Lachen.

„Die Bienen denken langsam, es gehört dazu, dass jeden Frühling ein Sektkorken auf ihr Dach fällt!", pruste ich.

Tom wischt sich die Lachtränen aus den Augen. Als wir uns wieder etwas beruhigt haben und auf meinen Geburtstag angestoßen haben, bin ich es, die eine kleine Schachtel unter der Decke hervorzaubert.

„Was ist da drin?", fragt Tom und sieht mich ungläubig an.

„Aufmachen!", sage ich und halte Tom die Schachtel unter die Nase.

Tom öffnet den Deckel und nimmt den Schlüssel heraus, der in der Schachtel liegt. Er weiß sofort, was damit gemeint ist.

„Willst du?", flüstere ich.

„Wenn ich darf, ja! Ich habe endlich verstanden, wo ich zu Hause bin", flüstert Tom zurück.

Ich nicke. „Das ist nicht nur der Schlüssel zum Haus, sondern auch zu meinem Herzen. Du hast es geöffnet und ich möchte dich immer bei mir haben. Für immer!", sage ich.

Tom legt die Schachtel mit dem Schlüssel auf der Terrasse ab, rutscht unter der Decke ganz nah an mich heran und dann küssen wir uns lange und leidenschaftlich.

Über die Autorin

Julia Gehrig, 1978 in München geboren, lebt mit ihrem Mann und den beiden Töchtern in Landshut. Sie arbeitet als Sozialpädagogin und Lehrkraft und hat bereits drei pädagogische Fachbücher und Kurzgeschichten publiziert. Der vorliegende Roman ist ihr erstes Werk dieser Art.

In ihrer Freizeit beschäftigt sie sich seit einiger Zeit selbst mit der Imkerei und beherbergt mehr als 20 Bienenvölker. In ihren Roman sind die Erfahrungen als Imkerin eingeflossen.

FSC
www.fsc.org

MIX

Papier | Fördert
gute Waldnutzung

FSC® C083411

Zeitfracht Medien GmbH
Ferdinand-Jühlke-Straße 7
99095 Erfurt, Deutschland
produktsicherheit@kolibri360.de